CLASSE TOUS RISQUES

Né en 1947 à Portland (Maine), Stephen King a connu son premier succès en 1974 avec *Carrie*. En une quarantaine d'années, on lui doit plus de cinquante romans et autant de nouvelles, certains sous le pseudonyme de Richard Bachman. Il a reçu de nombreuses distinctions littéraires, dont le prestigieux Grand Master Award des Mystery Writers of America pour l'ensemble de sa carrière en 2007. Son œuvre a été largement adaptée au cinéma et à la télévision.

Bev Vincent est essayiste et critique littéraire. Il a également publié plusieurs ouvrages qui décrivent en profondeur l'univers de la série *La Tour sombre* de Stephen King, approuvés par le maître du fantastique lui-même.

De Stephen King
au Livre de Poche

L'Année du loup-garou
Bazaar
Le Bazar des mauvais rêves
Blaze
Brume
Ça (2 tomes)
Carnets noirs
Carrie
Cellulaire
Chantier
Charlie
Christine
Cœurs perdus en Atlantide
Cujo
Danse macabre
Dead Zone
Désolation
Différentes saisons
Docteur Sleep
Dolores Claiborne
Dôme (2 tomes)
Dreamcatcher
Duma Key
Écriture
Élévation
Fin de ronde
Le Fléau (2 tomes)
Gwendy et la boîte à boutons
Histoire de Lisey
Insomnie
Jessie
Joyland
Juste avant le crépuscule
La Ligne verte
Marche ou crève
Minuit 2
Minuit 4
Misery
Mr Mercedes
Nuit noire, étoiles mortes
L'Outsider
La Part des ténèbres
La Peau sur les os
La petite fille qui aimait Tom Gordon
Les Régulateurs
Rêves et cauchemars
Revival
Roadmaster
Rose Madder
Running Man
Sac d'os
Salem
Shining
Simetierre
Sleeping Beauties
La Tempête du siècle
Les Tommyknockers
Tout est fatal
22/11/63

Textes réunis par

STEPHEN KING & BEV VINCENT

Classe tous risques

TRADUIT DE L'ANGLAIS (ÉTATS-UNIS) PAR MICHEL PAGEL

LE LIVRE DE POCHE

Titre original :
FLIGHT OR FRIGHT
Publié par Cemetery Dance Publications en 2018.

Couverture : Studio LGF.

ISBN : 978-2-253-82014-7

Cette anthologie est dédiée à tous les pilotes, réels ou fictifs, qui parvinrent à atterrir après un vol mouvementé et à ramener leurs passagers à terre sains et saufs. Cette liste comprend :

Wilbur Wright
Chesley Sullenberger
Tammie Jo Shults
Vernon Demerest
Robert Pearson
Eric Gennotte
Tim Lancaster
Min-Huan Ho
Eric Moody
Peter Burkill
Bryce McCormick
Robert Schornstheimer
Richard Champion de Crespigny
Robert Piché
Brian Engle
Ted Striker

Sommaire

Introduction

STEPHEN KING

Y a-t-il, en notre monde technologique, des gens qui aiment prendre l'avion ? Aussi étonnant que ce soit, je suis sûr que oui. Les pilotes aiment cela, ainsi que la plupart des enfants (mais pas les bébés : les changements de pression atmosphérique les perturbent), et un certain nombre de fanas de l'aéronautique, mais c'est à peu près tout. Pour le reste d'entre nous, un voyage en avion est aussi charmant et aussi palpitant qu'une coloscopie. Les aéroports modernes sont en général des zoos noirs de monde où patience et courtoisie se voient étirées jusqu'au point de rupture. Certains vols sont retardés, d'autres annulés. Les bagages sont bringuebalés comme des sacs de patates et, souvent, n'arrivent pas en même temps que des passagers en grand besoin de passer une chemise propre, voire de changer ne serait-ce qu'une fois de sous-vêtements.

En cas de départ tôt le matin, bon courage. Cela implique de vous extraire du lit à quatre heures avant de subir un processus d'enregistrement et d'embarquement aussi convoluté et crispant qu'il l'était de fuir un petit pays corrompu d'Amérique du Sud en 1954. Avez-vous une pièce d'identité avec photo ? Êtes-vous sûr que votre shampooing et votre démêlant sont dans des petites bouteilles en plastique transparent ? Êtes-vous prêt à perdre vos chaussures et à laisser irradier vos divers gadgets électroniques ? Avez-vous la certitude que personne d'autre n'a fait vos bagages ni n'y a eu accès ? Êtes-vous disposé à subir un scanner complet du corps, voire une palpation des parties intimes pour faire bonne mesure ? Oui ? Bien. Mais vous risquez encore de constater que votre vol a été surbooké, retardé par des problèmes mécaniques ou climatiques, voire annulé à cause d'une panne informatique. Et, si vous êtes sur liste d'attente, vous pouvez commencer à prier : vous auriez peut-être plus de chances de gagner en achetant un billet de loterie.

Franchir tous ces obstacles vous permet de pénétrer en ce qu'un des contributeurs de cette anthologie appelle « une coquille de mort hurlante ». N'est-ce pas un peu exagéré ? me demanderez-vous. Sans parler de contredire les faits ? Je vous l'accorde. Les avions de ligne flambent rarement (quoique nous ayons tous vus des films troublants, pris à l'aide d'un téléphone portable, de moteurs vomissant du feu à trente mille pieds), et monter à bord s'avère rarement fatal (d'après les statistiques, vous avez plus de chances de vous faire tuer en traversant la rue, surtout si vous êtes assez bête pour regarder votre portable en même temps.)

Néanmoins, vous pénétrez bel et bien dans ce qui est en somme un tube empli d'oxygène, et ce pour vous asseoir sur des tonnes d'un carburant extrêmement inflammable.

Une fois que votre tube de métal et de plastique est fermé hermétiquement (comme… gloups !… un cercueil) et qu'il a quitté la piste, projetant sur le sol une ombre de plus en plus petite, une seule chose est sûre – au point qu'elle dépasse les statistiques : vous finirez par redescendre. La gravité l'exige. Les seules questions qui se posent sont où, pourquoi, et en combien de morceaux – l'idéal étant un seul. Si les retrouvailles avec la planète mère s'effectuent sur un ruban de béton (de préférence là où vous comptiez arriver, mais n'importe quel ruban de béton fera l'affaire au besoin), tout va bien. Dans le cas contraire, vos chances de survie dégringolent très vite. Cela aussi est un fait statistique, dont même les passagers les plus expérimentés doivent bien se souvenir quand leur vol rencontre des turbulences à trente mille pieds.

Dans ces moments-là, vous ne disposez d'aucun contrôle de la situation et ne pouvez rien faire de constructif, sinon vérifier que votre ceinture est bien bouclée tandis que les assiettes et les bouteilles s'entrechoquent dans la cuisine, que les compartiments à bagages s'ouvrent au-dessus de vos têtes, que les bébés hurlent, que votre déodorant jette l'éponge et que la voix de l'hôtesse déclare dans les haut-parleurs : « Le commandant vous prie de rester assis. » Pendant que votre tube surchargé tangue, roule, vibre et craque de partout, vous avez tout le temps de méditer sur la fragilité du corps et sur ce fait irréfutable : vous finirez par redescendre.

À présent que je vous ai fourni matière à réflexion pour votre prochain voyage à travers ciel, permettez-moi de vous poser la question qui s'impose : existe-t-il une activité humaine, une seule, qui se prête plus à une anthologie d'histoires d'horreur et de suspense comme celle que vous tenez entre les mains ? Je ne crois pas, mesdames et messieurs. Là, vous avez la totale : claustrophobie, agoraphobie, perte de contrôle. Nos vies ne tiennent jamais qu'à un fil, mais ce n'est jamais aussi évident que lorsqu'on descend vers l'aéroport LaGuardia de New York à travers d'épais nuages et une pluie battante.

Une note personnelle : votre anthologiste est désormais bien meilleur passager aérien qu'il ne le fut naguère. Ma carrière de romancier m'a conduit à prendre souvent l'avion au cours des quarante dernières années, et, jusque vers 1985, j'en étais chaque fois terrifié. Je comprenais la théorie du vol, je connaissais les statistiques concernant la sécurité, mais rien de tout cela ne me soulageait. Une partie de mon problème venait du désir (toujours présent) de maîtriser toutes les situations. Je me sens en sécurité derrière un volant car j'ai confiance en moi. Si c'est vous qui conduisez… je me sens moins bien (vous m'en voyez désolé). Quand on monte en avion et qu'on y prend place, on remet le contrôle de la situation à des gens qu'on ne connaît pas ; des gens qu'on ne verra peut-être jamais.

En ce qui me concerne, il y a encore pire : j'ai extrêmement aiguisé mon imagination au fil des années, ce qui est parfait quand je suis assis dans mon bureau à concocter des histoires d'horreurs arrivant à de très braves gens, mais l'est beaucoup moins quand je suis pris en otage dans un avion qui tourne sur la piste, marque une pause, puis s'élance à une vitesse qui serait considérée comme pire que suicidaire dans la voiture familiale.

L'imagination est une lame à double tranchant, et, quand j'ai commencé à prendre beaucoup l'avion pour mon travail, il ne m'était que trop facile de m'y couper. De penser à toutes les pièces mobiles du moteur que j'observais par mon hublot, si nombreuses qu'il semblait presque inévitable de les voir cesser de fonctionner en conjonction. Il m'était tout aussi facile – et même impossible de l'éviter – de me demander ce que signifiait le moindre changement de son des moteurs, ou bien pourquoi l'avion s'inclinait soudain dans une nouvelle direction, un mouvement imité (et c'était alarmant !) par la surface de mon Pepsi dans son petit gobelet en plastique.

Pour peu que le pilote vienne en cabine tailler une petite bavette avec les passagers, je me demandais si le copilote était compétent (il ne pouvait pas l'être autant, sinon il n'aurait pas tenu ce rôle de doublure). Peut-être le pilote automatique était-il branché, mais supposons qu'il tombe en panne alors que le commandant de bord débattait des résultats de la saison de football avec un passager, et que l'avion parte en piqué ? Et si les compartiments à bagages lâchaient ? Et si le train d'atterrissage se bloquait ? Et si un hublot, défectueux mais passé inaperçu d'un employé de maintenance rêvant de sa dulcinée, cédait ? Puisqu'on en était là, et si une météorite nous heurtait, provoquant la dépressurisation de la cabine ?

Au milieu des années 1980, la plupart de ces peurs se sont apaisées après que j'ai frôlé la mort alors que je m'envolais de l'aéroport Farmingdale de New York pour me rendre à Bangor, Maine. Je suis sûr qu'énormément de gens – dont certains sont peut-être en train de lire ce livre – ont eu leurs propres frayeurs en avion, du train d'atterrissage cassé à la glissade sur piste gelée, mais je suis vraiment passé aussi près de la mort qu'il l'est possible tout en restant vivant pour le raconter.

C'était en fin d'après-midi. Le temps était on ne peut plus clair. J'avais affrété un Lear 35 qui, au décollage, vous donnait l'impression d'avoir une fusée sanglée sur l'arrière-train. J'avais déjà pris cet avion-là très souvent, je connaissais les pilotes et leur faisais toute confiance. Et pourquoi pas ? Celui qui occupait le siège de gauche pilotait des jets depuis la guerre de Corée, il avait survécu à des dizaines de missions de combat, et n'avait ensuite jamais cessé de voler. Il totalisait des dizaines de milliers d'heures derrière un manche à balai. J'ai sorti mon bouquin et mon recueil de mots croisés, m'attendant à un vol sans histoires avant d'agréables retrouvailles avec ma femme, nos enfants et notre chien.

Nous sommes montés à sept mille pieds. J'étais en train de me demander si j'arriverais à persuader ma famille d'aller voir un film ce soir-là quand le Lear a semblé percuter un mur de briques. À cet instant, j'ai eu la conviction que nous avions connu une collision en plein air et que les trois occupants de notre avion – les deux pilotes et moi – allaient mourir. La petite cuisine s'est ouverte et a vomi son contenu. Les coussins des sièges inoccupés se sont envolés. Le jet s'est incliné… incliné encore… puis il a carrément roulé sur le dos. J'ai senti ce dernier mouvement mais je ne l'ai pas vu : j'avais fermé les yeux. Ma vie n'a pas défilé devant moi. Je ne me suis pas dit : *Mais j'avais encore tant de choses à faire*. Je n'ai eu aucun sentiment d'acceptation (ni de refus, d'ailleurs). J'ai simplement eu la certitude que mon heure était venue.

Puis l'avion s'est redressé. Du cockpit, le copilote a hurlé : « Steve ! Steve ! Tout va bien, à l'arrière ? »

J'ai répondu que oui. J'ai jeté un coup d'œil aux détritus qui jonchaient l'allée, notamment des sandwiches, de la salade et un morceau de cheesecake au coulis de fraise. J'ai regardé les masques à oxygène jaune pendus au bout de leur fil, puis j'ai demandé – d'une voix admirablement calme – ce qui s'était passé. Mon duo de pilotes l'ignorait encore mais soupçonnait – ce serait plus tard confirmé – que nous avions failli heurter un 747 de Delta Air Lines et, pris dans son sillage, nous étions retrouvés ballotés comme un avion en papier dans la bourrasque.

C'était il y a vingt-cinq ans. Depuis, je suis beaucoup

plus optimiste en matière de voyages aériens, ayant constaté par moi-même quelles violences peut supporter un avion moderne et combien les bons pilotes (c'est-à-dire la plupart) savent se montrer calmes et efficaces quand la situation l'exige. L'un d'eux m'a confié : « On s'entraîne encore et encore, pour savoir exactement quoi faire quand six heures d'ennui absolu cèdent soudain la place à douze secondes de danger maximum. »

Dans les histoires qui suivent, vous rencontrerez de tout, d'un gremlin perché sur l'aile d'un 727 à des monstres transparents vivant au-dessus des nuages. Vous rencontrerez voyages dans le temps et avions fantômes. Par-dessus tout, vous connaîtrez ces fameuses douze secondes de danger maximum, quand ce qui peut arriver de pire en altitude arrive bel et bien. Vous observerez claustrophobie, lâcheté, terreur et éclats de bravoure. Si vous envisagez un voyage sur Delta, American, Southwest ou n'importe quelle autre compagnie aérienne, vous seriez bien avisés d'emporter un livre de John Grisham ou de Nora Roberts plutôt que celui-ci. Et, même si vous êtes à terre, en lieu sûr, je vous conseille de boucler votre ceinture.

Parce que vous risquez d'être un peu secoués.

2 novembre 2017

La cargaison

E. MICHAEL LEWIS

E. Michael Lewis, qui pilotera notre vol inaugural, a étudié l'écriture à l'université de Puget Sound et habite le Nord-Ouest Pacifique. Laissez son chef de soute vous faire monter à bord d'un Lockheed C-141A StarLifter (comme celui qui est exposé au musée de l'Air McChord et qu'on dit hanté) sur le point de s'envoler du Panama pour effectuer une livraison aux États-Unis. Le StarLifter est un engin robuste, capable de transporter 30 tonnes de marchandises sur de courtes distances. Il peut aussi accueillir une centaine de parachutistes, cent cinquante soldats avec armes et bagages, des camions, des Jeeps, et même des missiles balistiques intercontinentaux Minuteman. Ou des cargaisons plus réduites. Des cercueils, par exemple. Il y a des histoires qui vous gèlent le sang dans les veines ; en voici une qui va grimper le long de votre colonne vertébrale centimètre par centimètre et s'attarder un long long moment dans votre cerveau.

Bienvenue à bord.

Novembre 1978

Je rêvais d'une cargaison. Des milliers de caisses emplissaient la soute de l'avion, toutes de ce pin brut qui vous plante des échardes à travers les gants de travail. Elles étaient imprimées de chiffres mystérieux et d'étranges acronymes qui brillaient d'un éclat rouge sombre. Quoique censées renfermer des pneus de Jeep, certaines étaient aussi grandes qu'une maison et d'autres aussi petites qu'une bougie de moteur. Des sangles évoquant celles d'une camisole de force les fixaient à des palettes. Je tentais de les examiner toutes, mais il y en avait trop. Un bruit de frottement grave résonna quand elles glissèrent puis basculèrent vers moi. Il m'était impossible d'atteindre l'interphone pour prévenir le pilote. La cargaison appuyait sur moi un millier de petits doigts pointus tandis que l'avion roulait, elle m'écrasait à mort alors même que nous plongions, que nous nous écrasions, et que, dans l'interphone, retentissait à présent une espèce de hurlement. Mais j'entendais aussi un autre son, en provenance de la caisse la plus proche de mon oreille. Quelque chose s'agitait à l'intérieur, quelque chose de détrempé, de souillé, quelque chose que je ne voulais pas voir mais qui voulait *sortir*.

Le bruit se métamorphosa en celui d'une planchette porte-papier heurtant l'armature métallique de ma couchette dans le baraquement. Mes yeux s'ouvrirent tout grand. L'aviateur – arrivé de fraîche date dans le pays, à en juger par la sueur qui bordait son col – se tenait au-dessus de moi, la tablette à la main, tentant de déterminer si j'étais du genre à lui arracher la tête parce qu'il faisait son travail. « Sergent Davis, dit-il, on a besoin de vous tout de suite dans les hangars. »

Je m'assis et m'étirai. Il me tendit la tablette et le manifeste qui y était accroché : un vieil hélico HU-53 avec équipage, mécaniciens et personnel d'assistance médicale, à transporter vers… une destination nouvelle.

« L'aéroport Timehri ?

— C'est à proximité de Georgetown, en Guyana. » Comme je lui lançais un regard vide, il continua. « Une ancienne colonie britannique. Autrefois, Timehri était la base aérienne militaire Atkinson.

— Quelle est la mission ?

— C'est une évacuation médicale massive d'expatriés, d'un patelin qui s'appelle Jonestown. »

Des Américains en péril. J'avais consacré une bonne partie de ma carrière dans l'armée de l'air à emporter des Américains loin du péril. Cela dit, c'était sacrément plus satisfaisant que de transporter des pneus de Jeep. Je remerciai l'aviateur et me hâtai d'enfiler une combinaison de vol propre.

J'avais hâte de passer un nouveau Thanksgiving panamien à la base aérienne militaire Howard – trente degrés, de la dinde farcie au mess, le football à la radio des forces armées et un congé assez long pour me soûler correctement. Nous effectuions régulièrement le grand saut depuis les Philippines, où passagers comme cargaison étaient de bonne composition. Et, à présent, voilà ce qui nous tombait dessus.

En tant que chef de soute, on s'habituait aux interruptions. Le C-141 StarLifter, le plus gros avion-cargo et transport de troupes du *Military Air Command*, pouvait embarquer trente tonnes de cargaison ou deux cents soldats en tenue de combat et les emporter n'importe où dans le monde. Aussi longues qu'un demi-terrain de football, ses ailes haut perchées et orientées vers l'arrière pendaient au-dessus du tarmac, évoquant celles d'une chauve-souris. Avec sa queue en T dressée, ses portes en forme de pétale et sa rampe de chargement intégrée, le Starlifter n'avait pas son pareil pour déplacer une cargaison. Mon boulot de chef de soute, mi-hôtesse de l'air, mi-déménageur, consistait à la ranger et à la caler aussi solidement que possible.

Une fois tout à bord, avec mes fiches de poids et d'équilibre remplies, le même aviateur revint me trouver alors que j'engueulais l'équipe au sol panaméenne pour avoir laissé une éraflure sur le fuselage.

« Sergent Davis ! Changement de programme », me cria-t-il par-dessus le ronflement aigu du chariot élévateur. Il me tendit un autre manifeste.

« Davantage de passagers ?

— Des passagers différents. L'équipe médicale reste ici. » Il marmonna quelques mots inintelligibles à propos d'un changement de mission.

« Qui sont ces gens ? »

Une nouvelle fois, j'eus peine à entendre sa réponse. Ou bien je l'entendis parfaitement mais, compte tenu du trou qu'elle me forait à l'estomac, j'eus envie qu'il la répète. Envie de la comprendre de travers.

« Service des tombes », cria-t-il.

C'était bien ce qu'il me semblait avoir entendu.

Timehri était un aéroport du tiers monde typique – assez grand pour qu'un 747 y atterrisse, mais semé de nids-de-poule et encombré de huttes en tôle rouillée. La jungle basse qui entourait la piste semblait n'avoir été repoussée qu'une heure plus tôt. Des hélicoptères bourdonnants ne cessaient d'atterrir et de décoller, tandis que des militaires américains grouillaient sur le tarmac. Je compris alors qu'il y avait un gros problème.

Hors de l'avion, la chaleur qui montait de l'asphalte menaça de faire fondre les semelles de mes bottes avant même que je n'aie mis en place les cales des roues. Une équipe de GI américains s'approcha, pressée de décharger et d'assembler l'hélico. L'un d'eux, torse nu, la chemise nouée autour de la taille, me tendit un manifeste.

« Ne prenez pas vos aises, dit-il. Dès que l'hélico est dégagé, on vous charge. » Il eut un signe de tête par-dessus son épaule.

Je me tournai vers le *taxiway* miroitant. Des cercueils. Des rangées et des rangées de boîtes funéraires en aluminium terne luisaient sous l'impitoyable soleil tropical. Je les reconnus pour les avoir vues lors de mes vols au départ de Saïgon, six ans plus tôt, mes premiers en tant que chef de soute. Un petit soubresaut agita mes entrailles, peut-être parce que je n'avais pas dormi, ou bien parce que je n'avais pas transporté de macchabées depuis quelques années. Quoi qu'il en soit, je déglutis avec peine, avant de jeter un coup d'œil à la destination : Dover, Delaware.

L'équipe au sol chargeait à bord une unité toilettes-cuisine propre quand j'appris que nous aurions deux passagers pour le vol à venir.

Le premier était un jeune homme aux cheveux noirs hérissés qui paraissait à peine sorti du lycée. Son treillis de camouflage trop grand, lavé, amidonné portait des galons d'aviateur de première classe. « Bienvenue à bord », lui dis-je en lui offrant mon aide pour franchir l'écoutille de l'équipage. Il s'écarta avec brusquerie, manquant de se cogner la tête contre l'encadrement bas. Je pense que, s'il y avait eu assez de place, il aurait bondi en arrière. Son odeur frappa mes narines, forte et médicinale – Vicks VapoRub.

Derrière lui, une infirmière militaire, sèche et professionnelle dans son allure, sa tenue et ses gestes, monta elle aussi à bord sans assistance. Je la considérai d'un regard égal, reconnaissant en elle un membre d'un groupe qu'à mes débuts j'avais régulièrement convoyé de Clark, dans les Philippines, à Da Nang, et retour. Un lieutenant au regard d'acier et aux cheveux gris. Elle m'avait signalé en termes non équivoques – plus d'une fois – que n'importe quel gamin idiot en échec scolaire aurait pu faire mon travail mieux que moi. Le nom qui figurait sur son uniforme était Pembry. Elle posa la main dans le dos du jeune homme et le guida vers les sièges. Si elle me reconnut aussi, elle n'en laissa rien paraître.

« Asseyez-vous où vous voulez, leur dis-je. Je suis le sergent Davis. Nous décollerons dans moins d'une demi-heure, donc mettez-vous à l'aise. »

L'aviateur se figea. « Vous ne m'aviez pas prévenu », reprocha-t-il à l'infirmière.

La soute d'un StarLifter évoque de très près une chaufferie, avec tous les tuyaux de chauffage, de refroidissement et de pression exposés plutôt que dissimulés comme dans un avion de ligne. Les cercueils s'y entassaient d'un bout à l'autre sur deux rangées, délimitant une allée centrale. Il y en avait en tout cent soixante, empilés par quatre. Des filets jaunes les maintenaient en place. Derrière eux, le soleil disparut à notre vue quand l'écoutille de la soute se ferma, nous laissant dans une pénombre embarrassante.

« C'est le moyen le plus rapide de vous ramener chez vous, déclara l'infirmière d'une voix neutre. Vous voulez rentrer chez vous, n'est-ce pas ? »

Le garçon baissa la voix et répondit sur un ton aussi choqué que craintif : « Je ne veux pas les voir. Je veux un siège dans le sens de la marche. »

S'il avait regardé autour de lui, il aurait constaté qu'il n'y en avait aucun.

« Tout va bien, reprit l'infirmière en le tirant à nouveau par le bras. Ils rentrent chez eux, eux aussi.

— Je ne veux pas les voir », répéta-t-il alors qu'elle le poussait jusqu'au siège le plus proche d'un des petits hublots. Puisqu'il ne faisait pas mine de boucler sa ceinture, Pembry se pencha et le fit pour lui. Il empoigna les accoudoirs comme la barre de sécurité d'un wagonnet de montagnes russes. « Je ne veux pas penser à eux.

— Compris. » J'allai à l'avant éteindre les lumières, si bien que seules les veilleuses rouges jumelles révélaient désormais les longues boîtes métalliques. En revenant, j'apportai un oreiller au jeune homme.

L'écusson de sa chemise ample l'identifiait comme « Hernandez ». Il me dit « Merci » mais ne lâcha pas les accoudoirs.

Pembry se sangla sur le siège voisin du sien. Je rangeai leurs affaires puis parcourus mon ultime check-list.

Une fois en l'air, je fis du café sur le réchaud électrique de la cuisine. L'infirmière refusa mais Hernandez en prit un peu. Le gobelet en plastique tremblait entre ses mains.

« Vous avez peur en avion ? » demandai-je. Ce n'était pas si rare dans l'armée de l'air. « J'ai de la Dramamine…

— Je n'ai pas peur en avion », fit-il entre ses dents serrées, tout en regardant derrière moi les cercueils qui bordaient la soute.

Ensuite : l'équipage. Aucun avion ne se voyait plus affecter toujours le même, comme autrefois. Le *Military Air Command* tirait une grande fierté d'avoir des hommes si interchangeables qu'un équipage dont les membres ne s'étaient encore jamais rencontrés pouvait être assemblé dans un aéroport et emmener n'importe quel Starlifter à l'autre bout du monde.

Chacun de ces hommes connaissait mon travail, comme je connaissais le leur, sur le bout des doigts.

Gagnant le cockpit, je trouvai tout le monde à son poste. Le mécanicien en second, penché au-dessus des instruments, occupait le siège le plus proche de la porte. « Le quatre est en train de s'équilibrer, restez à bas régime », dit-il. Je reconnus son visage de chien battu et son accent traînant de l'Arkansas, mais je n'aurais su dire où je l'avais vu. Après sept ans à voler sur des StarLifter, j'avais dû croiser tout le monde à un moment ou un autre. Il me remercia quand je posai le café noir sur sa table. D'après sa combinaison de vol, il s'appelait Hadley.

Le chef mécanicien occupait le siège du milieu, celui qu'on réservait en général aux « Chapeaux noirs » – les inspecteurs de mission, cauchemar de tous les équipages du *MAC*. Il demanda deux sucres puis se leva et regarda défiler le ciel bleu par le dôme du navigateur.

« Rester à bas régime sur le quatre, compris », répondit le pilote. C'était le commandant désigné de l'appareil. Le copilote et lui, tellement typiques qu'ils auraient aussi bien pu être la même personne, mirent deux doses de crème dans leur café. « On essaie de prendre des turbulences de vitesse, mais ce ne sera pas facile. Dites à vos passagers de s'attendre à être secoués.

— Ce sera fait, commandant. Autre chose ?

— Merci, monsieur Davis, ce sera tout.

— Bien, commandant. »

Enfin j'allais pouvoir me reposer. Comme je partais m'allonger un moment sur une couchette réservée à l'équipage, je vis Pembry rôder autour de l'unité toilettes-cuisine. « Je peux vous aider ? Vous cherchez quelque chose ?

— Une couverture supplémentaire ? »

J'en tirai une du placard entre la cuisine et les latrines, les dents serrées. « Autre chose ?

— Non, dit-elle en chassant une poussière imaginaire de la couverture de laine. Nous avons déjà volé ensemble, vous savez.

— Vraiment ? »

Elle haussa un sourcil. « Je vous dois probablement des excuses.

— Ce n'est pas la peine, mon lieutenant, dis-je en passant derrière elle pour aller ouvrir le réfrigérateur. Je pourrai servir un repas pendant le vol un peu plus tard, si vous avez… »

Elle me posa la main sur l'épaule, comme elle l'avait fait à Hernandez, ce qui retint mon attention. « Vous vous souvenez de moi ?

— Oui, mon lieutenant.

— J'ai été très dure avec vous pendant les vols d'évacuation. »

J'aurais aimé qu'elle cesse d'être aussi directe. « Vous disiez ce que vous pensiez, mon lieutenant. Ça m'a permis de m'améliorer en tant que chef de soute.

— Tout de même…

— Ce n'est pas la peine. » Pourquoi les femmes ne comprennent-elles pas que les excuses ne font qu'aggraver les problèmes.

« Très bien. » La dureté de son visage fondit pour

laisser la place à de la sincérité, et je compris soudain qu'elle avait envie de parler.

« Comment va votre patient ?

— Il se repose. » Pembry tentait d'adopter un ton badin, mais je savais qu'elle avait envie d'en dire plus.

« C'est quoi, son problème ?

— Il a été un des premiers à arriver, répondit-elle, et c'est le premier à partir.

— De Jonestown ? C'était si terrible que ça ? »

Retour direct à nos vieux vols d'évacuation : son expression dure et froide lui revint instantanément. « On s'est envolés de Dover sur l'ordre de la Maison Blanche cinq heures après que l'appel y est arrivé. Hernandez est secrétaire médical, dans le service depuis six mois. Il n'était encore jamais allé nulle part, n'avait encore jamais vu un seul blessé, et voilà qu'il se retrouve dans une jungle sud-américaine avec un millier de cadavres.

— Un millier ?

— Le compte n'y est pas encore, mais c'est le chiffre vers lequel on se dirige. » Elle se frotta la joue du dos de la main. « Tous ces enfants…

— Des enfants ?

— Des familles entières. Ils ont tous pris du poison. Une espèce de secte, à ce qu'on m'a dit. Quelqu'un m'a raconté que les parents avaient d'abord tué leurs enfants. Je ne sais pas ce qui peut pousser quelqu'un à faire ça aux siens. » Elle secoua la tête. « Moi, je suis restée à Timehri pour organiser le triage. D'après Hernandez, la puanteur était inimaginable. Il a fallu pulvériser de l'insecticide sur les cadavres et les défendre contre des rats géants affamés. À ce qu'il m'a dit, on leur a ordonné de donner des coups de baïonnette dans les corps pour relâcher la pression. Il a brûlé son uniforme. » Elle bougea les pieds pour conserver son équilibre quand l'avion eut un sursaut.

Une sensation déplaisante s'insinua au fond de ma gorge tandis que j'essayais de ne pas visualiser ce dont elle parlait. Je luttai pour retenir une grimace. « Le pilote pense qu'on risque d'être secoués. Vous devriez vous attacher. » Je la raccompagnai à son siège. Hernandez, vautré en travers du sien, la bouche ouverte, avait tout à fait l'air d'avoir perdu une bagarre dans un bar – une bagarre violente. Ensuite, je regagnai ma couchette et m'endormis.

Demandez à n'importe quel chef de soute : quand on a passé assez de temps en l'air, on en arrive à ignorer le rugissement des moteurs. On devient capable de dormir pendant à peu près n'importe quoi. Cependant, l'esprit se rebranche et s'éveille au moindre bruit inhabituel, comme lors du vol Yakota-Elmendorf où une Jeep détachée a percuté une caisse de plateaux repas tout prêts. Des tranches de viande froide partout. J'aime autant vous dire que l'équipe au sol m'a entendu, sur ce coup-là. Il n'y eut donc rien d'étonnant à ce que je sursaute en entendant hurler.

Bondissant sur mes pieds, je quittai la cabine et contournai les toilettes avant d'avoir eu le temps de réfléchir. Je vis alors Pembry. Hors de son siège, debout devant Hernandez, elle en évitait les bras qui s'agitaient follement, et lui parlait sans s'énerver, à travers le bruit du moteur. Lui, en revanche, n'avait rien de calme.

« Je les entends ! Je les entends ! Ils sont là-dedans ! Les enfants ! Tous les enfants ! »

Je posai la main sur lui – avec fermeté. « Calmez-vous ! »

Il cessa d'agiter les bras. Une expression honteuse envahit son visage. Ses yeux se rivèrent dans les miens. « Je les entends chanter.

— Qui ?

— Les enfants ! Tous les… » Il eut un geste impuissant pour désigner les cercueils dans l'ombre.

« Vous avez rêvé, affirma Pembry, dont la voix tremblait un peu. Je suis tout le temps restée auprès de vous. Vous dormiez. Vous n'avez rien pu entendre du tout.

— Tous les enfants sont morts, insista-t-il. Tous. Ils ne savaient pas. Comment auraient-ils pu savoir qu'ils buvaient du poison ? Et qui irait empoisonner ses propres enfants ? » Comme je lâchais son bras, il me regarda à nouveau. « Vous en avez, des enfants ?

— Non, répondis-je.

— Ma fille a un an et demi, m'apprit-il. Mon fils trois mois. Il faut prendre bien garde à eux, ça demande de la patience. Ma femme est très douée pour ça. » Je remarquai pour la première fois que de la sueur coulait sur son front, sur le dos de ses mains. « Mais je me démerde aussi. Je veux dire : je tâtonne un peu, mais je ne leur ferais jamais de mal. Je les prends dans mes bras, je leur chante des chansons et… et si quelqu'un essayait de s'en prendre à eux… » Il m'empoigna par le bras qui l'avait maintenu. « Qui irait donner du poison à ses enfants ?

— Ce n'est pas votre faute, affirmai-je.

— Ils ne savaient pas que c'en était. Ils ne le savent toujours pas. » M'attirant plus près, il me souffla à l'oreille. « Je les ai entendus chanter. » Et je veux bien être pendu si ces mots ne me firent pas monter un frisson dans l'épine dorsale.

« Je vais aller jeter un coup d'œil », lui dis-je en empoignant une torche électrique accrochée à la paroi, avant de m'avancer dans l'allée centrale.

J'avais une raison pratique d'enquêter. En tant que chef de soute, je savais que bruit inhabituel était synonyme de problème. J'avais entendu raconter l'histoire d'un équipage qui n'arrêtait pas d'entendre un chat miauler dans la soute. Mon homologue n'avait pas trouvé l'animal mais estimait qu'il se montrerait quand on déchargerait la cargaison. Or le « miaulement » provenait d'une barre de fixation affaiblie, qui s'était pliée au moment où les roues avaient touché la piste, libérant trois tonnes de matériel explosif, ce qui avait apporté un peu de piment à l'atterrissage. Les bruits curieux annonçaient des ennuis potentiels, et j'aurais été stupide de ne pas m'intéresser à celui-là.

Je vérifiai toutes les boucles et tous les filets, m'accroupis, tendis l'oreille, cherchai des traces de déplacement, des sangles effilochées, tout ce qui pouvait sortir de l'ordinaire. J'examinai un côté à l'aller, l'autre au retour, et vérifiai même les portes d'embarquement de la cargaison. Rien. Tout était normal – mon boulot impeccable habituel.

Quand je remontai l'allée pour retrouver mes passagers, Hernandez pleurait, la tête dans ses mains. Pembry, assise près de lui, lui frictionnait le dos d'une main, comme ma mère me le faisait autrefois.

« Tout va bien, Hernandez. » Je raccrochai la lampe au mur.

« Merci, répondit l'infirmière à sa place, avant d'ajouter : Je lui ai donné un Valium, il devrait se calmer.

— J'ai juste vérifié par sécurité, dis-je. À présent, reposez-vous un peu, tous les deux. »

Je retournai à ma couchette et la trouvai occupée par Hadley, le mécanicien en second. Prenant celle d'en dessous, je ne parvins pas à m'endormir aussitôt : je tentais de ne pas songer à la raison pour laquelle les cercueils se trouvaient dans mon avion.

Cargaison était un euphémisme. Du plasma sanguin aux explosifs, des limousines des services secrets aux lingots d'or, on emballait et on transportait n'importe quoi parce que c'était notre job, voilà tout, et tout ce qu'on pouvait faire pour accélérer le mouvement était important.

Ce n'est qu'une cargaison, me dis-je. Cependant, des familles entières s'étaient suicidées… J'étais heureux de les sortir de la jungle pour les ramener à leurs proches, mais les médecins arrivés là les premiers, tous les gars qu'on avait vus au sol, mon équipage même, nous arrivions trop tard pour faire plus que cela. J'avais une envie vague, un peu troublante, d'avoir des enfants, et qu'on en tue me foutait en rogne. Mais les parents avaient fait cela volontairement, n'est-ce pas ?

Incapable de me détendre, je trouvai un vieux numéro du *New York Times* plié dans la couchette. La paix au Moyen-Orient de notre vivant, annonçait-il dans un article illustré d'une photo du président Carter et d'Anouar el-Sadate en train de se serrer la main. J'étais sur le point de m'assoupir quand je crus entendre Hernandez crier à nouveau.

Je me forçai à bouger mon cul. Pembry, debout, avait les mains pressées sur la bouche. Je m'approchai d'elle et les lui écartai du visage, croyant qu'Hernandez l'avait frappée, cherchant des traces.

Il n'y en avait pas. Par-dessus son épaule, je vis le jeune homme riveté à son siège, les yeux collés à l'obscurité comme à un téléviseur couleur en négatif.

« Qu'est-ce qui s'est passé ? Il vous a frappée ?

— Il… il les a entendus encore, bredouilla l'infirmière en portant une nouvelle fois la main à son visage. Vous… vous devriez retourner voir. Vous devriez vérifier. »

L'avion s'inclina, ce qui la déporta un peu vers moi. Comme je me retenais en lui prenant le coude, elle s'effondra contre moi. Je lui lançai un regard neutre. Elle détourna les yeux. « Qu'est-ce qui s'est passé ? interrogeai-je à nouveau.

— Je les ai entendus aussi », dit-elle.

Je tournai les yeux vers l'allée obscure. « À l'instant ?

— Oui.

— Et c'était comme il a dit ? Des enfants qui chantent ? » Je réalisai que j'étais bien près de la secouer. Étaient-ils tous les deux devenus fous ?

« Des enfants qui jouent, répondit-elle. Comme… des bruits de cour de récréation, vous voyez ? Des enfants qui jouent… »

Je me creusai la tête en cherchant quel objet ou assemblage d'objets, une fois fourré dans un C-141 StarLifter et emporté à trente-neuf mille pieds au-dessus de la mer des Caraïbes, émettrait un bruit d'enfants en train de jouer.

Hernandez changea de position, ce qui attira l'attention de Pembry comme la mienne. Avec un sourire vaincu, il nous déclara : « Je vous l'avais bien dit.

— Je vais aller voir ça, leur dis-je.

— Laissez-les jouer, dit le jeune aviateur. Ils veulent seulement jouer. Ce n'est pas ce que vous vouliez, vous, quand vous étiez petit ? »

Je me souvenais de mon enfance agitée, d'étés interminables, de promenades à bicyclette, de genoux à vif et de retours à la maison au crépuscule avec ma mère qui disait : « Regarde comme tu es sale. » Les équipes d'évacuation lavaient-elles les cadavres avant de les mettre dans les cercueils ?

« Je vais trouver ce qui fait ce bruit, assurai-je, avant de décrocher à nouveau la torche électrique. Restez là. »

Tirant parti de l'obscurité qui limitait mon champ de vision, je me concentrai sur ce que j'entendais. Les turbulences s'étaient alors apaisées, aussi n'utilisai-je ma lampe que pour éviter de trébucher sur les filets à cargaison. Je guettais le moindre bruit nouveau ou inhabituel. Il n'y avait pas qu'une seule source, c'était forcément une combinaison – et les sons de ce genre-là ne s'interrompent en aucun cas pour recommencer un peu plus tard. Une fuite de carburant ? Un passager clandestin ? L'idée d'un serpent ou autre animal de la jungle tapi dans les caisses métalliques aiguisait tous mes sens et ravivait le souvenir de mon rêve.

Près des portes à cargaison, j'éteignis ma lumière et tendis l'oreille. L'air pressurisé. Quatre turboréacteurs Pratt & Whitney. Des grincements. Des sangles qui claquaient.

Et puis… autre chose. Au bout d'un moment, distinctement, un son monta, d'abord sourd et vacillant, semblant venir du fond d'une caverne, mais bientôt pur, sans entraves, comme si j'écoutais à une porte qui venait de s'ouvrir par surprise.

Des enfants. Des rires. La sortie de l'école primaire.

J'ouvris les yeux et braquai le faisceau de ma torche sur les caisses de métal. Je les trouvai en place, serrées près de moi les unes contre les autres, ayant presque l'air d'attendre.

Des enfants, songeai-je, seulement des enfants.

Je dépassai Hernandez et Pembry en courant pour rejoindre les toilettes. Je ne saurais vous dire ce qu'ils virent sur mon visage, mais, si cela ressemblait à ce que je découvris dans le petit miroir au-dessus du lavabo, je devais évoquer à la fois la terreur et la rédemption.

Mes yeux quittèrent le miroir pour l'interphone. Tout problème avec la cargaison devait être rapporté sur-le-champ, le règlement l'exigeait, mais que pouvais-je dire au commandant ? J'avais bien envie de tout balancer, d'éjecter les cercueils et d'en finir. Si je racontais qu'il y avait le feu dans la soute, on descendrait en dessous de dix mille pieds afin que je puisse faire sauter les boulons, larguer toute la cargaison au fond du golfe du Mexique, et personne ne poserait de questions.

Je cessai de délirer, me redressai et tentai de réfléchir. *Des enfants*, songeai-je. *Pas des monstres, pas des démons, juste des bruits d'enfants qui jouent. Rien qui te fera du mal. Rien qui* puisse *te faire du mal.* Chassant le frisson qui me parcourait, je décidai d'aller chercher de l'aide.

Hadley dormait toujours sur sa couchette. Un livre de poche aux pages cornées, dont la couverture montrait deux femmes passionnément enlacées, formait une tente sur sa poitrine. Je le secouai par le bras et il s'assit. Un instant, il resta aussi muet que moi, puis il se frotta le visage d'une main et bâilla.

Enfin il me regarda en face, et je vis ses traits se tendre d'inquiétude. Son premier réflexe fut d'empoigner sa bouteille d'oxygène portative, mais, l'instant d'après, il retrouvait son expression d'homme prêt à tout. « Qu'y a-t-il, Davis ? »

Je cherchai désespérément une excuse. « La cargaison, dis-je. Il y en a… peut-être une partie qui a bougé. J'ai besoin d'un coup de main, mon lieutenant. »

Son inquiétude se changea en irritation. « Vous avez prévenu le commandant ?

— Non, mon lieutenant. Je... Je ne veux pas le déranger encore. Il est possible que ce ne soit rien du tout. »

Comme il me considérait d'un air déplaisant, je crus qu'il allait m'adresser des mots bien sentis, mais il me précéda sans rien dire vers la soute. Sa seule présence suffisait à ranimer mes doutes, mon professionnalisme. Mon pas se raffermit, mes yeux se rouvrirent en grand et mon estomac retrouva sa place dans mon abdomen.

Pembry s'était rassise près d'Hernandez et tous les deux feignaient l'indifférence. Hadley leur accorda à peine un regard avant de me suivre le long de l'allée entre les cercueils.

« Et les lumières principales ? s'enquit-il.

— Elles n'arrangent rien, dis-je. Tenez. » Je lui passai la torche puis demandai : « Est-ce que vous entendez ?

— Est-ce que j'entends quoi ?

— Écoutez bien. »

Encore une fois, seulement les moteurs et le courant-jet. « Je ne...

— Chut ! Écoutez. »

Sa bouche s'ouvrit, resta ainsi une minute, puis se referma. Les moteurs se calmèrent et les bruits montèrent, véritable brouillard sonore, nous imprégnant comme la vapeur d'eau. Je ne réalisai pas combien j'avais froid avant de remarquer que mes mains tremblaient.

« Qu'est-ce que c'est que ça, nom de Dieu ? lâcha Hadley. On dirait…

— Ne le dites pas, l'interrompis-je. Ça ne peut pas être ça. » Je désignai de la tête les caisses métalliques. « Vous savez ce qu'il y a dans ces cercueils, hein ? »

Il ne répondit pas. Un temps, le son parut se déplacer autour de nous, soudain tout proche puis lointain. Hadley tenta de le suivre avec sa lumière. « Vous arrivez à savoir d'où ça vient ?

— Non, je suis juste rassuré que vous l'entendiez aussi, mon lieutenant. »

Le mécanicien se gratta la tête, les traits tirés, comme s'il avait avalé quelque chose de très mauvais et ne parvenait pas à en chasser l'arrière-goût. « C'est du délire », fit-il de sa voix traînante.

D'un coup le son cessa et, comme auparavant, le rugissement des réacteurs nous emplit les oreilles.

« Je vais allumer les lumières. » Je m'écartai, hésitant. « Je ne vais pas appeler le commandant. »

Le silence d'Hadley fut digne d'un conspirateur. Quand je le rejoignis, je le trouvai en train d'examiner une rangée de cercueils bien précise à travers le filet.

« Il vous faut effectuer une fouille », dit-il sans inflexion.

Je ne répondis pas. J'avais déjà exploré des cargaisons en plein air, mais jamais comme celle-là, pas même des cadavres de soldats. Si tout ce que disait Pembry était vrai, j'étais incapable d'imaginer pire que l'ouverture d'un de ces cercueils.

Le bruit suivant nous fit sursauter tous les deux.

Imaginez une balle de tennis mouillée. Maintenant, imaginez le son que produit cette balle en frappant le court – une espèce de CHTAC étouffé, comme un oiseau s'écrasant sur le fuselage. Cela revint et, cette fois, je l'entendis à l'intérieur de la soute. Après quelques secousses dues aux turbulences, le bruit d'impact résonna à nouveau. Il provenait sans conteste d'un cercueil aux pieds de Hadley.

Ce n'est pas un problème grave, tentait de déclarer le visage de mon compagnon. On n'a fait qu'imaginer ça. *Un bruit issu d'un cercueil ne peut pas faire tomber un avion*, disait son expression. *Les fantômes, ça n'existe pas*.

« Mon lieutenant ?

— Il faut qu'on voie », décida-t-il.

Le sang revint s'accumuler dans mon estomac. *Voir*, avait-il dit. *Je ne voulais pas voir*.

« Appelez le commandant à l'interphone et dites-lui d'éviter les secousses », reprit-il. Je sus à cet instant qu'il allait m'aider. Il n'en avait aucune envie mais il allait m'aider néanmoins.

« Qu'est-ce que vous faites ? » demanda Pembry. Elle s'approcha pour me regarder ôter le filet d'une rangée de cercueils, tandis que le mécanicien se chargeait de déboucler les sangles qui les maintenaient. Les tranquillisants ayant enfin agi, Hernandez dormait, la tête inclinée sur la poitrine.

« Il faut qu'on examine la cargaison, dis-je sur un ton neutre. Il est possible qu'un déséquilibre se soit produit pendant le vol. »

Elle m'empoigna le bras quand je passai près d'elle. « Est-ce que c'est tout ? Un poids qui s'est déplacé ? »

Il y avait un soupçon de désespoir dans sa question. *Dites-moi que j'ai tout imaginé*, implorait son regard. *Dites-le-moi, je vous croirai et j'irai dormir un peu.*

« C'est ce que nous pensons », acquiesçai-je.

Ses épaules s'affaissèrent et son visage se fendit d'un sourire trop large pour être authentique. « Dieu merci. Je croyais être en train de devenir folle. »

Je lui tapotai l'épaule. « Bouclez votre ceinture et reposez-vous », lui conseillai-je. Elle le fit.

Enfin, j'étais en train d'agir. En tant que chef de soute, je pouvais mettre un terme à ces bêtises. Je m'activai donc, défis les sangles, grimpai sur les cercueils, bousculai celui du haut pour le déloger, le portai plus loin, le fixai, ôtai le suivant, le portai, le fixai, et ainsi de suite. Les joies de la répétition facile.

Hadley ne s'interrompit pas avant que nous n'atteignions le cercueil du bas, celui qui faisait du bruit. Il demeura immobile tandis que je tirai assez la longue boîte métallique pour pouvoir l'examiner. Sa posture, quoique naturelle, exprimait le dégoût, une émotion qu'il serait capable de masquer au milieu d'autres vétérans de l'armée de l'air bravaches, après quelques bières, mais pas maintenant, pas à moi.

Un examen de routine de l'emplacement du cercueil, et des caisses voisines, ne me révéla ni dégâts ni défaut évident.

Un bruit résonna – encore un « chtac » humide. À l'intérieur. Le mécanicien sursauta autant que moi.

Sa froide révulsion était impossible à dissimuler. Je réprimai un tremblement.

« Il faut qu'on l'ouvre », dis-je.

Hadley n'en disconvint pas, mais, comme le mien, son corps ne se mit en branle qu'avec lenteur. S'accroupissant, une main plantée sur le couvercle du cercueil, il défit les fermoirs de son côté. Je l'imitai du mien, me découvrant les doigts moites sur le métal froid, et tremblant un peu quand je posai fermement à mon tour la main sur le couvercle. Nos regards se croisèrent en un instant chargé de toute la résolution qui nous restait. Le cercueil s'ouvrit sous nos efforts conjugués.

D'abord l'odeur : un mélange de fruits pourris, d'antiseptique et de formol, enveloppé dans du plastique avec de la fiente et du soufre. Cela emplit la soute, nous agressant les narines. Les lumières du plafond illuminaient deux sacs à cadavres noirs luisant de condensation et de déjections. Je savais que ces corps étaient ceux d'enfants, et cela m'impressionnait, me faisait mal. Un des sacs dissimulait l'autre en partie, et je compris aussitôt qu'il ne renfermait pas qu'un seul enfant. Mes yeux balayèrent le plastique couvert d'humidité, repérant les contours d'un bras, la trace d'un profil. Une petite forme recroquevillée près de la soudure inférieure, à l'écart du reste, était de la taille d'un bébé.

Soudain, l'avion frémit comme un poney effrayé, et le sac du dessus glissa pour révéler, mi-dedans, mi-dehors, une petite fille de huit ou neuf ans, coincée dans l'angle tel un contorsionniste aliéné. Son ventre percé à la baïonnette avait gonflé à nouveau, et ses membres tordus étaient désormais aussi épais que des branches d'arbre. Sa peau pigmentée avait pelé, sauf celle du visage, aussi pur et innocent que celui d'un chérubin du paradis.

Ce fut ce visage qui fit vraiment déborder le vase, qui me fit vraiment mal. Ce doux visage.

Ma main crispée au bord du cercueil, douloureuse, avait blanchi, mais je n'osais pas la retirer. Quelque chose monta dans ma gorge. Je me contraignis à le ravaler.

Une mouche grasse et luisante sortit du sac et se dirigea vers Hadley dans un battement d'ailes paresseux. Le mécanicien se releva lentement et se campa, comme sur le point de recevoir un coup au corps. Il regarda l'insecte s'élever, décrire en voletant une trajectoire malhabile, puis il mit fin à la scène en reculant d'un pas pour le frapper – j'entendis claquer la gifle –, tout en lâchant entre ses lèvres un bruit de nausée.

Quand je me relevai, j'avais les tempes qui palpitaient et les jambes flageolantes. Je m'appuyai contre un cercueil voisin, un goût rance au fond de la gorge.

« Refermez ça, ordonna Hadley comme s'il avait la bouche pleine. Refermez ça. »

Mes bras se changèrent en caoutchouc. M'étant cuirassé, je levai la jambe et poussai le couvercle du pied. Il se referma avec un bruit d'obus qui explose.

La pression martelait mes oreilles comme pendant une descente rapide.

Le mécanicien se posa les mains sur les hanches, baissa la tête et prit de profondes inspirations par la bouche. « Oh, bon Dieu », croassa-t-il.

Je perçus un mouvement. Pembry se tenait près des cercueils alignés, le nez froncé par le dégoût. « Qu'est-ce qui sent comme ça ?

— Tout va bien. » Je me révélai capable de bouger un bras et d'effectuer ce que j'espérais être un geste décontracté. « On a trouvé le problème, mais il a fallu ouvrir. Allez vous asseoir. »

L'infirmière s'entoura de ses bras et retourna à son siège.

Je pris encore quelques profondes inspirations, puis l'odeur se dissipa assez pour que nous puissions agir. « Il faut le fixer », dis-je à Hadley.

Il leva du sol des yeux qui n'étaient que des fentes étroites. Ses poings étaient serrés et son large torse se dressait tout droit, en une posture farouche. Au coin de ses yeux, une tache d'humidité étincelait. Il resta muet.

Le cercueil redevint un élément de la cargaison quand je rebouclai les fermoirs. Hadley unit ses efforts aux miens pour le remettre en place. En quelques minutes, les autres caisses furent calées, les sangles serrées, le filet déployé et fixé.

Le mécanicien attendit que je termine puis retourna avec moi en direction du cockpit. « Je vais annoncer au commandant que vous avez résolu le problème et qu'on peut repasser à pleine vitesse », dit-il. Je hochai la tête. « Encore une chose : si vous voyez cette mouche, tuez-la.

— Vous ne l'avez pas...

— Non. »

Ne sachant que dire d'autre, je répondis : « Bien, mon lieutenant. »

Pembry, le nez levé, feignait de dormir sur son siège. Hernandez était assis tout droit, les paupières mi-closes. Il me fit signe d'approcher, de me pencher.

« Vous les avez laissés sortir pour qu'ils aillent jouer ? » demanda-t-il.

Je ne lui répondis pas. Dans mon cœur, je sentais le même pincement que lorsque j'étais enfant, à la fin de l'été.

Après l'atterrissage à Dover, un détachement funéraire en tenue de cérémonie déchargea tous les cercueils et administra les rites funéraires convenables à chaque personne. J'apprendrais ensuite que, les corps continuant d'affluer, la formalité avait été abandonnée au profit d'un accueil des avions par un unique chapelain de l'armée de l'air. À la fin de la semaine, j'étais de retour au Panama, la panse bourrée de dinde et de rhum bon marché. Plus tard, je partis livrer des provisions à la base de missiles guidés des Îles Marshall. Au *Military Air Command*, on n'est jamais à court de cargaisons.

L'horreur des hauteurs

ARTHUR CONAN DOYLE

En plus des aventures de Sherlock Holmes, Doyle écrivit plus d'une centaine de romans et nouvelles, dont plusieurs dizaines ressortissent du fantastique. À certaines de ces histoires manque l'élan, le côté « il faut que je sache ce qui arrive après » de celles de Holmes – la plupart mettent en scène de jeunes Anglais très respectables affrontant une quelconque horreur surnaturelle dont ils triomphent par l'astuce et la détermination –, mais quelques-unes sont authentiquement effrayantes. « Le Lot n° 249 » en est un bon exemple ; en voici un autre. Tel son contemporain Bram Stoker, Doyle était fasciné par les inventions nouvelles (il acheta une voiture en 1911, alors qu'il n'en avait jamais conduit), dont l'aéroplane. Lorsque vous lirez « L'horreur des hauteurs », rappelez-vous que ce texte a été publié en 1913, dix ans seulement après que le *Flyer* des frères Wright se fut élevé au-dessus de la ville de Kitty Hawk pendant cinquante-neuf secondes, avec Orville aux commandes rudimentaires et Wilbur à son côté. Quand la nouvelle de Doyle parut dans *The Strand*, l'altitude maximale à laquelle pouvait aspirer un avion était de douze mille ou peut-être dix-huit mille pieds. En imaginant ce qui pourrait se trouver encore plus haut, au-dessus des nuages, Arthur Conan Doyle a créé la plus terrifiante de toutes ses histoires.

L'idée selon laquelle l'extraordinaire récit appelé le Fragment Joyce-Armstrong serait un canular élaboré dû à quelque individu affligé d'un sens de l'humour sinistre et pervers est désormais abandonnée par quiconque a étudié la question. Le plus macabre et imaginatif des conspirateurs hésiterait à lier ses fantaisies morbides aux faits tragiques indiscutables qui renforcent cette narration. Si les assertions qu'elle contient sont étonnantes, voire monstrueuses, leur véracité ne fait pas plus de doute pour l'opinion générale que la nécessité d'adapter nos idées à la situation nouvelle. Seule une marge de sécurité fine et précaire paraît séparer notre monde d'un danger aussi singulier qu'inattendu. Je m'efforcerai au cours du présent récit, lequel reproduit le document d'origine sous sa forme nécessairement assez fragmentaire, d'exposer au lecteur l'ensemble des faits à ce jour, et commencerai par affirmer que, si certains doutent du témoignage de Joyce-Armstrong, les affirmations relatives au lieutenant Myrtle de la Royal Navy et à Mr. Hay Connor sont indiscutables, tous les deux ayant bel et bien connu la fin qui s'y trouve décrite.

Le Fragment Joyce-Armstrong fut trouvé dans le pré appelé Lower Haycock, un kilomètre et demi à l'ouest du village de Withyham, à la limite du Kent et du Sussex. Le 15 septembre dernier, James Flynn, un ouvrier agricole employé de Matthew Dodd, propriétaire de la ferme Chauntry, à Withyham, remarqua une pipe de bruyère près du chemin qui borde la haie du Lower Haycock. À quelques pas de là, il ramassa une paire de jumelles brisées. Enfin, au milieu des orties du fossé, il aperçut un livre relié toile qui se révéla être un carnet de notes aux pages détachables, dont certaines s'étaient échappées et voletaient au bas de la haie. Flynn les ramassa mais certaines, notamment la première, ne furent jamais retrouvées, si bien que subsiste un déplorable hiatus dans cet énoncé de la plus haute importance. Le carnet fut apporté par l'ouvrier à son maître, qui le montra à son tour au docteur. J. H. Atherton, de Hartfield. Ce gentleman comprit aussitôt la nécessité d'une expertise, et le manuscrit fut transmis à l'Aéroclub de Londres, où il se trouve actuellement.

Les deux premières pages sont manquantes, une autre arrachée, vers la fin du récit, mais rien de tout cela n'affecte la cohérence générale de l'histoire. On suppose que l'introduction disparue détaillait les qualifications de Mr. Joyce-Amstrong en tant qu'aviateur, lesquelles peuvent être obtenues d'autres sources et sont estimées sans pareilles parmi les pilotes anglais. De nombreuses années durant, il a été considéré comme l'un des hommes volants les plus audacieux et les plus intellectuels, une combinaison qui lui a permis d'inventer et d'expérimenter plusieurs dispositifs, dont l'accessoire gyroscopique très répandu qui porte son nom. Le corps du manuscrit est rédigé proprement, à l'encre, mais les dernières lignes, au crayon, sont mal écrites au point d'être à peine lisibles – exactement telles qu'on pourrait les attendre, en fait, si elles avaient été griffonnées à la hâte sur le siège d'un aéroplane en mouvement. Ajoutons que plusieurs taches, sur la dernière page et la couverture, ont été identifiées par les experts du Home Office[1] comme du sang – probablement humain et sans conteste issu d'un mammifère. Qu'un organisme ressemblant de près à l'agent de la malaria ait été découvert dans ce sang, et que Joyce-Armstrong souffrît notoirement de fièvres intermittentes, est un exemple remarquable des armes nouvelles mises par la science moderne entre les mains de nos inspecteurs.

Un mot à présent de la personnalité de l'auteur de ce récit qui marque la fin d'une époque. Joyce-Armstrong, mécanicien et inventeur, était aussi, d'après les quelques amis qui le connaissaient vraiment, un poète et un rêveur. Doté d'une fortune considérable, il en avait dépensé une grande partie à la pratique de son hobby aéronautique. Il disposait de quatre aéroplanes privés dans ses hangars, près de Devizes, et on dit qu'il n'effectua pas moins de cent soixante-dix ascensions au cours de l'année dernière. C'était un homme réservé, sujet à des accès de cafard durant lesquels il évitait la compagnie de ses

1. Équivalent du ministère de l'Intérieur. (*Toutes les notes sont du traducteur*.)

semblables. Le capitaine Dangerfield, qui le connaissait mieux que personne, affirme que son excentricité menaçait parfois de se changer en un état plus grave. Son habitude d'emporter un fusil de chasse dans son aéroplane en était une manifestation.

Une autre était l'effet morbide qu'avait eu sur son esprit la chute du lieutenant Myrtle. Ce dernier était tombé de plus de trente mille pieds alors qu'il tentait de battre le record d'altitude. Quoique ce soit horrible à dire, sa tête avait été pulvérisée, alors que son corps et ses membres avaient conservé leur intégrité. D'après Dangerfield, lors de toutes les réunions de pilotes subséquentes, Joyce-Armstrong avait interrogé avec un sourire énigmatique : « Et sauriez-vous me dire où est passée la tête de Myrtle ? »

Lors d'une autre occasion, après dîner, au mess de l'école de pilotage de Salisbury Plain, il avait lancé un débat concernant le danger le plus inévitable que pourraient rencontrer les aviateurs. Après avoir écouté des opinions successives mentionner poches d'air, défauts de construction et excessive inclinaison des ailes, il s'était contenté de hausser les épaules, refusant d'exprimer ses vues sur la question mais laissant entendre qu'elles différaient de toutes celles de ses compagnons.

Il n'est pas inutile de remarquer qu'après sa disparition complète on découvrit ses affaires privées réglées avec une précision suggérant de sa part une forte prémonition du désastre. Ces explications essentielles achevées, je vais à présent recopier le récit dans son intégralité, à partir de la troisième page du carnet imprégné de sang :

« Néanmoins, lorsque je dînai à Reims en compagnie de Coselli et de Gustave Raymond, je découvris que ni l'un ni l'autre n'était conscient d'un danger particulier dans les couches supérieures de l'atmosphère. Je n'allai pas jusqu'à exprimer ce qui hantait mes pensées, mais je m'en approchai tant que, s'ils avaient entretenu une idée du même ordre, ils n'eussent pu manquer de l'exprimer. Cela dit, ce sont deux idiots vaniteux qui ne songent qu'à voir leur nom imprimé dans le journal. Il est intéressant de remarquer que ni l'un ni l'autre n'était jamais allé beaucoup plus haut que vingt mille pieds. Bien entendu, des hommes ont déjà dépassé cette altitude, tant en ballon qu'en escaladant des montagnes. C'est forcément bien au-dessus que l'aéroplane pénètre dans la zone de danger – toujours en supposant mes prémonitions correctes.

» L'aviation existe depuis à présent plus de vingt ans, et il est permis de se demander pourquoi ce péril ne se révélerait à nous qu'aujourd'hui ? La réponse est évidente. Naguère, au temps des moteurs peu puissants, quand on estimait un Gnome ou un Green de cent chevaux-vapeur amplement suffisant pour tous les besoins, les vols étaient très restreints. À présent que trois cents chevaux-vapeur constituent la règle plutôt que l'exception, les visites des couches supérieures sont devenues plus faciles et plus fréquentes. Certains d'entre nous ont souvenir que, dans notre jeunesse, Garros se tailla une réputation mondiale en atteignant dix-neuf mille pieds, et que franchir les Alpes en volant était considéré comme un exploit. Nos critères sont à présent immensément plus élevés, et on compte vingt vols en haute altitude pour un dans l'ancien temps. Nombre de ces vols ont été effectués impunément. Le niveau des trente mille pieds a été atteint à maintes reprises sans autre souci que le froid et l'asthme. Et qu'est-ce que cela prouve ? Un visiteur pourrait descendre mille fois sur notre planète sans jamais voir un tigre. Pourtant les tigres existent et, s'il tombait par hasard dans une jungle, il risquerait de se faire dévorer. Des jungles de l'altitude existent aussi, et ce qui les habite est bien pire que des tigres. Je crois qu'avec le temps on finira par les cartographier de manière exacte. À l'heure qu'il est, je pourrais d'ores et déjà en désigner deux. L'une s'étend au-dessus de la région de France qui va de Pau à Biarritz. L'autre se trouve juste au-dessus de ma tête tandis que j'écris ceci à mon domicile de Wiltshire. Je pense sans trop craindre de me tromper qu'il y en a une troisième dans la région de Homburg-Wiesbaden.

» Ce furent les disparitions d'aviateurs qui déclenchèrent mes réflexions. Bien sûr, chacun les disait tombés en mer, mais cela ne me satisfaisait aucunement. Il y eut d'abord Verrier en France ; sa machine fut récupérée près de Bayonne mais on ne retrouva jamais son corps. Je citerai aussi le cas de Baxter, qui disparut alors que son moteur et certaines fixations métalliques furent retrouvés dans un bois du Leicestershire. En l'occurrence, le Dr Middleton, d'Amesbury, qui observait le vol au télescope, déclara que, juste avant que les nuages ne le lui masquent, il avait vu l'appareil, à une altitude considérable, s'élever soudain à la verticale en une succession d'à-coups qu'il eût estimée impossible. On ne revit plus jamais Baxter. Les journaux firent le rapprochement entre les deux disparitions mais cela ne mena nulle part. Il y eut plusieurs autres cas similaires, puis survint la mort d'Hay Connor. Quel bruit fit ce mystère irrésolu de l'air, quelles colonnes dans les journaux à trois sous ! Pourtant, on s'efforça bien peu d'aller au fond de l'affaire ! Connor s'était écrasé après un monumental vol plané depuis une altitude inconnue. Il n'avait pas quitté son appareil, aux commandes duquel il était mort. Mort de quoi ? D'une affection cardiaque, supposèrent les médecins. Balivernes ! Le cœur de Hay Connor était aussi sain que le mien. Qu'avait dit Venables, seul à se trouver près de lui au moment du décès ? Qu'il frissonnait et donnait l'impression d'avoir connu une peur terrible. « Il est mort de peur », affirmait Venables, sans toutefois imaginer ce qui avait ainsi pu effrayer l'aviateur. Le mourant n'avait prononcé qu'un seul mot, qui ressemblait à « monstrueux », ce dont on n'avait rien pu tirer pendant l'enquête. Moi, cependant, je compris. Monstres ! Tel avait été le dernier mot du pauvre Harry Hay Connor. Et il était bel et bien mort de peur, comme le pensait Venables.

» Ensuite, il y eut la tête de Myrtle. Croyez-vous vraiment – quiconque croit-il vraiment – qu'un homme pourrait avoir la tête entièrement enfoncée dans le torse par la force d'une chute ? C'est peut-être possible, ma foi, mais, à titre personnel, je ne crus jamais que tel fût le cas pour Myrtle. Et la graisse sur ses vêtements ! « Gluants de graisse », avait dit quelqu'un lors de l'enquête. Étonnant que nul n'eût poussé ensuite la réflexion ! Je le fis bien, moi, mais il faut dire que je réfléchissais au problème depuis beau temps. J'effectuai trois ascensions – et j'entends encore Dangerfield se moquer de moi à cause de mon fusil de chasse – mais ne montai jamais assez haut. Demain, toutefois, avec mon nouvel appareil léger Paul Veroner et son Robur cent soixante-quinze, je devrais aisément atteindre les trente mille pieds. Je viserai le record. Et peut-être aurai-je l'occasion de viser autre chose – avec mon fusil. Ce sera dangereux, bien sûr, mais, si on craint le danger, mieux vaut éviter l'aviation en général et s'installer tranquillement avec des pantoufles et une robe de chambre. Je visiterai donc demain la jungle aérienne – et, si quelque chose y rôde, je le saurai. Si je reviens, je deviendrai célèbre. Dans le cas contraire, ce carnet expliquera ce que je tentais de faire et comment je perdis la vie dans l'entreprise. Mais qu'on n'aille pas bêtement parler d'accident ou de mystère, je vous en supplie.

» Je choisis mon monoplan Paul Veroner en vue de cette tâche. Pour faire du vrai travail, rien ne vaut un monoplan. Beaumont s'en est rendu compte très tôt. Tout d'abord, il supporte l'humidité, et, au vu du temps, nous serons en permanence dans les nuages.

C'est un joli petit modèle qui répond à mes sollicitations comme un cheval à la tendre mâchoire. Le moteur est un Robur rotatif de dix cylindres qui monte à cent soixante-quinze. Il dispose de toutes les caractéristiques modernes – fuselage fermé, patins d'atterrissage à courbe haute, freins, stabilisateurs gyroscopiques et trois vitesses déterminées par un changement d'inclinaison des ailes sur le principe des stores vénitiens. J'emportais mon fusil de chasse ainsi qu'une douzaine de cartouches de chevrotines, et j'aurais voulu que vous voyiez la tête de Perkins, mon vieux mécanicien, quand je lui ordonnai de les mettre à l'intérieur. Habillé en explorateur polaire, je portais deux chandails sous ma combinaison, trois paires de chaussettes dans mes bottes matelassées, une casquette fourrée à rabats et mes lunettes d'aviateur. J'étouffais certes devant les hangars mais, comptant atteindre l'altitude du sommet de l'Himalaya, je devais me vêtir en conséquence. Perkins sentait bien qu'il se préparait quelque chose, aussi m'implora-t-il de l'emmener. Peut-être l'eussé-je fait si j'avais piloté le biplan, mais un monoplan est affaire individuelle si on veut en tirer toute la vitalité. Bien sûr, j'emportais un réservoir d'oxygène : l'homme qui chercherait à battre le record d'altitude sans s'en munir finirait gelé ou asphyxié – ou les deux.

» J'examinai avec soin les ailes, le gouvernail et le levier d'ascension avant de monter. Tout était en ordre pour autant que je pusse le voir. Je démarrai alors mon moteur et constatai qu'il tournait bien rond.

Quand on lui retira ses cales, l'avion s'éleva presque aussitôt à la vitesse la plus faible. Ayant contourné une ou deux fois ma piste privée pour faire chauffer le moteur, je saluai d'un signe de la main Perkins et les autres, redressai mes ailes et passai la vitesse supérieure. L'avion glissa telle une hirondelle sur le vent pendant dix ou quinze kilomètres, jusqu'à ce que je lui soulève un peu le nez, moment auquel il attaqua une grande spirale ascendante en direction du banc de nuages qui me surmontait. Monter lentement, s'adapter à la pression au fur et à mesure, est de la plus haute importance.

» C'était une journée chaude et lourde pour un mois de septembre anglais, baignée du silence qui précède toujours la pluie. De temps à autre un souffle de vent arrivait du sud-ouest – dont un si fort et inattendu qu'il me prit par surprise et faillit me contraindre à un demi-tour involontaire. Je me rappelle l'époque où rafales, tourbillons et poches d'air constituaient des dangers – avant que nous n'employions des moteurs assez puissants pour les surmonter. Au moment même où j'atteignais les premiers bancs de nuages, alors que l'altimètre marquait trois mille pieds, la pluie se mit à tomber. Et quel déluge, ma parole ! L'eau tambourinait sur mes ailes et me fouettait le visage, brouillant mes lunettes au point que j'y voyais à peine. Je réduisis ma vitesse car il était douloureux d'aller contre la pluie. Quand je pris de l'altitude, elle se changea en grêle, et je dus la fuir. Un de mes cylindres était hors d'usage – une bougie sale, j'imagine –, mais je continuai cependant de monter avec bien assez de puissance. Quel que fût le problème, il cessa au bout d'un moment et j'entendis le ronronnement profond des dix cylindres chantant à l'unisson. C'est là qu'intervient la beauté de nos silencieux modernes : nous pouvons enfin contrôler nos moteurs à l'oreille. Ah ! comme ils gémissent, grincent ou pleurent lorsqu'ils ont des ennuis ! Tous ces appels à l'aide étaient inutiles naguère, quand tous les sons étaient engloutis par le monstrueux vacarme de la machine. Si seulement les premiers aviateurs pouvaient revenir pour voir la beauté et la perfection mécaniques achetées au prix de leurs vies !

» Vers neuf heures et demie, j'approchai de la couverture nuageuse. En contrebas s'étendait la vaste plaine de Salisbury, brouillée et obscurcie par la pluie. Une demi-douzaine de machines volantes effectuant des vols de routine à mille pieds évoquaient des hirondelles noires sur fond vert. J'ose dire que leurs pilotes se demandaient ce que je faisais tout là-haut, au pays des nuages. Soudain, fut tiré en dessous de moi un rideau gris dont les plis de vapeur humide tourbillonnaient autour de mon visage. Il faisait froid et humide, un temps détestable. J'étais cependant passé au-dessus de la tempête de grêle, ce qui était une bonne chose. Les nuages étaient aussi sombres et épais qu'un brouillard londonien. Dans mon impatience d'en sortir, je soulevai le nez de l'avion au point que finit par retentir l'alarme automatique, tandis que je commençais à glisser en arrière. Mes ailes trempées et dégoulinantes m'alourdissaient plus que je ne l'aurais cru. Finalement, toutefois, j'atteignis un milieu moins dense et j'eus bientôt franchi la première couche nuageuse. Il y en avait une seconde – opaline et moutonneuse – à très haute altitude. Un plafond blanc uniforme au-dessus, un plancher noir uniforme en dessous, et le monoplan qui décrivait une large spirale ascendante entre les deux. On est terriblement seul dans ces espaces-là. À un moment, un grand vol d'oiseaux aquatiques me dépassa, filant vers l'ouest. Le rapide battement de leurs ailes et leurs cris musicaux me réjouirent l'oreille. Je pense qu'il s'agissait de sarcelles mais je suis un déplorable zoologue. À présent que nous autres humains sommes devenus des oiseaux, nous devrions vraiment apprendre à reconnaître nos frères de race à l'œil nu.

» Le vent tourbillonnait en dessous de moi, agitant la large plaine nuageuse. Quand s'y forma un grand tourbillon de vapeur, j'aperçus comme par une cheminée la terre lointaine. Un grand biplan blanc passait très loin en contrebas – sans doute le service postal du matin entre Bristol et Londres. Puis le tourbillon se referma et ma solitude redevint absolue.

» Juste après dix heures, je touchai le bord inférieur de la seconde strate nuageuse. Elle consistait en une vapeur diaphane qui dérivait rapidement d'ouest en est. Le vent n'avait cessé de s'enfler : c'était à présent une brise conséquente qui, d'après mon anémomètre, soufflait à quarante-cinq kilomètres-heure. Déjà, il faisait très froid, quoique l'altimètre ne marquât que neuf mille pieds. Le moteur tournait à merveille, et je m'élevais régulièrement dans son doux bourdonnement. Le banc de nuages, plus épais que je ne m'y attendais, finit tout de même par s'éclaircir, devenant brume dorée. L'instant d'après, j'en sortais tout à fait pour découvrir un ciel uniformément bleu et un beau soleil au-dessus de ma tête : azur et or au-dessus, argent étincelant en dessous – une vaste plaine miroitante à perte de vue. Il était dix heures et quart, et l'aiguille du barographe indiquait douze mille huit cents. Je continuai de monter, toujours plus haut, les oreilles concentrées sur le profond ronronnement de mon moteur, les yeux ne cessant de consulter l'horloge, le compte-tours, le niveau de carburant et la pompe à huile. Il n'est guère étonnant qu'on dise les aviateurs sans peur : avec tant de choses à surveiller, on n'a pas le temps de s'inquiéter pour sa sécurité. Ce fut plus ou moins à ce moment-là que je remarquai combien la boussole cesse d'être fiable lorsqu'on dépasse une certaine altitude. À quinze mille pieds, la mienne indiquait le sud-est-est. C'étaient le soleil et le vent qui me donnaient mon véritable cap.

» J'avais espéré atteindre une immobilité éternelle en ces hautes altitudes mais, chaque fois que je montais de mille pieds supplémentaires, c'était pour trouver un vent plus fort. Mon appareil tremblait et gémissait de tous ses rivets, de toutes ses soudures, et s'agitait comme une feuille de papier quand je l'inclinais pour virer, glissant sur l'air plus vite, peut-être, que ne s'était jamais déplacé homme mortel. Je devais cependant continuer de monter face au vent en décrivant des cercles, car je ne cherchais pas seulement à battre un record de vitesse. D'après mes calculs, c'était au-dessus du petit Wiltshire que s'étendait ma jungle aérienne, et tous mes efforts seraient réduits à néant si j'atteignais les couches supérieures à un point plus éloigné.

» Quand je me fus hissé à dix-neuf mille pieds, vers midi, le vent était si violent que je considérais avec anxiété les attaches de mes ailes, m'attendant à les voir se rompre ou se détendre d'un moment à l'autre. J'allai jusqu'à dégager le parachute glissé derrière moi et en attacher le crochet à l'anneau de ma ceinture de cuir, afin d'être préparé au pire. C'est en de pareils instants qu'un peu de négligence de la part du mécanicien peut coûter sa vie à l'aviateur. Toutefois, l'appareil tint le coup bravement. Chaque filin, chaque baguette vibrait comme autant de cordes de harpe, mais on ne pouvait qu'admirer la manière dont l'avion, malgré les coups et secousses incessants, restait conquérant de la nature et maître du ciel. Il y a sûrement quelque chose de divin en l'homme pour qu'il puisse à ce point s'élever au-dessus des limites que semble lui imposer la Création – et s'élever en outre grâce à la dévotion héroïque et altruiste qu'a démontrée notre conquête de l'air. Et on parle de déclin de l'humanité ! Quand donc pareille histoire fut-elle déjà écrite dans les annales de notre espèce ?

» Telles étaient les pensées qui m'habitaient tandis que je faisais l'ascension de cette pente monstrueuse, avec le vent qui parfois me fouettait le visage, parfois sifflait derrière mes oreilles, et les nuages en contrebas qui s'éloignaient si loin que plis et moutonnements d'argent s'étaient lissés pour former une plaine luisante. Toutefois, je connus soudain une expérience horrible et sans précédent. Il m'était déjà arrivé de me trouver pris dans ce qu'on appelle un tourbillon, mais jamais sur une telle échelle. L'immense fleuve de vent que j'ai déjà évoqué abritait semblait-il des maelströms aussi monstrueux que lui-même. Sans un instant d'avertissement, je me trouvai entraîné dans l'un d'eux, si bien que je tournoyai une ou deux minutes à une vitesse telle que je faillis perdre connaissance, puis tombai soudain, l'aile gauche en avant, dans la cheminée qui s'ouvrait au centre. Je m'abattis comme une pierre, perdant presque mille pieds. Seule ma ceinture me garda sur mon siège, et le choc à couper le souffle me laissa pendu, à demi inanimé, au bord du fuselage. Cependant, mon plus grand mérite en tant qu'aviateur est d'être toujours capable d'un suprême effort. Je m'avisai que ma descente ralentissait. Le tourbillon était en forme de cône plutôt que de cheminée, et j'en avais atteint la pointe. Dans un effort monumental, jetant tout mon poids d'un côté, je stabilisai mes ailes et tirai l'avion du vent. L'instant d'après, hors des turbulences, je me remis à filer en plein ciel. Secoué mais victorieux, je relevai alors le nez de la machine et repris ma spirale ascendante régulière. J'effectuai un large virage pour éviter désormais le redoutable tourbillon, au-dessus duquel je fus vite passé. Juste après treize heures, je me trouvais à vingt et un mille pieds au-dessus du niveau de la mer. À ma grande joie, j'avais dépassé le niveau de la bourrasque et chaque nouvelle centaine de pieds d'altitude m'apportait un air plus tranquille. Plus tranquille mais très froid, et j'étais en outre conscient de la nausée bien particulière qui accompagne sa raréfaction. Pour la première fois, je dévissai la valve de mon réservoir d'oxygène et pris désormais une bouffée occasionnelle de ce gaz merveilleux. Je le sentais courir tel un cordial dans mes veines, et j'en étais euphorique, quasi ivre. Ce fut en criant et en chantant que je poursuivis mon ascension dans le monde extérieur glacé et immobile.

» Il ne fait aucun doute à mes yeux que l'insensibilité qui frappa Glaisher et, dans une moindre mesure, Coxwell en 1862, quand ils montèrent en ballon à l'altitude de trente mille pieds était due à l'extrême rapidité d'une ascension verticale. Si on monte selon une pente plus douce et s'accoutume lentement, par degrés, à une pression atmosphérique plus faible, on ne connaît pas ces redoutables symptômes. À la même altitude, je me rendis compte que, même sans mon inhalateur à oxygène, je n'éprouvais pas de difficulté excessive à respirer. Il faisait toutefois un froid perçant, et mon thermomètre indiquait 0° Fahrenheit, soit – 18° Celsius. À treize heures trente, je volais à plus de onze kilomètres de la surface de la terre, et continuais de monter régulièrement. Je m'aperçus cependant que l'air raréfié fournissait un support bien plus faible à mes ailes, et que mon angle d'ascension avait en conséquence considérablement diminué. Il était déjà clair que, même avec mon poids léger et la puissance de mon moteur, il existait un point que je ne saurais dépasser. Pour ne rien arranger, une de mes bougies faisait à nouveau des siennes et le moteur connaissait des ratés intermittents. La crainte de l'échec me donnait le cœur lourd.

» Ce fut à cet instant que je connus une expérience tout à fait extraordinaire. Quelque chose siffla à mes oreilles dans un sillage de fumée et explosa avec un sifflement sonore, dégageant un nuage de vapeur. Sur le moment, je fus incapable d'imaginer ce qui s'était passé. Puis je me rappelai que la terre est sans cesse bombardée de météorites et serait difficilement habitable si la quasi-totalité d'entre elles ne se changeait en vapeur dans les couches supérieures de l'atmosphère. Voici un nouveau danger pour l'homme en altitude : deux autres de ces projectiles me dépassèrent alors que j'approchais des quarante mille pieds. Je ne doute pas qu'au bord de l'enveloppe terrestre, le risque serait très réel.

» L'aiguille de mon barographe marquait quarante et un mille trois cents quand je pris conscience de ne pouvoir aller plus haut. Physiquement, l'effort n'était pas encore si intense que je n'eusse pu le supporter, mais ma machine avait atteint ses limites. L'air raréfié refusait un support ferme aux ailes, la moindre inclinaison se changeait en glissade, et les commandes me paraissaient ramollies. Peut-être, si le moteur avait tourné parfaitement, un millier de pieds supplémentaire eût-il été à notre portée, mais il continuait d'avoir des ratés, et deux des dix cylindres semblaient en panne. Si je n'avais pas atteint la zone que je cherchais, je ne la verrais pas au cours de ce voyage. Mais n'était-il pas possible que je l'eusse atteinte ? Décrivant des cercles à l'instar d'un faucon monstrueux, demeurant à quarante mille pieds, je laissai le monoplan se guider tout seul et observai ce qui m'entourait à l'aide de mes jumelles Mannheim. Les cieux étaient parfaitement clairs ; il n'y avait aucune trace des dangers que j'avais imaginés.

» J'ai dit que je décrivais des cercles. Il m'apparut soudain que je ferais bien d'élargir mes évolutions et d'ouvrir une nouvelle voie aérienne. Un chasseur pénétrant dans une jungle terrestre la sillonnerait s'il désirait trouver du gibier. Mes réflexions m'avaient conduit à situer la jungle aérienne dont j'imaginais l'existence au-dessus de Wiltshire, qui devait s'étendre au sud-ouest de ma position. Je m'orientais au soleil, car ma boussole était devenue inutile et je n'apercevais aucune trace de la terre – seulement la lointaine plaine nuageuse argentée. Toutefois, je pris mes marques de mon mieux et filai tout droit vers mon but. Je savais ne disposer de carburant que pour une heure encore, mais je pouvais me permettre de l'user jusqu'à la dernière goutte, puisqu'il me serait toujours possible de regagner le sol en un splendide vol plané.

» Soudain, je pris conscience d'un fait nouveau. L'air avait perdu sa clarté cristalline, il était empli de longs filets inégaux d'une substance que je puis seulement comparer à une très fine fumée de cigarette – guirlandes et volutes qui tournaient et se tortillaient lentement sous le soleil. Tandis que le monoplan la traversait, je sentis un léger goût d'huile sur mes lèvres, et une écume grasse se déposa sur l'armature en bois de mon appareil. Il semblait s'agir d'une matière organique à l'infinie légèreté, suspendue dans l'atmosphère. Cela ne vivait pas. Vague et diffus, cela s'étendait sur plusieurs hectares puis disparaissait dans le néant. Non, cela ne vivait pas, mais ne pouvait-il s'agir des restes de quelque chose qui avait vécu ? Surtout, ne pouvait-il s'agir d'une nourriture destinée à des êtres vivants, des êtres monstrueux, tout comme l'humble plancton de l'océan nourrit la puissante baleine ? L'idée se faisait jour dans mon esprit quand un coup d'œil vers le haut me révéla le plus grandiose spectacle qu'observa jamais un homme. Puis-je espérer vous le transmettre tel que je le vis moi-même jeudi dernier ?

» Imaginez une méduse comme il en nage dans nos mers l'été, en forme de cloche et d'une taille formidable – bien plus grande, me sembla-t-il, que le dôme de la cathédrale St Paul de Londres. Elle arborait une coloration rose pâle veinée de vert délicat, mais cet immense organisme était si ténu qu'on n'en distinguait que les contours fantomatiques contre le ciel bleu foncé. Cela palpitait à un rythme délicat et régulier. Du corps pendaient deux longs tentacules verts qui oscillaient lentement d'avant en arrière. Cette vision splendide passa lentement au-dessus de ma tête, avec une dignité silencieuse, aussi légère et fragile qu'une bulle de savon, et poursuivit son chemin majestueux.

» J'avais imprimé un quasi-demi-tour au monoplan afin de contempler encore cette superbe créature quand, en un instant, je me retrouvai au milieu d'un banc de ses semblables, de toutes tailles quoique aucune aussi grande que la première. Certaines étaient très petites, mais la majorité environ de la taille d'une montgolfière, et dotées d'une courbe très similaire au sommet. Il y avait en elles une délicatesse de texture et de couleur qui me rappela le plus beau verre vénitien. De pâles nuances de rose et de vert étaient leurs teintes dominantes, mais toutes arboraient une magnifique iridescence quand le soleil traversait leurs silhouettes graciles. Plusieurs centaines dérivèrent ainsi près de moi, flotte ou escadre féerique du ciel, étranges autant que merveilleuses – des créatures dont la forme et la substance étaient tellement adaptées à ces pures hauteurs qu'on ne pouvait rien concevoir d'aussi délicat à portée d'œil ou d'oreille de la terre.

» Bientôt, néanmoins, mon attention fut attirée par un nouveau phénomène : les serpents de l'air, de longues, minces et fantastiques volutes d'un matériau pareil à de la vapeur, qui tournoyaient et se tordaient à grande vitesse, décrivant des cercles si rapides que le regard peinait à les suivre. Certains de ces êtres fantomatiques mesuraient sept à dix mètres de long, mais il était difficile d'en estimer l'épaisseur en raison de contours si vagues qu'ils semblaient se fondre dans l'air. Ces serpents aériens, d'un gris très clair, comme de la fumée, abritaient en leur sein des lignes plus sombres, ce qui donnait l'impression d'un organisme défini. Quand l'un d'eux frôla mon visage, je fus conscient d'un contact froid et gluant, mais leur composition était si insubstantielle qu'ils ne m'inspiraient aucune crainte de danger physique, non plus que les superbes créatures en forme de cloches qui les avaient précédés. Leur silhouette n'avait pas plus de solidité que l'écume flottante d'une vague brisée.

» Une expérience plus terrible m'attendait cependant. En altitude apparut une tache violacée, petite lorsque je l'aperçus mais qui grandit rapidement à mesure qu'elle se rapprochait, jusqu'à paraître mesurer plusieurs centaines de mètres carrés. Quoique composée d'une substance transparente pareille à de la gelée, elle n'en possédait pas moins des contours plus définis et une consistance plus solide que toutes les créatures observées auparavant. Je remarquai aussi des traces plus évidentes d'organisation corporelle, notamment de larges disques sombres, un de chaque côté, qui pouvaient être des yeux, et entre eux une projection blanche solide, aussi recourbée et cruelle qu'un bec de vautour.

» Tout en ce monstre était formidable et menaçant. Il ne cessait de changer de couleur d'un mauve très pâle à un violet sombre et furieux, si épais qu'il projetait une ombre lorsqu'il dérivait entre mon monoplan et le soleil. La face supérieure de son corps, bombée, accueillait trois grandes projections que je ne puis décrire que comme d'énormes bulles : je fus convaincu en les voyant qu'elles étaient emplies de quelque gaz extrêmement léger qui soutenait cette masse difforme et semi-solide dans l'air raréfié. La créature avançait rapidement, égalant sans peine l'allure du monoplan : sur au moins trente kilomètres, elle me fit une horrible escorte, lévitant au-dessus de moi comme un rapace attendant de fondre sur sa proie. Son mode de progression – si vif qu'il n'était pas facile à suivre – consistait à lancer devant elle un long serpentin gluant qui semblait tirer le reste d'un corps gélatineux, élastique, n'adoptant jamais la même forme plus de deux minutes et devenant à chaque changement un peu plus menaçant et répugnant.

» Je savais cet être animé de mauvaises intentions. Chaque flamboiement pourpre de sa hideuse silhouette me l'affirmait. Ses énormes yeux vagues, sans cesse posés sur moi, étaient froids et impitoyables, emplis d'une haine visqueuse. Pour lui échapper, j'inclinai le monoplan et entamai une descente. Vif comme l'éclair, un long tentacule jaillit alors de cette masse de graisse flottante et tomba aussi léger et sinueux qu'un fouet sur le nez de mon appareil. Un sifflement sonore retentit quand il entra en contact avec le moteur brûlant, puis il rejaillit dans l'air tandis que le corps massif se cabrait, en proie à une douleur soudaine. Alors que je partais en piqué, un nouveau tentacule tomba sur l'avion – et fut tranché par l'hélice aussi aisément qu'une guirlande de fumée. Un long ruban poisseux, pareil à un serpent, glissa jusqu'à moi par-derrière et s'enroula autour de ma taille, m'arrachant à mon siège. Je l'empoignai à pleines mains, mes doigts se plantèrent dans une surface molle évoquant de la colle, et, un instant, je parvins à me dégager, mais ce ne fut que pour sentir un autre tentacule se resserrer autour de mes bottes. Il m'imprima une secousse qui me fit basculer au point que je me retrouvai presque sur le dos.

» Dans ce mouvement, quoique croire une arme humaine capable de blesser cette masse colossale revînt un peu à attaquer un éléphant avec un pistolet à bouchon, je déchargeai les deux canons de mon fusil. Je tirais cependant mieux que je ne le croyais car, percée par les chevrotines, une des énormes cloques gonflées sur le dos de la créature explosa avec une forte détonation. Il s'avéra que ma conjecture était juste et qu'un gaz plus léger que l'air emplissait ces grandes vessies claires : en un instant, le grand corps pareil à un nuage pivota sur le côté et se tortilla désespérément pour trouver un nouvel équilibre, tandis que le bec blanc claquait et béait en une fureur effrayante. Déjà je m'éloignais, piquant aussi abruptement que je l'osais, le moteur toujours poussé à pleine vitesse, l'hélice tournoyante et la force de la gravité m'entraînant vers le bas tel un aérolithe. Derrière moi, je vis une tache violet terne rapetisser rapidement et finir par se fondre dans le ciel bleu omniprésent. J'étais sorti sain et sauf de la jungle meurtrière des airs.

» Une fois hors de danger, je ralentis, car rien ne met plus vite un avion en pièces que de descendre à pleine puissance d'une grande altitude. Je décrivis une glorieuse spirale en vol plané depuis presque treize kilomètres de haut – d'abord jusqu'à la couche nuageuse argentée puis jusqu'aux nuages d'orage et, enfin, sous une pluie battante, jusqu'au sol. Je jaillis des nuages à la verticale du Canal de Bristol mais, ayant encore un peu de carburant, je pus voler sur trente kilomètres avant de me retrouver perdu dans un champ, à huit cents mètres du village d'Ashcombe. Là, une voiture de passage me céda trois bidons de pétrole et, à dix-huit heures dix, ce soir-là, j'atterris en douceur sur mon propre terrain de Devizes, après un voyage comme aucun mortel n'en a jamais accompli, du moins en survivant pour le raconter. J'ai vu la beauté et j'ai vu l'horreur des hauteurs – et ni plus grande beauté ni plus grande horreur que celles-là ne sauraient être connues de l'homme.

» J'ai à présent le projet de partir à nouveau avant de communiquer mes résultats au monde. Ma raison est qu'il me faudra sans aucun doute avoir quelque chose à montrer en guise de preuve lorsque j'exposerai un tel récit à mes contemporains. Il est certain que d'autres me suivront bientôt et confirmeront mes propos, mais j'aimerais emporter la conviction dès l'abord. Les jolies méduses aériennes iridescentes ne devraient pas être difficiles à capturer : elles dérivent sans hâte, et mon rapide monoplan pourrait intercepter leur course nonchalante. Il est néanmoins probable qu'elles se dissoudraient dans les couches plus épaisses de l'atmosphère et que je ne puisse rapporter sur terre qu'un petit tas de gelée informe. Pourtant, je devrais bien trouver de quoi donner de la substance à mon histoire. Oui, je partirai, même si cela constitue un risque. Les horreurs pourpres ne semblent pas nombreuses. Il est probable que je n'en verrai pas d'autre. Dans le cas contraire, je plongerai aussitôt et, au pire, j'aurai toujours mon fusil de chasse et ma connaissance de… »

Ici, manque hélas ! une page du manuscrit. Sur la suivante s'étendent quelques lignes d'une écriture ample et irrégulière :

« Quarante-trois mille pieds. Je ne reverrai jamais la terre. Ils volent en dessous de moi, trois d'entre eux. Dieu me vienne en aide ; quelle terrible manière de mourir ! »

Telle est dans son intégralité le Fragment Joyce-Armstrong. Nul n'a plus jamais revu l'homme. Des morceaux de l'avion brisé ont été ramassés dans le domaine de Mr. Budd-Lushington, aux limites du Kent et du Sussex, à quelques kilomètres de l'endroit où le carnet de notes a été découvert. Si la théorie du malheureux aviateur est correcte, si cette jungle de l'air, comme il disait, ne s'étend qu'au-dessus du sud-ouest de l'Angleterre, il semble qu'il l'ait fuie de toute la vitesse de son monoplan, mais qu'il ait été rattrapé et dévoré par ces horribles créatures au sein des couches extérieures de l'atmosphère, au-dessus de la région où les sinistres reliques ont été retrouvées. Ce monoplan filant en plein ciel, avec des terreurs sans nom volant à la même allure en dessous de lui, le coupant de la terre tandis qu'elles se rapprochent de lui peu à peu, présente une image sur laquelle un homme soucieux de sa santé mentale préfère ne pas s'attarder. Bien des gens, j'en suis conscient, ricanent encore des faits que j'ai ici couchés sur le papier, mais ceux-là mêmes doivent bien admettre que Joyce-Armstrong a disparu, et je leur rappelle ses paroles : « Ce carnet expliquera ce que je tentais de faire et comment je perdis la vie dans l'entreprise. Mais qu'on n'aille pas bêtement parler d'accident ou de mystère, je vous en supplie. »

Cauchemar à vingt mille pieds

RICHARD MATHESON

Cette histoire est-elle la meilleure jamais écrite sur le thème de la peur en avion ? C'est bien possible. Non que je veuille imiter Rod Serling[1], mais considérez si vous le voulez bien les pensées d'un certain Arthur Jeffrey Wilson, tandis que décolle le DC-7 à bord duquel il a pris place : « Il était là… à vingt mille pieds du sol, emprisonné dans une coquille de mort hurlante. » Publiée à l'origine en 1961, quand on avait le droit de fumer en avion et même d'emporter un pistolet dans son bagage à main, « Cauchemar… » marche sur le fil d'un rasoir entre deux possibilités : soit M. Wilson succombe à une crise d'angoisse, soit il y a vraiment un monstre affreux sur l'aile, derrière son hublot, qui tente de saboter l'avion. Dans les deux cas, le voyage sera extrêmement déplaisant. Vous feriez mieux d'attacher vos ceintures.

1. Créateur de la série télévisée *The Twilight Zone* (*La Quatrième Dimension*, en français) pour laquelle cette nouvelle fut adaptée.

« Votre ceinture, s'il vous plaît », lança joyeusement l'hôtesse en passant près de lui.

Presque au même instant s'alluma le panonceau fixé au-dessus du passage voûté qui menait au compartiment de tête – ATTACHEZ VOS CEINTURES et, en dessous, le corollaire : ÉTEIGNEZ VOS CIGARETTES. Tirant une profonde bouffée, Wilson la relâcha par à-coups, puis il écrasa sa cigarette dans le cendrier de l'accoudoir avec des gestes brusques irrités.

Dehors, un des moteurs toussa monstrueusement et cracha un nuage de fumée qui se fragmenta dans l'air nocturne. Le fuselage commença à frémir. Par le hublot, Wilson vit jaillir de la nacelle les flammes blanches de l'échappement. Le deuxième moteur toussa puis rugit, son hélice se changeant instantanément en un disque flou.

Soumis mais nerveux, Wilson boucla la ceinture autour de sa taille. À présent que tous les moteurs tournaient, sa tête palpitait à l'unisson avec la carlingue. Il restait assis très raide, les yeux fixés sur le siège de devant, tandis que le DC-7 roulait sur l'aire de trafic, réchauffant la nuit par ses échappements tonitruants.

Arrivé au bord de la piste, l'avion s'arrêta. Wilson contempla par le hublot le scintillement monumental du terminal. En fin de matinée, songea-t-il, douché, changé, il serait assis dans le bureau d'un nouveau contact, en train de discuter une nouvelle affaire spécieuse dont le résultat net n'ajouterait pas un iota de sens à l'histoire de l'humanité. Merde, c'était tellement…

Il eut un hoquet quand les moteurs entamèrent leur course d'échauffement pour se préparer au décollage. Le bruit, déjà fort, devint assourdissant – des ondes sonores qui s'écrasaient contre ses oreilles comme des coups de bâton. Il ouvrit la bouche comme pour la laisser se vider. Ses yeux prirent un aspect vitreux, douloureux, tandis que ses mains se tordaient telles des serres crispées.

Il sursauta et ramena les jambes vers lui quand on lui toucha le bras. Tournant sèchement la tête, il vit l'hôtesse qui l'avait accueilli à l'entrée. Elle lui souriait.

« Tout va bien ? »

Wilson comprenait à peine ses paroles. Il pinça les lèvres et agita la main comme pour la repousser. Le sourire de la jeune femme s'élargit encore avec une alacrité exagérée, puis disparut lorsqu'elle se détourna pour s'éloigner.

L'avion se mit à rouler. D'abord léthargique, à l'instar d'un géant s'efforçant de vaincre la traction de son propre poids, puis plus vif, surmontant par la force les frictions qui le retenaient. Wilson, tourné vers le hublot, vit la piste obscure défiler de plus en plus vite. Un grincement mécanique s'éleva au bord de l'aile quand les volets descendirent, puis, imperceptiblement, les roues géantes perdirent le contact avec le sol, qui commença à s'éloigner. En contrebas, apparaissaient et disparaissaient en un éclair des arbres, des bâtiments, des feux de voitures aussi mouvants que du vif-argent. Le DC-7 s'inclina lentement à droite, se propulsant vers le froid scintillement des étoiles.

Enfin, il se stabilisa à l'horizontale, et ses moteurs semblèrent s'arrêter jusqu'à ce que Wilson, une fois son oreille adaptée, perçoive le murmure de leur vitesse de croisière. Un bref soulagement détendit ses muscles et lui apporta une sensation de bien-être. Puis disparut. Il resta assis, immobile, les yeux fixés sur le signe ÉTEIGNEZ VOS CIGARETTES jusqu'à le voir disparaître. Sans attendre, il se mit alors à fumer, tout en tirant son journal de la poche postérieure du siège de devant.

Comme d'habitude, le monde était dans un état comparable au sien. Frictions dans les cercles diplomatiques, tremblements de terre et coups de feu, meurtres, viols, tornades et collisions, conflits d'affaires, grand banditisme. Dieu est au paradis, tout va bien sur la Terre, songea Arthur Jeffrey Wilson.

Un quart d'heure plus tard, il abandonna le journal, l'estomac retourné, et jeta un coup d'œil aux voyants entre les cabinets de toilette. Les deux disaient OCCUPÉ. Écrasant sa troisième cigarette depuis le décollage, il éteignit le plafonnier et regarda par le hublot.

Tout au long de la cabine, les passagers éteignaient eux aussi leur lumière et baissaient le dossier de leur siège pour dormir. Wilson consulta sa montre : vingt-trois heures vingt. Il eut un soupir las. Comme prévu, les comprimés pris avant d'embarquer ne lui avaient fait aucun bien.

Il se leva brusquement lorsqu'une femme sortit des toilettes, et, son sac à la main, commença à descendre l'allée.

Son organisme, comme il s'y attendait, refusa de coopérer. Avec un gémissement las, il remit de l'ordre dans sa tenue. S'étant lavé les mains et le visage, il sortit du sac sa trousse de toilette et étala un filament de dentifrice sur sa brosse.

Comme il se brossait les dents, appuyé d'une main à la cloison froide, il regarda par le hublot. À quelques coudées de là brillait la lumière bleu pâle de l'hélice intérieure. Wilson visualisa ce qui se passerait si cette dernière se détachait et, tel un hachoir à trois lames, fondait sur lui.

Un creux se forma dans son estomac, il déglutit sans le vouloir et avala un peu de salive imprégnée de dentifrice. Avec un hoquet, il se retourna pour cracher dans le lavabo puis, vivement, se rinça la bouche et but un peu d'eau. Oh, nom de Dieu, si seulement il avait pu partir en train ! Il aurait disposé de son propre compartiment, se serait offert une virée décontractée au wagon-restaurant, installé dans un bon fauteuil avec un verre et un magazine. Mais le monde n'accordait pas de tels loisirs ni de telles chances.

Il s'apprêtait à ranger la trousse de toilette quand son regard tomba sur la pochette en tissu ciré qu'il transportait également. Après une hésitation, il écarta un petit porte-documents, le posa sur le lavabo, sortit la pochette et l'ouvrit sur ses genoux.

Il fixa le pistolet luisant d'huile, symétrique, qu'il possédait depuis presque un an. À l'origine, il se disait l'avoir acquis pour des raisons de transport d'argent, de protection contre les voleurs et les bandes de jeunes infestant les villes qu'il était contraint de traverser. Tout au fond, néanmoins, il avait toujours su que cet achat n'avait aucune motivation valide à l'exception d'une seule – à laquelle il songeait un peu plus chaque jour. Comme ce serait simple… ici, maintenant…

Wilson ferma les yeux et déglutit rapidement : il avait encore le goût du dentifrice dans la bouche et sentait la vague brûlure de la menthe poivrée sur ses papilles. Il demeura lourdement assis dans la fraîcheur et les vibrations des toilettes, le pistolet huileux entre les mains. Jusqu'à se mettre soudain à frissonner de manière irrépressible. Mon Dieu, laissez-moi sortir ! cria soudain une voix en lui.

« Laissez-moi sortir, *laissez-moi sortir*. » Il reconnaissait à peine la plainte qui montait à ses oreilles.

D'un coup, il se redressa tout droit. Les lèvres serrées, il remballa le pistolet dans sa pochette, la rangea, posa par-dessus le porte-documents et ferma le sac. Se levant, il ouvrit la porte, sortit, puis se hâta de rejoindre son siège et de s'asseoir. Après avoir glissé son bagage précisément à sa place, il appuya sur le bouton de l'accoudoir et se laissa aller en arrière. Il était homme d'affaires et avait des affaires à traiter le lendemain. C'était aussi simple que cela. Son corps avait besoin de sommeil, il allait lui en donner.

Vingt minutes plus tard, d'une main lasse, il appuya de nouveau sur le bouton et se redressa avec son siège, un masque d'acceptation vaincue sur le visage. Pourquoi lutter ? songea-t-il. À l'évidence, il ne dormirait pas. Il n'y avait pas à insister.

Il fit la moitié des mots croisés avant de laisser le journal retomber sur ses genoux. Ses yeux étaient trop fatigués. Il fit jouer ses épaules, étira les muscles de son dos. Et maintenant ? se demanda-t-il. Il n'avait pas envie de lire, ne pouvait pas dormir, et il lui restait – il consulta sa montre – entre sept et huit heures de vol avant d'atteindre Los Angeles. Comment allait-il les occuper ? Jetant un coup d'œil le long de la cabine, il constata qu'hormis un unique passager dans le compartiment de tête, tout le monde dormait.

Une soudaine fureur accablante le saisit : il eut envie de hurler, de casser quelque chose, de frapper quelqu'un. Les dents serrées avec une telle rage qu'il en avait mal aux mâchoires, Wilson écarta les rideaux d'un geste spasmodique et jeta un regard meurtrier par le hublot.

Dehors, il vit les lumières clignotantes de l'aile, les éclairs intenses de l'échappement des moteurs. Il était là, songea-t-il : à vingt mille pieds du sol, emprisonné dans une coquille de mort hurlante, fendant la nuit polaire en direction…

Il sursauta quand la foudre blanchit le ciel, jetant sur l'aile un jour factice. Il déglutit. Un orage se préparait-il ? L'idée de subir pluie et vents violents dans un avion qui n'était qu'un moucheron au milieu d'un océan de ciel n'avait rien de séduisant. Wilson était un très mauvais passager aérien. Les mouvements excessifs le rendaient malade. Peut-être eût-il dû prendre deux ou trois comprimés de Dramamine de plus, par précaution. Et, naturellement, son siège était voisin de la porte de secours. Il l'imagina qui s'ouvrait accidentellement ; il se vit aspiré hors de l'avion, tombant, hurlant.

Clignant des paupières, il secoua la tête. Un léger picotement s'empara de sa nuque quand il approcha la tête du hublot et regarda fixement dehors, immobile, les yeux plissés. Il aurait pu jurer…

Soudain, les muscles de son ventre se contractèrent avec violence, tandis que ses yeux s'écarquillaient. Quelque chose rampait sur l'aile.

Il sentit une nausée soudaine lui agiter l'estomac. Seigneur ! Un chien ou un chat avait-il grimpé là avant le décollage et réussi d'une manière ou d'une autre à s'accrocher ? C'était une idée affreuse. Le pauvre animal serait fou de terreur. Cependant, comment eût-il trouvé des points d'appui sur cette surface lisse battue par le vent ? Impossible, sans aucun doute. Peut-être n'était-ce après tout qu'un oiseau ou…

Quand la foudre jaillit à nouveau, Wilson vit qu'il s'agissait d'un homme.

Il en resta paralysé. Stupéfié, il regardait la silhouette noire ramper le long de l'aile. *Impossible*, déclara une voix, tout au fond de lui, enveloppée de plusieurs couches de choc, mais il ne l'entendit pas. Il n'était conscient de rien, sinon du battement titanesque de son cœur, qui menaçait de se déchirer, et de l'homme dehors.

Soudain, comme si on lui avait jeté un seau d'eau glacée, il réagit enfin. Son esprit bondit sous l'abri d'une explication : par quelque incroyable négligence, un mécanicien avait été emporté avec l'avion et s'était débrouillé pour s'y accrocher alors même que le vent lui arrachait ses vêtements, alors même que l'air était raréfié et qu'il était près de geler.

Wilson ne se donna pas le temps de réfuter cette hypothèse. Bondissant sur ses pieds, il s'écria : « Mademoiselle ! Mademoiselle ! », et sa voix résonna dans la cabine avec une sonorité creuse. Il poussa d'un doigt nerveux le bouton destiné à appeler l'hôtesse. « *Mademoiselle !* »

La jeune femme arriva en courant dans l'allée, les traits tirés par l'inquiétude. Lorsqu'elle vit son expression, elle se figea sur place.

« Il y a un homme dehors ! Un homme ! s'écria-t-il.

— *Pardon ?* » La peau se tendit sur les joues de l'hôtesse, autour de ses yeux.

« Regardez, *regardez* ! » Il se laissa retomber sur son siège et tendit une main tremblante vers le hublot. « Il rampe sur… »

Sa phrase s'acheva par un gargouillement étouffé au fond de sa gorge. Sur l'aile, il n'y avait rien du tout.

Il demeura immobile, tremblant. Un instant, il aperçut dans le hublot le reflet de l'hôtesse au visage dépourvu d'expression.

Enfin, il se retourna et leva les yeux vers elle. Il vit ses lèvres rouges s'écarter comme si elle allait parler, mais elle resta muette, se contentant de refermer la bouche et de déglutir. Une tentative de sourire détendit brièvement ses traits.

« Je suis désolé, dit Wilson. Ce devait être un… »

Il s'interrompit. De l'autre côté de l'allée, une toute jeune fille le fixait avec une curiosité somnolente.

L'hôtesse s'éclaircit la voix. « Je peux vous apporter quelque chose ? demanda-t-elle.

— Un verre d'eau », répondit-il.

Elle tourna les talons et remonta l'allée.

Wilson prit une longue inspiration et se détourna du regard de l'adolescente. Il se sentait inchangé. C'était cela qui le choquait le plus. Où étaient les visions, les cris, les coups de poing sur les tempes, les cheveux arrachés ?

Brusquement, il ferma les yeux. Il y avait eu un homme, songea-t-il. Il y avait réellement eu un homme. Voilà pourquoi il se sentait inchangé. Pourtant, c'était impossible, il le savait très bien.

Il garda les yeux fermés, se demandant ce que ferait Jacqueline, à présent, si elle occupait le siège voisin. Serait-elle muette, choquée au point de ne plus pouvoir parler ? Ou bien, de manière plus caractéristique, papillonnerait-elle autour de lui, souriante, bavarde, faisant comme si de rien n'était ? Que penseraient ses fils ? Wilson sentit un sanglot menacer d'envahir sa poitrine. Oh, bon Dieu…

« Voici votre eau, monsieur. »

Sursautant violemment, il ouvrit les yeux.

« Voulez-vous une couverture ? demanda l'hôtesse.

— Non. » Il secoua la tête. « Merci, ajouta-t-il en se demandant pourquoi il était si poli.

— Si vous avez besoin de quoi que ce soit, sonnez. »

Il acquiesça.

Comme il gardait son gobelet à la main sans boire, il entendit derrière lui les voix étouffées de l'hôtesse et d'un passager. Le ressentiment l'envahit. Brusquement, il passa la main sous son siège et, prenant garde à ne pas renverser l'eau, récupéra son sac. Il en tira son tube de somnifères et avala deux comprimés qu'il fit descendre en vidant le gobelet. L'ayant écrasé, il le glissa dans la poche du siège de devant puis, sans regarder dehors, tira les rideaux. Voilà… c'était terminé. Une hallucination n'était pas synonyme de folie.

Wilson se tourna sur le côté droit et chercha une position le mettant à l'abri des évolutions saccadées de l'avion. Le plus important était d'oublier tout ça. Il ne devait pas ruminer. Étonnamment, il sentit un sourire malicieux se former sur ses lèvres. Au moins nul ne pourrait l'accuser d'avoir des hallucinations banales, nom de Dieu. Quand il s'y mettait, il faisait le boulot comme un chef. Un homme nu rampant sur une aile de DC-7 à vingt mille pieds – c'était là une chimère digne du plus noble des aliénés.

Son humour disparut rapidement. Il se sentait gelé. La vision avait été si claire, si vive. Comment les yeux pouvaient-ils voir une telle chose alors qu'elle n'existait pas ? Comment ce qui résidait dans son esprit pouvait-il pousser un acte physique, la vue, à servir si parfaitement ses buts ? Il n'était pas à moitié endormi ni étourdi, et la vision n'était ni informe ni floue : dotée de trois dimensions bien définies, elle s'intégrait parfaitement à ce qu'il voyait et *savait* réel. C'était cela le plus effrayant. Il ne s'était pas du tout senti comme dans un rêve, tout à l'heure. Il avait regardé l'aile, et…

Impulsivement, il tira le rideau.

Il ne sut pas immédiatement s'il allait ou non survivre. Il lui sembla que tout ce que contenaient sa poitrine et son estomac s'enflait démesurément, l'excès remontant dans sa gorge et dans sa tête, lui coupant le souffle, chassant ses yeux de leurs orbites. Emprisonné dans cette masse gonflée, son cœur battait à tout rompre, menaçant de jaillir de son enveloppe alors qu'il demeurait paralysé.

À quelques centimètres de lui, avec la seule épaisseur d'une vitre pour les séparer, l'homme le fixait.

C'était un visage malveillant, hideux, un visage inhumain. La peau était crasseuse, rugueuse et percée de larges pores, le nez courtaud et décoloré, les lèvres malformées, gercées, écartées sur de longues dents tordues et grotesques, les petits yeux enfoncés dans les orbites, dépourvus de paupières. Des poils longs emmêlés poussaient en touffes épaisses dans les oreilles et les narines, ainsi que sur les joues.

Wilson demeurait riveté à son siège, incapable de réagir. Le temps s'interrompit, perdit son sens, tandis que cessaient activité et analyse. Tout cela était pris dans la glace du choc. Seul son cœur battait encore – isolé, rythme frénétique dans l'obscurité. Lui était incapable de seulement ciller : les yeux vitreux, hors d'haleine, il rendait à la créature son regard vide.

Brutalement, toutefois, il ferma les yeux et l'esprit, chassa cette vue, se libéra. Ce n'est pas réel, se dit-il. Il serra les dents, le souffle frémissant. Ce n'est pas là, ce n'est tout bonnement pas là.

Serrant les accoudoirs de ses doigts aux articulations blanchies, il se cuirassa. Il n'y avait aucun homme dehors, se dit-il. Il était impossible qu'il y eût un homme accroupi sur l'aile, en train de le regarder.

Il ouvrit les yeux…

… pour se rejeter contre le dossier du siège avec une inhalation étranglée. Non seulement l'homme était toujours là mais il souriait. Wilson plia les doigts et se planta les ongles dans les paumes jusqu'à ce que la douleur y explose. Il resta ainsi jusqu'à ne plus douter le moins du monde d'être éveillé.

Puis, lentement, le bras tremblant, engourdi, il tendit la main vers le bouton qui attirerait l'hôtesse. Il n'allait pas rééditer la même erreur : crier, bondir sur ses pieds, faire fuir la créature. Il poursuivit son mouvement, sentant à présent une trémulation d'excitation horrifiée dans ses muscles car l'homme, de ses petits yeux, suivait les évolutions de son bras.

Il appuya sur le bouton avec soin, une fois, deux fois. Et maintenant viens, songea-t-il. Viens avec ton regard objectif et vois ce que je vois – mais *dépêche-toi*.

Il entendit qu'on tirait un rideau à l'arrière de la cabine. Soudain, tout son corps se tendit : l'homme avait tourné sa tête de Caliban pour regarder dans cette direction. Paralysé, Wilson continuait de le fixer. Dépêche-toi, songea-t-il. Pour l'amour du ciel, dépêche-toi !

Tout fut terminé en une seconde. Les yeux de l'être se reposèrent sur lui, un sourire exprimant une ruse monstrueuse étira ses lèvres, puis il bondit et disparut.

« Oui, monsieur ? »

Un instant, Wilson connut la pleine angoisse de la folie. Son regard ne cessait de passer de l'endroit où s'était tenu l'homme au visage interrogateur penché sur lui. L'hôtesse, l'aile, l'hôtesse... Son souffle se bloqua, tandis que ses yeux brûlaient de désarroi.

« Mais qu'y a-t-il donc ? » demanda la jeune femme.

Ce fut son expression qui le fit réagir. Il referma un étau sur ses émotions. Elle ne pouvait en aucun cas le croire, il s'en rendit compte en un instant.

« Je... je suis désolé », bredouilla-t-il. Il avala une salive si sèche qu'elle produisit un cliquètement dans sa gorge. « Ce n'est rien. Je... je vous présente mes excuses. »

L'hôtesse ne savait visiblement que dire. Elle ne cessait de se pencher de droite et de gauche pour compenser la course erratique de l'avion, une main sur le dossier du siège voisin de celui de Wilson, l'autre pendant le long de la couture de sa jupe. Ses lèvres étaient entrouvertes comme si elle voulait parler mais ne parvenait pas à trouver ses mots.

« Bon, dit-elle enfin, avant de se racler la gorge, si vous avez besoin de quoi que ce soit...

— Oui, oui. Merci. Est-ce qu'on va... traverser un orage ? »

Elle se hâta de sourire. « Un tout petit, dit-elle. Aucune inquiétude à avoir. »

Wilson hocha la tête par petits mouvements saccadés. Puis, comme la jeune femme se détournait, il prit une inspiration rapide, les narines dilatées. Il avait la certitude qu'elle le pensait fou mais ne savait qu'y faire car elle n'avait pas été formée à s'occuper des passagers croyant voir de petits hommes accroupis sur les ailes d'un avion.

Croyant ?

Il tourna brutalement la tête et regarda dehors, fixa le plan incliné obscur de l'aile, les échappements flamboyants, les lumières clignotantes. Il avait bel et bien vu cet homme, il en aurait juré. Comment eût-il pu avoir une parfaite conscience de son environnement, être en toutes choses sain d'esprit, et néanmoins imaginer pareille chose ? Était-il logique que l'esprit qui fléchissait, au lieu de distordre la réalité entière, insère une vision surnuméraire au sein d'un tableau détaillé encore intact ?

Non, ce n'était pas logique du tout.

Soudain, Wilson songea à la guerre, aux articles de journaux qui postulaient l'existence de créatures aériennes ayant harcelé les pilotes alliés dans le cadre de leur devoir. On leur avait donné le nom de gremlins, se rappelait-il. Ces êtres existaient-ils vraiment ? Vivaient-ils vraiment dans les hauteurs, sans jamais tomber, chevauchant le vent, apparemment dotés de masse et de poids et pourtant insensibles à la gravité ?

Il en était là de ses réflexions quand la vision réapparut.

Un instant, l'aile était vide. Celui d'après, l'être s'y recevait au terme d'un bond à la trajectoire courbe. Il atterrit presque fragilement, avec un impact quasi inexistant, ses bras velus écartés comme pour assurer son équilibre. Wilson se tendit. Oui, il y avait de l'intelligence dans ce regard. L'homme – devait-il y penser comme à un homme ? – savait l'avoir poussé à appeler l'hôtesse en vain, et il se sentit trembler d'angoisse. Comment pourrait-il prouver à quiconque l'existence de cette créature ? Il jeta autour de lui un regard désespéré. La jeune fille de l'autre côté de l'allée. S'il l'appelait doucement, s'il l'éveillait, pourrait-elle…

Non, l'autre bondirait à nouveau et disparaîtrait avant qu'elle ne puisse le voir. Probablement au sommet de la carlingue, là où il serait invisible à tous les yeux, y compris ceux des pilotes dans leur cockpit. Wilson se morigéna soudain de n'avoir pas acheté l'appareil-photo que lui avait demandé Walter. Ah ! s'il avait pu prendre une photo ! songea-t-il.

Il se pencha plus près du hublot. Que faisait l'homme ?

Les ténèbres s'éclipsèrent soudain, l'aile fut changée en craie par un nouvel éclair, et Wilson vit : tel un enfant curieux, accroupi au bord incliné de l'aile, l'être tendait la main droite vers une des hélices tournoyantes.

Sous les yeux d'un passager aussi fasciné qu'atterré, il approcha encore et encore cette main du tourbillon flou jusqu'à la ramener en arrière d'un coup, tandis que ses lèvres se retroussaient en un cri silencieux. Il avait perdu un doigt ! songea Wilson, écœuré. Aussitôt, toutefois, l'homme avança à nouveau la main, un de ses doigts tordus pointé, tel un enfant monstrueux tentant d'arrêter un ventilateur.

Si la scène n'avait été aussi déplacée, elle eût été amusante : objectivement, à cet instant, l'être présentait une image comique – un troll de contes de fées ayant pris vie, avec le vent qui fouettait les poils de sa tête et de son corps, toute son attention concentrée sur la rotation de l'hélice. Comment cela pouvait-il être de la folie ? se demanda soudain Wilson. Quelle révélation sur lui-même cette petite farce horrifique pourrait-elle lui conférer ?

Encore et encore l'homme tendit la main. Encore et encore il la retira brutalement, allant parfois jusqu'à porter les doigts à sa bouche comme pour les refroidir. Et, toujours, afin de vérifier qu'on l'observait encore, il continuait de regarder par-dessus son épaule. *Il sait*, songea Wilson. Il sait que c'est un jeu entre nous. Si je parviens à le faire remarquer par quelqu'un d'autre, il perd. Si je suis l'unique témoin, il gagne. Sa sensation de vague amusement avait à présent disparu. Il serra les dents. Pourquoi diable les pilotes ne voyaient-ils rien ?

Ayant perdu son intérêt pour l'hélice, l'homme se percha à califourchon sur le moteur, s'agitant comme s'il montait un cheval emballé. Wilson, qui le regardait fixement, sentit soudain un frisson dévaler son dos : le petit être tripotait les plaques qui couvraient le moteur, tentait de passer les ongles en dessous.

Impulsivement, il appuya sur le bouton d'appel. Entendant bouger à l'arrière de la cabine, il crut une seconde avoir trompé l'homme, trop absorbé par ses efforts. Au dernier moment, toutefois, juste avant l'arrivée de l'hôtesse, celui qui n'était peut-être qu'une vision lui jeta un nouveau coup d'œil, puis, telle une marionnette soulevée de la scène par ses fils, il s'envola.

« Oui ? » L'hôtesse considérait Wilson avec appréhension.

« Vous voulez bien… vous asseoir, s'il vous plaît ? » demanda-t-il.

Elle hésita. « Eh bien, je…

— S'il vous plaît. »

Elle s'assit timidement sur le siège voisin du sien.

« Qu'y a-t-il, monsieur ? » demanda-t-elle.

Il prit une profonde inspiration. « Le type est toujours dehors », dit-il.

L'hôtesse ouvrit de grands yeux.

« La raison pour laquelle je vous en parle, se hâta-t-il de continuer, c'est qu'il commence à s'attaquer à un moteur. »

Elle tourna instinctivement les yeux vers le hublot.

« Non, non, ne regardez pas. Il n'est pas là en ce moment. » Il se racla la gorge avec un bruit visqueux. « Il… s'enfuit dès que vous arrivez. »

La nausée s'empara de lui quand il réalisa ce que devait penser la jeune femme. Ce que lui-même aurait pensé si on lui avait raconté une telle histoire. Une vague d'étourdissement déferla sur lui et il songea : je suis en train de devenir fou !

« Ce que je veux dire, reprit-il en essayant de chasser cette pensée, c'est que, si je n'imagine pas tout ça, l'avion est en danger.

— Oui, dit-elle.

— Je sais. Vous pensez que j'ai perdu l'esprit.

— Bien sûr que non.

— Tout ce que je vous demande, c'est de répéter ce que je vous ai dit aux pilotes, reprit-il, repoussant la colère qui montait en lui. Demandez-leur de garder l'œil sur les ailes. S'ils ne voient rien… soit. Mais sinon… »

L'hôtesse resta tranquillement assise à le regarder. Wilson serra des poings tremblants sur ses genoux.

« Eh bien ? » insista-t-il.

Elle se remit sur ses pieds. « Je vais les informer », assura-t-elle, avant de s'éloigner dans l'allée d'un pas qui, aux yeux de son passager, parut tristement emprunté : trop rapide pour être normal, mais pourtant retenu, comme pour lui assurer qu'elle n'était pas en train de le fuir. Il sentit son estomac bouillonner quand il se tourna à nouveau vers le hublot.

L'homme réapparut d'un coup, atterrissant sur l'aile tel un danseur classique grotesque. Wilson le vit se remettre au travail, enfourcher la nacelle du moteur de ses jambes nues et griffer les plaques.

Bon, pourquoi s'en faire à ce point ? se demanda-t-il. Cette misérable créature ne pourrait détacher des rivets à l'aide de ses ongles. Que le pilote le voie ou non n'avait aucune importance – du moins pour la sécurité de l'avion. En ce qui concernait ses raisons personnelles, en revanche…

Ce fut à cet instant que le petit homme souleva le bord d'une plaque.

Wilson hoqueta. « Venez, vite ! » cria-t-il en voyant l'hôtesse et le pilote franchir la porte du cockpit.

Le second leva brusquement les yeux puis dépassa la première et arpenta l'allée d'un pas rapide.

« *Dépêchez-vous !* » cria encore Wilson. Il jeta un coup d'œil par le hublot à temps pour voir l'homme bondir en hauteur. Ça n'avait plus d'importance à présent. Il y aurait des traces.

« Qu'est-ce qui se passe ? interrogea le pilote en s'arrêtant près de son siège, hors d'haleine.

— Il a arraché une des plaques du moteur ! répondit Wilson, la voix tremblante.

— Il a quoi ?

— L'homme dehors ! Je vous dis qu'il a…

— N'élevez pas la voix, monsieur ! » ordonna le pilote. La mâchoire de son passager s'affaissa. « Je ne sais pas ce qui se passe ici, reprit-il, mais…

— Mais regardez donc !

— Monsieur, je vous préviens.

— Par pitié ! » Wilson déglutit à plusieurs reprises, tentant de réprimer la rage aveugle qu'il éprouvait. Il se cala au fond de son siège et désigna le hublot d'une main figée. « Voulez-vous bien regarder, par pitié ? » demanda-t-il.

Prenant une inspiration agitée, le pilote se pencha. L'instant d'après, son regard froid se reposait sur le trublion. « Eh bien quoi ? »

Wilson tourna brutalement la tête. Les plaques avaient retrouvé leur position normale.

« Attendez, dit-il avant que l'angoisse ne pût le saisir. Je l'ai vu soulever cette plaque.

— Monsieur, si vous ne…

— *Je vous dis que je l'ai vu la soulever !* »

Le pilote continua de le fixer du même regard réservé, quasi accablé, qu'avait eu l'hôtesse. Wilson frissonna violemment.

« Écoutez-moi donc : je l'ai vu ! » s'exclama-t-il. Sa voix se brisa soudain, ce qui l'atterra.

L'instant d'après, le pilote s'asseyait près de lui. « Monsieur, je vous en prie, dit-il. Vous l'avez vu, c'est entendu. Mais rappelez-vous qu'il y a d'autres passagers à bord. Nous ne devons pas les inquiéter. »

Wilson fut d'abord trop secoué pour comprendre.

« Vous… vous voulez dire que vous l'avez vu aussi ? demanda-t-il enfin.

— Bien sûr, répondit le pilote, mais nous ne voulons pas effrayer les passagers. Vous pouvez le comprendre.

— Bien sûr, bien sûr, je ne veux pas… »

Wilson sentit un spasme lui tordre le bas du ventre jusqu'à l'aine. Pinçant les lèvres, il considéra son interlocuteur d'un regard malveillant.

« Je comprends, dit-il.

— Ce qu'il ne faut pas oublier… commença le pilote.

— On peut arrêter maintenant.

— Monsieur ? »

Wilson frissonna. « Fichez-moi le camp.

— Monsieur, que… ?

— *Vous allez arrêter, oui ?* » Blême, il se détourna et contempla l'aile, les yeux pétrifiés – pour faire aussitôt volte-face avec un regard furieux.

« Soyez sûr que je ne dirai plus un seul mot ! conclut-il sèchement.

— Monsieur, essayez de comprendre notre… »

Wilson tourna le dos au pilote et couva le moteur d'un œil venimeux. Vaguement, il aperçut deux passagers debout dans l'allée en train de le regarder. Les mots *Bande d'idiots !* explosèrent en lui. Il sentit ses mains se mettre à trembler et, quelques secondes durant, craignit de vomir. C'est l'agitation, se dit-il. L'avion était à présent ballotté comme un bateau au milieu d'une tempête.

Il se rendit compte que le pilote continuait de lui parler et, accommodant à nouveau, en contempla le reflet dans le hublot, près de celui de l'hôtesse, sombre et muette. Des idiots aveugles, tous les deux, songea-t-il. Il ne fit pas mine de remarquer leur départ quand il les vit se diriger vers le fond de la cabine. Maintenant, ils vont parler de moi, se dit-il. Mettre au point un plan d'action au cas où je deviendrais violent.

Il espérait à présent que l'homme réapparaisse, arrache la plaque de la nacelle et abîme le moteur. Savoir que lui seul se dressait entre l'accident et la bonne trentaine de personnes qui se trouvaient à bord lui donnait un vague plaisir vengeur. S'il le voulait, il pourrait laisser la catastrophe se produire. Il sourit sans joie : voilà qui serait un suicide royal !

Quand le petit homme se laissa à nouveau tomber sur l'aile, Wilson constata que son idée était juste : l'autre avait remis la plaque en place avant de s'éclipser car, à présent, il la soulevait à nouveau sans difficulté : elle se détachait comme un lambeau de peau excisé par quelque grotesque chirurgien. En outre, quoique l'aile fût animée de mouvements très saccadés, l'homme ne semblait avoir aucun mal à conserver son équilibre.

Une nouvelle fois, Wilson sentit la panique monter en lui. Que pouvait-il faire ? Nul ne le croyait. S'il s'efforçait de convaincre encore, on le forcerait sans doute à rester tranquille. S'il demandait à l'hôtesse de s'asseoir avec lui, il obtiendrait au mieux un répit momentané. À la seconde où elle partirait, ou bien si elle restait et s'endormait, l'être reviendrait. Et, même si elle restait éveillée près de lui, qu'est-ce qui empêcherait ce monstre de s'attaquer aux moteurs de l'autre aile ? Il frissonna, l'angoisse lui gelant lentement les os.

Il n'y avait absolument rien à faire, nom de Dieu.

Il sursauta quand, sur le hublot à travers lequel il observait le petit homme, passa le reflet du pilote. La folie du moment faillit le briser : le saboteur et le pilote à quelques mètres l'un de l'autre et inconscients de leurs présences respectives, alors que lui les voyait tous les deux. Non, c'était faux : le petit homme avait jeté un coup d'œil par-dessus son épaule au passage du pilote. Comme s'il savait que plus n'était besoin de bondir se cacher, que plus rien n'était susceptible de révéler sa présence. Wilson trembla soudain d'une rage brûlante. Je te tuerai ! songea-t-il. Espèce de sale petit animal, je te tuerai !

Dehors, le moteur s'arrêta.

Cela ne dura qu'une seconde mais pendant laquelle il sembla à Wilson que son cœur aussi s'était arrêté. Il se pressa contre le hublot, les yeux écarquillés. L'être avait plié en arrière la plaque du capot et, à genoux, plongeait une main curieuse dans le moteur.

« Ne fais pas ça, supplia Wilson d'une voix plaintive. *Ne fais pas ça…* »

Quand le moteur s'arrêta à nouveau, il regarda autour de lui, horrifié. Tout le monde était-il donc sourd ? Il leva la main pour appuyer sur le bouton d'appel, puis renonça. On l'enfermerait, on l'immobiliserait d'une manière ou d'une autre. Et il était seul à savoir ce qui se passait, seul à pouvoir intervenir.

« *Seigneur…* » Il se mordit la lèvre inférieure jusqu'à gémir de douleur, se retourna à nouveau et eut un sursaut. L'hôtesse descendait d'un pas rapide l'allée agitée. Elle avait entendu ! Comme il la regardait fixement, il la vit lui jeter un coup d'œil de côté quand elle passa près de lui.

Elle s'arrêta trois sièges plus loin : quelqu'un d'autre avait entendu ! Wilson la regarda se pencher pour parler à un passager qu'il ne voyait pas. Comme, à l'extérieur, le moteur toussait à nouveau, il tourna brutalement vers le hublot des yeux étrécis par l'horreur.

« *Espèce de saloperie* ! » gémit-il.

Il vit alors l'hôtesse qui remontait l'allée, apparemment pas inquiète, et la considéra d'un regard incrédule. Ce n'était pas possible. Tournant la tête pour suivre la progression chaloupée de la jeune femme, il la vit s'engouffrer dans la cuisine.

« *Non.* » Wilson était désormais incapable de maîtriser ses tremblements. Nul n'avait entendu.

Nul ne savait.

Soudain, il se pencha et récupéra son sac sous son siège. L'ouvrant, il en sortit son porte-documents qu'il jeta sur la moquette avant de plonger à nouveau les mains dans le bagage pour s'emparer de la pochette en tissu ciré. Lorsqu'il se redressa, il vit du coin de l'œil l'hôtesse revenir et repoussa le sac sous le siège d'un coup de pied, cacha la pochette à son côté. Il demeura assis très raide, le souffle irrégulier, tandis que la jeune femme passait près de lui.

Ensuite, il posa la pochette sur ses genoux et l'ouvrit. Ses mouvements étaient si fébriles qu'il faillit lâcher le pistolet. Il le rattrapa par le canon puis empoigna la crosse d'une main aux articulations blanches et ôta le cran de sûreté. Jetant un coup d'œil dehors, il sentit le froid envahir tout son corps.

Le petit homme le regardait.

Wilson pinça ses lèvres tremblantes. Il était impossible que l'autre sache ce qu'il avait l'intention de faire. Il avala sa salive et tenta de reprendre son souffle. Ayant vérifié que l'hôtesse était toujours en train de donner des cachets au passager, un peu plus loin, il se retourna vers l'aile. L'homme avait plongé les mains dans le moteur. Wilson resserra sa prise sur le pistolet et commença à le lever.

Puis il l'abaissa. Le hublot était trop épais : la balle pourrait être détournée et tuer un passager. Il frissonna, les yeux fixés sur le petit être. Une nouvelle fois, le moteur s'arrêta et une éruption d'étincelles illumina les traits bestiaux du saboteur. Wilson se cuirassa. Une seule solution s'offrait à lui.

Il baissa les yeux vers la poignée de la porte de secours. Elle était couverte d'une protection transparente qu'il ôta, avant de la lâcher. Dehors, l'homme était toujours là, accroupi, manipulant le moteur d'une main. Wilson prit une inspiration tremblante. Il posa la main gauche sur la poignée et la secoua : elle refusait de s'abaisser ; vers le haut, en revanche, il y avait du jeu.

Pas le temps de discuter, se dit-il. Posant le pistolet sur ses genoux, les mains tremblantes, il boucla sa ceinture de sécurité. Quand la porte s'ouvrirait, il y aurait un appel d'air terrible. Pour la sécurité de l'avion, il ne devait pas être emporté.

Il reprit ensuite son arme en main, sentant son cœur battre irrégulièrement. Il devait agir vite et avec précision. S'il le manquait, l'homme pourrait sauter sur l'autre aile – ou, pire, sur la queue où, invisible, il pourrait rompre des câbles, broyer des volets, détruire l'équilibre de l'appareil. Non, sa seule chance était de tirer bas et de toucher le petit être à la poitrine ou au ventre. Wilson s'emplit les poumons. Maintenant, songea-t-il. *Maintenant*.

L'hôtesse remontait le long de l'allée quand il commença à manœuvrer la poignée. Un instant, elle se figea, muette. Puis une expression d'horreur stupéfiée tordit ses traits, elle leva une main implorante et sa voix retentit soudain, suraiguë, à travers le bruit des moteurs.

« *Monsieur Wilson, non !*

— Reculez ! » cria-t-il en remontant la poignée.

La porte parut s'évanouir. Un instant elle était près de lui, il la tenait. L'instant d'après, avec un rugissement sifflant, elle avait disparu.

Au même moment, il se sentit enveloppé par une succion monstrueuse qui voulut l'arracher à son siège. Sa tête et ses épaules sortirent de la cabine et il se retrouva à respirer un air raréfié glacial. L'espace d'une seconde, aveuglé par le vent, les tympans quasi percés par le tonnerre des moteurs, il oublia le petit homme. Il lui sembla percevoir un bref hurlement dans le maelström qui l'entourait, un cri lointain.

Puis il vit le monstre.

Qui marchait sur l'aile, sa silhouette tordue penchée en avant, ses mains griffues tendues avec empressement. Wilson leva le bras et tira. La détonation s'entendit à peine dans le rugissement de l'air. L'être vacilla, se détendit pour frapper, et une douleur soudaine envahit la tête de son adversaire. Tirant à nouveau, à bout portant, ce dernier vit le petit être reculer en battant des bras – puis disparaître sans plus résister qu'une poupée de papier mâché emportée par une bourrasque. Wilson sentit son cerveau s'engourdir. Il sentit qu'on arrachait le pistolet à ses doigts inertes.

Puis tout se perdit dans l'obscurité hivernale.

Il remua, marmonna. Un liquide chaud coulait goutte à goutte dans ses veines, ses membres lui semblaient de bois. Dans le noir, il entendait un frottement, un délicat tourbillon de voix. Il était étendu sur quelque chose qui se déplaçait, se balançait. Un vent froid souffla sur son visage et il sentit la surface qui le soutenait s'incliner.

Il lâcha un soupir : l'avion avait atterri et on l'emportait sur un brancard. Sa blessure à la tête, sûrement, plus une injection de tranquillisants.

« Jamais entendu parler d'une tentative de suicide aussi délirante », dit une voix quelque part.

Un amusement bien agréable l'envahit. Quiconque parlait se trompait, bien sûr. Comme cela serait établi sous peu quand on examinerait le moteur et qu'on s'intéresserait de plus près à sa blessure : on comprendrait alors qu'il avait sauvé tout le monde.

Wilson s'endormit d'un sommeil sans rêves.

La machine volante

AMBROSE BIERCE

Ambrose Bierce a connu l'ère de l'aviation (il est mort en 1914), mais on peut douter qu'il ait jamais volé. La vignette qui suit s'intéresse moins aux avions qu'à la crédulité des gens qui investissent dans leur construction, et elle contribue indubitablement à justifier son surnom : « Bitter (amer) Bierce ». Parmi tous ses *bons mots*, mon préféré est : « La guerre est la méthode employée par Dieu pour enseigner la géographie aux Américains. »

Un Homme Ingénieux ayant mis au point une machine volante invita une foule de gens à la voir prendre son essor. À l'heure dite, alors que tout était prêt, il monta à bord et fit démarrer le moteur. La machine démolit aussitôt le socle massif sur lequel elle était construite et ne tarda pas à disparaître sous terre, l'aéronaute en sautant juste à temps pour se sauver.

« Ma foi, déclara-t-il, j'en ai accompli assez pour démontrer que les détails étaient corrects. » Avec un regard au socle de briques détruit, il ajouta : « Les seuls défauts sont de nature élémentaire et fondamentale. »

Forts de cette assurance, les gens se précipitèrent alors avec des souscriptions pour bâtir une seconde machine.

Lucifer !

E. C. TUBB

Le problème avec les voyages aériens, c'est qu'une fois l'avion décollé, on doit y rester jusqu'à la fin du trajet. Tubb combine ce fait indéniable avec un concept de voyage dans le temps extrêmement original – et sinistre. En dire plus gâcherait cette histoire cruelle, glaçante et seule de son espèce. Edwin Charles Tubb était l'un des auteurs de science-fiction anglais les plus prolifiques. Au cours d'une carrière de presque soixante ans, il publia au moins cent cinquante romans et plus de dix recueils de nouvelles. Il fut rédacteur en chef du magazine *Authentic Science Fiction* dans les années 1950 et, sous divers pseudonymes, en écrivit à lui seul un numéro complet (y compris le courrier des lecteurs). « Lucifer ! » est un de ses meilleurs textes. Il reçut le prix spécial de la nouvelle à la première convention européenne, en 1972.

C'était un dispositif d'une grande utilité sociale, que tout le monde employait. Tout le monde, en l'occurrence, signifiait les Citoyens Spéciaux, tous riches, charmants et socialement considérés. Ceux qui venaient pour étudier une culture primitive amusante et ceux qui, pour raisons personnelles, préféraient habiter un monde où ils étaient de très gros poissons dans une toute petite mer.

Les Citoyens Spéciaux, dilettantes de la jet-set intergalactique, protégés et choyés par leur science, s'adonnant à leurs jeux avec les indigènes en prenant soin de préserver leur anonymat. Toutefois, il arrive que même les surhommes aient des accidents. Des bêtises statistiquement impossibles en raison de leur infime probabilité.

Par exemple la rupture d'un câble d'acier alors que le coffre qu'il soutenait pendait six mètres au-dessus du sol. Le coffre tomba et pulvérisa un trottoir sans provoquer d'autres dégâts. Le câble, soudain libéré de sa tension, se détendit comme un fouet, son extrémité s'agitant en un mouvement aléatoire imprévisible. Ses chances de frapper un endroit donné étaient infinitésimales. Celles pour qu'un des Citoyens Spéciaux se trouve à cet endroit-là à ce moment précis si faibles qu'elles battaient en brèche les probabilités ordinaires. Pourtant cela arriva. Le bout effiloché du câble frappa un crâne et répandit cervelle, chair et os en une bouillie répugnante. Un mécanisme implanté chirurgicalement envoya un signal de détresse. Les amis de l'homme reçurent le signal. Frank Weston reçut le cadavre.

Frank Weston : un anachronisme. À l'ère moderne, aucun homme n'aurait dû traîner un pied-bot durant vingt-huit ans de sa vie, et ce d'autant moins qu'il avait un visage d'ange de la Renaissance. Toutefois, s'il avait l'air d'un ange, c'était un ange déchu. On ne pouvait pas faire de mal aux morts, mais à leurs proches si. Raconter au père d'une suicidée que sa fille défunte était enceinte. À une mère affectionnée que la prunelle de ses yeux était atteinte d'une maladie répugnante. Ils ne prenaient pas la peine de vérifier, pourquoi l'auraient-ils fait ? Et, même s'ils vérifiaient, où était le problème ? Tout le monde pouvait se tromper, et il était employé de la morgue, pas médecin.

Sans passion, il examina le corps qu'on venait de lui livrer. Le câble avait remarquablement détruit le visage, rendant toute identification visuelle impossible. Le sang avait quant à lui détruit le costume, quoique pas assez pour masquer le fait que son porteur avait acheté du tissu de prix. Le portefeuille recelait peu de billets mais beaucoup de cartes de crédit. Les poches renfermaient aussi un peu de petite monnaie, un étui à cigarettes, un briquet, des clefs, une montre-bracelet, une épingle à cravate... Tous ces objets émirent de petits cliquètements quand ils furent jetés dans une enveloppe. Frank s'interrompit en voyant la bague.

Parfois, dans ce métier, un homme sans scrupules pouvait se faire un petit extra. Or Frank n'était animé d'aucun scrupule, seulement d'une prudence défensive. La bague aurait pu se perdre avant que le macchabée ne parvienne jusqu'à lui. La main qui la portait étant couverte de sang coagulé, peut-être nul ne l'avait-il remarquée. Même dans le cas contraire, ce serait parole contre parole. S'il parvenait à l'ôter, à nettoyer les doigts de tout ce sang, à la planquer et à jouer les innocents, la bague serait à lui. Or il parviendrait à l'ôter, même s'il devait pour cela briser les os. Les accidents, parfois, provoquaient d'étranges blessures.

Une heure plus tard, on vint prendre possession du corps. Deux hommes très réservés, élégants et animés d'une calme détermination. Le défunt était leur associé. Ils donnèrent son nom et son adresse, la description de son costume et d'autres informations encore. Puisqu'on ne soupçonnait pas de crime, on n'avait aucune raison de conserver le cadavre.

Un des deux hommes lança à Frank un regard alerte. « C'est tout ce qu'il avait sur lui ?

— C'est ça. Vous avez tout. Signez ici, et il est tout à vous.

— Un instant. » Les visiteurs échangèrent un regard puis celui qui avait parlé se tourna vers Frank. « Notre ami portait une bague. Un peu comme celle-ci. » Il tendit la main. « Une pierre montée sur un anneau large. Pourrions-nous la récupérer, s'il vous plaît ?

— Je ne l'ai pas, s'entêta l'employé de la morgue. Je ne l'ai même jamais vue. Il ne la portait pas quand il est arrivé ici. »

Nouvelle conférence silencieuse. « Cette bague n'a aucune valeur marchande mais elle a une valeur sentimentale. Je suis prêt à la payer cent dollars, et sans poser de question.

— Pourquoi me dire ça à moi ? » répliqua froidement Frank. Une chaleur croissante montait en lui, un plaisir sadique : il ne savait pas pourquoi, mais il faisait souffrir cet homme. « Vous signez ou pas ? » Il tourna le couteau dans la plaie. « Si vous croyez que j'ai volé quelque chose, appelez les flics. De toute façon, fichez-moi le camp. »

Durant la pause de midi, il examina le produit de son larcin. Assis dans son coin habituel de la cantine, courbé, masqué par un journal, et aussi remarquable qu'un meuble pour les autres clients de l'endroit. Lentement, il fit tourner la bague. L'anneau en était large, épais, et doté en un point d'une protubérance qu'on pouvait aplatir en appuyant dessus, comme un bouton. La pierre plate, terne, devait être un spécimen mal taillé du groupe semi-précieux. Le métal évoquait un alliage plaqué. Si tel était le cas, on aurait pu acheter douze bijoux semblables pour cent dollars.

Mais… un homme habillé comme l'était ce macchabée aurait-il porté une telle bague ?

Le cadavre puait le fric. L'étui à cigarettes et le briquet étaient en platine incrusté de pierres précieuses – trop reconnaissables pour qu'on envisage de les voler. Les cartes de crédit auraient permis de faire le tour du monde, et en première classe. Un tel homme aurait-il porté une minable bague à cent dollars ?

Frank balaya la cantine d'un regard neutre. Face à

lui, trois hommes étaient attablés autour d'un café. L'un d'eux se redressa, se leva, s'étira et se dirigea vers la porte.

L'employé de la morgue grimaça et baissa les yeux sur la bague. Avait-il refusé cent dollars pour un bijou en toc ? Son ongle toucha la protubérance. Comme elle s'enfonçait un peu, impatient, il l'aplatit tout à fait.

Rien n'arriva.

Rien sinon que l'homme qui s'était levé de la table d'en face et avait gagné la sortie se retrouva assis. Soudain, il se leva, s'étira et marcha vers la porte. Frank appuya de nouveau sur le bouton. Rien n'arriva.

Littéralement rien.

Il plissa le front et essaya encore. Le buveur de café se retrouva assis à table. Il se leva, s'étira et se dirigea vers la porte. Frank réitéra sa manœuvre mais, cette fois, maintint le bouton enfoncé et compta. Cinquante-sept secondes s'écoulèrent avant que l'homme ne soit transporté à son point de départ. Quand il se leva et s'étira pour partir, Frank le lui permit.

Il savait à présent de quoi il disposait.

Il se laissa aller au fond de son siège, émerveillé. S'il ignorait tout des Citoyens Spéciaux, sa propre race avait donné naissance à des scientifiques et, quoique sadique, il n'était pas idiot. Qui possédait un tel dispositif voudrait le conserver pour lui et aurait besoin de l'avoir sous la main à tout moment, sous une forme permettant de l'utiliser rapidement. Quoi de mieux qu'une bague, donc ? Compacte. Décorative. Probablement inusable.

Une machine temporelle à sens unique.

La chance, la combinaison fortuite de circonstances favorables… Quel besoin d'avoir de la chance quand on sait ce qui va se produire avec cinquante-sept secondes d'avance ? Allez, disons une minute. C'est peu ?

Essayez donc de retenir votre souffle aussi longtemps. Essayez de garder la main sur un poêle chauffé au rouge pendant ne serait-ce que la moitié de ce temps. En une minute, on peut faire cent mètres en marchant, quatre cents au pas de course, plusieurs kilomètres en chute libre. On peut concevoir, mourir, se marier. Cinquante-sept secondes suffisent à beaucoup d'activités.

Une carte qui se tourne, une bille qui s'immobilise, une paire de dés qui roule et s'arrête. Frank gagnait à coup sûr, et de plus d'une manière.

Il s'étira, jouissant de la douche, de l'impact de l'eau chaude propulsée à forte pression. Tournant un robinet, il eut un sursaut quand l'eau devint glacée et fit surgir la chair de poule sur sa peau. Un bain froid en hiver est une horreur quand on n'a pas le choix, une agréable stimulation quand on l'a. Une nouvelle action sur le robinet lui rendit la chaleur. Il attendit un peu puis coupa l'eau et sortit de la douche en s'essuyant à l'aide d'une serviette pelucheuse.

« Frank chéri, tu en as encore pour longtemps ? »

Une voix de femme aux intonations des classes supérieures consanguines. Aristocrate par sa naissance et son mariage, lady Jane Smyth-Connors était riche, curieuse, oisive et impatiente.

« Un instant, mon chou », lança-t-il en lâchant sa serviette, avant de baisser les yeux sur son corps en souriant. L'argent s'était chargé de son pied bot. L'argent s'était chargé d'un tas d'autres choses : ses vêtements, son accent, l'éducation de ses goûts. Il restait un ange déchu mais une dorure nouvelle couvrait ses ailes brisées.

« Frank chéri !

— J'arrive ! » Il serra les mâchoires à en avoir mal aux muscles. Ah ! La prétentieuse petite garce hédoniste. Elle lui était tombée dans les bras en raison de son visage et de sa réputation, et elle allait payer sa curiosité. Mais cela pouvait attendre. D'abord, l'araignée devait engluer pour de bon la mouche dans sa toile.

Un peignoir de soie pour couvrir sa nudité. Une brosse pour discipliner sa chevelure. Un vaporisateur en guise d'assurance contre la mauvaise haleine. L'étalon était presque prêt à officier.

La salle de bains disposait d'une fenêtre. Il tira les rideaux et regarda la nuit. Loin en contrebas, une constellation de lumières tapissait le sol brumeux. Londres était une ville plaisante, l'Angleterre un agréable pays. Très agréable même, surtout pour les joueurs qui n'y payaient pas d'impôts sur leurs gains. Et, ici, plus que partout ailleurs, on pouvait remporter de grands prix. Pas seulement en argent liquide, ce qui était bon pour la plèbe : si on disposait des relations adéquates, c'était Noël tous les jours.

Londres. Une ville que les Citoyens Spéciaux tenaient en haute estime.

« Frank ! »

Impatience. Irritation. Arrogance. La femme attendait d'être servie.

Grande et curieusement anguleuse, elle évoquait une écolière montée en graine qui aurait dû s'habiller en tweed et tenir une crosse de hockey à la main. Mais les apparences étaient trompeuses. Des générations de consanguinité avait fait plus que façonner la distribution de la chair et des os. Elles avaient mûri la décadence et créé une masse de frustrations fulminantes. Cette femme était cliniquement folle. Dans sa classe sociale, toutefois, on n'était jamais considéré comme fou mais seulement comme « excentrique », on n'était pas stupide mais « distrait », jamais méchant ou cruel mais « amusant ».

Frank tendit les bras, enlaça sa maîtresse et appuya les deux pouces sur ses yeux. Elle se tendit et recula, surprise par la douleur soudaine. Comme il appuyait plus fort, elle hurla sous l'effet de la souffrance et de la peur de devenir aveugle qui lui tordit les entrailles. Dans l'esprit de son bourreau, une horloge mentale comptait les secondes. Cinquante et une… Cinquante-deux…

Les doigts de Frank pressèrent sa bague.

« Frank ! »

Il tendit les bras et enlaça la jeune femme, le cœur encore palpitant du plaisir de l'avoir fait souffrir. L'embrassant avec une habileté née de l'expérience, la mordillant délicatement, il laissa courir les mains sur son corps, fit choir dans un froufroutement une fine étoffe de ses épaules délicates. Quand il mordit un peu plus fort, il la sentit se tendre.

« Ne fais pas ça ! protesta-t-elle. Je déteste les gens qui font ça ! »

Un mauvais point. Frank compta les secondes en tendant la main vers l'interrupteur. Dans l'obscurité, sa maîtresse se tortilla et échappa à son étreinte.

« J'ai horreur du noir ! Est-ce que tu dois vraiment être comme tous les autres ? »

Deux mauvais points. Encore vingt secondes. Assez pour une autre exploration rapide. Ses mains tâtonnèrent, établirent le contact, évoluèrent avec une détermination savante. Jane soupira de plaisir.

Il activa l'anneau.

« Frank ! »

Il tendit les bras et l'enlaça, sans faire cette fois mine de mordre ni de mordiller. Les vêtements tombèrent au sol en froufroutant, dévoilant une peau luisant comme une perle à la lumière. Frank regarda la jeune femme, l'admira avec audace, et ses mains se déplacèrent de la manière qu'elle aimait.

Elle ferma les yeux, lui plantant les ongles dans le dos. « Parle-moi, exigea-t-elle. Parle-moi ! »

Il commença à compter les secondes.

Plus tard, tandis qu'elle dormait, assouvie, il se détendit, fumant, réfléchissant, curieusement amusé. Il avait été l'amant parfait. Il avait dit et fait tout ce qu'elle voulait, dans l'ordre exact où elle le voulait et, plus que tout, sans qu'il fût besoin de lui donner la moindre indication. Il avait été un reflet d'elle-même, l'écho de ses besoins – et pourquoi pas ? Il avait travaillé dur à cartographier le plan de ses désirs. À explorer, enquêter, effacer tous les faux départs et les erreurs. Comment n'eût-il pas été parfait ?

Il se tourna et baissa les yeux sur sa maîtresse, voyant en elle non un être de chair et de sang mais un barreau de l'échelle menant à la réussite sociale. Frank Weston venait de loin. Il avait l'intention de continuer à s'élever.

Jane soupira, ouvrit les yeux et contempla la beauté classique de son visage. « Chéri ! »

Il lui dit ce qu'elle voulait entendre.

Elle soupira encore, le même son pour un sens différent. « Je te verrai ce soir ?

— Non.

— Frank ! » Elle se redressa tout droit sous l'effet de la jalousie. « Pourquoi ? Tu disais…

— Je sais ce que j'ai dit et j'étais sincère, l'interrompit-il, mais il faut que je prenne l'avion pour New York. Les affaires, ajouta-t-il. Après tout, il faut que je gagne ma vie. »

Elle avala l'appât. « Tu n'as pas à t'inquiéter pour ça. Je dirai un mot à papa, et… »

Il lui ferma les lèvres des siennes. « Il faut quand

même que je parte », insista-t-il. Sous les couvertures, ses mains firent ce qu'elle voulait qu'elles fassent. « Et quand je reviendrai…

— Je divorcerai, dit-elle. On se mariera. »

Noël, songea-t-il, comme l'aube faisait pâlir le ciel.

Come, fly with me ! disait la chanson, *Viens voler avec moi*. *Moi*, en l'occurrence, c'était un Comet flambant neuf, deux hôtesses tout en jambes, en yeux et en chevelure soyeuse, dont l'attitude disait « tu peux me regarder parce que je suis belle, mais tu n'as pas intérêt à toucher », un équipage et soixante-treize autres passagers, dont seulement dix-huit en première classe. Il y avait de la place pour tout le monde et Frank en était ravi.

Il se sentait las. Après une nuit agitée et une matinée du même acabit, il trouvait fort agréable de se détendre, bien sanglé sur un siège confortable tandis que les réacteurs aspiraient de l'air et le recrachaient derrière eux en un ouragan artificiel, propulsant l'avion le long de la piste puis dans le ciel. Londres s'éloigna sur le côté, les nuages s'abattirent telles des boules de coton sales, puis il n'y eut plus que le soleil, pupille vigilante au milieu d'un immense iris bleu.

Pars vers l'Ouest, mon jeune ami, songea-t-il, malicieux. Pourquoi ? Pour nulle autre raison qu'il aimait voyager et qu'un peu d'absence pouvait accroître les élans d'un cœur. En outre, voler lui apportait du plaisir. Il aimait regarder en bas, songer au vide qui s'étendait entre le sol et lui. Sentir son estomac se serrer sous l'effet de l'acrophobie, cette délicieuse sensation de peur éprouvée en toute sécurité. L'altitude n'avait aucun sens en avion. Il suffisait de regarder droit devant soi, et on pouvait aussi bien être dans un pullman.

Frank déboucla sa ceinture, tendit les jambes et jeta un coup d'œil par le hublot alors que la voix du commandant, dans les haut-parleurs, annonçait qu'ils volaient à l'altitude de trente-quatre mille pieds, à la vitesse de huit cent soixante-deux kilomètres-heure.

Par le hublot, il voyait peu de choses. Le ciel, les nuages en contrebas, l'extrémité d'une plaque de métal vibrante – une aile. Rien que du vieux. L'hôtesse blonde était loin d'être vieille, elle. Alors qu'elle descendait l'allée d'un pas chaloupé, elle surprit son regard et répondit par une attention immédiate. Était-il bien à l'aise ? Désirait-il un oreiller ? Un journal ? Un magazine ? Quelque chose à boire ?

« Un cognac, dit-il. Avec glace et eau gazeuse. »

Puisqu'il occupait le siège le plus proche de la paroi de la cabine, la jeune femme dut quitter l'allée pour baisser la tablette et y déposer la boisson. Frank leva la main gauche et lui toucha le genou, remonta à l'intérieur de sa cuisse. Il la sentit se crisper et vit l'expression sur son visage : un mélange d'incrédulité, d'indignation, d'intérêt et de réflexion. Ce fut de courte durée. Il leva la main droite pour la lui refermer sur la gorge. Un sang congestionné violaça les joues de l'hôtesse, ses yeux s'exorbitèrent et le plateau qu'elle lâcha répandit son contenu tandis qu'elle agitait les mains sous l'effet d'une angoisse impuissante.

Dans l'esprit de Frank, l'horloge automatique comptait les secondes. Cinquante-deux… cinquante-trois… cinquante-quatre…

Il appuya sur le bouton de sa bague.

La tablette émit un petit bruit sec en s'abaissant, le cognac un gargouillement liquide en quittant la mignonnette pour inonder les glaçons. Souriante, l'hôtesse leva la cannette d'eau gazeuse ouverte. « Le tout, monsieur ? »

Il hocha la tête et la regarda le servir, se rappelant la douce chaleur de sa cuisse, le contact de sa peau. Savait-elle qu'il avait failli la tuer ? Avait-elle la moindre chance de le deviner ?

Non, décida-t-il alors qu'elle s'éloignait. Comment l'eût-elle pu ? Pour elle, il ne s'était rien passé. Elle lui avait servi un verre, point final. Point final, oui, mais… ?

Maussade, il contempla la bague. Quand on l'activait, on reculait de cinquante-sept secondes dans le temps. Tout ce qu'on avait fait durant cette période était effacé. On avait bien pu tuer, voler, semer le chaos, cela n'avait aucune importance car rien de tout cela n'était arrivé. Pourtant c'était bien arrivé puisqu'on s'en rappelait. Était-il possible de se rappeler un événement qui n'avait jamais eu lieu ?

Cette jeune femme, par exemple. Il avait senti sa cuisse, la chaleur à la jonction de ses jambes, la douceur élastique de sa gorge. Il aurait pu lui arracher les yeux, faire redoubler ses hurlements, lui mutiler le visage. À d'autres, il avait fait cela et plus encore, assouvissant son sadisme, le plaisir qu'il éprouvait à infliger de la souffrance. Et il avait tué. Mais qu'était un crime quand on pouvait en annuler le désagrément ? Quand on pouvait voir le cadavre sourire avant de s'éloigner ?

L'avion s'agita un peu. La voix qui s'échappa du haut-parleur était calme, pondérée. « Veuillez attacher vos ceintures de sécurité. Nous approchons d'une zone de légères turbulences. Peut-être verrez-vous des éclairs, mais il n'y a aucune inquiétude à avoir. Nous volons bien sûr nettement au-dessus de l'orage. »

Frank ignora l'instruction, toujours préoccupé de sa bague. La pierre non polie évoquait un œil mort soudain malveillant, voire menaçant. Irrité, il vida son verre. La bague n'était rien d'autre qu'une machine.

La blonde repassa dans l'allée, émit un petit claquement de langue en voyant sa ceinture non bouclée et se pencha pour la lui serrer elle-même. Il agita la main pour la chasser, fit mine de manipuler les sangles puis laissa la ceinture retomber, ouverte. Il n'en avait pas besoin et n'aimait pas cela. Le sourcil froncé, il se laissa aller en arrière, pensif.

Le temps. S'agissait-il d'une ligne unique ou bien avait-il de nombreuses branches ? Était-il possible qu'un univers parallèle fût créé à chaque activation de la bague ? Qu'il existât quelque part un monde dans lequel il avait attaqué l'hôtesse et devait expier ce crime ? Cependant il ne l'avait attaquée que parce qu'il savait pouvoir effacer l'incident. Sans la bague, il ne l'eût pas touchée. Avec la bague, il pouvait faire ce que bon lui semblait, revenir en arrière et échapper aux conséquences. La théorie de l'univers parallèle ne pouvait donc s'appliquer. Quelle loi régissait-elle le phénomène ?

Il l'ignorait et cela n'avait pas d'importance. Il disposait de la bague, cela suffisait. La bague pour laquelle on lui avait offert cent malheureux dollars.

Quelque chose frappa le toit de la cabine. Il y eut un bruit de déchirure, une rafale de vent, une force irrésistible qui l'arracha à son siège et le jeta dans l'espace. L'air jaillit de ses poumons quand il commença à tomber. Frank hoqueta, tentant de respirer, de comprendre. Un froid polaire engourdit sa chair. Se tortillant, il vit à travers ses larmes l'avion dont une aile s'était arrachée, le métal achevant de se déchirer sous ses yeux, et qui allait l'accompagner dans sa chute vers la mer, huit kilomètres plus bas.

Un accident, comprit-il, affolé. Un bolide, une météorite ou encore la fatigue du métal. Il suffisait d'une fêlure dans la paroi de la cabine, et la pression interne faisait le reste. Et à présent il tombait. Tombait !

Ses doigts pressèrent la bague en une réaction frénétique.

« Je vous en prie, monsieur Weston. » L'hôtesse blonde s'approcha alors qu'il jaillissait de son siège. « Vous devez rester assis, avec votre ceinture bouclée.

À moins que… ? » Diplomate, elle tourna les yeux vers les toilettes à l'arrière de la cabine.

« Écoutez ! » Il l'empoigna par les deux bras. « Dites au pilote de changer de trajectoire. Dites-le-lui tout de suite. Dépêchez-vous ! »

On pourrait ainsi éviter un bolide ou une météorite. Si le cap était modifié assez tôt, on se retrouverait en sécurité. Mais il faudrait que ce soit rapide ! Rapide !

« Vite. » Il courut vers le cockpit, la jeune femme sur les talons. Maudite connasse ! Ne pouvait-elle comprendre. « C'est une urgence ! cria-t-il. Le pilote doit changer de trajectoire immédiatement ! »

Quelque chose frappa le toit de la cabine. Le compartiment s'ouvrit d'un coup, le métal se rétractant comme une peau de banane. La blonde s'évanouit. Le hurlement du métal déchiré se perdit dans le déplacement d'air explosif. Désespérément, Frank s'accrocha à un siège mais ses mains furent arrachées au tissu, son corps emporté vers l'ouverture. Une nouvelle fois éjecté dans l'espace ; il entama la longue chute de huit kilomètres à retourner l'estomac.

« Non ! hurla-t-il, terrorisé. Oh, mon Dieu, non ! »

Il activa la bague.

« Monsieur Weston, je dois vraiment insister. Si vous ne voulez pas aller aux toilettes, vous devez me laisser boucler votre ceinture. »

Il se tenait debout près de son siège et l'hôtesse semblait sur le point de s'agacer. S'agacer !

« C'est important, déclara-t-il, luttant pour rester calme. Dans moins d'une minute, cet avion va se démanteler. Vous comprenez ? Nous allons tous mourir à moins que le pilote ne change de cap immédiatement. »

Pourquoi restait-elle plantée là avec l'air aussi stupide ? Il lui avait déjà dit tout cela !

« Espèce de grosse vache sans cervelle ! Sortez-vous de mon chemin ! » Il la poussa de côté et s'élança à nouveau vers le cockpit. Il trébucha, tomba, se remit sur ses pieds en fulminant. « Changez de cap ! hurla-t-il. Pour l'amour du ciel, écoutez-moi et… »

Quelque chose frappa le toit. À nouveau le rugissement, l'explosion, la force irrésistible. Un coup le toucha à la tête et il descendit bien en dessous des nuages avant de retrouver la maîtrise de ses actes. Cette fois, après avoir activé la bague, il demeura en chute libre, aspirant un air raréfié et frissonnant d'un froid sauvage. Sur un côté, l'avion démantelé pendait comme retenu par des fils, masse de débris en train de se désintégrer. De minuscules fragments l'entouraient – ceux de la blonde parmi eux, peut-être.

Frank traversa les nuages. En contrebas, la mer s'étendait dans un miroitement d'eau et de lumière. Son estomac se tordit d'une terreur irrépressible alors qu'il contemplait les vagues, son acrophobie latente réveillée, torturant jusqu'à la dernière de ses cellules. Frapper la surface liquide reviendrait à heurter un sol de béton, et il serait conscient jusqu'au bout. Il activa la bague d'un geste spasmodique et, aussitôt, se retrouva en altitude, avec quasiment une minute de grâce pendant laquelle tomber.

Cinquante-sept secondes de pur enfer.

Répétées.

Répétées.

Répétées encore et encore car c'était cela ou bien s'écraser dans l'océan qui l'attendait.

La cinquième catégorie

TOM BISSELL

Tom Bissell fait partie des auteurs américains les meilleurs et les plus intéressants (ce ne sont pas toujours les mêmes). Outre ses essais, dont *Extra Lives : Why Video Games Matter* (littéralement, *Vies supplémentaires : de l'importance des jeux vidéo*), publié en librairie, il a écrit des scénarios de jeux vidéo tels que *Gears of War* et coécrit *The Disaster Artist : Ma vie avec The Room, le film le plus génialement nul de l'histoire du cinéma*, devenu un film primé de et avec James Franco. Bissell, qui a couvert les guerres du Golfe en tant que journaliste, a aussi trouvé le temps d'écrire quelques nouvelles extraordinaires. Celle-ci, dans laquelle l'auteur de mémos légaux controversés s'éveille à bord d'un avion de ligne désert en provenance d'Estonie, est l'une de ses meilleures.

John s'éveilla quelque part au-dessus de l'océan Atlantique. Il se sentait chargé d'électricité statique, le cerveau sous-alimenté. Étrangement, toutefois, il ne se rappelait pas s'être endormi, ni même avoir eu sommeil. Il ne dormait pas en avion, jamais. Il travaillait. Son dernier souvenir : avoir bu un Coca Light en discutant avec sa voisine, Janika, une grande Estonienne au visage d'esprit des forêts malicieux, qui disait se rendre aux États-Unis pour la première fois. John ne se rappelait en aucun cas avoir remonté la couverture jusqu'à son menton ni inséré derrière sa tête l'oreiller délicieusement douillet qu'il y sentait. Or il aurait dû s'en souvenir. Une de ses habitudes au coucher, datant de son enfance, consistait à poser un verrou mémoriel sur sa position d'endormissement – la cuiller, les ciseaux, le mort, le fœtus, l'écartèlement – juste avant de sombrer pour de bon. Il ne s'était retrouvé dans la même position au réveil que deux fois dans sa vie. John considérait le sommeil comme une forme de voyage dans le temps. Des choses se produisaient, des pensées se formaient, des parties du corps bougeaient – et on n'en saurait jamais rien.

Janika avait disparu, probablement allée se dégourdir les jambes. Ah, les Européens et leur gymnastique en vol, leurs applaudissements à l'atterrissage ! Les stores avaient été baissés devant tous les hublots rhomboïdaux. La seule illumination était fournie par les ellipses orangées luisantes des veilleuses de la cabine. John souleva le store de son hublot. Ce qu'il vit était impossible. Son vol atterrissait à New York à seize heures. Ce n'était pas un vol de nuit. Pourtant, dehors : la nuit. Le siège de Janika, il le remarqua alors, n'était pas le seul à être déserté. La quarantaine d'autres places en classe affaires l'étaient aussi. Il porta vivement les mains à sa ceinture.

Les confortables trônes appariés de la classe affaires étaient disposés dans la cabine de manière à ce que leurs occupants ne se sentent pas trop serrés, et aucun compartiment à bagages encombrant ne les surmontait. Une bonne partie étaient drapés de couvertures froissées. D'autres avaient des écouteurs encore branchés dans les prises jack des accoudoirs. Une demi-douzaine d'oreillers jonchaient le sol. Des bagages à main demeuraient glissés sous certains sièges. De l'autre côté de l'allée, quelqu'un avait laissé sa tablette baissée pour soutenir une bouteille de vin rouge de la taille d'un flacon de parfum et un gobelet en plastique. La même impression d'abandon soudain flottait au-dessus de tous les sièges.

Un événement quelconque avait attiré l'attention générale en classe éco, songea-t-il. Un Finnois ivre frappant un steward. Une crise cardiaque. Pour le moment, John traça soigneusement un X mental sur toute autre possibilité. Il tira d'un coup le fin rideau bleu qui permettait aux passagers ordinaires d'imaginer ce qu'ils rataient. Sa main chercha la réalité stabilisante de la cloison grise mouchetée de blanc à laquelle pendait le rideau.

Devant lui s'étendaient trente rangées obscures de sièges vides. Choqué, il avança d'un pas et voulut s'emparer de son iPhone – mais il en sentit l'absence avant même que sa main ne touche sa poche. Malgré l'obscurité, il distinguait quelques objets sur la première rangée : des livres de poche, des journaux, un porte-documents. Plus il s'avança entre les sièges, plus l'obscurité s'épaissit, comme s'il pénétrait au sein d'une jungle synthétique.

Il semblait fondamentalement anormal de courir le long de l'allée étroite d'un avion de ligne. Comme John atteignait les rangées du fond plongées dans le noir complet, il se sentit pris au piège, prisonnier d'un placard inconnu déroutant. Ses mains cherchèrent le braille du monde visible. Les strapontins des hôtesses et stewards étaient relevés. Près d'eux se trouvait une torche électrique accrochée à la paroi, qu'il ôta de son support. Il trancha d'une lame de lumière la cuisine, dont les longs tiroirs chromés auraient paru plus à leur place dans un sous-marin. Tout au fond, dans un recoin, un chariot à plateaux vide avait été poussé. John pivota, sa lumière accrocha au passage un compartiment surélevé marqué PREMIERS SOINS, puis il la dirigea vers une des sorties de l'avion – une plaque immense qui évoquait moins une porte que la façade d'un igloo, et par le hublot minuscule de laquelle il vit des couches de nuages cisaillées par les ailes de l'appareil tourbillonner dans la nuit sans étoiles. Il se tourna vers le complexe panneau de contrôle des hôtesses, chargé de boutons et d'interrupteurs. Bien qu'il s'agît d'un vol Finnair, tout était en anglais. En bas se trouvait un bouton rouge marqué EVAC. Remontant, John dépassa plusieurs boutons APPEL (tous éteints), un petit écran vert luisant d'informations incompréhensibles, la commande des annonces au haut-parleur et, enfin, celles des lumières : aucun interrupteur, seulement des boutons qu'il entreprit de tourner.

Dans l'illumination crue qui venait de jaillir, il ouvrit la porte des toilettes, s'attendant presque à découvrir une salle magique immense dans laquelle attendraient les centaines de passagers de l'avion avec des chapeaux pointus en carton et des confettis. Mais le réduit, d'un blanc choquant, sentait la merde et la menthe, et il était vide. Des cloques d'eau transparentes ornaient la cuvette du lavabo métallique.

John traversa au pas de charge la cabine de la classe éco, puis la classe affaires, et se retrouva devant la porte du cockpit, d'aspect épais et renforcé. « Renforcé » était d'ailleurs le terme technique, lui semblait-il. Il ne savait trop comment procéder. Toute démonstration de force si près des pilotes lui semblait à la fois peu sage et potentiellement illégale. Il frappa donc. Quand nul ne répondit, il tenta d'ouvrir. Verrouillé. Il frappa à nouveau, avant de remarquer un petit placard au niveau de ses genoux. À l'intérieur se trouvaient quatre gilets de sauvetage jaunes et un lourd compresseur en acier. Il fixa la porte de sortie avant, une autre immensité glaciale qu'il n'était pas sûr de réussir à ouvrir s'il essayait. Mais pourquoi voudrait-il essayer ? Qu'il fût déjà en train d'envisager cela comme une issue possible n'était pas de très bon augure, réalisa-t-il.

Il transpirait à présent. Son corps, comme s'il avait enfin accepté, analysé puis rejeté les informations envoyées par son esprit, entamait une contre-attaque sans objet. De son estomac, la zone de transit, il cracha son tout dernier repas dans ses lacets intestinaux. John demeura figé, tendu, écoutant son cœur pomper le sang, ses poumons s'emplir et se vider. Le rideau tendu entre fonctions volontaires et involontaires avait été arraché à ses anneaux. Son système nerveux semblait n'attendre qu'un défaut d'attention pour se mettre hors service.

Il tambourina à la porte du cockpit, criant qu'il s'était passé quelque chose, qu'il avait besoin d'aide. Quand il cessa enfin, son front vint se poser sur la coquille renforcée de la porte. Le souffle aussi aigre et chargé de microbes qu'un vase de Pétri, il se sentait faible, vulnérable, en danger. Soudain, il entendit du bruit de l'autre côté de la porte et sauta en arrière. Il se rapprocha lentement, collant l'oreille à la coupe formée par sa main contre le métal froid. Dans ce cockpit d'un avion sans passagers, quelqu'un pleurait.

Son avocat, ses collègues bienveillants de l'université (il en avait plus qu'on ne pouvait le croire, étant l'essence même de l'affabilité dans les réunions de la faculté) et les rares employés du ministère de la Justice auxquels il parlait encore lui avaient conseillé de ne pas sortir des États-Unis. Toutefois, quand lui était parvenue six mois plus tôt une invitation à intervenir lors d'un congrès (« Droit international et avenir des relations américano-européennes ») à Tallinn, en Estonie, John avait fait ce qu'il faisait toujours : parler à sa femme.

Un des avantages qu'il appréciait le plus dans le fait d'avoir quitté le service de l'État était de pouvoir à nouveau parler de son travail à sa femme. Quiconque résidait au sein de son propre esprit au même degré que lui ne demandait rien de plus parfait qu'une compagne capable de pénétrer dans cet esprit lorsqu'elle y était invitée et d'en sortir avant qu'il ne devînt nécessaire de le lui demander. Depuis deux ans, elle était sa confidente, sa sentinelle, son infirmière et son lest. Il avait toutefois connu une des nuits les plus longues et les plus difficiles pour son couple quand certains de ses mémos dits « sur la torture » avaient fuité puis s'étaient vus sans qu'il en soit averti déclassifiés et désavoués. Sa femme n'était pas la seule personne pour laquelle il s'était révélé capable de clarifier ses intentions lorsqu'il les avait rédigés. Tout journaliste qui prenait le temps de l'écouter repartait invariablement en admettant que ce prétendu loup-garou donnait l'impression d'être plutôt un type bien.

Après avoir informé sa femme de l'invitation au congrès, il avait admis : « Ma première idée a été de refuser. Mais je crois que j'ai envie d'y aller, en fait. »

Deux ans plus tôt, une plainte l'accusant de crimes de guerre avait été déposée dans un tribunal allemand ; les rouages de cette justice-là avaient depuis à peine tourné. Une autre plainte avait cependant été déposée six mois plus tôt dans un tribunal de Californie : un Américain condamné pour terrorisme, soutenu par sa mère, qui prétendait que les fameux mémos lui avaient valu de mauvais traitements en prison aux États-Unis.

John ne contestait pas – quoiqu'il ne pût bien sûr l'admettre – que ce salopard eût été maltraité, mais l'en accuser, lui, démontrait une sorte de créationnisme légal naïf. Si ses déplacements n'étaient pas limités officiellement, l'idée de quitter l'espace aérien américain l'emplissait d'une appréhension peu familière. Ce qui le choquait mais le rendait aussi audacieux.

« Que ton vol ne transite pas par l'Allemagne, avait recommandé sa femme. Ni par la France. Ni par l'Espagne. Et j'éviterais aussi l'Italie, d'ailleurs. »

Elle pensait qu'il plaisantait en disant vouloir partir, avait-il réalisé. Il avait donc attendu un moment avant de lui expliquer ce qui l'attirait dans l'Estonie, un pays jeune où l'on conservait le souvenir d'une authentique oppression. John s'était toujours intéressé aux nations de l'ex-bloc soviétique et aux anciens pays communistes en général. (Que ses parents aient fui le communisme coréen était après tout la seule raison pour laquelle il était Américain.) Il ne pensait pas avoir la moindre raison de craindre l'Estonie, officiellement alliée de l'Amérique. Sa femme se rendait-elle compte qu'il n'existait qu'un million d'Estoniens dans le monde ? Peut-être était-ce son ascendance coréenne, mais il ressentait un lien étrange avec les petites nations fréquemment envahies et bousculées. Il admirait, disait-il avec un peu d'emphase, leurs ambitions réduites – en appelant sans honte aux sentiments complexes de son épouse à l'égard de son propre héritage vietnamien.

Elle lui avait demandé comment il pouvait être sûr

qu'il ne s'agissait pas d'un piège destiné à l'humilier publiquement. À cela, il disposait déjà en partie d'une réponse. Les organisateurs de l'événement avaient promis spontanément qu'aucun sujet ne serait abordé si John n'y était pas disposé. Ils étaient au courant des plaintes en justice et lui assuraient qu'il pourrait emprunter une capsule de sauvetage au cours de n'importe quelle série de questions. (« Capsule de sauvetage. » L'expression était de lui, pas d'eux. Comme tous les rats de bibliothèque ayant grandi dans les années 1970, il était toujours prêt à sortir une référence à *Star Wars*.) L'ambassade locale des États-Unis, en outre, était « avisée de » l'invitation de John. (« Avisée de… » L'expression était d'eux, pas de lui. Une ambassade de moyenne importance comme celle d'Estonie accueillait sans aucun doute dans son personnel nombre de rebuts de l'Administration et de vacanciers professionnels. John étant le seul ancien employé de ladite Administration à vouloir parler des décisions qu'il avait prises quand il en faisait partie, il était aussi populaire auprès d'eux qu'une cloche de lépreux.)

« Mais tu vas tout de même parler de tout ça, n'est-ce pas ? » avait demandé sa femme. Il conduisait souvent son avocat à une frustration similaire. John n'avait pas peur de se défendre si son interlocuteur n'était pas à l'évidence déjà porteur d'une torche et de fagots. Après une interview accordée à *Esquire*, son avocat avait refusé de lui adresser la parole pendant une semaine – puis, ayant lu le portrait pas entièrement désobligeant qui en était sorti, lui avait dit : « Vous êtes habile, maître. »

John avait souri à sa femme. Bien sûr qu'il parlerait de tout. Il savait ce qu'il pouvait dire et ne pas dire. Il était lui-même avocat.

Lorsqu'il avait appris sa venue aux organisateurs de l'événement, ils avaient manifesté autant de surprise que d'enthousiasme. Il serait le seul Américain, avaient-ils déclaré, et, en tant que tel, un élément inestimable de la discussion. On était convenu qu'il parlerait seul, à la fin du congrès, pendant une heure, puis répondrait aux questions – dont certaines, on ne le lui cachait pas, pourraient lui être hostiles. Tout cela semblait parfait, avait répondu John par e-mail. Il avait affronté des salles plus assoiffées de son sang que ne pourrait en fournir selon lui l'Estonie. Avant de donner une réponse ferme, il avait consulté l'ambassade de Tallinn. Ses employés avaient bien noté la date du congrès et lui avaient souhaité un voyage profitable. Il soupçonnait que ce serait son dernier contact avec eux.

Six mois plus tard, il fit une escale de deux heures à l'aéroport d'Helsinki. Quand deux agents de sécurité finnois s'arrêtèrent près de sa sortie pour discuter, il se demanda pourquoi il était aussi nerveux. Ce n'était pas comme si Interpol avait lancé un mandat d'arrêt contre lui. Mais quel homme aurait-il vraiment pu se détendre en sachant que des tribunaux de deux continents estimaient possible qu'il eût commis des crimes contre l'humanité ? Il supposait que sa présence en ces lieux le révélait courageux. Quoique non. Cette idée lui répugnait. Il était professeur et avocat, dans cet ordre. Il ne se rappelait pas la dernière fois qu'il avait élevé la voix. Il ne se rappelait pas avoir jamais fait sciemment du mal à qui que ce fût en quatre décennies de vie. Les agents finnois s'éloignèrent.

Il monta à bord du vol pour Tallinn avec un anonymat revivifié. Lorsqu'il vit sa destination côtière, semée de tours et de toits rouges, apparaître par le hublot tribord, il sut qu'il avait fait le bon choix. Midi sonnait lorsqu'il atteignit son hôtel dans la vieille ville. Son arrivée y fut agréablement surréaliste. Les organisateurs de la conférence avaient envoyé des fleurs. Il les appela pour leur demander le chemin du site du congrès, lequel se déroulait à moins de trois rues de là, dans un autre hôtel, le Viru. Non, non, merci, il pourrait s'y rendre seul. Sa conférence était prévue pour vingt heures. Cela signifiait qu'il avait une après-midi à passer à Tallinn. Il en profita pour éliminer par le sommeil la catastrophe circadienne induite par le franchissement de dix fuseaux horaires.

À dix-sept heures, éveillé, douché, vêtu d'un costume gris ciment et d'une chemise bleue (sans cravate), il parcourait la vieille ville de Tallinn à la recherche d'un restaurant. Les organisateurs avaient proposé de lui envoyer quelqu'un, mais non : il voulait annoncer sa présence au congrès avec la même puissance brutale dont il se servait pour pénétrer dans ses salles de classe. Si certains participants cherchaient bien à l'agresser verbalement, moins ils disposeraient de temps pour déterminer de possibles points de pression, mieux ce serait.

Les charmes de la vieille ville étaient innombrables et tout à fait saugrenus. Aucun être humain véritable ne pourrait vivre là. On aurait dit le décor d'un film épique avec des elfes. Les rues – les plus furieusement pavées qu'il eût jamais vues – semblaient changer de nom à chaque intersection. La plupart le firent passer devant des bars, des restaurants, des boutiques vendant de l'ambre, et rien d'autre. Distinguer les touristes des autochtones ne présentait aucune difficulté : quiconque ne travaillait pas était un touriste. Devant un restaurant médiéval, sur la place de la ville, de jeunes Estoniens habillés en dames et chevaliers de la Hanse regardaient leurs collègues reconstituer un combat à l'épée. Dans une rue transversale longue d'un pâté de maisons complet, une brise chargée de méthane le frappa : les déchets courant à travers des canalisations vieilles de trois siècles étaient un élément du passé de Tallinn qui n'avait nul besoin d'être reconstitué. La similarité des nombreux clochers noirs ornementés de la vieille ville était désorientante. Chaque fois que John en prenait un comme point de repère pour retourner en direction du Viru, il s'apercevait que ce n'était pas le bon. Durant deux heures, il resta donc plus ou moins égaré.

Compte tenu de sa hauteur et de sa conception brutaliste, il supposa à raison que le Viru avait été l'Hôtel Intourist durant l'ère soviétique. Dans le hall, il trouva un mur de la renommée citant une partie des célébrités accueillies par l'établissement : champions olympiques, musiciens, acteurs, princes arabes, ainsi que le président en personne. Une note adressée au directeur de l'hôtel sur du papier à en-tête de la Maison Blanche était encadrée : « Encore merci pour le joli chandail et le chapeau ». Après quelques questions posées à la réception, un trajet en ascenseur jusqu'à l'étage du congrès, et un passage au napalm olfactif perpétré par la femme parfumée qui partageait la cabine avec lui, John traversa un couloir à la moquette luxueuse pour gagner le bureau des inscriptions. Le jeune homme assis là lui désigna un petit groupe de personnes attendant poliment à l'extérieur de la salle de conférences que l'oratrice du moment en termine. John devait prendre la parole une demi-heure plus tard. Il rejoignit ses futurs auditeurs devant la salle en question – une caverne pleine de dorures et de lustres volumineux.

L'oratrice était allemande. D'après la traduction projetée sur un écran derrière elle (en français, estonien et anglais – à lui aussi les organisateurs avaient demandé d'envoyer le texte de sa conférence en avance, après qu'il leur eut arraché la promesse de le faire traduire par des anglophones), John conclut qu'il allait connaître une soirée un peu plus rude que prévu. Il avait déjà entendu tous les tropes de l'allocution de l'Allemande. Elle acheva sous les applaudissements puis répondit à des questions, après lesquelles on annonça une pause de dix minutes. Comme les auditeurs se levaient, une autre femme se retourna au fond de la salle, remarqua John et, avec un sourire montrant qu'elle le reconnaissait, s'avança vers lui. Il négocia les courants humains de l'entracte pour la rejoindre à mi-chemin.

C'était Ilvi, une des organisatrices, son contact, professeure de droit à l'université de Tartu. Une très jeune prof de droit, ce qui la rendit instantanément sympathique à un John au physique encore juvénile. Ils se serrèrent la main, puis Ilvi commença à nouer les siennes comme si elle malaxait de la pâte à modeler. Quelques échanges de politesses s'ensuivirent : voyage en avion, sommeil, Tallinn. « Vous êtes prêt ? » lui demanda-t-elle. John répondit en riant qu'il le pensait. Elle rit également, l'émail de ses dents révélant une légère coloration jaune. Ilvi avait les lèvres gercées et un champignon de cheveux bruns bouclés. Son long visage anguleux semblait presque cubiste, sa beauté inhabituelle ne devenant apparente que lorsqu'on la regardait un certain temps.

Pour une raison incompréhensible, elle guida John jusqu'à la conférencière allemande qui venait de condamner son pays et discutait à présent avec quatre personnes à la fois, debout autour d'elle. Elle semblait accoutumée à être le centre de l'attention, et ses interlocuteurs à fournir ladite attention. Ces congrès étaient tous les mêmes : les participants auraient aussi bien pu se voir distribuer des scénarios et assigner des rôles. À l'annonce du nom de John par Ilvi, tous se tournèrent pour le regarder, et il sourit, la main tendue. Seul un homme âgé vêtu d'un costume sport en laine daigna la lui serrer, et encore le fit-il avec l'air contraint d'un prisonnier rencontrant son gardien. Le sourire de John évoquait désormais un mourant cherchant à faire preuve de sérénité. Nul n'ajouta rien après cela.

Durant un temps plus long qu'il ne l'aurait souhaité, Ilvi – mortifiée ou inconsciente du malaise, il n'avait aucun moyen de le savoir – demeura près de lui, puis elle l'escorta jusqu'à d'autres petits groupes de congressistes. Il ne fut reçu qu'avec à peine plus de chaleur. Enfin, elle l'accompagna jusqu'à l'estrade. Il se laissa tomber sur l'unique chaise et tira le texte de sa conférence de sa poche poitrine. Ilvi, restée debout près du podium en érable, regardait sa montre à l'instar d'une maîtresse d'école.

S'il était désormais habitué à être traité en paria, cela ne signifiait pas qu'il n'en était pas blessé. Parfois, des étudiants (jamais les siens ; ses classes étaient toujours pleines à craquer) porteurs de brassards noirs restaient debout en silence sur les marches de l'école de droit, attendant qu'il passe pour rejoindre son bureau. À une ou deux reprises, ils avaient porté des combinaisons orange façon Guantánamo. Il leur avait toujours dit bonjour. Une fois, une seule, il s'était arrêté pour leur parler. Leurs doléances étaient si nombreuses et multidisciplinaires qu'il avait eu l'impression de débattre avec de la poésie beatnik. Ces expériences l'avaient laissé moins dérouté que déçu. John ne voulait pas que ces gens-là, ni quiconque, tombent d'accord avec lui. Il respectait un désaccord réfléchi. Tout ce qu'il aurait voulu, c'était ne pas être seul à admettre que la question était compliquée.

Au début de la guerre, deux hommes avaient été capturés. L'un était un citoyen américain, l'autre australien. Quelles lois fallait-il leur appliquer ? Comme John l'avait appris, il était nécessaire de remonter très loin dans la jurisprudence américaine – les guerres indiennes, la lutte contre la piraterie – pour trouver des analogies légalement appropriées. Certains employés du ministère de la Justice voulaient qu'on informe l'Américain de ses droits, mais tous les tribunaux de la planète reconnaissaient que des lois plus souples gouvernaient la conduite sur le champ de bataille. Traiter ces hommes comme des criminels de droit commun signifiait renoncer à apprendre ce qu'ils savaient. Par ailleurs, affirmait John, les détenus américain et australien ne bénéficiaient pas des protections accordées aux prisonniers de guerre par l'article 3 commun aux conventions de Genève. N'ayant aucun grade, n'appartenant à aucune armée clairement définie ni à aucune hiérarchie flagrante – des conditions stipulées par l'article –, ces hommes ne pouvaient être considérés comme prisonniers de guerre au sens légal du terme.

Quand le numéro trois d'Al-Qaïda avait été capturé au Pakistan, on avait demandé à John de servir de conseiller juridique à la CIA. Cela l'avait occupé durant l'essentiel de l'été 2002, et il ne se rappelait pas avoir jamais travaillé plus dur ni plus minutieusement sur un mémo. Il lui avait fallu déterminer si les techniques d'interrogatoire utilisées par la CIA hors des États-Unis violaient les obligations américaines imposées par la convention contre la torture de 1984. Il avait donc examiné ces obligations, et appris en tout premier lieu que la torture était définie comme « tout acte par lequel une douleur ou des souffrances aiguës, physiques ou mentales, sont intentionnellement infligées à une personne. » L'adjectif « aiguës » faisait donc partie de l'acception légale. Pour la ratifier, les États-Unis y avaient attaché une définition supplémentaire : la torture était un acte « spécifiquement conçu pour infliger une souffrance physique ou mentale aiguë ». Qu'était une « souffrance aiguë » ? Que signifiait exactement « spécifiquement conçu » ? John avait consulté la littérature médicale appropriée. Un médecin pouvait-il définir la « souffrance aiguë » ? Non. La loi le pouvait-elle ? Non. En fait, on pouvait lire tous les documents qu'on voulait à la recherche d'une définition pratique de la « souffrance aiguë » sans jamais la trouver. Sans plaisir, il en avait donc fourni une : afin de constituer de la torture, la « souffrance aiguë » devait monter « à un niveau normalement associé à un état physique grave tel que la mort, la destruction d'un organe ou une détérioration des fonctions corporelles importante ». Quant à la « douleur mentale prolongée », autre terme non explicité par la convention contre la torture, elle ne figurait nulle part dans la littérature légale ni médicale américaine, pas plus que dans les rapports internationaux concernant les droits de l'homme. Une nouvelle fois, John avait dû fournir sa propre définition. Pour qu'une souffrance purement mentale soit assimilée à de la torture et satisfasse donc à la condition légale de « douleur mentale prolongée », le résultat devait selon lui approcher du trouble de stress post-traumatique ou d'une dépression chronique de durée significative, à savoir plusieurs mois ou années. Il comptait que ces recommandations ne concernent que la CIA, et seulement pour des « cibles de renseignement de grande valeur », jamais pour des prisonniers normaux – surtout pas en Irak, où l'article 3 des conventions de Genève s'appliquait sans conteste. En raison des limites imposées aux interrogatoires par les agents du FBI à Guantánamo – ils voulaient que toutes les informations obtenues soient admissibles au tribunal, oubliant (ou choisissant d'oublier) que les prévenus ne seraient jamais jugés que par des tribunaux militaires –, les prisonniers ne pouvaient se voir offrir ne fût-ce qu'une friandise sans que cela soit considéré comme de la coercition. Jusqu'aux mémos de John. Peu après que ses recommandations eurent connu un effet large et, pour lui, imprévu, le conseil juridique en chef du FBI avait lui aussi rédigé un texte, affirmant que les interrogatoires auxquels assistaient ses agents à Guantánamo étaient illégaux. Le jour où les mémos avaient été déclassifiés, Gonzales les avait désavoués lors d'une conférence de presse, affirmant qu'ils ne « reflétaient pas la politique de l'Administration ». Cela, John ne le lui pardonnerait pas.

Le public, à tout le moins, applaudit après l'introduction d'Ilvi, un plagiat décontracté du curriculum vitæ envoyé par son invité. Ce dernier gagna le podium, se pencha vers le micro, jeta un coup d'œil à l'écran derrière lui, se pencha à nouveau vers le micro puis se retourna vers l'écran. S'assurant que sa voix déjà douce au naturel était aussi légère qu'une aspirine pour enfants, il déclara n'être pas sûr de savoir quel discours devait commencer en premier. Il y eut quelques gloussements épars, puis de véritables rires. John se tourna vers l'écran une dernière fois pour constater que le premier bloc du texte traduit de son discours était obligeamment apparu. D'accord, songea-t-il. Bien.

Il aplatit la première page de la conférence, qu'il avait déjà prononcée plusieurs fois, et considéra le tableau pointilliste des visages de son public. Trois cents personnes ? Leur expression était plus curieuse qu'hostile, songea-t-il. Une pensée surgit alors en lui aussi soudainement que les mots étaient apparus sur l'écran : c'était aller bien trop loin. Il était professeur de droit titulaire dans une grande université américaine. Il se demanda encore une fois pourquoi il était aussi déterminé à se défendre. Le réconfort de savoir qu'il le pouvait était-il si important ?

Début septembre 2001, John avait trente-quatre ans et il révisait un traité dont la question la plus délicate légalement mettait en jeu des ours polaires.

Avant de regagner sa place, il effectua une ou deux tentatives. Il donna une cinquantaine de coups sur la porte du cockpit avec le compresseur en acier. Retournant ensuite à l'arrière, il enfonça le bouton des annonces publiques sur le panneau de contrôle des hôtesses et hurla. Tomber dans l'hystérie ne résolut rien. Plus calme, assis, il tenta de formuler une explication rationnelle à ce qui se produisait. Il ne pensait pas qu'on l'eût drogué : il n'avait encore rien mangé ce jour-là et n'avait bu, peu après l'embarquement, qu'une cannette de Coca Light ouverte par ses soins après que l'hôtesse la lui eut donnée.

Il repassa en lui-même plusieurs fragments de souvenirs récents. Le vol du matin depuis Tallinn. Quarante-cinq minutes d'attente à Helsinki. L'épreuve bovine de l'embarquement. Il visualisa autant de ses compagnons de voyage qu'il le put. Janika, la bavarde Estonienne en route pour les États-Unis. Le type dépourvu de cou, qui ressemblait à un crapaud, près duquel il était assis à la porte d'embarquement. La jeune femme aux sourcils fournis, en sweat-shirt Oxford, qui lui avait souri quand elle avait dépassé son siège sur le chemin de la classe éco. (Aucun Asiatique n'oublie une Blanche qui lui sourit, qu'elle ait ou non de gros sourcils.) Un jeune homme dont il se souvenait uniquement parce qu'il était noir. Une jeune femme studieuse, aux cheveux raides, vêtue d'un ample chemisier blanc. Un gamin d'à peine plus de vingt ans avec un tee-shirt T'ES NUL. Les hôtesses en uniforme-pantalon bleu poudre. John avait été très conscient de ses origines asiatiques sur ce vol Finnair, en ce climat nordique, et il se rappelait à présent son impatience de retrouver sa ville universitaire de Californie : ses trottoirs aux foules multiraciales, ses magasins de musique et ses restaurants, la variété de ses parfums de cannabis.

Il y avait aussi la question de l'iPhone. Quelqu'un s'en était sans conteste emparé. Il l'avait cherché sous son siège et tous les autres de la classe affaires. Qu'allait-il faire ? Que *pouvait*-il faire ? Le compresseur avait infligé d'importants dégâts à la porte, cabossant la surface renforcée et brisant la poignée – laquelle se trouvait à présent dans la poche de John, au cas où il devrait la réparer plus tard, bien qu'il n'eût aucune idée de la manière dont il pourrait s'y prendre. Dans un placard de stockage, à l'arrière, il avait trouvé des outils désormais posés sur le siège près de lui. La porte elle-même n'avait pas bougé d'un pouce.

Ayant soudain besoin de l'évasion que procure un objet étranger, il tira du filet fixé sur le côté de son siège un magazine à la couverture glacée aussi froide et lisse que du verre. Le magazine publicitaire offert par Finnair. Même dans les circonstances présentes, l'intérêt de faire du shopping à bord d'un avion constituait pour lui un mystère. Il n'en feuilleta pas moins les pages raides et épaisses. Des colliers de perles à cinquante euros. Des sticks de déodorant Dolce & Gabbana à vingt euros. Du fond de teint Glam Bronze Sunset et Glam Shine de L'Oréal à trente euros. Plusieurs pages de confiseries et chocolats européens. Arrivé aux appareils électroniques, dans les dernières pages, il s'arrêta devant un smartphone BlackBerry Curve 8310 à batterie solaire, vendu deux cent quarante-cinq euros. Il était presque sûr que plusieurs dizaines de passagers à bord de ce vol détenaient des téléphones, dont un grand nombre pouvaient encore se trouver dans les bagages à main. Bien qu'il doutât d'avoir du réseau, il réussirait peut-être à préparer un e-mail ou un sms qui partirait dès que l'avion atteindrait une altitude inférieure.

Au moment où il se levait, l'avion se mit à remuer comme s'il subissait une rentrée dans l'atmosphère. John se rassit et boucla sa ceinture. Sa peur, quasi maîtrisée par l'espoir entrevu, flamboya à nouveau. Il prit une profonde inspiration. Il ignorait quelle heure il était, et depuis combien de temps il se trouvait à bord de cet avion, mais le store de son hublot, comme celui de tous les autres de la classe affaires, était à présent levé, et il contemplait à nouveau les ténèbres gelées de la troposphère. Il songea à sa femme, à ses étudiants, à leurs inquiétudes pour lui, et, une nouvelle fois, se leva.

John se sentit curieusement soulagé quand il eut rassemblé autour de lui tous les bagages à main de la classe affaires. Rester près de sa place désignée lui semblait important, bien qu'il ne pût expliquer pourquoi. Il s'employa à explorer les sacs, la plupart assez petits : les passagers de cette classe-là n'hésitaient pas à faire enregistrer leurs bagages. Ils n'avaient pas de taxi à prendre au plus vite : après l'atterrissage, ils étaient attendus par des Jordaniens porteurs de petits panneaux blancs où étaient écrits leurs noms. John ouvrit les sacs et glissa la main dans l'un après l'autre, tâtant, pressant, cherchant. Peu désireux de déranger inutilement les affaires de quiconque, il se contenta de sortir de son étui tout ce qui lui paraissait prometteur. À la fin de ces recherches, il se retrouva entouré de rasoirs électriques, d'appareils photo digitaux, d'iPods, de bouteilles de vodka à l'étiquette rédigée en alphabet cyrillique, achetées en duty-free, de plusieurs stylos Montblanc et d'une espèce de torpille en plastique rose lisse qui, il ne s'en rendit compte qu'au bout d'un moment, était un sex-toy. Il y avait aussi là une demi-douzaine de sacoches d'ordinateur, toutes vides.

Il passa en classe éco mais, avant qu'il n'eût réussi à vider un seul compartiment à bagages, son ventre envoya une nouvelle dose de déchets brûlants vers leur point de sortie. Il tituba jusqu'aux toilettes en débouclant son pantalon, mais propulsa ce qui voulait sortir avant d'avoir eu le temps de se poster au-dessus de la lunette en plastique de la cuvette. L'odeur n'avait aucun équivalent sur lequel il pût mettre un nom. Étrangement, le seul adjectif qui convenait était « orange ». Sa bonde intestinale s'ouvrit à nouveau et les déchets le quittèrent en jets violents. Il était à présent malade et étourdi, son cerveau évoquant un invalide auquel nul ne songeait à rendre visite depuis des mois. Quand il eut terminé, il se lava les mains.

Les apparences avaient cessé de le préoccuper. Il arpenta la première allée en ouvrant les compartiments supérieurs et en les vidant de leur contenu. Bientôt, il se retrouva enfoui dans les bagages jusqu'aux genoux. Allait-il réellement les fouiller tous ? Non : sa colère était à présent trop forte ; il devait se donner le temps de régénérer le soin et l'attention qu'exigerait une fouille circonstanciée. Il passa à la deuxième allée, appuyant au passage sur les boutons d'ouverture des compartiments dont, après un agréable petit bruit de succion, les portes se soulevaient lentement : une grande partie de cet avion tenait à l'aide de charnières en plastique. Il se trouvait au sein d'un tube de métal filant juste sous la limite du cosmos, et, à quinze mètres de lui, d'énormes moteurs crachaient un feu invisible à mille degrés. Était-ce là moins remarquable que la réalité à l'intérieur de laquelle il était à présent enfermé ?

Il trouva Janika dans le troisième compartiment avant la fin de la rangée – quoique, les espaces de rangement étant reliés trois par trois, elle occupât en fait les trois derniers, aussi inconfortablement qu'elle y fût coincée. Son visage tuméfié, ses yeux qui louchaient et sa bouche fermée à l'aide de ruban adhésif terrassèrent John avec la puissance d'un coup. Quand il releva enfin les yeux vers elle, il vit qu'un de ses bras pendait dans le vide et que sa main vibrait un peu sous l'effet de turbulences qu'il ne sentait plus. Il la tira avec soin hors du compartiment. Quand elle s'en détacha tout à fait, elle parut prendre quarante kilos d'un coup. John tomba en arrière sur un lit de bagages à main au contenu proéminent, et le corps de la jeune femme se retrouva étendu sur lui.

Les yeux de Janika, si proches des siens mais incapables de les croiser, semblaient troublés par quelque dernière information importune. Des croûtes rouges de sang séché lui emplissaient les narines. Une toile d'araignée de capillaires brisés couvrait ses joues ; sur son front et ses tempes, les veines apparaissaient sous la peau. John repoussa le cadavre en poussant de longs cris de primate. Il voulut arracher le ruban adhésif de la bouche de la jeune femme, mais le son de la peau morte contre le muscle était si atroce, si répugnant qu'il abandonna ses efforts et, hurlant, repartit au pas de course vers l'avant de l'avion.

Il décida de se servir à nouveau du compresseur pour frapper sur la porte du cockpit et, cette fois, de ne pas s'arrêter. Quand il entra en classe affaires, l'écran sur lequel avait été projetée l'annonce prédécollage était en train de s'abaisser. Les lumières s'éteignirent sans bruit. La panique le poussa à tourner les talons mais, après deux pas de cette fuite, il trébucha et tomba. N'y voyant plus rien, rampant vers la classe éco sur un récif de bagages irrégulier, il sentit ses pensées régresser au stade Néandertal : retrouver l'abri, s'y réfugier. Cependant, il n'y avait pas d'abri. Rien de ce qu'il avait ressenti jusqu'alors n'était de la peur. La peur était liquide, elle coulait dans les veines, elle cherchait le réservoir du cerveau. La véritable peur, il le savait à présent, tirait sa force non de ce qui risquait d'arriver mais de ce qui *allait* arriver, quand on en acquérait la certitude. En hauteur retentissaient de petits bourdonnements. Il les reconnut : dans toute la classe éco, des écrans plus petits se mettaient en place. John regarda le plus proche, allumé mais vide, luisant comme du vinyle : plus sombre, si c'était possible, que la véritable obscurité.

Puis apparut une image de qualité vidéo digitale haute définition, quoique le bas vacillât vaguement. Trop loin pour voir de quoi il retournait, John se leva. Ce qu'il découvrit quand il fut assez près fut une petite pièce aux parois de contreplaqué, filmée depuis l'angle supérieur impersonnel caractéristique des caméras de surveillance. Deux silhouettes s'y trouvaient. Sur une chaise, derrière une petite table : une femme. Tournant autour d'elle : un homme en bottes, pantalon noir ample, tee-shirt noir moulant, cagoule noire. Le son était métallique, lointain, à l'évidence non amplifié. En raison de l'éclairage insuffisant, il fallut un moment à John pour reconnaître Janika. La jeune femme paraissait attachée à la chaise et pleurait sans discontinuer, avec un calme désespoir. L'homme regarda la caméra, s'en approcha et tendit la main pour s'en emparer. Elle n'était nullement fixée sur un support de surveillance mais tenue à la main. L'image tourbillonna un peu. Hormis pour quelques secousses dues aux mouvements de l'opérateur, toutefois, elle ne tarda pas à se stabiliser.

Un deuxième homme, habillé comme le premier, entra par une porte jusque-là invisible. Regardant droit vers la caméra, il ferma le battant avec une douceur étrange. Le premier homme, celui qui maniait la caméra, dut actionner le zoom tandis que le second approchait, car sa cagoule de ski emplit moins l'écran qu'elle ne l'annexa violemment. John contempla cet inconnu qui lui rendait son regard. Cela aussi était un voyage dans le temps. À présent qu'il ne voyait plus Janika, ses sanglots lui semblaient plus forts, plus plaintifs. Mais peut-être ne faisait-elle que réagir à l'arrivée du deuxième individu.

Ce dernier restait muet. Ses yeux n'étaient animés par rien de remarquable. Quand il se détourna enfin, il s'activa devant la table. Il écrivait, comprit John. Une fois cette tâche terminée, il refit face à la caméra et tendit une feuille de bristol blanc garnie de lettres quasi contiguës. John ne s'attendait pas à voir ce qu'il découvrit sur ce panonceau. Il en fut toutefois soulagé car il comprenait à présent ce qui se passait, et pourquoi. L'homme déposa son œuvre sur la table avant de rendre son attention à Janika, qui se mit à hurler. Quant au panonceau, John le voyait toujours : CATÉGORIE 1.

Après son discours, Ilvi lui demanda s'il aimerait se joindre à elle et à quelques autres, dont l'oratrice qui l'avait précédé, pour aller boire un verre dans la vieille ville. Cette femme était-elle vraiment stupide à ce point ? John esquiva la proposition avec une courbette obséquieuse, un épuisement feint et de multiples remerciements. Il commençait à se sentir ici à la fois spectral et détesté, moins un homme qu'une idée déplaisante. Tandis qu'il se dirigeait vers la sortie, les gens s'écartèrent de son chemin comme s'il avait lancé des pétards allumés. Combien de temps encore, se demanda-t-il, cela serait-il sa vie ?

Quelques-unes des questions qu'on lui avait posées étaient bel et bien hostiles, la plus acerbe venant d'une vieille femme au premier rang, à la peau du visage aussi tendue qu'un kayak. Sur un ton agressif, elle lui avait demandé ce qu'il ferait s'il était officiellement accusé de crimes de guerre par la Cour pénale internationale. John avait répondu qu'il ne pensait pas que cela se produise, puis il avait menti : « Pour être tout à fait franc, ça ne me préoccupe pas tellement. »

Il avait prévu de passer une autre journée à Tallinn. Dès que cette pensée lui revint, il entra dans les toilettes pour hommes à la sortie de la salle de conférences et tapa sur les touches de son iPhone jusqu'à se retrouver en ligne. La conférence avait payé le voyage de John et, à sa demande, laissé le retour « open ». En deux minutes, sa réservation fut modifiée. Magie. Moins magique était le fait qu'il se trouvait désormais plus pauvre de 1 500 dollars. Il était toutefois difficile de ne pas considérer cela comme une bonne affaire.

Il sortit des toilettes pour trouver en train de l'attendre un homme rasé de frais au point d'en avoir les joues luisantes. Sa tenue faisait de lui la version d'Halloween d'un cadre de l'industrie : veste sport bleu marine, pas de cravate, jean, chaussures de course. C'était de toute évidence un Américain. Son visage prouva qu'il le reconnaissait – une expression à laquelle John ne s'était pas encore habitué, sans doute parce qu'elle évitait toujours de se présenter comme unilatérale. Cet homme savait qui il était ; en conséquence, lui ne pourrait être que content de le voir. Chacun était le héros de sa propre histoire.

L'inconnu prononça le nom de John et lui tendit

la main. Une carte de visite marquée du sceau de l'ambassade se matérialisa. RUSSELL GALLAGHER, AGENT DE LIAISON CULTUREL. D'après l'expérience limitée du conférencier, les mots tels que « culturel » et « agent » servaient en général de camouflage pour un travail de renseignement.

John tenta de rendre la carte mais Gallagher insista pour qu'il la conserve, aussi la mit-il dans sa poche avant de demander : « C'est l'ambassade qui vous envoie ? »

L'autre eut un rire d'adolescent signifiant « ça chatouille », quoique l'âge commençât à faire son office autour de ses yeux et à lui dégarnir le front. « Malheureusement non. Vous n'y êtes pas très populaire. Vous êtes sans doute déjà au courant, mais on a tenté de faire annuler votre invitation à ce congrès. »

John savait que, chez les derniers vestiges loyalistes de l'Administration, il ne pouvait s'attendre à aucune grata pour sa persona. Qu'une ambassade tente d'empêcher sa participation à un congrès international, toutefois, était stupéfiant. Ces gens-là n'avaient-ils donc rien de mieux à faire ? « Non, je l'ignorais », dit-il.

Cette indiscrétion provoqua un nouveau rire de l'agent. Il en faisait trop, songea John.

« Il se trouve que votre amie, le professeur Armastus, n'aime pas qu'on la bouscule. Elle a en outre des relations. Plus l'ambassade a fait des pieds et des mains, plus le congrès était déterminé à vous faire venir. Excellent discours, par ailleurs.

— Je l'ai rencontrée aujourd'hui pour la première fois. Mais merci.

— Écoutez, dit Gallagher, conscient que ce dont il voulait parler tambourinait à présent à la porte. Je suis ici de mon propre chef pour vous dire que beaucoup d'entre nous vous sont reconnaissants de ce que vous avez fait.

— Merci encore. »

Il considéra John avec une douce audace. « Mon père a fait le Viêt Nam entre 71 et 72. Entre autres choses, il s'est occupé du programme Phénix, dont il a toujours dit que, s'il était aussi impopulaire, c'était parce qu'il avait été mis au point par des génies et appliqué par des imbéciles. Malgré cela, c'est ce qu'on a jamais balancé de plus efficace aux Viet Congs. Les communistes l'ont admis après la guerre. Mon père était à Saïgon, et il m'a dit qu'en 1972, l'espérance de vie d'un chef de cellule communiste dans la ville était d'à peu près quatre mois. Or rien de ce que vous avez défendu n'est pire que ce que mon père était fier d'avoir fait dans le cadre de Phénix. Je veux juste que vous sachiez que beaucoup d'entre nous vous admirent. »

Pendant la rédaction de ses mémos, John avait bel et bien étudié le programme Phénix, et appris que la CIA avait promis en interne que ce dernier « fonctionnerait selon les lois normales de la guerre ». Il avait aussi appris que plusieurs officiers américains qui y participaient avaient demandé à être relevés de leurs fonctions car ils jugeaient ce qu'ils faisaient immoral.

Il considéra un instant Gallagher sans bouger. Que le jeune homme eût été muté dans l'environnement peu propice à l'avancement qu'était l'Estonie parlait de lui-même. Le père avait chassé les communistes. L'acte le plus dangereux que pouvait se permettre le fils était de défier son ambassade pour dire à John de garder la tête haute. Le conservatisme dont il était sans aucun doute un disciple n'était pas une vraie philosophie. C'était une mauvaise humeur. Tous les deux restèrent muets plusieurs secondes.

« Vous avez envie d'un verre ? s'enquit Gallagher. On dirait que ça vous ferait du bien. »

John n'avait pas envie d'un verre. Toutefois, cela lui ferait effectivement du bien. Ils sortirent du Viru pour retrouver le soleil persistant, à vingt-deux heures, d'une soirée d'été de Tallinn. John demanda à son compagnon depuis combien de temps il était en poste ici. « J'étais en Grèce avant. J'y suis resté dix ans. Et avant dans les Marines. Passé capitaine en 1998. J'en suis sorti trop tôt pour les trucs amusants. »

Ils marchèrent en direction du centre de la vieille ville. Dans la lumière déclinante, les immeubles brillaient comme des feuilles de celluloïd. Des gens buvaient dans les cafés le long du trottoir, d'autres buvaient en marchant, d'autres encore buvaient en attendant que les distributeurs automatiques leur tirent leur langue de papier-monnaie. John remarqua des groupes de jeunes russes aux yeux durs et à la démarche incertaine, des Écossais qui chantaient en se tenant par le bras, des fumeurs vacillants debout à la sortie de tous les bars. Il remarqua aussi les vieilles mendiantes rabougries vêtues de haillons inappropriés pour la saison, toutes donnant l'impression d'être sous le coup de quelque inéluctable malédiction gitane. « Avec quel genre de culture faites-vous généralement la liaison, par ici ? » demanda John à Gallagher.

L'autre le regarda. « Vous pourriez être surpris. Mais c'est une ville où on s'amuse bien, même si les Estoniens sont assez durs à saisir. Un pote à moi qui joue de la basse m'a dit que, partout où il a vécu, dans le monde entier, il a pu participer aux scènes ouvertes. On a toujours besoin d'un bassiste. Quand il est arrivé à Tallinn, il s'est pointé à une scène ouverte, et il y a trouvé cinq Estoniens avec leur basse qui cherchaient un guitariste. C'est une nation de bassistes. »

Les yeux de John accrochèrent deux Freya en chaussures à talons hauts et jeans aussi moulants qu'une seconde peau, qui venaient dans sa direction. Toutes les deux se tenaient très raides, en femmes secrètement avides du harcèlement de bas étage permanent qu'elles subissaient. Elles abandonnaient dans leur sillage un assortiment de propositions hurlées en russe.

Gallagher les remarqua également. « Et il y a ça, bien sûr. À Tallinn, même les filles moches sont assez jolies. Ce qui est battu en brèche par le fait que même les plus intelligentes sont assez idiotes. »

Il continua de discourir tandis qu'ils marchaient, passant du coq à l'âne – des femmes à la Finlande puis aux forces spéciales soviétiques, pour déboucher sur une histoire condensée des années 1990. Bientôt, son soliloque en revint à son père. John ne l'écoutait plus. Au lieu de cela, il le regardait. Gallagher avait les cheveux fins, raides, de la couleur du whisky, et il les brossait souvent de la main vers l'avant – un tic d'élève indiscipliné réactivé à l'âge mûr pour dissimuler sa calvitie naissante. Évoquer son père le conduisit à patauger dans des doléances imprécises, bien qu'il continuât de se faire un devoir d'éclater de rire toutes les trois ou quatre phrases. « Et c'est ce que mon père disait toujours », conclut-il.

John, ayant manqué le sujet de l'argumentation finale (peut-être n'y en avait-il pas), se contenta de hocher la tête.

Gallagher l'imita. Puis : « Il n'est mort que l'année dernière, vous savez.

— Mes condoléances.

— Quand vos mémos ont fuité, on en a même discuté, tous les deux. Je lui ai demandé son opinion. Il a prédit que les terroristes allaient utiliser nos propres tribunaux contre nous. Il a dit : "Merde, j'ai personnellement violé l'article 3 des conventions de Genève. Plusieurs fois !" »

De petits plis préoccupés se formèrent sur le front de son interlocuteur. Cette promenade était une erreur.

« Nous y voilà. » Gallagher désignait un bar en sous-sol, tout près de Pikk, une rue de toute beauté que John avait arpentée dans les deux sens au cours de la journée. Des guirlandes de Noël pendaient dans la vitrine encaissée ; il n'y avait pas d'enseigne. John ne buvait pas, du moins pas d'une manière approchant de la conception qu'avaient de « boire » la plupart des gens. Un verre de vin tous les deux ou trois soirs, toujours en mangeant ; parfois, en été, une bière d'importation le dimanche après-midi ; un bon single-malt après un dîner dans un grand restaurant. Quand Gallagher avait parlé d'un verre, John s'était imaginé qu'ils iraient boire un cognac dans un bar à vin. Il existait une loi sociale qu'on ne brisait qu'à grand risque : ne jamais aller nulle part avec quelqu'un qu'on ne connaît pas bien.

John suivit son guide en bas d'un escalier en béton d'abri antiaérien. Déjà mal à l'aise, il le devint encore plus quand Gallagher poussa la porte, l'air affable, et gagna immédiatement le bar, où il échangea quelques mots avec la superbe créature qui évoluait derrière. John décida de jouer à un petit jeu avec lui-même et de voir combien de temps il pourrait tenir ici. Trouvant une table, il s'attendit à ce que l'agent de liaison culturel l'y rejoigne, mais il constata que ce dernier avait pris la main de la barmaid et la tournait pour tracer de l'index sur la paume quelque augure élaboré de diseur de bonne aventure. Souriante, la jeune femme libéra sa main et se mit en devoir de tirer une bière à la pression, tandis que Gallagher regardait autour de lui d'un air suffisant. Elle lui donna les deux pintes, lui envoya un baiser, et il leva les verres à sa santé. Au moment où il lui tourna le dos, elle cessa de sourire.

Quant aux autres clients, il ne semblait y en avoir aucun. John avait choisi d'atterrir sur la plus centrale des quatre tables que comptait la salle. Le long d'un mur, un box dramatiquement décoré accueillait une demi-douzaine de jeunes femmes aux bras croisés qui regardaient le plafond, leur sac sur les genoux. À l'autre bout de la salle, une autre femme dansait sur une scène pas plus vaste que la table à laquelle John était assis. Dieu merci, elle ne se déshabillait pas, ne semblant pas même sur le point d'en arriver là, mais oscillait, languide et lasse, au son d'une musique de fond si timide qu'on l'entendait à peine. Les murs et la moquette étaient d'un rouge infernal – l'unique thème identifiable. Que John imaginât tout à fait l'enfer ainsi ne faisait rien pour combattre cette impression. Gallagher se planta sur le siège en face de lui et fit glisser une bière dans sa direction. « En général, ça ne s'anime pas avant une ou deux heures du matin, ici. »

John eut un geste englobant tout l'établissement. « Qu'est-ce que c'est que ça ? »

Les sourcils de l'agent de liaison se haussèrent tandis qu'il buvait une gorgée de bière. Quand il baissa son verre, sa langue rasa habilement sa moustache de mousse. « Un établissement pour messieurs avertis. Ne vous inquiétez pas. Ce n'est rien que vous ne désiriez pas que ce soit. »

Sur ce, la danseuse s'approcha et s'assit près de John. D'une beauté agressive, elle portait une robe noire qui aurait pu tenir dans un porte-monnaie. Sa danse l'avait laissée transpirante et lumineuse – tout un écosystème en miniature.

John jeta un coup d'œil implorant à son compagnon. « Je vous en prie, Gallagher. »

L'autre eut un nouveau rire. « Un verre, maître. C'est un bon endroit pour se détendre si on se le permet. » À la danseuse, il lança : « Mon chou, *davei*. Viens près de moi. » Comme elle obtempérait, Gallagher tenta de chasser d'un geste la femme suivante qui s'approcha. Elle s'assit néanmoins près de John.

Il lui serra la main. Elle avait les jambes déplorablement fines : son pantalon élastique moulait ses cuisses mais devenait informe au niveau des mollets. Son cou était une tige semée de veines. Reniflant de manière affectée, elle ôta de ses cheveux noirs deux barrettes en argent qui étaient juste là pour faire joli : pas une mèche déplacée ne tomba sur son visage. Elle attendit que John prenne la parole en observant les barrettes comme si elle les avait pêchées au fond d'une rivière, puis elle les remit en place et examina son pied qui tapotait la moquette rouge – laquelle donnait l'impression d'avoir accueilli maintes détresses gastriques. Les orteils de la jeune femme étaient de la couleur du papier d'aluminium. John ne lui adressa pas un mot. Gallagher, lui, s'entendait fort bien avec la danseuse. Pour de bon. Ils semblaient avoir une conversation assez sérieuse. La voisine de John alluma une cigarette et en prit une de ces longues bouffées crépitantes qui faisaient le charme du tabac. De la fumée s'échappa aux coins de sa bouche. Au bout d'une minute encore, elle s'en alla, laissant l'avocat seul avec sa bière.

Ce qu'on ne lui avait pas demandé après sa conférence, c'était s'il entretenait des réserves à l'époque où il rédigeait ses mémos. La réponse était oui, occasionnellement. Comme tout le monde. D'une part, il craignait que les interrogateurs ne se sentent pas retenus par les scrupules moraux qu'il aurait eus à leur place. Il s'inquiétait aussi de ce qu'on appelait « la dérive de la force », le moment où, la force ayant été employée sans succès, on n'avait d'autre choix que de l'employer à nouveau, avec plus d'intensité. Un interrogatoire poussé n'était après tout justifiable que si on estimait la personne interrogée détentrice de renseignements. Voilà pourquoi il n'avait jamais imaginé qu'on l'applique à quiconque en dehors des membres d'Al-Qaïda.

John savait ses arguments discutables, voire répugnants, mais il s'occupait de légalité plutôt que de morale. Ce n'était pas lui qui décidait de la politique appliquée ni qui choisissait la forme exacte des « interrogatoires renforcés ». Il en pesait simplement la conformité aux lois concernées. Ses mémos avaient abordé dix-huit méthodes, divisées en trois catégories. La première se limitait à deux techniques : les cris et la tromperie. La deuxième catégorie en comprenait douze : positions inconfortables, isolement, station debout forcée pendant moins de quatre heures, exploitation des phobies, faux documents, éloignement des sites d'interrogatoire classiques, interrogatoires de vingt-quatre heures, alimentation inappropriée, nudité, rasage forcé, privation de lumière et musique forte. La troisième, à n'utiliser que dans les cas les plus graves, se divisait en quatre techniques : contact physique léger, scénarios menaçant de mort le prisonnier et sa famille, exposition extrême aux éléments et simulacre de noyade. Il existait aussi une quatrième catégorie sur laquelle, Dieu merci, on ne lui avait jamais demandé de statuer. Cette quatrième catégorie était aussi la plus brève. Son unique technique : restitution extraordinaire[1].

Quand il envisageait de quitter le ministère de la Justice, John croyait que cela le rendrait plus heureux. Des promenades dans une cour automnale, des étudiants subjugués l'attendant devant son bureau, toute l'atmosphère communautaire dont Washington ne pouvait procurer qu'une approximation vénale. La Justice était un musée, et ses couloirs de marbre froid débouchaient sur une espèce de progéria intellectuelle : même les jeunes y devenaient vieux très vite. C'était Addington qui avait été le plus triste de le voir partir. Avez-vous vraiment envie de former des gosses de riches trop gâtés qui acceptent le massacre des foules prolétariennes ? lui avait-il demandé.

Quelques mois après le départ de John, nombre de ses jugements avaient été retirés puis suspendus. Addington, il l'avait appris ensuite, avait contesté cette mesure en affirmant que le Président se reposait sur ses vues. En ce cas, s'était-il entendu répondre, le président avait peut-être violé la loi. Cinq mois plus tard : Abou Ghraib. Encore sept mois et les mémos de John étaient déclassifiés. Gonzales, lors de la

1. « Extraordinary rendition » : acte de transférer un prisonnier d'un pays à un autre hors du cadre juridique (source : Wikipédia).

conférence de presse, avait affirmé vouloir montrer aux médias qu'une diligence et des autorisations légales adéquates avaient été mises en œuvre à chaque étape du processus d'interrogatoire renforcé. Il croyait sincèrement que telle était la question.

John n'oublierait jamais quelle énergie digne de serpents à sonnette abritaient les réunions du Conseil de Guerre. Tous ses membres étaient aussi sûrs d'eux que des maoïstes. Feith, Haynes, Addington, Gonzales, Flanigan – des types qui ne se trouvaient qu'à un pas du président. Les plus grands de tous les hommes de loi. La nation avait subi une crise cardiaque et eux tenaient les électrodes du défibrillateur, s'efforçaient ensemble d'improviser des stratégies légales pour des questions que ne régissait encore aucune loi. Ils se réunissaient dans le bureau de Gonzales à la Maison Blanche, parfois au ministère de la Défense. Des réunions simples, sans personnel, non enregistrées, durant lesquelles on ne consommait rien de plus luxueux que quelques Coca Light. En ces occasions, John s'émerveillait souvent de sa propre présence et de celle de Gonzales. Lui était un Américain de la première génération, Gonzales le fils d'immigrants si pauvres qu'ils n'avaient même pas le téléphone. Pourtant ils étaient là à mettre au point la politique devant gérer la crise de sécurité nationale la plus grave depuis un demi-siècle, ils servaient de conseillers personnels à l'homme le plus puissant du monde. Voilà l'Amérique qu'il était disposé à protéger en usant de tous les moyens légaux.

Ensuite, il y avait Feith et Addington, des androïdes

qui considéraient les autres êtres humains comme à peine plus que des recueils de défaillances mentales intéressantes. Le visage chafouin de Feith évoquait un Muppet mais ses fossettes étaient des glandes à venin. Il faisait circuler des mémos sans fiches de transfert afin que nul ne sache avec certitude à qui ils étaient destinés, ou bien mettait en copie cachée des gens qui ne les recevaient en fait jamais. Les discours dans lesquels il affirmait les conventions de Genève sacrées n'avaient d'autre but que de souligner à quel point il était incongru que des terroristes salissent ce linceul immaculé. Sa rhétorique d'avocat était si manifestement déroutante que ceux qui l'entendaient parler de Genève finissaient par croire l'article 3 susceptible d'être appliqué à quiconque serait capturé par les États-Unis. À la fin d'un de ses monologues, un membre de l'état-major interarmées avait cru à tort que les dix-huit techniques d'interrogatoire renforcé étaient sanctionnées par le Manuel de terrain de l'armée. Or aucune ne l'était. L'idée de créer une nouvelle agence de renseignement appelée Conscience totale de l'information, dont le logo était un œil maçonnique aliéné surveillant le monde ? Feith tout seul.

Quant à Addington : des yeux d'icône russe, le port de Lincoln, la disposition d'une grenade à main. Après les attaques, il avait conservé en permanence dans sa poche un exemplaire de la Constitution si usé et léger qu'il semblait pouvoir servir de mouchoir, de dessous de verre ou des deux. Chaque fois que quelqu'un était en désaccord avec lui, il le sortait et en lisait des passages. Son génie particulier lui permettait d'encadrer de termes guerriers les arguments juridiques ou moraux, alors que tout débat concernant la guerre se voyait drapé d'euphémismes diaphanes. Peut-être était-ce pour cela que, de tout ce groupe, lui seul s'en était tiré. Lui seul était parvenu à tenir son nom hors de tous les documents concernés.

Ils avaient tenté de légiférer au sein d'une atmosphère où on estimait qu'une bombe à retardement existait pour de bon, alors qu'il ne s'agissait que d'une possibilité statistique assez mineure. John s'en rendait compte à présent, mais c'était une seule des manières dont on pouvait considérer la question. Une autre était la suivante : le renseignement consistait à discerner l'aspect pratique des informations extérieures qu'on obtenait ; ce qui comptait surtout, c'était de savoir ce qu'on avait le droit d'oublier.

Trois personnes avaient été soumises au simulacre de noyade. Trois. Et, pour cela, il avait dû répondre à des questions concernant des crimes de guerre. John avait entendu dire que son successeur s'était soumis à cette technique d'interrogatoire avant de déclarer qu'elle dépassait ou non la ligne rouge. La réponse : oui. Pourtant, malgré tout cela, malgré les débats et les carrières brisées, la CIA était encore autorisée à employer le simulacre de noyade (John préférait ce terme plus honnête à celui de « planche à eau »), exactement comme il l'avait préconisé à l'origine. Ses arguments principaux étaient encore valables. Bien sûr, au ministère de la Justice, nul n'avait voulu endosser la responsabilité de l'emploi de la technique par la CIA, mais le président avait trouvé son homme. Il le trouvait toujours. Toutefois, c'était là de l'amertume, et John n'était pas amer. Il eût seulement aimé voir Feith, Gonzales, Ashcroft ou n'importe quel autre, seul dans une ville européenne, répondre à des questions sur des politiques qu'il avait approuvées mais dont il avait à présent honte.

John baissa les yeux sur sa pinte, désormais un vase de cristal vide. Il s'était débrouillé pour la boire. Il pouvait rester ici à ruminer toute la nuit, il le savait, et se laisser emporter par la vague sombre.

« Je suis prêt à partir », dit-il à Gallagher, qui poursuivait son édifiante conversation avec la danseuse.

L'agent de liaison se tourna vers lui. « J'espère que vous avez prévu un peu de temps pour visiter le musée de l'Occupation demain.

— Je ne peux pas. Je pars dans la matinée. » John consulta sa montre. Il était déjà plus de minuit.

Gallagher s'adossa à sa chaise. « Dommage. On peut passer une journée agréable à Tallinn.

— Merci pour le verre, conclut l'avocat en se levant. Ne vous sentez pas obligé de m'accompagner. Je trouverai mon chemin. »

L'autre resta assis mais lui tendit la main. « J'espère que nous nous reverrons un de ces jours. Bon voyage pour demain. »

À la porte, John se tourna pour lancer un dernier coup d'œil à Gallagher, déjà penché sur son téléphone portable, tandis que la danseuse se levait pour partir.

L'agent de liaison remarqua qu'il s'attardait sur le seuil et lui lança un salut peu protocolaire. Difficile de croire que ce type avait été dans les Marines. John se demanda, quoique brièvement, à qui il pouvait bien parler au téléphone.

Le film de l'interrogatoire de Janika s'était terminé vingt minutes ou deux heures plus tôt. Comment conserver la notion du temps dans l'obscurité ? La lumière donnait des poignées et des repères au passage du temps. Rester dans le noir revenait à conduire à travers des champs de maïs : une éternelle similarité, emplie d'objets invisibles.

Ce que cet exercice était censé provoquer en lui, il l'ignorait. Il n'éprouvait ni plus ni moins qu'avant de compassion pour ceux qu'il avait aidé à faire torturer. On l'avait mal compris. On n'avait pas saisi le véritable sens de ses recommandations. Ceux qui dirigeaient cet avion, et à présent sa vie, ne pourraient rien tirer de lui, sinon la stimulation de leur sadisme. Lui, de même, n'avait rien à leur offrir en dehors de son tourment. La torture, avait-il écrit, était une question d'intention. Il savait à présent qu'elle était bien plus que cela. L'échange d'un savoir obscur, la révélation de capacités cachées, l'annihilation de tout lien.

Soudain, John se retrouva à contempler le plafond de l'avion, dont les diffuseurs vaguement chirurgicaux crachaient de l'air. Les lumières étaient revenues. Il se retourna brutalement sur son siège d'adoption en classe éco, et s'aperçut qu'il n'était pas tout à fait prêt à voir le cadavre brisé de Janika gisant encore parmi les bagages. Quand il se leva, des courants d'air parfumé à la nausée remontèrent le long des cheminées d'étoffe de ses vêtements.

Après que le bourreau de Janika avait employé la catégorie 1, puis les techniques plus spectaculaires des catégories 2 et 3, plusieurs autres hommes étaient entrés dans la pièce. Ce qui s'était ensuivi représentait ce que John avait jamais vu de pire. Il avait refusé d'en regarder la plus grande partie, ne rouvrant les yeux que lorsque la jeune femme avait cessé de lutter. Le film s'était arrêté alors que les hommes vérifiaient l'arrêt des signaux vitaux de Janika.

John regagna la place qui était sienne, où il trouva son iPhone, aussi blanc qu'une hostie. En lui, un flot de pensées stupides se tourna vers les rares points de repère qu'il pouvait atteindre. Parmi ceux-là Gallagher, seule personne à savoir qu'il avait changé son vol de retour. Il en avait encore la carte de visite dans sa poche poitrine. L'en sortant, il l'examina, caressa du pouce le logo gaufré de l'ambassade. Il se demanda comment l'agent de liaison avait su qu'il ne la jetterait pas. Il se demanda comment il se pouvait que Janika eût porté les mêmes vêtements dans la vidéo de l'interrogatoire qu'à bord de l'avion. Il se demanda combien de temps il était réellement resté inconscient et si cet appareil était bien celui à bord duquel il était monté. Il se demanda où se dissimulaient ceux qui lui imposaient cette épreuve. Et il se demanda aussi comment son iPhone pouvait bien capter un réseau, mais c'était pourtant le cas : deux barres de réception. La réponse à une de ses questions ne tarda pas : Gallagher n'avait pas compté qu'il conserverait sa carte ; John n'avait tapé que quatre chiffres quand l'application de reconnaissance se déclencha : le numéro avait été ajouté à ses contacts.

Gallagher répondit au bout de trois sonneries. « On peut passer une journée agréable à Tallinn. Vous auriez dû m'écouter. »

Que pouvait dire John ? Ils avaient ce qu'ils voulaient.

« Pas de questions ? Je ne vous le reproche pas. Vous avez de plus gros soucis, maître. Pour le moment, vous devriez sans doute vous retourner. »

Il obéit. Un homme portant une cagoule noire et un tee-shirt T'ES NUL le frappa au visage avec un instrument métallique extraordinairement contondant. Quand ses genoux heurtèrent la moquette, il vit clairement de quoi il s'agissait : le compresseur dont il s'était servi sur la porte du cockpit. La douleur fusa dans sa tête. Le second coup ne lui laissa aucun souvenir mais dut bien l'atteindre, car il s'éveilla une nouvelle fois en sursaut, dans une salle aux parois de contreplaqué, attaché à une chaise. Un de ses yeux ne voyait plus. Une partie de ses dents avaient disparu, et sa langue lui paraissait aussi gonflée de sang qu'une sangsue. Il baissa les yeux sur sa chemise : un tablier de boucher. Le moteur de l'avion résonnait encore à ses oreilles. Des turbulences secouaient la pièce. Non loin de là, quelqu'un pleurait. Assis en face de lui, Gallagher avait les mains croisées sur un autre panonceau, qu'il ne lui montra pas mais que John parvint à lire. Il l'informa qu'on pouvait lui promettre des questions mais pas de réponses. Et également que toutes les personnes impliquées abordaient là un territoire nouveau. Lui-même n'était pas sûr de savoir où cela irait. « Êtes-vous prêt ? demanda Gallagher. J'ai besoin de savoir si vous êtes prêt. » John hocha la tête, répugnant sans savoir pourquoi à cracher le sang qui emplissait sa bouche. Une porte s'ouvrit derrière lui. Des pas. Des mains pareilles à des gueules édentées l'empoignèrent. La catégorie 5 avait commencé.

Deux minutes quarante-cinq secondes

DAN SIMMONS

Dan Simmons a écrit des romans de science-fiction primés (*Hypérion*), des romans d'horreur/fantasy primés (*L'Échiquier du mal*), et des nouvelles mettant en jeu des éléments des deux genres. Voici un de ses tout meilleurs textes, remarquable de clarté et de brièveté. Simmons y suggère que deux minutes quarante-cinq secondes peuvent être la durée d'une chanson populaire… d'un tour de montagnes russes… ou tout juste suffire à envisager la mort qui se rue à notre rencontre.

Roger Colvin ferma les yeux, la barre de sécurité descendit se fixer en travers de ses cuisses, et l'ascension de la pente raide commença. Il entendait claquer la lourde chaîne et grincer des roues d'acier sur des rails d'acier tandis qu'ils montaient ainsi bruyamment la première côte des montagnes russes. Quelqu'un derrière lui eut un rire nerveux. Terrifié par l'altitude, le cœur battant douloureusement contre les côtes, Colvin jeta un coup d'œil entre ses doigts écartés.

Les rails métalliques et l'armature en bois blanc se dressaient abruptement devant lui. Installé dans le premier wagonnet, il empoigna à deux mains la barre de sécurité, y sentit la sueur sèche des paumes s'y étant naguère posées. Quelqu'un pouffa dans le petit véhicule qui suivait le sien. Colvin ne tourna la tête qu'assez pour regarder par-dessus le bord des rails.

Le train de wagonnets, déjà très haut, continuait de monter. Attractions et parkings rapetissaient, les individus devenaient trop minuscules pour être vus et les foules se changeaient en de simples tapis colorés, intégrés à une mosaïque géométrique plus grande, formée de rues et d'illuminations, à mesure que la ville entière devenait visible, puis le pays. Ils montaient toujours dans un fracas métallique. Le ciel adopta une nuance plus sombre. Colvin distinguait la courbure de la terre dans le lointain brouillé de bleu. Il se rendit compte, quand il vit à travers les poutres de bois la lumière se refléter sur les vagues, à plusieurs kilomètres en contrebas, qu'ils surmontaient à présent le bord d'un lac. Ayant fermé les yeux tandis qu'ils traversaient brièvement le souffle froid d'un nuage, il les rouvrit vivement quand le bruit de la chaîne changea de tonalité et que la pente abrupte s'adoucit – car ils atteignaient le sommet.

Et le dépassaient.

Il n'y avait rien au-delà. Les deux rails s'incurvaient vers le bas puis s'interrompaient brusquement.

Colvin serra plus fort la barre de sécurité quand le wagonnet s'inclina vers l'avant et plongea dans le vide. Il ouvrit la bouche pour hurler. La chute commençait.

« Hé, le pire est passé. » Colvin ouvrit les yeux pour voir Bill Montgomery lui tendre un verre. Le son des réacteurs du Gulfstream était un grondement sourd, mêlé au doux sifflement des ventilateurs du plafond. Il prit le verre, baissa l'afflux d'air, et jeta un coup d'œil par le hublot. L'aéroport Logan International était déjà hors de vue ; en contrebas, on apercevait Nantasket Beach ainsi qu'une vingtaine de petites voiles blanches triangulaires dans la baie, et l'océan au-delà. L'avion était encore en pleine montée.

« Merde, ça fait plaisir que tu aies décidé de venir, cette fois-ci, Roger, dit Montgomery. C'est sympa d'avoir toute l'équipe réunie comme au bon vieux temps. » Il sourit. Les trois autres hommes présents dans la cabine levèrent leur verre.

Colvin se mit à jouer avec la calculatrice posée sur ses genoux tout en sirotant sa vodka. Il prit une inspiration et ferma les yeux.

Peur des hauteurs. Peur depuis *toujours*. À six ans dans la grange, tombant du grenier à foin, une chute qui lui semblait interminable, avec le temps qui s'étirait, les pointes acérées de la fourche qui montaient vers lui. Atterrissant, le souffle coupé, la joue et l'œil droits contre la paille, à dix centimètres des piques d'acier.

« L'entreprise est prête à connaître des jours meilleurs, dit Larry Miller. Deux ans et demi de mauvaise presse, ça suffit. Ce sera bien agréable de voir le lancement demain. Que tout ça se remette à bouger.

— Ouais, ouais », dit Tom Weiscott. Il n'était pas encore midi mais il avait déjà trop bu.

Colvin ouvrit les yeux et sourit. Lui compris, il y avait quatre vice-présidents dans l'avion, Weiscott étant encore directeur de projet. Il colla la joue contre le hublot, vit la baie du Cap Cod passer en contrebas et estima leur altitude entre onze et douze mille pieds – et ils montaient toujours.

Colvin imagina un immeuble de quinze kilomètres de haut. Dans le hall moquetté du dernier étage, il prendrait un ascenseur au plancher de verre. Le conduit s'étendrait sur quatre mille six cents étages sous ses pieds, chacun signalé par des lampes halogènes, lumières parallèles d'autant plus rapprochées les unes des autres qu'elles seraient loin du sommet, jusqu'à se mêler en un halo unique tout en bas.

Il lève les yeux à temps pour voir le câble se rompre avec un claquement, puis il tombe, se retenant futilement aux parois internes de la cabine, devenues aussi glissantes que le plancher translucide. Les lumières défilent sur les côtés, mais déjà le sol de béton du conduit est visible, plusieurs kilomètres plus bas – un minuscule carré de béton bleu, qui grossit à mesure que la cabine plonge vers lui. Colvin sait qu'il dispose de presque trois minutes pour voir ce carré se rapprocher, monter à sa rencontre pour le broyer. Il hurle, et de la salive se met à flotter dans l'air devant lui, tombant à la même vitesse, suspendue entre sol et plafond. Les lumières défilent. Le carré bleu grossit.

Colvin prit une boisson, posa le verre sur le cercle

ménagé dans le large accoudoir de son siège, et continua de taper sur sa calculatrice.

Les objets tombant dans un puits de gravité suivent des règles mathématiques précises, autant que les vecteurs force et les taux de combustion dans les charges creuses et les carburants solides qu'il concevait depuis vingt ans, mais, tout comme l'oxygène affecte ces taux, l'air agit sur la vitesse d'un corps en chute libre. La vitesse finale dépend autant de la pression atmosphérique, de la répartition de la masse et de la surface de l'objet que de la gravité.

Colvin baissa les paupières comme pour s'assoupir et vit ce qu'il voyait chaque nuit quand il feignait de dormir : un nuage blanc bouillonnant en pleine expansion, tel le film en accéléré d'un stratocumulus oblique épanoui contre un ciel bleu foncé, l'intérieur brun rougeâtre d'une flamme au peroxyde d'azote, et – tout juste visible sous les deux sillages indifférents jaillis des propulseurs d'appoint – le carré flou culbutant de l'avant du fuselage, cockpit compris. Même les images les plus grossies ne lui avaient pas montré les détails : le réservoir sous pression intact qui était le compartiment de l'équipage, brûlé du côté droit, là où le propulseur égaré avait projeté sa flamme, tourbillonnant en chute libre, traînant derrière lui câbles, fils et lambeaux de carlingue qui évoquaient un cordon ombilical et du placenta. Les premières images n'avaient pas montré ces détails, mais Colvin les avait vus, il les avait touchés, après l'impact dévastateur avec la mer bleue impitoyable. Des couches de minuscules bernacles poussaient sur le métal déchiré. Colvin imaginait l'obscurité et le froid qui attendaient à la fin de cette chute ; et les petits poissons en train de grignoter.

« D'où vient ta peur de l'avion, Roger ? » demanda Steve Cahill.

Colvin haussa les épaules et termina sa vodka. « Je ne sais pas. » Au Viêt Nam – pas « Nam » ni « là-bas », comme disaient certains –, un endroit qu'il voulait encore considérer comme tel et non comme une maladie, il avait volé. Déjà expert en charges creuses et carburants, il partait pour la vallée de Bong Son, près de la côte, afin de déterminer pourquoi une cargaison de plastic C-4 standard envoyée à une unité de l'armée de la république du Viêt Nam refusait d'exploser, quand l'écrou « de Jésus » s'était détaché de leur Huey, si bien que l'hélicoptère, privé de rotor, avait fait une chute de cent mètres jusqu'à la jungle puis transpercé trente mètres de végétation dense avant de s'immobiliser la tête en bas dans des lianes, à trois mètres du sol. Le pilote avait été proprement empalé par une branche ayant traversé le plancher. Le crâne du copilote s'était fracassé contre le pare-brise. Le mitrailleur avait été éjecté : la nuque et le dos brisés, il était mort le lendemain. Colvin s'en était tiré avec une cheville foulée.

Il regarda en bas tandis qu'ils survolaient Nantucket. Selon lui, ils se trouvaient à présent à dix-huit mille pieds, et ils continuaient à grimper régulièrement. Leur altitude de croisière, il le savait, serait de trente-deux mille pieds. Loin de quarante-six mille, particulièrement en l'absence du vecteur de propulsion verticale, mais tant de choses dépendaient de la surface.

Quand Colvin était enfant, dans les années 1950, il avait vu dans l'« ancien » *National Enquirer* la photo d'une femme ayant sauté de l'Empire State Building et atterri sur une voiture. Elle avait les jambes croisées au niveau des chevilles, dans une posture quasi décontractée ; un trou perçait le bout d'un de ses bas nylon. Le toit de la voiture, aplati, enfoncé, évoquait presque un grand matelas de plume adapté à la forme d'un dormeur. La tête de la femme paraissait posée sur un oreiller moelleux.

Colvin tapa sur sa calculatrice. Une femme sautant du haut de l'Empire State Building tomberait pendant presque quatorze secondes avant de s'écraser dans la rue. Une personne enfermée dans une boîte métallique plongeant d'une hauteur de quarante-six mille pieds tomberait pendant deux minutes quarante-cinq secondes avant de s'écraser dans l'eau.

À quoi avait-elle pensé ? À quoi avaient-*ils* pensé ?

La plupart des chansons populaires et des vidéos de rock durent environ trois minutes, songea Colvin. C'est approprié ; pas assez long pour qu'on s'ennuie, assez pour raconter une histoire complète.

« Ça nous fait vraiment plaisir que tu sois avec nous », répéta Bill Montgomery.

« Nom de Dieu, lui avait-il murmuré à la sortie de la salle de téléconférence de l'entreprise, vingt-sept mois plus tôt, tu es avec nous ou contre nous sur ce coup-là ? »

Une téléconférence présentait de nombreux points communs avec une séance de spiritisme. Les participants étaient assis dans des pièces plongées dans la pénombre, à des centaines ou des milliers de kilomètres de distance, et communiquaient avec des voix jaillies de nulle part.

« Eh bien, voilà la situation climatique ici, avait dit la voix du centre spatial de Kagoshima. Qu'est-ce que vous comptez faire ?

— On a vu votre fax, avait ajouté la voix de Marshall, mais on ne comprend toujours pas pourquoi on devrait envisager de tout annuler à cause d'une aussi petite anomalie. Vous assuriez ce truc tellement parfait qu'on pourrait faire le tour du pâté de maisons en le poussant à coups de pied si on en avait envie. »

Phil McGuire, l'ingénieur en chef de l'équipe du projet dirigé par Colvin, s'était tortillé sur sa chaise et avait pris la parole trop fort. Les téléphones quatre-fils utilisés pour la téléconférence incluaient des haut-parleurs posés près de chaque chaise et captaient les bruits les plus ténus. « Vous ne comprenez vraiment pas, hein ? avait presque crié McGuire. C'est la *combinaison* du froid et de la probabilité d'une activité électrique dans la couche nuageuse qui pose problème. Lors des cinq derniers vols, il y a eu trois états transitoires dans les câbles qui courent des charges creuses linéaires du propulseur d'appoint aux antennes de commande de la sécurité du champ de tir…

— Des états transitoires, avait répété la voix de Kagoshima, mais dans les limites des paramètres de certification du vol.

— Eh bien… oui, avait confirmé McGuire, qui paraissait au bord des larmes. Mais uniquement parce qu'on continue de signer des papiers qui les modifient, ces foutus paramètres. On ignore totalement pourquoi les charges creuses C-12B des propulseurs et le réservoir externe enregistrent un courant transitoire alors qu'aucun ordre d'activation n'a été transmis. Roger pense que, peut-être, les câbles des charges creuses linéaires ou le composé C-12 lui-même peuvent conduire accidentellement la décharge statique à simuler un signal de commande… Oh, merde, dis-leur, toi, Roger.

— Monsieur Colvin ? » avait encouragé la voix de Marshall.

Colvin s'était éclairci la voix. « C'est ce que nous surveillons depuis un moment. Les données préliminaires suggèrent que des températures inférieures à – 2 °C permettent aux résidus d'oxyde de zinc dans les piles de C-12B de conduire un faux signal… s'il y a une décharge statique suffisante… théoriquement…

— Mais on n'a pas encore de base de données solide sur le sujet ? avait interrogé la voix de Marshall.

— Non, avait concédé Colvin.

— Et vous avez signé le certificat Critique Un certifiant la capacité de vol lors des trois derniers lancements.

— Oui.

— Bon, avait dit la voix de Kagoshima, on a entendu l'opinion des ingénieurs de Beaunet-HCS. Et si on demandait les recommandations de la direction ? »

Bill Montgomery avait décrété une pause de cinq minutes et l'équipe de direction s'était retrouvée dans le couloir. « Nom de Dieu, Roger, tu es avec nous ou contre nous sur ce coup-là ? »

Colvin avait détourné les yeux.

« Je ne plaisante pas, avait repris sèchement Montgomery. La division CCL a rapporté à cette entreprise 215 millions de dollars de *bénéfices* cette année, et ton travail est loin d'être pour rien dans ce succès, Roger. Maintenant, on dirait que tu es prêt à tout foutre en l'air à cause de relevés télémétriques transitoires de merde qui ne signifient absolument rien comparés au travail de toute notre équipe. Il y a une place de vice-président qui se libère d'ici quelques mois, Roger. Ne gâche pas tes chances en perdant la tête comme cet hystérique de McGuire.

« Prêts ? avait demandé la voix de Kagoshima au bout de cinq minutes.

— C'est bon, avait dit le vice-président Bill Montgomery.

— C'est bon, avait dit le vice-président Larry Miller.

— C'est bon, avait dit le vice-président Steve Cahill.

— C'est bon, avait dit le directeur de projet Tom Weiscott.

— C'est bon, avait dit le directeur de projet Roger Colvin.

— Parfait, avait repris Kagoshima. Je transmets votre recommandation. Désolé que vous ne puissiez être là pour regarder le lancement demain, messieurs. »

Colvin tourna la tête quand Bill Montgomery lança de l'autre côté de la cabine : « Hé, je crois que je vois Long Island.

— Combien l'entreprise a-t-elle gagné cette année sur la révision du C-12B, Bill ? » demanda-t-il.

Montgomery but une gorgée de son verre et étira les jambes dans le vaste intérieur du Gulfstream. « Dans les quatre cents millions, je crois, Roger. Pourquoi ?

— Et l'Agence a-t-elle jamais sérieusement envisagé de s'adresser à quelqu'un d'autre après… après ?

— Et merde, intervint Tom Wescott, où auraient-ils bien pu aller ? On les tient par les couilles. Ils y ont réfléchi quelques mois, puis ils sont revenus la queue entre les pattes. Tu es le meilleur concepteur de dispositifs de sécurité du champ de tir à charges creuses et d'hypergoliques solides du pays, Roger. »

Colvin hocha la tête, travailla une minute sur sa calculatrice, et ferma les yeux.

La barre d'acier pesait sur ses cuisses et son wagonnet montait avec force claquements métalliques, toujours plus haut. L'air se raréfiait et se refroidissait. Le crissement des roues sur les rails s'amenuisa en un cri ténu quand le train des montagnes russes dépassa lourdement la barre des dix kilomètres.

En cas de dépressurisation, des masques à oxygène

tomberont devant vous. Fixez-les solidement sur votre bouche et votre nez, et respirez normalement.

Colvin leva les yeux sur la terrible inclinaison du manège, sentant arriver le sommet de la côte et le vide subséquent.

Les petits combinés masques-réservoirs d'air de secours avaient pour nom *Personal Egress Air Packs*, en abrégé PEAP. Les PEAP de quatre des cinq membres de l'équipage avaient été récupérés au fond de l'océan. Tous avaient été activés. Sur chaque réserve d'air de cinq minutes, deux minutes et quarante-cinq secondes avaient été utilisées.

Colvin regardait arriver le premier sommet des montagnes russes.

Il y eut un bruit métallique strident et un sursaut quand les wagonnets le franchirent et échappèrent aux rails. Les occupants des wagonnets qui suivaient le sien se mirent à hurler pour ne plus cesser. Colvin, projeté en avant, empoigna la barre de sécurité alors que le petit train plongeait dans quinze kilomètres de néant. Il ouvrit les yeux. Un seul regard par le hublot du Gulfstream lui apprit que les fins alignements de charges creuses posés par ses soins avaient arraché l'aile bâbord proprement, chirurgicalement. À en juger par la rapidité avec laquelle l'avion tournait sur lui-même, le moignon d'aile tribord qui restait fournirait assez de surface portante pour conserver la vitesse terminale un peu en dessous de sa valeur maximale. Deux minutes quarante-cinq, plus ou moins quatre secondes.

Colvin voulut saisir sa calculatrice mais elle s'était envolée dans la cabine, heurtant bouteilles, verres, coussins et tous les passagers qui n'étaient pas sanglés à leur siège. Des hurlements stridents retentissaient.

Deux minutes quarante-cinq secondes. Le temps de réfléchir à bien des choses. Et peut-être, peut-être seulement, après deux ans et demi de sommeil hantés de cauchemars, peut-être aussi le temps d'une courte sieste sans aucun rêve. Colvin ferma les yeux.

Diablitos

CODY GOODFELLOW

Qu'y a-t-il de pire que de se faire arrêter à la douane d'un pays sud-américain alors qu'on essaie de passer des produits de contrebande ? Disons se retrouver enfermé dans un 727 à trente mille pieds avec un objet volé diablement vivant dans son bagage à main. Le protagoniste de cette histoire, Ryan Rayburn III, affronte les deux situations. Cody Goodfellow est assez mystérieux. A-t-il réellement fait des études de littérature à l'université de Los Angeles ? Habite-t-il Burbank ? A-t-il déjà gagné sa vie en tant que « compositeur minable de bandes originales pour vidéos pornographiques » ? La réponse est peut-être oui à certaines de ces questions, peut-être à toutes, peut-être à aucune. Deux choses sont sûres : il sait nous geler le sang dans les veines, et vous allez remercier Dieu que Ryan Rayburn ne soit pas assis sur le siège voisin du vôtre.

Invisible, invincible, en brave touriste américain, Ryan Rayburn III ne montra aucune trace d'angoisse tandis qu'il franchissait allègrement la sécurité et le contrôle des passeports de l'aéroport Guanacaste de Nicoya, jusqu'au moment où, l'ayant arraché à la file d'attente pour l'embarquement, on le conduisit derrière un paravent et lui ordonna d'ouvrir son sac.

Avec un sourire candide, il présenta sa carte d'embarquement, son formulaire de déclaration et son passeport à un agent des douanes aux airs de chien battu. *Pas de problème, vous faites votre boulot, c'est tout.* Aucun des autres passagers qui défilaient ne regarda dans sa direction. Puisqu'il était blanc et qu'il voyageait seul, il s'agissait forcément d'une vérification routinière. Sans doute ne ferait-il pas sauter l'avion, mais il y avait de fort bonnes chances qu'il détienne de la contrebande, voire qu'il serve de mule pour *las drogas*…

On n'était pas dans une république bananière où les touristes disparaissaient. Le Costa Rica, c'était presque la civilisation – merde, c'était encore mieux, puisqu'il n'y avait pas même d'armée et qu'une « patrouille de sécurité » faisait office de police d'État. Mais *la mordida* régnait encore. Ryan, après avoir cherché du regard un superviseur ou une caméra, sourit avec nonchalance et pêcha cinq billets de vingt dollars dans sa ceinture porte-monnaie. Le douanier enfila une paire de gants en caoutchouc bleu layette et entama l'autopsie du sac marin de l'Américain.

Guanacaste, quoiqu'un peu plus évolué que la plupart des aéroports modernes d'Amérique latine, évoquait toujours un film de SF à petit budget des années 1970 situé dans une prison futuriste. Partout, des pancartes cherchaient à faire honte aux voyageurs en montrant des prisonniers menottés et encapuchonnés dont des bulles révélaient les pensées tourmentées : *Pourquoi ai-je essayé de faire de la contrebande ?*

Rester impassible. Ne pas sourire ni tenter de bavarder. Ne pas faire leur travail pour eux. Les imbéciles qui se laissaient prendre proclamaient toujours leur culpabilité par des ondes toxiques effrayantes qui auraient tué un canari. Il ne faisait rien de mal. Les employés de la sécurité ne savaient pas ce qu'ils voyaient et, même si ce type-là le savait, cela ne valait pas la peine de retarder le vol. Il ne transportait ni drogue ni armes. Il n'était qu'un touriste parmi d'autres, qui rapportait des articles pour touristes.

Le douanier étala vêtements, matériel photo et affaires de toilette avec la délicatesse étonnante d'un serviteur disposant les éléments d'un pique-nique. Ayant entièrement vidé le sac, il y plongea la main, en sortit la doublure et défit la fermeture du double-fond.

« Ce n'est qu'un souvenir, monsieur, hoqueta Ryan comme s'il respirait à travers un torchon mouillé. Il y a un problème ? J'ai acheté ça dans une boutique de souvenirs… »

Le douanier ne répondit pas, se contentant de regarder à l'intérieur du sac, les mains plantées sur la table en inox rayé. Soudain, il toussa dans sa main.

Ryan regarda autour de lui puis écarta en éventail les billets qu'il tenait et les tendit à l'agent. Un flot régulier de passagers franchissait le détecteur de métal en direction de la porte d'embarquement. « Mon vol part dans dix minutes, mon ami. »

Toujours toussant, le douanier lâcha les papiers de Ryan et lui fit signe de s'éloigner comme s'il chassait un nuage de moustiques. Des fils de mucus jaillissaient autour de son poing.

Ryan fourra ses affaires dans son sac, rempocha son argent, puis monta un escalator en panne et longea un terminal en grande partie plongé dans la pénombre pour gagner sa porte d'embarquement, avant de remarquer que ses papiers étaient poisseux de salive, mouchetés de sang.

Alors ça, c'est de la sécurité… On essaie de te coincer et on te refile la tuberculose. Ce n'était pas amusant, mais il devait bien rire sous peine de hurler. Ils le tenaient : ils l'avaient pris la main dans le sac. L'expression passée dans le regard du douanier quand il avait ouvert le double-fond, juste avant d'être malade… Il s'était paré d'un teint olivâtre malsain, et ses yeux avaient bien failli rouler sur ses joues pour rejoindre l'objet qui occupait le compartiment à linge sale. Ce triste connard savait de quoi il s'agissait. Il le savait, mais il n'avait rien dit, pas plus qu'il n'avait touché à l'argent.

S'il y avait une chose au monde capable de pousser Ryan à se signer et à murmurer une prière, c'était bien celle qui se trouvait dans son sac, mais pas parce qu'il croyait à la magie. Un kilo de poudre colombienne pure pouvait rapporter trente mille dollars, avant même d'être coupé. Les deux livres de bois sculpté à la main glissées dans son bagage permettraient à

Ryan d'empocher deux fois cette somme, mais, s'il se faisait prendre, l'extradition et un séjour en pénitencier fédéral aux États-Unis seraient ce qu'il pourrait espérer de mieux.

Ryan Rayburn III ne décidait jamais de façonner la vie qu'il menait. Il appâtait ses lignes avec décontraction et laissait les événements venir à lui. Il avait gaspillé son fonds fiduciaire en passant une licence d'histoire de l'art, puis foulé aux pieds ce qui restait de la bonne volonté parentale en traînant en Amérique du Sud plutôt que de chercher du travail. Après trois ans de mésaventures et de découvertes à la dure dans les coins les plus obscurs de la terre, il avait enfin assimilé la leçon que ses parents avaient tenté de lui enseigner à Palo Alto : la pauvreté, c'est nul.

Revenu en Californie, Ryan avait résolu de convertir son diplôme dépourvu d'intérêt pratique en carrière professionnelle. Il avait écumé le monde des galeries, commencé à prendre des contacts pour des collectionneurs d'art, et fini par tomber sur le milieu très fermé des amateurs d'objets précolombiens. Une série de voyages, du Mexique à la Terre de Feu, lui avait permis d'en acheter et de court-circuiter un tas d'intermédiaires jusqu'à compter une douzaine de millionnaires de l'Internet dans sa liste de clients. La moitié des antiquités exposées dans les musées sud-américains étaient fausses, et les archéologues travaillaient en secret à décourager les pillards. Les Nations unies et les douanes des États-Unis avaient démantelé plusieurs réseaux opérant aux alentours de Palo Alto et de Stanford, mais Ryan ne gravitait pas dans des cercles de frimeurs. Ses clients n'exhibaient pas au cours de galas de charité les trophées obtenus par le pillage de tombes, et il ne faisait pas commerce des merdes qu'on voyait dans le *National Geographic*.

Les Xorocuas vivaient dans les hautes vallées de la cordillère de Talamanca, à moins de trois cent cinquante kilomètres de la capitale, mais pourtant à une journée de marche de la route carrossable la plus proche. On les avait pris à l'origine pour une tribu survivante de l'âge de pierre, jusqu'à ce qu'en 1950, ils soient étudiés par un photographe du Smithsonian Institute.

Ses clichés du rituel des moissons des Xorocuas révélaient une histoire tragique de contact antérieur enfouie dans la bizarre cérémonie. Un homme en costume de taureau grossier semait la destruction toute la nuit dans les huttes du village, puis, juste avant l'aube, arrivait une procession d'esprits gardiens masqués qui crachaient du sang sur lui jusqu'à ce qu'il dépérisse et meure. Les gardiens revêtus de leurs masques sculptés buvaient de l'alcool de maïs mêlé de divers poisons pour invoquer dans leur ventre les *diablitos*, lesquels vengeaient les tourments et le génocide ayant décimé la tribu, chassé les survivants dans les forêts de nuages les plus reculées de Talamanca.

Les Xorocuas étaient primitifs selon tous les critères. Leur lutte pour la simple survie avait été trop longue et trop dure pour qu'ils façonnent le moindre trésor culturel évolué. Lorsqu'ils accueillaient des étrangers, c'était par une rituelle demande de nourriture. Mais les masques du festival des moissons visibles sur les photos avaient constitué une révélation.

Tous étaient « peints à la bouche » – en soufflant la peinture à travers un roseau – de couleurs pâles ou ardentes, esquissant des formes élaborées plus proches de runes que de motifs abstraits. Bien que les Xorocuas aient rejeté avec hostilité le monde extérieur, leurs masques avaient inspiré une véritable frénésie aux collectionneurs des années 1970. En 1982, le dernier d'entre eux était mort de la grippe. Mais les tribus voisines craignaient toujours les masques.

Sans équivalent dans la région, ils étaient plus étranges, plus élaborés et plus effrayants que toutes les divinités mayas ou aztèques, quasi polynésiens dans leur fusion des traits humains, insectoïdes, floraux et animaux, et pénétrés d'une malveillance sauvage qui aurait fait passer les gargouilles gothiques les plus menaçantes pour des Bisounours.

D'après ce qu'il avait pu trouver dans la littérature, Ryan les avait catalogués comme une variante agressive des esprits magiques latino-américains connus sous le nom de *duendes* – de l'espagnol *dueños*, propriétaires, parce qu'ils étaient les propriétaires légitimes de tout habitat qu'ils partageaient avec les humains. Toutefois, le nom espagnol que leur donnaient les tribus voisines – à eux et aux Xorocuas eux-mêmes – convenait mieux à des esprits qu'on ne voyait jamais pour de bon mais qu'on craignait fortement : *diablitos*, petits diables.

Ryan avait trouvé de remarquables charmes funéraires de la tribu Moche lors d'une expédition en Colombie et au Pérou, et il était parvenu à les expédier à son contact en Californie. Il avait pris l'avion jusqu'à Panama puis s'était enfoncé en Jeep dans la Cordillère de Talamanca, juste pour faire une randonnée au cœur du Cerro de la Muerte et se détendre. Il ne s'attendait pas à découvrir des vestiges xorocuas dans les musées rudimentaires et pièges à touristes des villages montagnards anonymes, et il avait eu raison. On n'y trouvait que des faux et des imitations en balsa, peintes à l'acrylique par des ploucs *mestizos* qui en savaient moins sur les Xorocuas que le plus ignorant des clients de Ryan.

Ryan Rayburn III ne forçait jamais son succès, une méthode ne menant qu'à folie et ulcères, comme auraient pu en témoigner Ryan II et Ryan Ier. Il se contentait de laisser les bonnes choses graviter jusqu'à lui, ainsi qu'elles l'avaient toujours fait. Une vieille aveugle devant une hutte, avec une glacière emplie de Fanta à la température du sang, avait fait un geste étrange et toussé dans sa main en l'entendant interroger sa petite-fille à propos des Xorocuas. Toussé dans sa serre arthritique, avant de l'ouvrir pour laisser s'envoler un papillon rouge du creux de sa paume.

La jeune fille jouait les muettes mais, tout en buvant son troisième Fanta, Ryan avait exploré le village. Les hommes étaient partis chasser ou couper du bois, si bien que nul ne l'avait vu, à l'exception d'un gamin dont les testicules n'étaient pas encore descendus. Les huttes formaient un octogone autour d'un puits creusé près d'une idole en stéatite qui culminait à la hauteur de la ceinture, érodée par les éléments au point que ses traits sculptés n'étaient plus que de vagues creux dans la pierre.

Ryan avait failli hurler et jeter son soda en l'air. C'était un village de Xorocuas, ou bien un village xorocua occupé par d'autres – ce qui était hautement improbable. Beaucoup de tribus de la région enterraient leurs morts sous leur domicile, avant de partir très loin. Le site d'une extinction tribale serait comparable à un Tchernobyl de l'âge de pierre.

La vieille aveugle était alors apparue et lui avait vendu le masque deux cents dollars. Voilà ce qu'il dirait à quiconque lui poserait la question. Il s'était à présent répété l'histoire assez souvent pour quasiment la croire lui-même. Ce qui s'était passé pour de bon n'était en aucun cas le pire acte qu'il eût jamais commis, et le revivre était tout bonnement inutile.

Le masque était authentique. À le voir, on aurait cru qu'il pesait quarante kilos, mais il était sculpté dans un bois de la jungle non identifié, violet sombre, moins lourd que l'eau. Les peintures étaient des pigments indigènes; l'indigo profond dérivé de l'*azul mata*, l'or pâle liquide extrait de la peau d'oignon, l'orangé flamboyant du fruit *achiote*, le violet criard des glandes d'un mollusque en voie de disparition, le *munice*. La traînée inattendue à l'intérieur du masque, d'un rouge plus profond et plus terne, ressemblait moins à un accident qu'à une signature sauvage et ne ferait sans doute qu'en augmenter la valeur.

Il avait un acheteur en vue – deux, en fait, et des concurrents férocement jaloux. Quand son avion aurait atterri à Los Angeles, il pourrait échanger le masque contre cinquante mille dollars, peut-être le double s'il le conservait assez longtemps pour que des rumeurs discrètement semées déclenchent une guerre des enchères.

Le chef de cabine épuisé lui tint la porte d'embarquement ouverte sans même vérifier ses papiers. S'engager sur le tarmac revenait à s'avancer dans un tourbillon de souffle animal. La jungle bordait la piste de tous les côtés à l'instar de murs de feu émeraude. Le 727 Pura Vida Air tournait au ralenti tandis que les derniers passagers montaient l'escalier roulant et franchissaient l'écoutille.

Le vol n'était qu'à moitié plein. Une cinquantaine de passagers, les deux tiers américains. La plupart avaient déjà éteint leurs lumières et tentaient de dormir, recroquevillés sous une mince couverture en nylon, la tête contre un oreiller en papier recyclé.

Ryan soupira quand il découvrit sa place. La 11A, près du hublot, juste derrière l'aile, à côté d'un Blanc barbu et chevelu et d'une Asiatique à la forte poitrine serrés l'un contre l'autre, qui manipulaient les ventilateurs en panne du plafond. Se redressant de manière inquiétante quand tous les deux se levèrent pour lui permettre de se glisser jusqu'à son siège, l'homme déclara qu'il s'appelait Dan et sa femme Lori. « Vous avez besoin de lecture ? demanda-t-il en offrant un livre au format de poche. Je l'ai écrit moi-même.

— Arrête d'embêter les gens, chéri », murmura son épouse. Ryan secoua la tête et prit ses aises sur les sièges inoccupés de l'autre côté de l'allée.

L'hôtesse entamait sa pantomime d'avant-vol, désignant masques et portes de secours au rythme d'un enregistrement en espagnol semé de parasites, quand la toute dernière passagère descendit l'allée étroite d'un pas mal assuré et faillit s'asseoir sur le sac de Ryan.

L'Américain tira juste à temps son bien hors du chemin du cul volumineux en pleine descente. Il commença à dire « Regardez donc où vous allez, idiote », puis il vit la canne blanche que la grosse femme serrait dans sa main.

Tout son corps se raidit, et il se poussa contre le hublot. S'il avait été assis près d'une porte de secours, il eût été capable d'en empoigner la poignée et de l'ouvrir pour bondir sur l'aile.

Levant un bras défensif, il voulut s'extraire de son siège. L'aveugle heurta le steward qui l'avait accompagnée à sa place, puis rebondit sur l'accoudoir du 11C et tendit la main pour se rattraper juste avant de lui tomber dans les bras.

Tout bien considéré, cette voisine n'était qu'une gamine d'environ treize ans, au long visage chevalin semé d'affreuses cicatrices d'acné. Ses yeux globuleux évoquaient des ampoules électriques dévissées. Tandis que ses pupilles roulaient vers le haut pour fixer le plafond, à demi masquées par des paupières lourdes ensommeillées, sa canne blanche heurta les chevilles de Ryan.

Ce dernier s'autorisa une seconde pour reprendre son souffle, un peu plus pour rassembler ses idées. Avec autant de sièges vides, pourquoi diable l'avait-on installée à côté de lui ? Un jeune Américain voyageant seul assis près d'une gamine étrangère aveugle, c'était chercher les ennuis. « Est-ce qu'il ne reste pas un tas d'autres sièges dans l'avion ? »

Le steward remonta l'allée afin de répéter en playback les instructions de sécurité pour les passagers du fond.

Peut-être sourde en plus d'être aveugle – à moins qu'elle ne parlât pas espagnol –, la fille se laissa tomber dans la 11D et s'assit les genoux serrés, un sac local tissé à la main emprisonné entre les bras.

L'avion eut un mouvement de recul puis se mit à rouler sur la piste à une allure si léthargique que Ryan se demanda qui était aux commandes. Peut-être l'aveugle aurait-elle pu se rendre dans le cockpit et donner un coup de main.

Les turbines tournaient déjà plus vite quand il remarqua qu'elle n'avait pas bouclé sa ceinture. « Vous devriez vous attacher, señorita… »

Elle se balança un peu sur son siège mais ne répondit pas. Le petit crucifix fixé au chapelet de perles en plastique fluorescentes qu'elle serrait entre ses mains montait fréquemment jusqu'à ses lèvres épaisses et gercées.

L'hôtesse s'était attachée à l'avant. Apparemment, on le rendait responsable de la jeune aveugle. *Par devoir et par humanité*, songea-t-il en se penchant pour lui boucler sa ceinture. « Laissez-moi vous aider… »

Les mains de la fille emprisonnèrent les siennes dans un étau moite tremblant. Elle poussa un cri aussi perçant que si elle s'était éveillée d'un profond sommeil pour se trouver tripotée, et ses yeux vides le fixèrent comme si elle pouvait voir son visage flotter au milieu de l'obscurité perpétuelle qu'elle connaissait.

Se libérant les mains, il tenta de l'apaiser sans la toucher encore, mais ce fut peine perdue. Elle ne semblait ni l'entendre ni le comprendre, et elle était en plein affolement à cause de l'avion et des attouchements d'un inconnu. Vaguement honteux, il chercha de l'aide alentour, mais nul ne semblait remarquer l'incident. Le rugissement croissant des moteurs noya les cris, puis le sursaut d'ivrogne de l'accélération les écrasa tous au fond de leurs sièges.

Quand le train d'atterrissage se replia et que l'avion se stabilisa à l'horizontale, l'adolescente reprit sa prière muette. Ryan se tourna vers la paroi et plia son sweat-shirt pour en faire un oreiller. Dehors, la lumière rouge clignotante de l'aile dansait et saignait à travers les traînées de pluie courant sur la vitre. La petite agglomération côtière était couverte de nappes de brouillard pareilles à des cerfs-volants géants pris dans les arbres. Seules quelques lumières perdues, peut-être des bateaux en mer, témoignaient que la ville d'où il venait de s'échapper était encore là.

Ryan était un voyageur expérimenté, capable de dormir n'importe où, en n'importe quelles circonstances. Serrant entre ses jambes le sac marin posé à ses pieds, il tenta de faire le vide dans son esprit. Cela lui prit un moment car, chaque fois qu'il se sentait glisser dans le sommeil, la jeune aveugle toussait bruyamment dans sa main.

Ses pensées ne cessaient d'en revenir au masque. Le douanier s'était mis à tousser et à cracher du sang dès qu'il avait vu de quoi il s'agissait, mais il l'avait néanmoins laissé partir. N'était-ce qu'une coïncidence délirante ? Les Xorocuas avaient été exterminés par la maladie, il allait donc de soi que leur folklore abrite des esprits magiques chargés de les protéger ou de les venger, mais cela leur faisait une belle jambe… Ils étaient depuis beau temps disparus, et leur bizarre petite religion triste ne leur valait qu'une note en bas de page dans un texte d'anthropologie qui fascinait les millionnaires ayant besoin de dieux païens sanguinaires en guise de partenaires au poker. Les masques étaient-ils le vecteur de propagation d'un virus ? Cela aurait tout expliqué si lui-même était malade, mais, en dehors des habituels petits maux tropicaux, il se sentait très bien. Il ne croyait pas aux malédictions, sauf si on comptait la pauvreté.

L'avion s'était stabilisé à trente mille pieds quand Ryan estima qu'il ne réussirait pas à dormir et décida de se soûler. Un moment, il se frotta les yeux de la paume des mains. Peut-être aurait-il dû tenter de présenter ses excuses à l'aveugle ou, mieux encore, changer de place. Il se tourna pour la jauger et se retrouva nez à nez avec le masque xorocua.

Elle le portait. Les blancs de ses yeux vides étincelaient par les fentes ménagées dans le front insectoïde moucheté comme un jaguar. Chaque plan du visage anguleux était peint d'une texture animale différente, comme pour rassembler toute la faune de la jungle sur son visage vengeur. Mais à présent, porté par l'aveugle, il prenait vie.

Les cornes fourchues stylisées qui perçaient le menton et les tempes luisaient d'un éclat bleu de cobalt, telles des flammes de gaz. Les crocs entrelacés de la bouche grimaçante s'écartèrent comme les gorges d'une serrure et un torrent de sang noir rance jaillit des lèvres retroussées pour maculer la chemise de Ryan.

L'Américain fit un bond en hauteur, se cogna la tête contre le compartiment à bagages et retomba sur son siège. Le sang qui le recouvrait, froid et gluant, grouillait de petites bêtes aux mouvements rapides qui disparurent sous ses vêtements avant qu'il ne puisse les chasser. Ses hurlements passèrent inaperçus des autres passagers. Lui barrant le chemin de ses bras osseux, l'aveugle se rapprocha encore de lui. Elle toussait et crachait toujours des gouttes du sang contaminé dont il était trempé. Il commençait à s'y noyer quand il leva la main pour arracher le masque.

L'antiquité se détacha avec un son de clous rouillés arrachés d'un bois vermoulu. Le visage qu'elle recouvrait se détacha avec elle, et l'adolescente écrasa Ryan contre la paroi, pressant avec force une pommette froide et gluante contre sa poitrine.

Peut-être hurla-t-il quand il s'éveilla, le visage collé à la vitre froide, tout le corps couvert de sueur. Il se sentait étourdi comme s'il avait pris deux Stilnox après quelques verres de tequila.

Lentement, délibérément, il se tourna pour regarder la jeune aveugle. Elle était assise tout droit sur son siège, la tête collée à l'appuie-tête ferme. Son souffle régulier évoquait un tuyau dans lequel l'évacuation franchissait en gargouillant un bouchon important.

Sur la tablette abaissée de son siège reposait un gobelet en polystyrène à moitié vide, près d'un sac en papier métallisé renversé d'où s'échappaient des fruits au sirop. Son chapelet en plastique luisait comme du plutonium au milieu du jus bleu foncé. La vente ambulante de boissons était passée pendant que Ryan dormait.

La robe de l'adolescente, en coton artisanal, était richement brodée de papillons et d'oiseaux aux couleurs vives. Comme il la contemplait, luttant contre l'envie de se pincer, l'aveugle fut secouée par une quinte de toux accompagnée de crachats rouges. Et puis merde, songea-t-il en empoignant son sac. Il débarrassa avec précaution la tablette de la jeune fille, la replia contre le dos du siège 10C et déboucla sa ceinture.

Il faisait plus chaud dans cette putain de cabine qu'au Yucatán. Ses oreilles internes palpitaient comme toujours lorsqu'il prenait l'avion, mais elles lui donnaient aujourd'hui l'impression de se trouver au fond de l'eau plutôt que dans les couches supérieures de l'atmosphère. La seule lumière venait des bandes de fibre optique le long de l'allée, et d'une ou deux veilleuses au-dessus de passagers penchés sur leur ordinateur portable ou sur leur Kindle, des écouteurs d'iPod dans les oreilles.

Déplaçant un membre à la fois, avec une concentration absolue, il se souleva de son siège et enjamba les genoux de la jeune fille pour poser le pied dans l'allée. C'était un plan judicieux, il prit toutes les précautions possibles, mais son pied glissa sur quelque chose, il dérapa et amorça un grand écart en retenant un cri aigu.

Les genoux de sa voisine se plantèrent dans son postérieur. Il se prépara à des hurlements et des coups de poings rageurs, mais il n'y eut rien de tout cela. L'adolescente, cependant, toussa si fort qu'il sentit la chaleur humide de son souffle à travers sa chemise. Combattant la panique, il acheva tant bien que mal de l'enjamber pour se rétablir dans l'allée, tirant son sac par-dessus la tête de la passagère endormie en 10C, une mère de famille obèse avec une moustache et une double brassée de gamins se tortillant sur ses genoux.

Il devait avoir dormi une ou deux heures. Des poches de turbulences agitaient l'avion quelque part au-dessus du territoire mexicain plongé dans l'obscurité. L'allée était dégagée, sauf pour deux gobelets qui roulaient au rythme des évolutions de l'appareil. L'hôtesse, elle, n'était pas en vue.

Ryan partit d'un bon pas, tentant de ne pas heurter les bras et les jambes pendants des passagers qu'il dépassait. La dernière rangée de sièges avant les toilettes était vide : il se dirigea vers elle à l'instar d'un ivrogne ayant le mal de mer.

Au moment même où il l'atteignait et s'y laissait tomber, l'avion plongea de manière alarmante. Son cœur battait à tout rompre, tandis que des soubresauts dus à des décharges d'adrénaline gaspillées animaient ses muscles. Putain de merde, il s'était donné une sacrée suée, et il avait besoin d'un verre. L'hôtesse lui permettrait peut-être d'acheter une bouteille de raide. Peut-être même la partagerait-elle avec lui, nom de Dieu. Il méritait quelque chose de bon, après tout ce qu'il avait subi.

Il serra le sac marin contre sa hanche. Un sac qui ne pesait rien parce qu'il était vide.

Le choc le galvanisa. Manquant d'arracher la fermeture, il plongea la main dans le bagage et la vit ressortir par le trou déchiqueté qui perçait le fond. Ne restaient à l'intérieur que deux paires de chaussettes pliées ensemble et quelques caleçons, le tout humide et collé aux parois tapissées d'une pâte noire gluante. L'orifice n'était pas une simple déchirure des couches de nylon : c'était un putain de trou circulaire béant, comme si l'étoffe synthétique avait été dissoute… ou dévorée.

« Merde ! » fulmina-t-il entre ses dents serrées. Tout le long de l'allée, jusqu'à son ancienne place, ses affaires s'alignaient comme pour un vide-grenier. Il rebroussa chemin d'un pas mal assuré, ramassant une pile de vêtements souillés. Enfin, sa main rencontra un objet lourd qu'il souleva avec un soupir de soulagement, avant de reconnaître son nécessaire de rasage.

Il sentait des yeux posés sur lui, l'impression

caractéristique qu'on riait de son épreuve, mais tous les visages étaient détournés, pressés contre une épaule voisine ou renvoyés en arrière, la bouche ouverte.

La plainte des moteurs sembla diminuer, l'avion se balancer latéralement, et les gobelets dans l'allée roulèrent vers l'avant. Entamait-on déjà la descente ?

Ryan atteignit son siège d'origine. Dan et Lori dormaient profondément. Tout autour de l'aveugle en 11D, le tapis était imprégné de fluide. Elle avait vomi, songea-t-il avec dégoût, ou bien fait sous elle. Le masque n'étant pas en vue dans l'allée, il avait dû tomber sous son siège quand il s'était enfui et, de là, rouler au gré des turbulences. Il pouvait donc se trouver n'importe où sur ce foutu avion, si bien qu'il n'y avait rien d'autre à faire que le chercher.

Alors que Ryan entreprenait de s'agenouiller près de l'adolescente, l'avion attaqua un piqué et l'envoya s'étaler par terre. Lançant les mains en avant pour se protéger la tête, il reçut néanmoins un accoudoir dans l'œil. Comme il achevait de tomber sur la moquette en riant de sa maladresse, quelque chose se planta dans sa chair.

Une flèche de souffrance aiguë pénétra dans sa jambe droite sous l'action de son propre poids, juste en haut du tibia, et ressortit derrière le genou, dans la chair tendre entre les lanières de tendons et de muscles.

Ce fut plus douloureux que tout ce qu'il avait jamais connu, jusqu'à ce qu'il tente de déplier la jambe. Ce qui s'était introduit dans le mécanisme délicat de son genou se brisa alors en lui, et la douleur devint tout son horizon, tout son univers.

Il s'effondra, serrant contre sa poitrine son genou empalé et hurlant à pleins poumons. Que, malgré ses cris, personne à bord ne réagît ne lui apparut pas immédiatement étrange.

Tendant les mains vers les époux assis en 11B et 11C, il leur arracha leur couverture, si bien que le roman de Dan tomba dans l'allée. Les têtes de l'homme et de la femme se heurtèrent, et le premier s'effondra lourdement sur sa tablette. Un filet de sang d'un rouge profond coula de sa narine gauche, d'où sortait le manche d'une spatule à café. Lori éructa, et quelque chose émergea en rampant de sa bouche ouverte – une ombre rouge gainée de sang artériel écarlate.

Un gémissement franchit les lèvres molles de Ryan. Il recula violemment, prenant appui sur son membre blessé, et un trait de souffrance renouvelé fulgura en lui. C'était un couteau qui le transperçait : lorsqu'il remonta la jambe de son jean, il en vit le manche en plastique blanc planté dans le creux juste en dessous de sa rotule.

La vision de la blessure menaçait de lui donner la nausée, mais l'incrédulité pure et simple l'empêchait de détourner les yeux. On l'avait poignardé avec un couteau en plastique. La pointe sortait de l'autre côté, taillée ou mordillée jusqu'à devenir tranchante comme un scalpel.

Il se tourna pour palper l'aveugle, espérant

l'entendre hurler comme une alarme incendie, mais elle ne fit que s'effondrer par-dessus son accoudoir, et son long crâne creux heurta le front de Ryan. Elle avait la bouche pendante, les lèvres mouchetées de taches rouges luisantes assorties à la fange dans laquelle il était assis. Sa peau était froide comme le marbre, ses membres aussi lâches et inertes que ceux d'une poupée, mais elle ne tressauta pas moins contre lui, secouée par une quinte de toux post mortem.

Ils sortirent de sa bouche. Poussés par les expectorations violentes, ils grimpèrent sur ses lèvres puis sautèrent sur le champ encaissé de ses jambes pour regarder méchamment Ryan par-dessus l'accoudoir.

On aurait dit des scarabées ou des phasmes, le thorax fluté et effilé, les membres couverts d'un exosquelette. Le corps empruntait diversement aux clades des insectes, des reptiles et des amphibiens, mais la tête hideuse était (ou était cachée derrière) un masque des moissons xorocua en miniature.

Puisqu'ils le contemplaient depuis leur perchoir, ils le dominaient, quoique le plus grand mesurât moins de vingt centimètres de long.

Ryan se traîna à reculons dans l'allée, en direction du cockpit. Partout où il posait les yeux, il voyait les petits monstres ramper sur des cadavres ou contourner des appuie-têtes pour le contempler. Il dépassa la mère et ses enfants, boursouflés et noircis par l'asphyxie, un homme d'affaires effondré sur son ordinateur portable, des stylos à bille plantés dans les yeux, et l'hôtesse à laquelle le goulot d'une bouteille de bière Imperial brisée perçait une seconde bouche dans la gorge. Il recula ainsi jusqu'à ce que la masse blindée de la porte du cockpit l'empêche d'aller plus loin.

Il n'y avait plus personne de vivant dans l'avion, mais les cockpits étaient de nos jours pareils à des coffres de banque. Ryan tambourina à la porte, hurlant qu'on lui ouvre avant qu'il ne soit assassiné, que quelqu'un tuait tout le monde à bord mais que ce n'était pas lui, qu'il était innocent et qu'il ne méritait pas de mourir...

« Mesdames et messieurs, nous vous remercions d'avoir choisi Pura Vida Air et vous demandons d'attendre l'arrêt complet de l'avion pour allumer vos appareils électroniques ou tenter de récupérer vos bagages... »

C'était une voix calme, quasi ensommeillée, apaisante... et enregistrée. Ils n'étaient pas censés atteindre Los Angeles avant encore une heure.

La porte resta close. L'équipage, de l'autre côté, était peut-être mort également, ou bien inconscient de ce qui se déroulait. Ryan tourna la tête, cherchant un téléphone.

L'obscurité bondit des sièges pour emplir l'allée et se rua vers lui en un flot évoquant une armée de fourmis. Il tambourina à la porte, poussant des cris inarticulés, mais les petits êtres ne venaient pas pour le tuer.

Ils voulaient que le masque lui revienne, aussi le lui apportèrent-ils pour le déposer devant lui.

Ils voulaient qu'il le porte.

L'avion frémit quand son train d'atterrissage s'abaissa au milieu du vent hurlant. La cabine restait une caverne obscure, mais le vilain éclairage ambré des lampes au sodium de Tijuana se déversait par les hublots comme le trop-plein d'un urinoir public.

Pelotonné contre la porte, Ryan comprit peu à peu qu'il n'était pas obligé de mourir. Hébété, il ramassa le masque, le voyant trop tard d'un œil nouveau. Ce n'était ni un bibelot, ni un trésor, ni même un masque.

C'était une porte.

Le sang répandu par ses soins l'avait ouverte. Pour les laisser quitter ces lieux, elle n'avait qu'à s'ouvrir à nouveau. Tout était simple quand on n'avait d'autre choix que d'accepter.

Ryan posa le masque devant son visage. La surface intérieure dure, rêche, le caressa d'échardes qui poussèrent en lui, s'entrelacèrent sous sa peau.

Les petits êtres grimpèrent les uns sur les autres pour atteindre ses lèvres. La bouche étroite, garnie de crocs, ne livrait le passage qu'à un seul à la fois, et ils étaient innombrables. Ils escaladèrent le corps tremblant de l'Américain pour franchir ce portail denté, et il les sentit s'entasser dans son ventre, grouillants, affamés de violence. Tout un monde nouveau, froid, noir et infini éclosait en lui.

Avant que le dernier eût disparu dans sa bouche, le 727 toucha le sol avec une secousse violente et glissa sur le tarmac comme si la piste était une plaine semée de rochers.

Quand l'appareil s'arrêta enfin après une pirouette et que les lumières de la cabine s'allumèrent, pas un passager n'esquissa un geste pour allumer son téléphone ou extraire ses bagages des compartiments. Ryan se hissa sur ses pieds et frappa de nouveau à la porte du cockpit, mais ce qui se trouvait de l'autre côté, quoi que ce fût, se satisfaisait d'y rester.

Il tira sur la poignée de la portière de la cabine et tourna le volant. Deux porteurs pressaient un visage interrogateur contre le hublot tout en tapotant la vitre. Ryan leur sourit, oubliant qu'il portait un masque, et ouvrit la portière à la volée.

Il tenta de s'expliquer, mais ils ne le virent pas : ils tombèrent à genoux, étouffés par des glaires rouges. Passant derrière eux, il dévala l'escalier pour s'agenouiller sur le tarmac et l'embrasser, le lécher d'une langue noire fourchue.

Que c'était bon, après toutes ces errances, de rentrer enfin chez soi…

Raid aérien

JOHN VARLEY

John Varley est né au Texas et s'est inscrit à l'Université du Michigan grâce à une bourse du Mérite National – censément parce que, de toutes les écoles qu'il pouvait s'offrir, c'était la plus éloignée du Texas. Il y a des auteurs de science-fiction qui ont des idées géniales, et d'autres qui sont d'excellents stylistes. Varley est l'un des rares à avoir la chance de posséder ces deux qualités. « Raid aérien » fut publié en 1977 dans *Asimov's Science Fiction Magazine* (sous le pseudonyme Herb Boehm, un amalgame de son deuxième prénom et du nom de jeune fille de sa mère, car il avait une autre nouvelle publiée dans le même numéro), fut finaliste des prix Hugo et Nebula, étendue aux dimensions du roman *Millenium* en 1983, et adaptée au cinéma en 1989. Une fois que vous aurez entamé la lecture de ce texte, vous ne pourrez pas vous arrêter. Donc bienvenue à bord du vol 128 de Sun-Belt Airlines, partant de Miami pour gagner New York. Les passagers, cela dit, se dirigent peut-être vers une destination toute différente.

Je fus réveillée en sursaut par l'alarme silencieuse qui faisait vibrer mon crâne. Elle refuse de s'arrêter avant qu'on s'asseye, aussi m'exécutai-je. Tout autour de moi, dans le dortoir obscur, les membres du commando d'Escamotage dormaient, seuls ou par deux. Je bâillai, me grattai les côtes et tapotai le flanc velu de Gene. Il me tourna le dos. Au temps pour les adieux romantiques.

Tout en me frottant les yeux pour en chasser le sommeil, je ramassai ma jambe sur le plancher, la mis en place et la branchai. L'instant d'après, je longeais les rangées de couchettes d'un pas rapide afin de rejoindre la salle de contrôle des opérations.

Le tableau de situation luisait dans le noir. Sun-Belt Airlines, vol 128, Miami-New York, 15 septembre 1979. Celui-là, nous le cherchions depuis trois ans. J'aurais dû être contente, mais comment l'être au réveil ?

Liza Boston, en route pour la Préparation, passa près de moi avec un marmonnement. Je marmonnai en réponse et la suivis. Comme les lumières s'allumaient autour des miroirs, j'en gagnai un à tâtons. Derrière nous, trois autres personnes entrèrent en titubant. Je m'assis, me branchai, et pus enfin me laisser aller en arrière, fermer les yeux.

Ils ne restèrent pas clos longtemps. Quelle montée ! Je m'assis tout droit tandis que la vase qui me sert de sang était remplacée par un jus superchargé. Regardant autour de moi, je découvris une série de sourires idiots. Il y avait là Liza, Pinky et Dave. Contre le mur du fond, Cristabel tournait déjà lentement devant l'aérographe pour se faire repeindre en Blanche. Une bonne équipe, estimai-je.

J'ouvris le tiroir et attaquai le travail préliminaire sur mon visage. Un travail plus lourd à chaque fois. Transfusion ou pas, j'avais l'air d'une morte. Mon oreille droite avait complètement disparu désormais. Je ne pouvais plus fermer les lèvres, si bien que mes gencives étaient dénudées en permanence. Une semaine plus tôt, un de mes doigts était tombé pendant mon sommeil. Et qu'est-ce que ça peut vous foutre, hein ?

Tandis que je travaillais, un des écrans entourant le miroir s'alluma. Une jeune femme souriante, blonde, le front haut, le visage rond. Assez proche du mien. La bande qui défilait en bas de l'écran disait *Mary Katrina Sondergard, née à Trenton, New Jersey, 25 ans en 1979.* C'est ton jour de chance, ma poule.

L'ordinateur élimina la peau de son visage pour exposer sa structure osseuse, la fit pivoter et m'en montra des coupes. J'étudiai les similarités avec mon propre crâne, notai les différences. Pas mal, plus prometteur que certains sujets qu'on m'avait parfois confiés.

J'assemblai une dentition qui comprenait le léger espacement entre les incisives supérieures. Du mastic emplit mes joues. Des lentilles de contact tombèrent du distributeur, et je les mis en place. De petits tampons m'élargirent les narines. Nul besoin de modifier mes oreilles, qui seraient couvertes par la perruque.

Ayant gainé mon visage d'un masque de plastichair neutre, je dus marquer une pause en attendant qu'il s'y soude. Il ne lui fallut qu'une minute pour s'adapter à la perfection. Je souris à mon reflet. Qu'il était donc agréable d'avoir des lèvres.

La fente des fournitures cliqueta avant de lâcher une perruque blonde et un uniforme rose sur mes genoux. La perruque sortait de chez un styliste. Je la mis, puis enfilai les collants.

« Mandy ? Tu a eu le profil de Sondergard ? » Je ne levai pas les yeux : j'avais reconnu la voix.

« *Roger*.

— On l'a localisée près de l'aéroport. On peut t'infiltrer avant le décollage, comme ça tu seras notre joker. »

Je lâchai un gémissement et, cette fois, levai les yeux vers l'écran pour découvrir Elfreda Baltimore-Louisville, directrice des équipes opérationnelles : le visage sans vie, des fentes minuscules en guise d'yeux. Qu'attendre d'autre quand tous les muscles sont morts ?

« D'accord. » On prend ce qui vient.

Elle raccrocha. Je passai les deux minutes suivantes à essayer de m'habiller sans quitter les écrans des yeux. Je mémorisai les noms et les visages des membres de l'équipage, plus les rares données qu'on avait sur eux, puis je me hâtai de rattraper les autres. Temps écoulé depuis la première alarme : douze minutes et sept secondes. On avait intérêt à se bouger.

« Saleté de Sun-Belt, râla Cristabel en ajustant son soutien-gorge.

— Au moins ils ont abandonné les talons hauts », remarqua Dave. Un an plus tôt, nous aurions titubé entre les rangées de sièges sur des chaussures compensées de huit centimètres. Nous portions tous de courts fourreaux roses à rayures obliques bleues et blanches, et des sacs à bandoulière assortis. Je m'évertuai à épingler sur ma tête la toque ridicule.

À la suite des autres, je traversai à petites foulées la Salle de contrôle des opérations obscure et m'avançai devant le portail. Nous ne pouvions plus rien faire à présent. Jusqu'à ce que le passage soit prêt, nous ne pouvions qu'attendre.

J'étais au premier rang, à moins de deux mètres du portail – dont je me détournai : il me donne le vertige. Je me concentrai au contraire sur les gnomes assis à leurs consoles, baignés de l'éclat jaune des écrans. Aucun ne me rendit mon regard. Ils ne nous aiment pas beaucoup. Je ne les aime pas non plus. Flétris, émaciés, tous autant qu'ils sont. Nos grosses jambes, nos gros culs et nos gros seins leur sont un reproche, un rappel que les Escamoteurs mangent cinq fois leur ration afin de rester présentables pour la mascarade. Pendant ce temps, on continue de pourrir. Un jour, je serai assise devant une console. Un jour, je serai *intégrée* dans une console, avec toutes les tripes dehors et la puanteur pour seul vestige de mon corps. Qu'ils aillent au diable.

J'enfouis mon arme dans mon sac, sous un fatras de mouchoirs en papier et de bâtons de rouge à lèvres. Elfreda me regardait.

« Où est-elle ? demandai-je.

— Une chambre de motel. Le jour du vol, elle est restée seule de dix heures du soir à midi. »

Le décollage était prévu pour treize heures quinze. La fille avait compté au plus juste et serait donc pressée. Bon.

« Est-ce qu'on peut la choper dans la salle de bains ? Si possible dans la baignoire ?

— On y travaille. » Elfreda se dessina un sourire en passant le doigt sur ses lèvres inertes. Elle connaissait mes préférences mais m'informait que je n'aurais qu'à prendre ce qu'il y aurait. Demander, toutefois, ne fait pas de mal. On n'est jamais aussi impuissant qu'étendu de tout son long avec de l'eau jusqu'au cou.

« Go ! » me cria-t-elle. Je franchis le portail, et les problèmes commencèrent.

J'arrivai dans le mauvais sens, *sortant* de la salle de bains pour entrer dans la chambre. En me retournant, j'aperçus Mary Katrina Sondergard à travers la brume du portail, si bien que je n'avais aucun moyen de la rejoindre sans le refranchir. Je ne pouvais pas même tirer sans toucher quelqu'un de l'autre côté.

Sondergard se trouvait devant le miroir, le pire endroit possible. Peu de gens se reconnaissent eux-mêmes rapidement, mais elle avait l'original sous les yeux. Quand elle me vit, ses yeux s'écarquillèrent. Je m'écartai hors de sa vue.

« Qu'est-ce que c'est que ces… hé ! Putain, mais qui… » Je remarquai la voix, peut-être le détail le plus difficile à imiter.

J'estimais la jeune femme plus curieuse qu'effrayée, et je ne me trompais pas. Elle sortit de la salle de bains, franchissant le portail comme s'il n'existait pas – ce qui était le cas puisqu'il n'a qu'un côté. Elle s'était enveloppée dans une serviette.

« Nom de Dieu ! Qu'est-ce que vous foutez dans ma… » En de pareils moments, les mots vous manquent. Elle savait qu'elle aurait dû dire quelque chose, mais quoi ? *Excusez-moi, je ne vous aurais pas déjà vue dans une glace ?*

Je me parai de mon plus beau sourire d'hôtesse et lui tendis la main.

« Pardonnez cette intrusion. Je vais tout vous expliquer. Il se trouve que je… » Je la frappai sur le côté de la tête, elle tituba puis tomba comme une masse, perdant sa serviette. « …poursuis mes études. » Comme elle s'efforçait de se relever, je lui donnai un coup de mon genou artificiel sous le menton. Cette fois, elle resta à terre.

« Aie, merde ! » sifflai-je en massant mes phalanges meurtries. Mais je n'avais pas le temps de m'attarder. M'agenouillant près d'elle, je lui pris le pouls. Elle se remettrait, quoique je lui aie sans doute déchaussé quelques dents. Je marquai un bref temps d'arrêt. Ressembler à ça sans maquillage, sans prothèses ! Merde, elle n'était pas loin de me briser le cœur.

La saisissant sous les genoux, je la traînai avec peine jusqu'au portail. Elle me faisait l'effet d'un sac de nouilles cuites. Quelqu'un passa les mains par l'ouverture, lui empoigna les pieds et tira. *À plus tard, ma belle ! Ça te dirait de partir pour un long voyage ?*

Je m'assis sur son lit et repris mon souffle. Il y avait dans son sac à main des clefs de voiture et des cigarettes, de l'authentique tabac valant son pesant de sang. J'en allumai six, estimant disposer de cinq minutes pour moi. La chambre s'emplit d'une douce fumée. On n'en fait plus, des comme ça.

La berline Hertz m'attendait sur le parking du motel. Je montai au volant et pris la direction de l'aéroport, respirant à pleins poumons un air riche en hydrocarbures. J'y voyais à des centaines de mètres, une perspective qui me donnait presque le vertige, mais je ne vis que pour ces moments-là. Il est impossible d'expliquer ce qu'est la vie dans le monde pré-meck. Le soleil était une sphère jaune ardente à travers la brume.

Les autres hôtesses et stewards embarquaient. Certains connaissaient Sondergard, donc je m'abstins de trop parler, prétextant une gueule de bois. Ce fut bien accepté, avec force rires entendus et fines remarques. De toute évidence, j'étais dans mon personnage. Une fois à l'intérieur du 707, il ne resta plus qu'à attendre les chèvres.

L'affaire se présentait bien. Les quatre commandos qui attendaient de l'autre côté étaient les jumelles des femmes avec lesquelles je travaillais. Je n'avais rien d'autre à faire que jouer les hôtesses jusqu'à l'heure du départ. J'espérai qu'il n'y aurait plus de pépins. Inverser un portail pour une course au joker dans une chambre de motel était une chose, mais dans un 707 à vingt mille pieds…

L'avion était presque rempli quand la femme dont Pinky prendrait la place ferma la porte avant. Il roula jusqu'au bout de la piste puis décolla. Je commençai à prendre les commandes de boissons en première classe.

Les chèvres étaient du genre habituel pour 1979. Toutes grasses et insolentes, aussi inconscientes de vivre dans un paradis qu'un poisson dans l'eau. *Que diriez-vous, mesdames et messieurs, d'un voyage dans le futur Non ? Je ne peux pas dire que ça me surprend. Et si je vous disais que cet avion va…*

Je sentis un bip sur mon bras quand l'avion atteignit son altitude de croisière. Tout en consultant l'indicateur dissimulé sous ma Lady Bulova, je jetai un coup d'œil à l'une des portes des toilettes et sentis une vibration traverser l'avion. *Merde, non, pas déjà.*

Le portail était là-dedans. Je sortis rapidement, et fis signe à Diana Gleason – le pigeon de Dave – de venir à l'avant.

« Regarde-moi ça », fis-je, l'air dégoûté. Elle entra à moitié dans les toilettes et se figea en voyant la lueur verte. Lui plantant un pied sur le derrière, je poussai avec force. Parfait : Dave aurait l'occasion d'entendre sa voix avant de me rejoindre – même si elle ne devait faire que hurler en regardant autour d'elle…

Il franchit le portail en rajustant sa petite toque idiote. Diana avait dû se débattre.

« Prends l'air dégoûté, lui chuchotai-je.

— Quelle merde », dit-il en sortant des toilettes. C'était une imitation correcte des intonations de son modèle, mais l'accent était raté. Cela n'aurait pas d'importance très longtemps.

« Qu'est-ce qui se passe ? » C'était une des hôtesses de la classe touriste. Je m'écartai pour la laisser jeter un coup d'œil. Dave m'imita puis la poussa à l'intérieur. Pinky apparut très vite.

« On est en retard, dit-elle. On a perdu cinq minutes de l'autre côté.

— Cinq ? » couina Dave-Diana. Je savais ce qu'il ressentait. Nous avions cent trois passagers à traiter.

« Ouais. On a perdu le contrôle après l'envoi de mon pigeon. Il a fallu tout ce temps-là pour réaligner. »

On s'habitue à ces choses-là. Le temps passe différemment des deux côtés du portail, bien qu'il soit toujours séquentiel, du passé vers le futur. Une fois l'Escamotage entamé par mon entrée dans la chambre de Sondergard, il était impossible de reculer plus loin d'un côté ou de l'autre. Ici, en 1979, nous disposions de quatre-vingt-quatorze minutes pour effectuer tout le travail, pas une de plus. De l'autre côté, le portail ne pouvait jamais être maintenu plus de trois heures.

« Quand tu es partie, l'alarme avait sonné depuis combien de temps ?

— Vingt-huit minutes. »

Ce n'était pas bon. Il faudrait au moins deux heures rien que pour préparer les larves. Si on ne perdait plus de temps en 79, ce serait faisable, mais on en perdait *toujours*. Je frissonnai, songeant à laisser tomber.

« Plus le temps de rigoler, alors, dis-je. Pinky,

retourne en classe touriste et dis aux deux autres filles de venir ici. Qu'elles viennent une à la fois, explique-leur qu'on a un problème. Tu connais la manœuvre.

— En ravalant mes sanglots. Compris. » Elle se hâta vers la queue de l'avion. En un rien de temps, la première hôtesse se montra. Son sourire amical breveté Sun-Belt Airlines était en place, mais elle devait avoir l'estomac qui bouillonnait. *Oh, merde, c'est pour cette fois-ci !*

Je la pris par le coude et rabattis le rideau derrière elle. Elle avait le souffle oppressé.

« Bienvenue dans la quatrième dimension », lui dis-je en lui collant le pistolet contre le crâne. Elle s'effondra, je la rattrapai, puis Pinky et Dave m'aidèrent à la pousser à travers le portail.

« Merde ! Voilà cette saleté qui tremblote. »

Pinky avait raison. Un très mauvais signe. La lueur verte se stabilisa vite, mais avec Dieu sait quelle perte de temps de l'autre côté. Cristabel franchit le portail courbée en deux.

« On est à plus trente-trois », annonça-t-elle. Inutile de dire à haute voix ce que nous pensions tous : les choses se présentaient mal.

« Fonce en classe touriste, dis-je. Sois brave, souris à tout le monde, mais fais-en juste un peu trop, d'accord ?

— Compris », dit Cristabel.

La dernière hôtesse fut expédiée rapidement, sans incident. Ensuite, on n'eut plus le temps de parler de quoi que ce soit. Quatre-vingt-neuf minutes plus tard, le vol 128 s'écrabouillerait sur une montagne, qu'on ait terminé ou non.

Dave fila dans le cockpit pour éviter que l'équipage ne vienne nous ennuyer. Pinky et moi devions nous occuper des premières classes puis aider Cristabel et Liza en classe touriste. La technique employée fut l'habituel « café, thé ou lait », qui reposait sur notre rapidité et l'inertie des passagers.

Je me penchai au-dessus des deux premiers sièges de gauche.

« Tout va bien, messieurs-dames ? » Pop, pop. Deux pressions sur la détente, près des têtes, hors de vue du reste des chèvres.

« Bonjour, je m'appelle Mandy. À votre service. » Pop, pop.

À mi-chemin de la cuisine, quelques voyageurs nous fixaient avec curiosité. Mais il en faut beaucoup plus aux gens pour faire un esclandre. Quand une des chèvres du dernier rang se leva, je l'abattis sans hésiter. Il n'en restait plus que huit. Abandonnant mon sourire, je tirai quatre coups rapides et Pinky s'occupa des autres. Nous n'eûmes ensuite que le temps de franchir les rideaux.

Un brouhaha furieux montait au fond de la classe touriste, alors que soixante pour cent des chèvres étaient déjà endormies. Cristabel m'interrogea du regard et je hochai la tête.

« Bon, d'accord, les zozos, beugla-t-elle. Vous allez vous calmer. Calmez-vous et ouvrez grand vos oreilles. Eh, *toi*, le gros, mets-la en veilleuse, sinon je te plante mon pied dans le cul dans le sens de la largeur. »

Le choc que produisit ce langage suffit à nous faire gagner un peu de temps. Formées en tirailleurs sur toute la largeur de l'avion, les pistolets sortis, stabilisés sur les dossiers des sièges, nous braquions le groupe turbulent de trente chèvres désorientées.

Des pistolets suffisent à calmer n'importe qui, sinon les plus téméraires. Un étourdisseur standard se compose d'une baguette en plastique munie de deux grilles séparées d'environ quinze centimètres. Il ne renferme pas assez de métal pour déclencher une alarme. Et, pour quiconque vit entre l'âge de pierre et aux alentours de 2190, il ressemble moins à une arme qu'à un stylo à bille. La Section Équipement l'enveloppe donc d'une coquille en plastique évoquant un désintégrateur à la Buck Rogers, avec une douzaine de boutons, des voyants clignotants et un canon pareil à un groin de cochon. Il est assez rare qu'on ose s'en approcher.

« Nous sommes en grand danger et le temps nous manque. Si vous faites tous exactement ce que je vous dis, il ne vous arrivera rien. »

On ne peut pas leur donner le temps de réfléchir, il faut compter sur son statut de Voix de l'Autorité. De toute façon, ces gens-là ne comprendront pas la situation, de quelque manière qu'on la leur explique.

« Une petite minute. Je pense que vous nous devez… »

Un avocat des airs. Prenant une décision instantanée, je lui tirai dessus tout en actionnant du pouce l'interrupteur des effets lumineux de mon pistolet.

L'arme émit un son de soucoupe volante en pleine

crise d'hémorroïdes, cracha des étincelles, de petits jets de flammes, puis lança un doigt laser vert jusqu'au front de l'homme. Qui s'effondra.

Du pur pipeau, bien sûr. Mais sacrément impressionnant.

Et aussi sacrément risqué. J'avais dû choisir entre la panique assurée si cet imbécile poussait les autres à réfléchir et une panique possible à la vue de l'arme. Mais, quand un type du XXe commence à parler de ses « droits » et de ce « qu'on lui doit », la situation peut très vite dégénérer. C'est contagieux.

Je gagnai mon pari. Il y eut de nombreux cris, plusieurs personnes qui se cachèrent derrière des sièges, mais pas de mouvement collectif. On aurait pu s'en sortir quand même, si on n'avait pas eu besoin d'en garder quelques-uns conscients pour mener à bien l'Escamotage.

« Debout. Debout, bande de limaces ! » cria Cristabel. « Il est assommé, c'est tout. Mais je descends le prochain qui ne fait pas ce qu'on lui dit. Alors debout et écoutez. *D'abord les enfants ! Dépêchez-vous* de filer à l'avant et obéissez aux hôtesses qui s'y trouvent. Allez, les gamins, *on se bouge !* »

Je courus dans l'autre section de l'avion juste devant les enfants, franchis la porte ouverte des toilettes et m'accroupis.

Ils étaient pétrifiés. Au nombre de cinq – dont quelques-uns en pleurs, ce qui me serre toujours la gorge, ils découvraient à droite et à gauche des morts dans les sièges des premières classes, ils titubaient, au bord de la panique.

« Allons, les enfants, les appelai-je en leur adressant mon plus beau sourire. Vos parents vous rejoindront dans une minute. Tout ira bien, c'est promis. Venez. »

J'en fis passer trois par le portail. Le quatrième renâcla : une fille, bien décidée à ne pas obtempérer, qui écarta bras et jambes, si bien que je fus incapable de lui faire franchir le seuil. Je ne frappe jamais un enfant, jamais. Elle me griffa le visage de ses ongles. Ma perruque tomba et la fillette resta éberluée devant mon crâne nu. J'en profitai pour la pousser de l'autre côté.

Le numéro cinq pleurait, assis dans l'allée. Il pouvait avoir sept ans. Je courus le rejoindre, le soulevai, le serrai contre moi, l'embrassai, puis le propulsai par l'ouverture. Bon Dieu, j'aurais voulu faire une pause, mais on avait besoin de moi en classe touriste.

« Toi, toi, toi et toi. Bon, toi aussi. Aidez-le, d'accord ? » Pinky avait l'œil pour repérer ceux qui ne serviraient à rien, y compris à eux-mêmes. Ceux-là furent escortés vers l'avant. Ensuite, nous déployer sur le côté gauche nous permit de couvrir ceux qui travaillaient. Il ne fallut pas bien longtemps pour les pousser à l'action : traîner les corps inertes vers les toilettes aussi vite que possible. Cristabel et moi restions en classe touriste, les autres s'étaient postés à l'avant de l'appareil.

L'adrénaline commençait à se dégrader en moi ; la montée déclenchée par l'action me quittait et l'épuisement me gagnait. À ce stade de la partie, je suis toujours saisie d'une inévitable compassion pour les pauvres chèvres stupides. Bien sûr, c'était mieux pour elles, bien sûr elles mourraient si nous ne les sortions pas de l'avion. Mais, quand elles verraient l'autre côté, elles auraient bien de la peine à en croire leurs yeux.

Les premiers passagers revenaient pour prendre un deuxième chargement, abasourdis par ce qu'ils venaient de voir : des dizaines d'individus qu'on entassait dans un réduit déjà exigu quand il était vide. Un étudiant semblait avoir reçu un coup à l'estomac. Il s'arrêta près de moi, les yeux implorants.

« Écoutez, je suis prêt à vous aider, mais… qu'est-ce qui se passe ? Est-ce que c'est un sauvetage ? Je veux dire, est-ce qu'on va s'écraser… »

Je passai mon pistolet en mode choc électrique et lui en effleurai la joue. Il eut un hoquet et recula vivement.

« Ferme ta gueule, connard, et bouge-toi ou je te descends. » Plusieurs heures s'écouleraient avant que sa mâchoire ne lui permette de poser d'autres questions idiotes.

Une fois la classe touriste dégagée, tout le monde remonta vers l'avant. Un ou deux de nos travailleurs étaient pratiquement lessivés à ce moment-là. Des muscles de chevaux, tous autant qu'ils étaient, mais à peine capables de monter un escalier en courant. On en fit passer quelques-uns de l'autre côté, surtout un ou deux qui avaient plus de cinquante ans. Nom de Dieu. Cinquante ans ! Nous restait un noyau de quatre hommes et deux femmes à l'air solide, que nous fîmes travailler jusqu'à ce qu'ils manquent de s'effondrer – mais tous les passagers furent expédiés en vingt-cinq minutes.

Le portapak franchit le portail alors que nous ôtions nos vêtements. Cristabel frappa à la porte du cockpit et Dave en sortit, déjà nu. Mauvais signe.

« J'ai été obligé de les estourbir, dit-il. Ce foutu commandant tenait à faire sa grande tournée dans l'avion. J'ai tout essayé. »

Parfois il faut en arriver là : le pilote automatique était branché, comme il était censé l'être alors, mais, si n'importe lequel d'entre nous accomplissait un acte qui nuisait à l'appareil, qui changeait le cours des événements d'une manière ou d'une autre, tout serait terminé. Nous aurions accompli tout ce travail pour rien, et le vol 128 deviendrait inaccessible pour l'éternité. Je ne comprends rien à la théorie du voyage dans le temps mais j'en connais les aspects pratiques : on ne peut agir dans le passé qu'en des endroits et des moments où cela ne fait aucune différence. Nous sommes contraints d'effacer nos traces. Il y a une certaine flexibilité : un jour, un Escamoteur a laissé derrière lui son pistolet, qui est tombé avec l'avion. Nul ne l'a trouvé ou, dans le cas contraire, nul n'a eu la moindre idée de ce dont il s'agissait, donc nous nous en sommes bien tirés.

Le vol 128 avait connu une panne mécanique. C'est le plus pratique : on n'a pas besoin de tenir le pilote inconscient de la situation dans la cabine jusqu'au bout. On peut l'assommer et piloter à sa place, puisqu'il ne pourrait de toute façon rien faire pour sauver l'avion. En cas d'accident dû à une erreur de pilotage, il est presque impossible de réaliser un Escamotage. Nous exploitons essentiellement les collisions en plein air, les bombes et les défaillances structurelles. S'il y a ne serait-ce qu'un survivant, le vol est intouchable. Tenter de modifier la situation chiffonnerait le tissu immuable (quoique un peu élastique) de l'espace-temps : nous ne ferions que disparaître et réapparaître immédiatement dans la salle de préparation.

J'avais mal à la tête – et très envie de ce portapak.

« Qui a le plus d'heures de vol à bord d'un 707 ? » C'était Pinky. Je l'ai donc envoyée dans le cockpit en compagnie de Dave, qui pourrait imiter la voix du pilote à l'usage de la tour de contrôle : il faut aussi laisser un enregistrement crédible dans la boîte noire. Ils traînèrent derrière eux deux longs tubes du portapak, auquel le reste de l'équipe s'accrocha également. Nous restions debout là, chacune fumant une poignée de cigarettes, ayant envie de les terminer mais espérant ne pas en avoir le temps. Le portail avait disparu dès que nous y avions jeté nos vêtements et l'équipage.

Nous n'eûmes pas le temps de nous inquiéter longtemps. Les Escamotages ont d'autres bons côtés, mais rien ne se compare à la montée qu'on ressent quand on se connecte à un portapak. Si la transfusion de réveil se compose de sang frais pur, riche en oxygène et en sucres, ce qu'on nous balançait à présent était un mélange délirant d'adrénaline concentrée, d'hémoglobine supersaturée, de méthédrine, de gnôle artisanale, de TNT et de *Kickapoo Joy Juice*[1]. C'était comme un

1. Boisson alcoolisée extrêmement forte, créée par Al Capp dans sa BD *Li'l Abner*.

pétard explosant dans le cœur, un grand coup de botte qui vous remuait les chaussettes.

« J'ai des poils qui me poussent sur la poitrine », déclara Cristabel sur un ton solennel. Tout le monde pouffa.

« Quelqu'un pourrait me passer mes globes oculaires ?

— Les bleus ou les rouges ?

— Je crois que mon cul vient de se détacher. »

Nous avions déjà entendu toutes ces blagues, mais étions tout de même mortes de rire. Nous nous sentions fortes, *fortes*, et, durant un instant magique, aucun souci ne nous atteignit. Tout était hilarant. J'aurais pu déchirer des plaques de métal avec mes cils.

Mais on finit surexcité avec un mélange pareil. Voyant que le portail n'arrivait pas, n'arrivait toujours pas, et *persistait nom de Dieu de merde à ne pas arriver*, tout le monde commença à trépigner. Ce coucou ne continuerait pas de voler très longtemps.

Enfin, il se matérialisa, ce qui nous poussa à l'action. La première des larves le franchit, habillée de vêtements pris à un passager choisi pour lui ressembler.

« Deux heures trente-cinq écoulées de l'autre côté, annonça Cristabel.

— Bon Dieu. »

C'est un processus abrutissant. On empoigne le harnais passé autour des épaules de la larve et on la traîne dans l'allée après avoir consulté le numéro de siège peint sur son front. La peinture s'efface en moins de trois minutes. On l'assied, on la sangle et on lui enlève son harnais, qu'on va jeter à travers le portail avant d'empoigner le candidat suivant. Il faut partir du principe que le travail a été fait correctement de l'autre côté : amalgames dans les dents, empreintes digitales, la bonne correspondance entre taille, poids et couleur des cheveux. La plupart de ces détails n'ont pas grande importance, particulièrement à bord du vol 128, qui s'est écrasé et a brûlé. On n'en retrouverait que des fragments, et carbonisés en plus. Mais on ne peut pas prendre de risques : les sauveteurs étudient de très près les morceaux qu'ils retrouvent bel et bien. Travaux dentaires et empreintes sont particulièrement importants.

J'ai horreur des larves. Je les déteste vraiment. Chaque fois que j'en empoigne une par le harnais, je me demande si c'est Alice. *Est-ce que tu es ma fille, espèce de végétal, espèce de limace, de ver gluant ?* Je me suis engagée dans les Escamoteurs juste après que les microbes du cerveau ont dévoré la vie de ma petite chérie. Je ne supportais pas de penser qu'elle appartenait à la dernière génération, que les derniers humains à devoir jamais naître vivraient sans rien dans la tête, cliniquement morts selon les critères acceptés même en 1979, avec des ordinateurs qui exerçaient leurs muscles pour les garder opérationnels. On grandit et, si on atteint la puberté en restant fertile – une sur mille –, on se dépêche de tomber enceinte pendant ses premières chaleurs. Ensuite, on découvre que père ou mère nous a transmis une maladie chronique héréditaire, et qu'aucun des enfants qu'on aura ne sera immunisé. Je connaissais bien la paralèpre : j'avais grandi en regardant pourrir et tomber mes orteils. Mais ça, c'était trop. Qu'est-ce qu'on pouvait faire ?

Seule une sur dix des larves avait des traits personnalisés. Il faut du temps et beaucoup d'habileté pour reconstruire un visage qui résiste à une autopsie. Les autres arrivent prémutilées. On en a des millions ; trouver un corps qui correspond n'est pas bien difficile. La plupart d'entre elles continueraient à respirer, trop stupides pour arrêter, jusqu'à s'écraser avec l'avion.

Le 707 eut un sursaut violent. Je consultai ma montre. Cinq minutes avant l'impact. On aurait sans doute le temps. J'en étais à ma dernière larve. J'entendis Dave appeler frénétiquement la terre. Une bombe franchit le portail, et je la balançai dans le cockpit. Pinky en brancha le capteur de pression puis sortit en courant, suivie de Dave. Liza était déjà repassée de l'autre côté. J'empoignai les poupées inertes en costume d'hôtesse et les jetai sur la moquette. Le moteur se détacha, un de ses morceaux traversa la cabine et la dépressurisation commença. La bombe fit sauter une partie du cockpit (les sauveteurs en concluraient, nous l'espérions, qu'un autre fragment du moteur en était responsable et avait tué l'équipage : à partir de ce moment-là, il n'y aurait plus d'interventions du pilote sur la boîte noire) et l'appareil se mit à pivoter lentement sur la gauche. Emportée vers le trou percé dans la carlingue, je parvins à m'accrocher à un siège. Cristabel n'eut pas autant de chance : elle fut projetée en arrière.

Nous prenions un peu d'altitude, tout en ralentissant, quand, d'un coup, la queue de l'avion se souleva. Cristabel gisait dans l'allée, la tempe ensanglantée. Je jetai un coup d'œil derrière moi : tout le monde était parti, et trois larves en tenue rose s'entassaient sur la moquette. L'avion se mit à avoir des ratés, à piquer du nez, et mes pieds quittèrent le sol.

« Allez, Bel ! » criai-je. Le portail ne s'ouvrait qu'à un mètre de moi, mais je commençai à me traîner vers mon amie qui se trouvait en suspension de l'autre côté. L'avion eut un soubresaut, et Cristabel heurta le plancher. Aussi étonnant que cela puisse paraître, cela la réveilla. Elle se mit à nager vers moi, et j'empoignai sa main alors que le sol se soulevait de nouveau à notre rencontre. Rampant en sens inverse, tandis que l'avion entamait son agonie, je la traînai jusqu'au portail. Qui avait disparu.

Il n'y avait rien à dire. Nous étions fichues. Il est déjà ardu de maintenir un portail en place à bord d'un avion qui file en ligne droite. Quand il se met à partir en chandelle et à se démanteler, les probabilités deviennent effrayantes. M'a-t-on dit.

Je pris Cristabel dans mes bras et serrai contre moi sa tête ensanglantée. Bien qu'à moitié assommée, elle parvint à sourire et à hausser les épaules. On prend ce qui vient. Je me hâtai de gagner les toilettes et de nous caler sur le sol. Appuyée à une cloison, j'installai Cristabel entre mes jambes, le dos contre mon torse.

Comme à l'entraînement. Tandis que nous collions toutes les deux les pieds à la paroi d'en face, je serrai ma compagne avec force et pleurai sur son épaule.

Et il apparut. Un éclat vert sur ma gauche. Je me précipitai vers lui, traînant Cristabel, restant baissée alors que deux larves jaillissaient de l'ouverture au-dessus de nous, la tête la première. Des mains nous empoignèrent et nous firent franchir le seuil. Je rampai encore à la force des ongles sur cinq bons mètres. On peut laisser une jambe de l'autre côté et je n'en avais pas de rechange.

Je me redressai et m'assis tandis qu'on emportait Cristabel à l'infirmerie. Quand elle passa près de moi sur son brancard, je lui tapotai le bras, mais elle avait perdu connaissance. Je n'aurais pas détesté en faire autant.

Pendant un moment, chaque fois, on n'arrive pas à croire que tout cela est vraiment arrivé. D'ailleurs il s'avère de temps en temps que ce n'est pas le cas : on rentre pour s'apercevoir que toutes les chèvres de l'enclos ont disparu sans crier gare parce que le continuum rejette les changements et les paradoxes qu'on lui a imposés. Les individus qu'on s'est tellement efforcé de sauver se retrouvent étalés comme de la sauce tomate sur un putain de flanc de colline de Caroline, et tout ce qui reste à l'arrivée, c'est une poignée de larves bousillées et un commando d'Escamoteurs épuisés. Mais pas cette fois. Je voyais les chèvres grouiller dans l'enclos, nues et plus abasourdies que jamais. Elles commençaient tout juste à avoir vraiment peur.

Elfreda me toucha le bras quand je passai près d'elle. Elle hocha la tête, ce qui signifiait « bon boulot » dans son répertoire de gestes limités. Je haussai les épaules, me demandant si j'en avais quelque chose à faire, mais le surplus d'adrénaline courait toujours dans mes veines : je me surpris à sourire, à lui rendre son signe de tête.

Gene se tenait près de l'enclos. Je le rejoignis et l'enlaçai, sentant des envies monter en moi. *Oh merde, allez, on sacrifie une petite ration et on se paie du bon temps.*

Quelqu'un tapait sur la paroi de verre stérile de l'enclos. Une femme qui criait et nous adressait des mots furieux que nous n'entendions pas. *Pourquoi ? Qu'est-ce que vous nous avez fait ?* C'était Mary Sondergard. Elle implorait sa jumelle chauve et unijambiste de l'aider à comprendre. Et elle croyait avoir des problèmes. Bon Dieu, qu'elle était jolie. Je la haïssais.

Gene m'écarta de la paroi. Les mains douloureuses, j'avais cassé tous mes faux ongles sans même griffer le verre. Mary était assise par terre à présent, elle sanglotait… J'entendis la voix de l'agent informateur dans le haut-parleur extérieur.

« …Centauri 3 est hospitalière, avec un climat proche de celui de la Terre. *Votre* Terre, s'entend, pas ce qu'elle est devenue. Vous en verrez davantage plus tard. Le voyage prendra cinq ans, temps du vaisseau. Après l'atterrissage, chacun de vous recevra un cheval, une charrue, trois haches, deux cents kilos de semences… »

Je m'appuyai contre l'épaule de Gene. Au pire moment de leur existence, celui-ci, ces gens étaient tellement mieux partis que nous. Il me restait peut-être dix ans à vivre, dont la moitié en tant que malade mentale. Ils sont notre meilleur, notre plus radieux espoir. Tout dépend d'eux.

« ...que nul ne sera forcé de partir. Nous souhaitons vous faire à nouveau remarquer, et ce n'est pas la dernière fois, que vous seriez tous morts sans notre intervention. Il y a en outre des points que vous devez connaître. Notre air serait pour vous irrespirable. Si vous restez sur Terre, vous ne quitterez jamais ce bâtiment. Nous sommes différents de vous : le résultat de manipulations génétiques, d'un processus de mutation. Nous sommes des survivants, mais nos ennemis ont évolué avec nous et ils sont en train de gagner la partie. Vous, toutefois, vous êtes immunisés contre les maladies qui nous frappent... »

Je fis la grimace et me détournai.

« ...revanche, si vous émigrez, vous pourrez entamer une nouvelle vie. Elle ne sera pas facile mais, étant Américains, vous devez être fiers de votre héritage de pionniers. Vos ancêtres ont survécu, et vous survivrez aussi. L'expérience pourra se révéler gratifiante, et je vous adjure... »

Ben tiens. J'échangeai un regard avec Gene, et un rire nous secoua tous les deux. *Écoutez bien, les gars. Cinq pour cent d'entre vous feront une dépression nerveuse dans les prochains jours et ne partiront jamais. Environ autant se suicideront, soit ici soit en chemin.*

Quand vous arriverez là-bas, soixante à soixante-dix pour cent succomberont au cours des trois premières années. Vous mourrez en couches, vous serez dévorés par des animaux sauvages, vous enterrerez deux sur trois de vos bébés, vous crèverez de faim quand les pluies omettront de tomber, et, si vous survivez, ce sera pour vous casser les reins derrière une charrue, de l'aube au crépuscule. La Nouvelle Terre, c'est le Paradis, les gars !

Oh, bon Dieu, qu'est-ce que j'aimerais pouvoir partir avec eux !

Vous êtes libres

JOE HILL

Joe Hill a commencé sa carrière par une nouvelle intitulée « Mieux qu'à la maison » il y a presque vingt ans, et publié son premier roman, *Le Costume du mort,* devenu un best-seller, en 2007. Il a écrit trois autres romans qui furent très appréciés, un recueil de longs récits (*Strange Weather,* inédit en français), des dizaines de nouvelles (nombre d'entre elles publiées dans *Fantômes. Histoires troubles*) et la série de romans graphiques primée *Locke & Key.* Il est le fils de votre humble anthologiste, lequel ne saurait être plus fier de leur parenté. Voici, écrite spécialement pour ce livre, une de ses histoires les plus effrayantes. Prions tous qu'elle ne se réalise jamais.

GREGG HOLDER EN CLASSE AFFAIRES

Holder en est à son troisième scotch et se la joue cool avec la célébrité assise près de lui quand toutes les télés de la cabine s'éteignent et qu'un message en lettres capitales blanches apparaît sur les écrans : ANNONCE EN COURS.

Des parasites crachotent dans les haut-parleurs. Le pilote a la voix jeune. On dirait un adolescent manquant d'assurance qui s'adresse à une foule pendant des obsèques.

« Mesdames et messieurs, ici le commandant Waters. J'ai reçu de notre équipe à terre un message qu'après mûre réflexion, j'estime convenable de partager avec vous. Il s'est produit un incident à la base Andersen de l'US Air Force à Guam, et… »

Les haut-parleurs se taisent. Un long silence s'ensuit, empli de suspense.

« …on m'informe que le Commandement stratégique américain a perdu le contact avec nos forces sur place comme avec les services du gouverneur régional, reprend soudain Waters. Selon des rapports venus du large, on a vu un éclair. Une espèce d'éclair. »

Holder se presse sans le vouloir contre le dossier de son siège, comme en réaction à des turbulences. Qu'est-ce que ça veut dire, ça, *on a vu un éclair* ? Un éclair de quoi ? Il y a tant de choses qui peuvent en produire, de nos jours. Un pâtissier peut confectionner des éclairs au chocolat. Un malade mental aura des éclairs de lucidité. La foudre crée des éclairs. On peut voir défiler toute sa vie devant ses yeux en un éclair. Guam peut-elle produire un éclair ? Une île ?

« Dites-nous juste si on leur a balancé une bombe atomique, s'il vous plaît », murmure sa célèbre voisine, à sa gauche, d'une voix bien élevée qui exhale l'argent et le miel.

Le commandant Waters poursuit : « Je suis désolé

de ne rien savoir de plus, et ce que je sais est tellement… » Il laisse à nouveau mourir sa voix.

« Atterrant ? suggère la célébrité. Démoralisant ? Déprimant ? Bouleversant ?

— Inquiétant, termine Waters.

— Bon, concède-t-elle avec une certaine insatisfaction.

— Voilà tout ce que je sais pour l'instant, conclut le commandant. Nous vous communiquerons d'autres informations au fur et à mesure que nous en recevrons. Pour le moment, nous volons à trente-sept mille pieds et sommes environ à la moitié de notre vol. Nous devrions arriver à Boston un peu avant l'heure prévue. »

Un grincement, un claquement sec, et les écrans reprennent la diffusion de leurs films. Environ la moitié des passagers de la classe affaires regardent le même film de super-héros : Captain America jetant son bouclier tel un frisbee d'acier, abattant des individus grotesques ayant l'air tout juste sortis de sous le lit.

La plus proche voisine de Holder de l'autre côté de l'allée est une fillette noire de neuf ou dix ans. Levant les yeux vers sa mère, elle l'interroge d'une voix qui porte : « Où c'est Guam, précisément ? » Qu'elle dise « précisément » chiffonne Holder : c'est un mot de professeur, pas d'enfant.

« Je ne sais pas, ma chérie. Je crois que c'est près d'Hawaï », répond la mère de la petite. Elle ne regarde pas sa fille, jetant au contraire des coups d'œil de tous les côtés, comme pour chercher un texte d'instructions invisible. *Comment discuter d'un échange nucléaire avec votre enfant.*

« C'est plus près de Taïwan, intervient Holder en se penchant au-dessus de l'allée pour s'adresser à l'enfant.

— Juste au sud de la Corée, ajoute sa célèbre voisine.

— Je me demande combien il y a d'habitants », dit-il.

Elle hausse un sourcil. « Vous voulez dire en ce moment ? Compte tenu de ce qu'on vient d'entendre, je pense qu'il y en a très peu. »

ARNOLD FIDELMAN EN CLASSE ÉCO

Le violoniste Fidelman estime que l'adolescente très jolie et à l'air très malade assise près de lui est Coréenne. Chaque fois qu'elle a ôté ses écouteurs – pour parler à une hôtesse ou bien écouter l'annonce récente –, il a entendu ce qui ressemble à de la K-Pop sortir de son Samsung. Fidelman a été amoureux pendant plusieurs années d'un Coréen, son cadet de dix ans, qui adorait les bandes dessinées, jouait de la viole de gambe avec brio quoique fragilité, et qui s'est suicidé en se jetant devant un train Red Line. Il s'appelait Sou, ce qui se prononçait comme dans « j'ai plus un sou » ou « je suis soûl » ou « sous les ponts ». Son haleine avait toujours la douceur du lait d'amande, son regard abritait une timidité permanente, et il était gêné d'être heureux. Fidelman avait toujours cru qu'il l'était, jusqu'au jour où il avait bondi tel un danseur de ballet sur le chemin d'une locomotive de cinquante-deux tonnes.

Le violoniste aimerait réconforter la jeune fille, mais ne veut pas non plus s'imposer dans son anxiété. Il livre une lutte mentale pour savoir que dire, s'il doit dire quoi que ce soit, et il finit par lui tapoter le bras. Quand elle ôte ses écouteurs, il lui demande : « Vous avez besoin de quelque chose à boire ? Il me reste un demi-Coca que je n'ai pas touché. Il n'y a pas de microbes : j'ai bu au verre. »

Elle lui adresse un petit sourire effrayé. « Merci. J'ai l'estomac complètement noué. »

Elle prend la cannette et en boit une gorgée.

« Si vous avez l'estomac retourné, les bulles vous feront du bien, affirme-t-il. J'ai toujours dit que la dernière chose que je voudrais absorber sur mon lit de mort avant de quitter ce monde, c'est un Coca-Cola bien frais. » Fidelman a souvent prononcé ces mots-là devant d'autres personnes mais, aujourd'hui, dès qu'ils ont quitté sa bouche, il aimerait les rattraper. Compte tenu des circonstances, le sentiment lui paraît assez malheureux.

« J'ai de la famille là-bas, dit la jeune fille.

— À Guam ?

— En Corée », répond-elle avec un autre sourire nerveux. Le pilote n'a pas mentionné la Corée dans son annonce, mais quiconque a regardé CNN au cours des trois dernières semaines sait de quoi il est question.

« Quelle Corée ? demande l'obèse, de l'autre côté de l'allée. La bonne ou la mauvaise ? »

Son pull à col roulé d'un rouge éclatant fait ressortir les couleurs du melon jaune qui lui sert de visage. Il est si gros qu'il déborde de son siège. La femme assise près de lui – une petite brune dont l'intensité nerveuse évoque un lévrier issu de trop de croisements – s'en trouve repoussée contre le hublot. Un pin's en émail représentant le drapeau américain orne le revers de la veste de l'homme. Fidelman sait déjà qu'ils ne pourraient jamais être amis.

La jeune fille lance à l'obèse un regard surpris puis lisse sa robe sur ses cuisses. « Corée du Sud, dit-elle, refusant de jouer son jeu des bons et des méchants. Mon frère vient de se marier à Jeju. Moi, je retourne à l'école.

— Quelle école ? demande Fidelman.

— Le MIT.

— Je suis étonné que vous ayez pu entrer, dit le gros homme. Ils sont obligés de prendre un quota de gamins des quartiers défavorisés. Ça signifie qu'il y a beaucoup moins de place pour les gens comme vous.

— Les gens comme quoi ? » interroge Fidelman en détachant délibérément ses mots. *Les gens. Comme. Quoi ?* Presque cinquante ans d'homosexualité lui ont appris qu'on ne doit pas laisser passer certaines déclarations.

L'autre n'a aucune honte. « Les gens qualifiés. Ceux qui ont gagné leur place. Ceux qui savent faire des calculs. Les maths, ça ne se limite pas à compter la monnaie quand on achète un paquet de drogue.

Beaucoup de communautés d'immigrants modèles souffrent des quotas. Particulièrement les Orientaux. »

Fidelman éclate d'un rire sec, tendu, incrédule. L'étudiante du MIT, toutefois, ferme les yeux et reste muette. Le violoniste, qui ouvrait déjà la bouche pour envoyer balader ce gros connard, la referme. Il ne serait pas gentil pour la jeune fille de faire un esclandre.

« C'est Guam, pas Séoul, dit-il enfin à sa voisine. Et on ne sait pas ce qui s'est passé. Ça peut être n'importe quoi. Peut-être une explosion dans une centrale électrique. Un accident normal, et non un… une catastrophe quelconque. » Il a bien failli dire *un holocauste*.

« Une bombe sale, intervient l'obèse. Je vous parie cent dollars. Il est furieux parce qu'on vient de le rater en Russie. »

Il, c'est le Chef Suprême de la RPDC. Des rumeurs veulent qu'on lui ait tiré dessus alors qu'il était en visite officielle du côté russe du lac Khassan, un plan d'eau à la frontière entre les deux nations. Des rapports non confirmés affirment qu'il a été touché à l'épaule, touché au genou, voire pas touché du tout ; qu'un diplomate debout près de lui a été tué ; qu'un de ses sosies a été tué. À en croire l'Internet, l'assassin était soit un anarchiste radical anti-Poutine, soit un agent de la CIA se faisant passer pour un membre de l'Associated Press, soit une star du K-Pop appelée Extra Value Meal[1]. Le Département d'État amé-

1. Dont le *menu best of* est l'équivalent français.

ricain et les médias nord-coréens, quoique rarement d'accord, affirment qu'aucun coup de feu n'a été tiré durant la visite en Russie du Chef Suprême, qu'il n'y a eu aucune tentative d'assassinat. Comme beaucoup de gens qui s'intéressent à l'incident, Fidelman en déduit que le Chef Suprême est passé très près de la mort.

Il faut dire aussi qu'il y a huit jours un sous-marin américain en patrouille dans la mer du Japon a abattu un missile d'essai nord-coréen dans l'espace aérien nord-coréen. Un porte-parole de la RPDC a qualifié cela d'acte de guerre et promis de riposter en conséquence. Enfin, non : il a promis d'emplir de cendres la bouche de tous les Américains. Le Chef Suprême lui-même n'a rien dit. On ne l'a pas vu depuis la tentative d'assassinat qui n'a pas eu lieu.

« Ils ne seraient pas bêtes à ce point-là, dit Fidelman à l'obèse, parlant par-dessus la Coréenne. Imaginez les conséquences. »

La petite brune sèche considère son gros voisin avec une fierté servile, et le violoniste comprend soudain pourquoi elle en tolère la panse dans son espace vital. Ils sont ensemble. Elle l'aime. Elle l'adore, peut-être.

« Cent dollars », répète l'obèse, placide.

Leonard Waters dans le cockpit

Ils se trouvent quelque part au-dessus du Dakota du Nord, mais tout ce que distingue Waters c'est un paysage vallonné de nuages qui s'étend jusqu'à l'horizon.

Le pilote n'a jamais visité le Dakota du Nord, et, lorsqu'il s'efforce de l'imaginer, il visualise du matériel agricole rouillé, Billy Bob Thornton, et des sodomies furtives dans des silos à grain. À la radio, le contrôleur de Minneapolis ordonne à un 737 de monter au niveau de vol trois-six-zéro et d'accélérer à Mach sept huit.

« Vous connaissez Guam ? » demande son premier officier avec une fausse alacrité fragile.

Waters n'a encore jamais eu de femme comme copilote, et il supporte à peine de regarder celle-ci tant elle est belle à couper le souffle. Un visage pareil devrait s'étaler sur des couvertures de magazines. Jusqu'au moment où il l'a rencontrée dans la salle de conférences de l'aéroport, à Los Angeles, deux heures avant le vol, il ne savait rien d'elle en dehors de son nom : Bronson. Il s'était imaginé quelqu'un du genre de l'acteur du premier *Un justicier dans la ville*.

« Je connais Hong Kong », répond-il en déplorant qu'elle soit aussi adorable.

Waters, à plus de quarante ans, en fait à peu près dix-neuf, il est mince, porte très court ses cheveux roux, et des taches de rousseur dessinent une carte sur son visage. Il vient de se marier et ne tardera pas à être père : une photo de sa femme en robe d'été gonflée comme une calebasse est accrochée sur le tableau de bord. Être attiré par qui que ce soit d'autre lui déplaît. Il se sent honteux de seulement remarquer une jolie femme. Toutefois, il ne désire pas non plus se montrer froid, formel, distant. Fier que sa compagnie aérienne emploie plus de pilotes féminins, il désire soutenir cette politique, mais toutes les belles femmes lui sont un fléau pour l'âme. « Sydney, Taïwan, mais pas Guam.

— Avec des copains, on allait souvent faire de la plongée libre au large de Fai Fai Beach. Une fois, je suis passée assez près d'un requin bordé pour le caresser. La plongée en apnée nu, c'est la seule chose qui batte le vol. »

Le mot *nu* le traverse comme la décharge d'une poignée de main électrique. Telle est sa première réaction. La seconde est que, bien sûr, sa collègue connaît Guam : elle était dans la Navy, c'est là qu'elle a appris à piloter. Quand il la regarde du coin de l'œil, il est choqué de voir des larmes sur ses cils.

Kate Bronson surprend son regard et lui lance un sourire en coin gêné qui dévoile le léger espace entre ses incisives. Il tente de l'imaginer le crâne rasé et une plaque d'identité militaire autour du cou. Ce n'est pas si difficile. Il y a sous son physique de cover-girl quelque chose de légèrement sauvage, nerveux et turbulent.

« Je ne sais pas pourquoi je pleure. Je n'y suis pas allée depuis dix ans. Ce n'est pas comme si j'y avais des amis. »

Waters envisage plusieurs phrases réconfortantes auxquelles il renonce les unes après les autres. Il ne serait pas charitable de lui dire que la situation n'est peut-être pas aussi grave qu'elle le croit, alors qu'elle est en fait très probablement pire.

On frappe à la porte. Bronson bondit sur ses pieds,

s'essuie les joues d'un revers de main, regarde par le judas et tire les verrous.

C'est Vorstenbosch, le chef de cabine, un type dodu, efféminé, aux cheveux blonds ondulés, à l'attitude pointilleuse et aux petits yeux derrière d'épaisses lunettes à montures dorées. Calme, professionnel et pédant à jeun, il acquiert un langage délicieusement fleuri quand il a bu.

« Est-ce que quelqu'un a balancé une bombe atomique sur Guam ? interroge-t-il sans préambule.

— J'ai seulement appris qu'on a perdu le contact, répond Waters.

— Et ça veut dire quoi au juste ? demande Vorsternbosch. J'ai tout un avion bourré de gens qui ont très peur, et je ne peux rien leur dire. »

Bronson se cogne la tête en se rasseyant derrière les commandes. Waters fait mine de ne pas s'en apercevoir. Et aussi de ne pas remarquer qu'elle a les mains qui tremblent.

« Ça veut dire... » commence Waters. À cet instant retentit un signal d'alarme, puis le contrôleur prend la parole pour délivrer un message à quiconque traverse l'espace aérien contrôlé par la tour de Minneapolis. La voix du Minnesota est fluide, douce, tranquille. L'homme pourrait ne rien évoquer de plus grave qu'une zone de haute pression. On leur apprend à avoir ce ton-là.

« Ici le centre de Minneapolis, avec des instructions de haute priorité pour tous les avions branchés sur cette fréquence : nous avons reçu l'ordre du

Commandement stratégique des États-Unis de libérer cet espace aérien à l'usage d'opérations d'Ellsworth. Nous allons à présent diriger tous les vols vers les aéroports appropriés les plus proches. Je répète : tous les avions de ligne et les avions privés de la zone doivent atterrir. Veuillez rester à l'écoute et vous tenir prêts à exécuter promptement nos instructions. » Il y a un sifflement momentané puis, avec ce qui évoque un authentique regret, Minneapolis ajoute : « Désolé, mesdames et messieurs. Cet après-midi, l'Oncle Sam a besoin du ciel pour une guerre mondiale inopinée.

— L'aéroport d'Ellsworth ? fait Vorstenbosch. Qu'est-ce qu'il y a, à l'aéroport d'Ellsworth ?

— La 28ᵉ Escadre de Bombardiers », répond Bronson en se frottant la tête.

VERONICA D'ARCY EN CLASSE AFFAIRES

Comme l'avion s'incline fortement sur le côté, Veronica D'Arcy découvre droit devant elle le duvet froissé des nuages en contrebas. Des flèches de soleil aveuglantes transpercent le hublot de l'autre côté de la cabine. Son séduisant voisin ivre – il a sur le front une mèche sombre qui lui rappelle Cary Grant ou Clark Kent – serre inconsciemment ses accoudoirs. A-t-il très peur en avion ou est-ce un simple ivrogne ? Il a bu son premier scotch dès qu'ils ont atteint leur altitude de croisière, il y a trois heures, juste après dix heures du matin.

Les écrans s'éteignent et la mention ANNONCE EN COURS réapparaît. Veronica ferme les yeux pour mieux écouter, concentrée comme lors d'une lecture à la table, quand un autre acteur lit ses répliques pour la première fois.

COMMANDANT WATERS (VOIX OFF)

Mesdames et messieurs, c'est encore le commandant Waters. Je crains que nous n'ayons reçu une requête inattendue de la tour de contrôle. Il nous faut mettre le cap sur Fargo et atterrir à l'aéroport international Hector. On nous a demandé de dégager cet espace aérien, et ce sur-le-champ…

(une pause gênée)

…pour des manœuvres militaires. De toute évidence, la situation de Guam crée des… hum… complications pour tout le monde dans le ciel aujourd'hui. Il n'y a aucune raison de s'inquiéter mais nous devons atterrir. Nous espérons nous poser à Fargo dans quarante minutes. Je vous transmettrai de nouvelles informations quand je les recevrai.

(pause)

Mes excuses, mesdames et messieurs. Ce n'est pas l'après-midi dont nous rêvions, ni les uns ni les autres.

S'il s'agissait d'un film, le capitaine n'aurait pas la voix d'un gamin à la pire phase de l'adolescence. On aurait donné le rôle à un type bourru et autoritaire.

Hugh Jackman, peut-être. Ou un Anglais, si on souhaitait suggérer l'érudition, un soupçon de sagesse acquis à Oxford. Derek Jacobi, par exemple.

Veronica a joué périodiquement au côté de Derek pendant presque trente ans. Il l'a tenue contre lui dans les coulisses le soir où elle a perdu sa mère, sans cesser de lui parler en un doux murmure rassurant. Quarante minutes plus tard, ils étaient tous les deux habillés en Romains devant quatre cent quatre-vingts spectateurs, et Dieu sait qu'il a été bon ce soir-là. Et elle aussi. Ce soir-là, elle s'est découverte capable de jouer dans n'importe quelles circonstances, donc elle pourra jouer dans celles-ci aussi. En elle-même, elle commence déjà à se calmer, à lâcher toutes ses préoccupations, tous ses soucis. Voilà des années qu'elle n'a rien ressenti sans l'avoir décidé auparavant.

« Je trouvais que vous buviez trop tôt, confie-t-elle à son voisin. Il s'avère que c'est moi qui ai commencé trop tard. » Elle lève le petit gobelet de vin qu'on lui a servi pour le déjeuner et dit « tchin-tchin » avant de le vider.

L'homme lui lance un beau sourire spontané. « Je ne suis jamais allé à Fargo, j'ai juste regardé la série télé. » Ses yeux s'étrécissent. « Vous n'étiez pas dans *Fargo* ? Il me semble que si. Vous faisiez un truc pour la police scientifique, et puis Ewan McGregor vous étranglait.

— Non, mon cher. Vous pensez à *Contrat : Meurtre*, et c'était James McAvoy avec un garrot.

— Ah, c'est ça. Je savais que je vous avais vue mourir. Vous mourez beaucoup ?

— Oh, sans arrêt. J'ai tourné un film avec Richard Harris, une fois. Il lui a fallu toute la journée pour me défoncer le crâne avec un chandelier. Cinq mises en place, quarante prises. À la fin, le pauvre était lessivé. »

Les yeux de son voisin s'écarquillent, et elle sait qu'il a vu le film, qu'il se rappelle son rôle. Elle avait alors vingt-deux ans, et elle était littéralement nue dans toutes ses scènes. La fille de Veronica lui a un jour demandé : « Quand as-tu découvert les vêtements au juste, maman ? » ; « Juste après ta naissance, ma chérie », lui a-t-elle répondu.

Sa fille serait elle-même assez belle pour faire du cinéma, mais elle crée des chapeaux. Quand Veronica pense à elle, son cœur s'emplit d'un plaisir douloureux. Elle ne mérite pas d'avoir une fille aussi équilibrée et heureuse, avec les pieds sur terre. Quand elle se considère elle-même – quand elle admet son égoïsme et son narcissisme, son indifférence envers la maternité, son souci de sa carrière –, il lui semble impossible d'avoir une personne aussi remarquable dans sa vie.

« Je m'appelle Gregg, dit son voisin. Gregg Holder.

— Veronica D'Arcy.

— Qu'est-ce qui vous amenait à L.A. ? Un rôle ? Ou bien c'est là que vous habitez ?

— Il fallait que j'y sois pour l'apocalypse. Je joue une vieille sage des terres dévastées. Enfin, je suppose que ce seront des terres dévastées : tout ce que j'ai vu, c'est un écran vert. J'espère que la véritable apocalypse attendra assez longtemps pour que le film sorte. Vous croyez que ce sera le cas ? »

Gregg observe le paysage de nuages par le hublot. « Bien sûr. C'est la Corée du Nord, pas la Chine. Qu'est-ce qu'ils pourraient bien nous balancer ? Pas d'apocalypse pour nous. Pour eux, peut-être.

— Il y a combien d'habitants en Corée du Nord ? » La question vient de la fillette de l'autre côté de l'allée, celle qui a de grandes lunettes amusantes. Elle les a écoutés avec attention et se penche à présent vers eux dans une attitude très adulte.

Sa mère adresse à Gregg et Veronica un sourire crispé, puis tapote le bras de sa fille. « Ne dérange pas les autres passagers, ma chérie.

— Elle ne me dérange pas, assure Gregg. Je n'en sais rien, petite. Mais beaucoup d'entre eux habitent des fermes éparpillées dans la campagne. Je crois qu'il n'y a qu'une seule grande ville. Quoi qu'il arrive, je suis sûr que la plupart s'en tireront. »

La petite fille se cale au fond de son siège, médite la réponse, puis se tourne pour chuchoter quelque chose à sa mère. Laquelle ferme les yeux très fort et secoue la tête. Veronica se demande si elle se rend compte qu'elle continue de tapoter le bras de son enfant.

« J'ai une fille à peu près de son âge, confie Gregg.

— Moi j'en ai une à peu près de *votre* âge, lui dit Veronica. C'est ce que j'ai de plus précieux au monde.

— Oui. Moi aussi. Ma fille, je veux dire, pas la vôtre. Je suis sûr que la vôtre est super aussi.

— Vous allez la rejoindre ?

— Oui. Ma femme m'a appelé pour me demander d'écourter mon voyage d'affaires. Elle est amoureuse d'un type qu'elle a connu sur Facebook, et elle veut que je vienne m'occuper de la petite pour partir le rencontrer à Toronto.

— Oh, mon Dieu. Vous plaisantez ? Vous avez eu des signes avant-coureurs ?

— Je trouvais qu'elle passait trop de temps sur Internet mais, en toute franchise, elle, elle trouvait que je passais trop de temps ivre mort. Je dois être alcoolique. J'imagine qu'il va falloir que je fasse quelque chose à ce sujet-là. Je crois que je vais commencer par finir ça. » Et il avale le reste de son scotch.

Veronica a divorcé deux fois, et toujours eu la conscience aiguë d'être le principal facteur de sa ruine conjugale. Quand elle pense aux horreurs qu'elle a faites, à la manière indigne dont elle a traité Robert et François, elle se sent honteuse, furieuse contre elle-même. Elle est donc ravie d'offrir compassion et solidarité à l'homme trompé assis près d'elle. Toute occasion de se racheter est bonne, aussi infime soit-elle.

« Je suis vraiment désolé. C'est une sacrée bombe à vous lâcher dessus.

— Qu'est-ce que vous dites ? » interroge la fillette de l'autre côté de l'allée, à nouveau penchée vers eux. Ses yeux d'un marron profond derrière ses verres ne semblent jamais cligner. « Est-ce qu'on va larguer une bombe atomique sur eux ? »

Elle semble plus curieuse qu'effrayée mais, en entendant la question, sa mère lâche un souffle sec, affolé.

Gregg se penche à nouveau vers l'enfant, un sourire à la fois bienveillant et malicieux aux lèvres, et Veronica aimerait soudain avoir vingt ans de moins. Elle aurait pu rendre heureux un type comme celui-ci. « Je ne connais pas les options militaires, donc je ne peux rien affirmer. Mais… »

Avant qu'il ne puisse achever, la cabine s'emplit d'un rugissement à vriller les nerfs.

Un avion les dépasse en trombe, puis deux autres qui volent en tandem. L'un passe si près de l'aile bâbord que Veronica aperçoit le pilote dans le cockpit, casqué, le visage couvert d'une espèce d'appareil respiratoire. Ces jets présentent peu de points communs avec le 777 qui les emporte vers l'est… ce sont d'immenses faucons de fer, peints de la nuance grise des pointes de cartouches, du plomb. La force de leur passage fait frémir le grand avion de ligne d'un bout à l'autre. Les passagers hurlent, s'accrochent les uns aux autres. Ils sentent dans leurs entrailles, au creux du ventre, le bruit monstrueux des bombardiers qui croisent leur chemin – puis disparaissent après avoir tracé de longs sillages sur le ciel bleu vif.

S'ensuit un silence choqué, éprouvé.

Veronica D'Arcy constate que Gregg Holder a broyé son gobelet en plastique, qu'il l'a réduit en lambeaux en serrant le poing. Il le remarque au même moment, éclate de rire, et dépose les débris sur son accoudoir.

Puis il se retourne vers la fillette et achève sa phrase comme s'il n'y avait pas eu d'interruption. « Mais, à voir les signes, je dirais que oui. »

JENNY SLATE EN CLASSE ÉCO

« Des B-1 *Lancer* » lui apprend celui qu'elle aime sur un ton détendu, presque satisfait. « Autrefois, ils ne transportaient que des bombes atomiques, mais le Jésus noir a changé ça. Cela dit, il y a encore assez de puissance de feu à bord pour rôtir tous les chiens de Pyongyang. Ce qui est amusant parce qu'en général, si on veut du chien rôti en Corée du Nord, il faut réserver.

— Ils auraient dû se révolter, remarque Jenny. Pourquoi est-ce qu'ils ne se sont pas révoltés quand ils en ont eu l'occasion ? Est-ce qu'ils avaient envie de camps de travail ? Est-ce qu'ils voulaient crever de faim ?

— C'est la différence entre la mentalité occidentale et la vision du monde orientale, dit Bobby. Là-bas, l'individualisme est considéré comme aberrant. » Dans un murmure, il ajoute : « Leur pensée a un certain aspect fourmilière.

— Excusez-moi », dit le Juif de l'allée du milieu, assis près de la jeune Orientale. Il ne pourrait pas avoir l'air plus juif s'il avait la barbe, les cheveux en papillotes et le châle à prière sur les épaules. « Vous pourriez parler moins fort, s'il vous plaît. Ma voisine est bouleversée. »

Bobby avait bel et bien baissé la voix, mais, même quand il tente d'être discret, il a tendance à claironner. Ce ne serait pas la première fois que cela leur vaudrait des ennuis.

« Elle ne devrait pas l'être, affirme Bobby. Demain matin, la Corée du Sud pourra enfin arrêter d'avoir peur des psychopathes de l'autre côté de la zone démilitarisée. Les familles seront réunies. Bon. Certaines familles. Les bombes ne font pas de différence entre les populations militaire et civile. »

Il s'exprime avec l'assurance décontractée d'un homme qui produit depuis vingt ans des séquences d'actualités pour une entreprise détenant environ soixante-dix chaînes de télévision locales, spécialisées dans un contenu exempt des préjugés des médias généralistes. Il est allé en Irak, en Afghanistan. Il est allé au Liberia pendant l'épidémie d'Ebola pour enquêter sur le projet qu'avait l'État islamique d'employer le virus comme arme. Rien n'effraie Bobby. Rien ne le met mal à l'aise.

Jenny était une maman enceinte célibataire mise à la porte par ses parents, qui dormait dans le débarras d'une station-service entre ses périodes de travail au McDonald's. Un jour, Bobby lui a acheté un menu Best Of et lui a dit qu'il se moquait de savoir qui était le père. Qu'il aimerait le bébé comme si c'était le sien. Jenny avait déjà pris rendez-vous pour l'avortement. Bobby lui a dit calmement, tranquillement, que, si elle venait avec lui, il leur offrirait une bonne vie, une vie heureuse, à elle et à son enfant, alors que, si elle partait pour la clinique, elle assassinerait un bébé et perdrait son âme. Elle l'avait suivi et tout s'était déroulé comme il l'avait dit, tout. Il l'aimait, il l'adorait même depuis le début : il était son miracle. Elle n'avait pas besoin de pains ni de poissons pour croire. Bobby lui suffisait. Jenny imaginait parfois qu'un gauchiste – une féministe, peut-être, ou bien un électeur de Bernie – tenterait de l'assassiner, et qu'elle réussirait à s'interposer entre l'arme et lui afin de recevoir elle-même la balle. Elle avait toujours voulu mourir pour lui. L'embrasser avec le goût de son propre sang dans la bouche.

« Dommage qu'on n'ait pas de téléphones, dit soudain la jolie jeune Orientale. Dans certains avions, il y en a. Je voudrais vraiment pouvoir appeler... quelqu'un. Combien de temps avant que les bombardiers n'arrivent là-bas ?

— Même s'il était possible de téléphoner depuis cet avion, il serait difficile de contacter quelqu'un, dit Bobby. Un des premiers trucs que feront les États-Unis, c'est éliminer les communications dans la région, et ils ne se limiteront peut-être pas à la Corée du Nord. Ils ne voudront pas risquer que des agents au Sud – un gouvernement en attente – coordonnent une contre-attaque. En plus, tous les gens qui ont de la famille dans la péninsule coréenne sont en train de téléphoner, en ce moment. Ce serait comme essayer d'appeler à Manhattan le 11 septembre, sauf que, cette fois-ci, c'est leur tour.

— Leur tour ? répète le Juif. *Leur* tour ? J'ai dû rater le rapport disant que la Corée du Nord était responsable de la destruction du World Trade Center. Je croyais que c'était Al-Qaïda.

— La Corée leur vendait des armes et des

renseignements depuis des années, lui apprend Bobby. Tout est lié. La Corée du Nord est l'exportateur numéro un de la Fièvre de Destruction de l'Amérique depuis des décennies. »

Jenny cogne de l'épaule contre Bobby et déclare : « En tout cas, avant. Je crois que, maintenant, c'est les mouvements de défense des droits des Noirs. » Elle ne fait que répéter ce que Bobby disait à des amis il y a quelques jours. Elle estime cette réplique très spirituelle et elle sait que son mari aime entendre répéter ses meilleurs aphorismes.

« Alors là, bravo ! s'exclame le Juif. C'est la phrase la plus raciste que j'aie jamais entendue dans la vraie vie. Si des millions de gens sont sur le point de mourir, c'est parce que des millions d'autres, comme *vous*, ont mis à la tête de notre gouvernement des imbéciles incompétents et pleins de haine. »

La jeune fille ferme les yeux et se recule sur son siège.

« Ma femme fait partie de quel genre de gens ? demande Bobby en haussant un sourcil.

— Ça va très bien, Bobby, l'avertit Jenny. Ça ne m'ennuie pas.

— Je n'ai pas demandé si ça t'ennuyait. J'ai demandé à ce monsieur de quel genre de gens il croyait parler. »

Le Juif a les joues marquées de taches rouge vif. « Des gens cruels, arrogants… et ignorants. »

Il se détourne en tremblant.

Bobby embrasse sa femme sur la tempe puis déboucle sa ceinture.

Mark Vorstenbosch dans le cockpit

Il faut dix minutes à Vorstenbosch pour calmer ses passagers en classe éco, cinq de plus pour éponger la bière sur la tête d'Arnold Fidelman et à l'aider à changer de pull. Il informe les deux antagonistes que s'il les revoit l'un ou l'autre hors de leur siège avant l'atterrissage, ils seront tous les deux arrêtés à l'aéroport. Le dénommé Robert Slate accepte l'augure avec placidité, reboucle sa ceinture et se pose les mains sur les genoux, regarde droit devant lui, serein. Fidelman semble avoir envie de protester. Animé d'un tremblement irrépressible, il a le teint maladif. Pour qu'il se calme, il faut que Vorstenbosch lui pose une couverture sur les jambes, le borde et, penché au-dessus de lui, lui murmure qu'après l'atterrissage, ils feront un rapport ensemble, que Slate sera inculpé d'agression verbale et physique. Fidelman lui jette un regard surpris mais reconnaissant, d'un homo à un autre, solidaires en un monde empli de Robert Slate.

Le chef de cabine, lui-même nauséeux, va aux toilettes le temps de se remettre. Du nez à la queue de l'avion, la cabine sent la peur et le vomi. Des enfants pleurent, inconsolables, et Vorstenbosch a vu deux femmes prier.

Il se recoiffe, se lave les mains, respire à fond, recommence. Il a toujours pris pour modèle le personnage d'Anthony Hopkins dans *Les Vestiges du jour*, un film qu'il n'a jamais considéré comme une tragédie mais plutôt comme un hymne à une vie de service et de discipline. Parfois, il regrette de ne pas être anglais. Il a identifié du premier coup d'œil Veronica D'Arcy en classe affaires, mais son professionnalisme exige qu'il résiste à l'envie d'en reconnaître ouvertement la célébrité.

Une fois remis, il sort des toilettes et se dirige vers le cockpit pour informer le commandant Waters que la sécurité de l'aéroport sera requise à l'atterrissage. Une femme qui fait de l'hyperventilation l'oblige à marquer une pause en classe affaires. Quand il lui prend la main, il revoit la dernière fois qu'il a tenu celle de sa grand-mère, alors dans son cercueil, et dont les doigts étaient tout aussi froids, dépourvus de vie. Vorstenbosch éprouve une indignation violente en repensant aux bombardiers passés si près de l'avion. Imbéciles de têtes brûlées ! Leur absence de considération élémentaire l'écœure. Il aide la femme à pratiquer la respiration profonde, assure qu'ils atterriront bientôt.

Le cockpit est empli de soleil et de calme, ce qui ne le surprend pas. Dans ce métier, tout est conçu pour que même une crise – et c'en est une, bien qu'elle n'ait jamais été programmée dans les simulateurs de vol – se change en question routinière, avec liste de tâches et procédure appropriée.

La copilote est une fille aux airs de sale gamine qui a emporté à bord son déjeuner dans un sac en papier. Quand sa manche gauche s'est retroussée, Vorstenbosch a aperçu le tatouage, un lion blanc, qu'elle porte juste au-dessus du poignet. Il lui suffit de la regarder pour voir dans son passé un parc à mobile homes, un frère accro aux opiacés, des parents divorcés, un premier boulot au supermarché du coin, une fuite désespérée dans l'armée. Il la trouve extrêmement sympathique – comment pourrait-il en aller autrement ? Sa propre enfance a été presque identique, sauf qu'au lieu de s'engager il est allé mener sa vie d'homo à New York. Quand elle l'a fait entrer dans le cockpit la dernière fois, elle tentait de cacher ses larmes, ce qui brise le cœur de Vorstenbosch. Rien ne le bouleverse autant que la détresse d'autrui.

« Où en est-on ? demande-t-il.

— On atterrit dans dix minutes, répond Bronson.

— Peut-être, corrige Waters. Il y a une demi-douzaine d'appareils qui attendent devant nous.

— Des nouvelles de l'autre bout du monde ? » aimerait savoir Vorstenbosch.

Un instant, ni l'un ni l'autre des pilotes ne répond. Puis Waters déclare d'une voix raide distraite : « L'Institut d'études géologiques des États-Unis rapporte une secousse sismique d'environ 6,3 sur l'échelle de Richter à Guam.

— Ce qui correspondrait à deux cent cinquante kilotonnes, commente Bronson.

— C'était une ogive de guerre », dit le chef de cabine. Ce n'est pas tout à fait une question.

« Il est aussi arrivé quelque chose à Pyongyang, ajoute la copilote. Une heure avant Guam, la télévision d'état s'est mise à diffuser des barres colorées.

D'après les services de renseignement, tout un groupe de hauts fonctionnaires ont été tués en quelques minutes. Soit c'est une révolution de palais, soit on a tenté d'abattre le gouvernement par quelques assassinats chirurgicaux, et ça n'a pas été très bien vu.

— Qu'est-ce qu'on peut faire pour vous, Vorstenbosch ? interroge Waters.

— Il y a eu une bagarre en classe éco. Un type a versé sa bière sur un autre…

— Oh, bordel de merde, soupire le commandant.

— … ils ont été avertis, mais ce serait bien que la police de Fargo soit disponible quand on atterrira. Je crois que la victime voudra porter plainte.

— Je vais contacter Fargo par radio, mais je ne promets rien. J'ai l'impression que l'aéroport va ressembler à une maison de fous. La sécurité sera peut-être trop occupée.

— J'ai aussi une femme qui panique en classe affaires. Elle essaie de ne pas effrayer sa fille, mais elle a du mal à respirer. Je la fais respirer dans un sac à vomi, mais j'aimerais bien que les services médicaux l'accueillent avec une bouteille d'oxygène une fois qu'on sera à terre.

— Noté. Autre chose ?

— Il y a une dizaine d'autres mini-crises en cours, mais l'équipe a les choses en main. Et encore un truc. Est-ce que l'un de vous deux aimerait un verre de bière ou de vin en violation absolue du règlement ? »

Ils se retournent vers lui. Bronson arbore un large sourire.

« Je veux un enfant de vous, Vorstenbosch, dit-elle. Nous ferions un adorable bambin.

— Pareil, dit Waters.

— Ça veut dire oui ? »

Les deux pilotes échangent un regard.

« Il ne vaut mieux pas, décide Bronson, et Waters hoche la tête, avant d'ajouter :

— Mais je prendrai la Dos Equis la plus froide que vous pourrez trouver dès qu'on sera garés.

— Vous savez ce que je préfère, en avion ? demande la copilote. Il y a toujours du soleil à cette altitude. Il semble impossible que des horreurs pareilles se produisent par une aussi belle journée. »

Tous les trois admirent le paysage de nuages quand ce blanc plancher pelucheux se voit transpercé une centaine de fois : cent piliers de fumée blanche jaillissent, surgissant de partout. On dirait un tour de magie, comme si les nuages abritaient des plumes cachées soudain entrées en éruption. L'instant d'après, le coup de tonnerre résonne, des turbulences l'accompagnent, et l'avion encaisse un coup violent qui le soulève et le déporte. Une dizaine de voyants rouges s'allument sur le tableau de bord. Des alarmes se mettent à hurler. Vorstenbosch voit tout cela alors même qu'il est soulevé du sol. Un instant, il flotte à l'instar d'un parachute, d'un homme de soie, empli d'air. Sa tête heurte la cloison. Il tombe si durement et si vite qu'une trappe semble s'être ouverte dans le plancher du cockpit pour le jeter au sein des profondeurs lumineuses en contrebas.

JANICE MUMFORD EN CLASSE AFFAIRES

« Maman ! s'écrie Janice. Maman, regarde ! Qu'est-ce que c'est que ça ? »

Les événements dans le ciel sont moins alarmants que ceux de la cabine. Quelqu'un hurle, cousant un fil sonore d'argent éclatant dans la tête de Janice. Entendre des adultes gémir la fait penser à des fantômes.

Le 777 s'incline sur la gauche, puis bascule violemment sur la droite, navigue à travers un labyrinthe de piliers cyclopéens, les cloîtres de quelque cathédrale immense, impossible. Janice a épelé CLOÎTRE (c'était facile) au concours régional d'Englewood.

Sa mère, Millie, ne répond pas. Elle respire régulièrement dans un sac en papier blanc. Millie n'avait encore jamais pris l'avion ni n'était allée en Californie. Janice non plus mais, au contraire de sa mère, ces perspectives l'enchantaient. Elle a toujours eu envie de monter dans un gros avion ; elle aimerait bien aussi voyager en sous-marin, un jour, mais elle se contenterait d'un tour en kayak à fond transparent.

L'orchestre du désespoir et de l'horreur s'apaise en un doux diminuendo (Janice a aussi épelé DIMINUENDO lors de la première manche de la finale de l'État ; elle est passée à deux doigts de se tromper et de subir une défaite rapide humiliante). La fillette se penche vers l'homme à l'air gentil qui a bu de l'Ice Tea pendant tout le voyage.

« Est-ce que c'était des missiles ? » demande-t-elle.

C'est la femme des films qui répond, avec son accent anglais adorable. Janice n'en a jamais entendu de pareil qu'au cinéma et elle adore ça.

« Des ICBM, dit la vedette. Ils partent pour l'autre bout du monde. »

La fillette remarque que l'actrice tient la main de l'homme bien plus jeune qui a bu tout cet Ice Tea. Ses traits sont figés en une expression de calme quasi glacé. Son voisin, en revanche, a l'air d'avoir la nausée. Il lui serre la main si fort que ses articulations blanchissent.

« Vous êtes de la même famille ? » demande Janice. Elle ne voit pas d'autre raison pour laquelle ils se tiendraient la main.

« Non, répond l'homme à l'air gentil.

— Alors pourquoi est-ce que vous vous serrez la main ?

— Parce qu'on a peur, dit l'actrice, bien qu'elle n'ait pas l'air effrayé. Et que, comme ça, on se sent mieux.

— Oh », fait la fillette. Elle s'empresse de prendre la main libre de sa mère, laquelle lui lance un coup d'œil reconnaissant par-dessus le sac qui continue de gonfler et de dégonfler comme un poumon de papier. Janice regarde à nouveau l'homme à l'air gentil. « Vous voulez me tenir la main ?

— Oui, merci, dit l'homme, et leurs doigts se nouent en travers de l'allée.

— Qu'est-ce que c'est, un ICBM ?

— Un missile balistique intercontinental.

— C'est un de mes mots ! J'ai dû écrire « intercontinental » au concours régional.

— Vraiment ? Je ne crois pas que j'y arriverais, comme ça, sans réfléchir.

— Oh, c'est facile, assure Janice, avant de le prouver en épelant le mot.

— Je te crois sur parole. C'est toi l'experte.

— Je vais à Boston pour le concours d'orthographe. C'est les demi-finales internationales : si je gagne, j'irai à Washington et je passerai à la télé. Je ne pensais pas que j'irais jamais dans une de ces deux villes. Mais bon, je ne pensais pas aller à Fargo non plus. Est-ce qu'on doit toujours atterrir à Fargo ?

— Je ne sais pas ce qu'on pourrait faire d'autre, dit l'homme à l'air gentil.

— Combien d'ICBM ça faisait ? demande Janice en tordant le cou pour regarder les tours de fumée.

— Tous, répond la vedette de cinéma.

— Je me demande si on va rater le concours d'orthographe », dit la fillette.

Cette fois, c'est sa mère qui répond, la voix rauque, comme si elle avait mal à la gorge ou si elle avait pleuré. « J'ai peur que oui, ma chérie.

— Oh, dit Janice, oh non. » Elle se sent un peu comme lors du Noël canadien de l'année dernière, quand elle a été la seule à ne pas recevoir de cadeau parce que son Père Noël secret était Martin Cohassey, et qu'il était au lit avec une angine.

« Tu aurais gagné, assure Millie en fermant les yeux. Et pas seulement la demi-finale.

— Elle n'a lieu que demain soir. On pourra peut-être prendre un autre avion dans la matinée.

— Je ne suis pas sûr que quiconque prenne l'avion demain matin, dit l'homme à l'air gentil, sur un ton d'excuses.

— Parce qu'il se passe quelque chose en Corée du Nord ?

— Non, répond son nouvel ami de l'autre côté de l'allée. Pas à cause de ce qui va se passer là-bas. »

Millie ouvre les yeux et lâche : « *Chut*. Vous allez lui faire peur. »

Mais Janice n'a pas peur. Elle ne comprend pas, c'est tout. L'homme lui balance la main d'avant en arrière, d'arrière en avant.

« Quel est le mot le plus difficile que tu aies jamais épelé ? demande-t-il.

— Anthropocène, répondit aussitôt la fillette. C'est le mot qui m'a fait perdre l'année dernière en demi-finale. Je croyais que ça prenait un *i*. Ça veut dire « à l'ère de l'homme ». Comme dans « l'ère anthropocène paraît très courte comparée aux autres périodes géologiques. »

Il la fixe un instant puis éclate de rire. « Ça, tu peux le dire, petite. »

La vedette de cinéma regarde par son hublot les grandes colonnes blanches. « Personne n'a jamais vu un ciel pareil. Ces tours de nuages. La longue journée claire emprisonnée derrière des barreaux de fumée. On dirait qu'ils soutiennent le ciel. Quel magnifique après-midi. Vous me verrez peut-être bientôt jouer une autre scène de mort, monsieur Holder. Je ne promets pas de m'en acquitter avec mon talent habituel. » Elle ferme les yeux. « Ma fille me manque. Je crois que je ne la reverrai… » Elle ouvre les yeux, regarde Janice et s'interrompt.

« Je pensais la même chose à propos de la mienne », dit M. Holder. Puis il tourne la tête pour regarder la mère de l'enfant. « Vous vous rendez compte de la chance que vous avez ? » Son regard les fixe tour à tour toutes les deux, et, quand Janice la regarde, Millie hoche la tête en un faible acquiescement.

« Pourquoi est-ce que tu as de la chance, maman ? » demande la fillette.

Sa mère la serre contre elle et l'embrasse sur la tempe. « Parce qu'on est ensemble aujourd'hui, petite sotte.

— Ah… » Il est difficile d'y voir de la chance : elles sont ensemble *tous les jours*.

À un moment, Janice se rend compte que l'homme à l'air gentil a lâché sa main. Quand elle se tourne vers lui, elle voit qu'il a pris la vedette de cinéma dans ses bras, qu'elle le serre contre elle et qu'ils s'embrassent très tendrement. La fillette en est choquée, vraiment choquée, parce que l'actrice est bien plus âgée que son voisin. Ils s'embrassent comme des amants à la fin du film, juste avant que défile le générique et que tout le monde rentre chez soi. C'est tellement monstrueux qu'elle ne peut pas s'empêcher de rire.

A Ra Lee en classe éco

Un instant, lors du mariage de son frère à Jeju, A Ra a cru voir son père, mort depuis sept ans. La cérémonie et la réception se tenaient dans un grand et très beau jardin privé, traversé par un ruisseau frais, profond, creusé par la main de l'homme. Les enfants jetaient des poignées de graviers dans le courant et regardaient l'eau bouillonner de carpes arc-en-ciel, une centaine de poissons turbulents, étincelant de toutes les couleurs des trésors : rose comme l'or, le platine et le cuivre tout juste frappé. Le regard d'A Ra quittait les enfants pour le pont de pierre ornemental jeté sur le cours d'eau quand elle avait vu son père, vêtu d'un de ses costumes bon marché, appuyé contre le mur, et qui lui souriait, son large visage aux traits simples creusé de rides profondes. Le voir ainsi l'avait tellement stupéfiée qu'elle s'était détournée, le souffle coupé par le choc. Lorsqu'elle avait regardé à nouveau, il avait disparu. Une fois assise à sa place pour la cérémonie, elle s'était convaincue d'avoir seulement vu Jum, le frère cadet de son père, qui se coiffait de la même manière. Quoi de plus facile, en un jour aussi chargé d'émotion, que de prendre momentanément l'un pour l'autre… surtout étant donné sa décision de ne pas porter ses lunettes au mariage ?

Au sol, étudiante en linguistique évolutionnaire au MIT, elle croit en ce qui peut être prouvé, en ce qui est enregistré, su et enseigné. Mais elle se trouve à présent entre ciel et terre, et cela lui ouvre l'esprit. Le 777 – plus de trois cents tonnes – fend le ciel, soulevé par des forces invisibles immenses. Rien ne porte tout sur son dos. Ainsi en va-t-il avec les morts et les vivants, le passé et le présent. *Maintenant* est une aile, et l'histoire qui se trouve en dessous la soutient. Le père d'A Ra aimait s'amuser – il avait dirigé pendant quarante ans une usine de gadgets : s'amuser, c'était son métier. Ici, au milieu du ciel, la jeune fille veut bien croire qu'il n'aurait pas laissé la mort se mettre entre lui et une soirée aussi heureuse.

« Je suis terrifié maintenant, merde », dit Arnold Fidelman.

Elle hoche la tête. Elle aussi.

« Et je suis aussi furieux, nom de Dieu. Furieux ! »

Elle cesse d'acquiescer. Elle, elle ne l'est pas, elle choisit de ne pas l'être. En ce moment plus qu'en aucun autre, elle choisit de ne pas l'être.

« Cette espèce de connard, continue Fidelman, monsieur Rendez-sa-putain-de-grandeur-à-l'Amérique, là-bas. Je voudrais qu'on réinstaure les bonnes vieilles méthodes d'humiliation publique, juste une journée, pour que les gens puissent lui jeter de la boue et des trognons de choux. Vous croyez qu'un truc pareil serait arrivé sous Obama ? Cette… cette folie ? *Écoutez*, quand on atterrira – *si* on atterrit… Vous voulez bien rester avec moi sur la passerelle ? Rapporter ce qui s'est passé ? Vous êtes impartiale dans cette histoire. Les policiers vous écouteront. Ils arrêteront ce gros connard pour m'avoir arrosé avec sa bière, et il pourra assister à la fin du monde depuis une petite cellule froide et humide, en compagnie d'ivrognes en plein délire. »

Elle a fermé les yeux, tentant de se transporter dans le jardin du mariage. Elle veut se tenir près du ruisseau artificiel, tourner la tête et revoir son père sur le pont. Elle ne veut pas avoir peur de lui, cette fois. Elle veut croiser son regard et lui rendre son sourire.

Mais elle ne pourra pas rester dans son jardin mental. La voix de Fidelman a monté au même rythme que son hystérie. Le gros homme de l'autre côté de l'allée, Bobby, a entendu la fin de sa diatribe.

« Pendant que vous ferez votre déclaration à la police, dit-il, j'espère que vous n'oublierez pas de mentionner le moment où vous avez traité ma femme d'arrogante et d'ignorante.

— Allons, Bobby », dit l'épouse de l'obèse, la petite femme aux yeux adorateurs.

A Ra expire lentement, longuement. « Personne ne rapportera rien à la police de Fargo, dit-elle.

— Là, vous vous trompez », dit Fidelman d'une voix tremblante. Ses jambes tremblent également.

« Non, dit la jeune fille. Pas du tout. J'en suis sûre.

— Pourquoi en êtes-vous aussi sûre ? » demande l'épouse de Bobby. Elle a des yeux d'oiseau brillants, des gestes d'oiseau rapides.

« Parce que nous n'allons pas atterrir à Fargo. L'avion a cessé de contourner l'aéroport quelques minutes après le lancement des missiles. Vous n'avez pas remarqué ? On a quitté notre trajectoire stationnaire. À présent, on vole vers le nord.

— Comment le savez-vous ? s'enquiert la petite femme.

— Le soleil est à gauche de l'avion. Donc on va vers le nord. »

Bobby et sa femme regardent par le hublot. La seconde émet un marmonnement d'intérêt et d'appréciation.

« Qu'est-ce qu'il y a au nord de Fargo ? demande-t-elle. Et pourquoi y va-t-on ? »

Bobby porte lentement une main à sa bouche, un geste qui pourrait indiquer qu'il médite sur la question, mais qu'A Ra estime freudien. Il sait pourquoi ils n'atterriront pas à Fargo, et il n'a aucune intention de le dire.

A Ra n'a besoin que de fermer les yeux pour voir en elle-même l'endroit exact où se trouvent à présent les ogives de guerre, en dehors de l'atmosphère, ayant déjà dépassé l'apogée de leur parabole meurtrière, en train de retomber dans le puits de gravité. Il reste sans doute moins de dix minutes avant qu'elles ne frappent l'autre bout de la planète. La jeune fille a vu partir au moins trente missiles, soit vingt de plus qu'il n'en faut pour détruire une nation plus petite que la Nouvelle-Angleterre. Et les trente que tous ont vus monter dans le ciel ne forment sûrement qu'une fraction de l'arsenal qui a été déchaîné. Un tel assaut ne pourra qu'attirer une réponse proportionnée, et il ne fait aucun doute que les ICBM américains ont croisé le chemin de centaines d'autres filant en sens inverse. Quelque chose a tourné affreusement mal, comme c'était inévitable une fois allumée la mèche de ce chapelet de pétards géopolitique.

Mais A Ra ne ferme pas les yeux pour visualiser attaque et contre-attaque. Elle préfère retourner à Jeju. Aux carpes qui batifolent dans le ruisseau. Aux parfums capiteux du soir, fleurs robustes et gazon fraîchement coupé. Son père pose les coudes sur le muret de pierre du pont et se pare d'un sourire malicieux.

« Ce type… reprend Fidelman. Ce type et sa foutue femme. Il traite les Asiatiques d'Orientaux[1]. » Il compare votre peuple à des fourmis. Il brutalise les gens en leur lançant de la bière. Ce type et sa foutue femme ont mis des crétins inconscients dans leur genre à la tête de ce pays, et voilà où nous en sommes. À un échange de missiles. » Sa voix se brise, trop tendue, et A Ra le sent au bord des larmes.

Elle rouvre les yeux. « Ce type et sa foutue femme sont dans l'avion avec nous. Nous sommes *tous* dans cet avion. » Ses yeux se tournent vers Bobby et sa femme, qui l'écoutent. « Quelle que soit la manière dont on en est arrivés là, on est *tous* dans cet avion maintenant. En l'air. En danger. Et on court aussi vite qu'on peut. » Elle sourit. Il lui semble que c'est le sourire de son père. « La prochaine fois que vous aurez envie de jeter une bière, donnez-la-moi, plutôt. Boire quelque chose me ferait du bien. »

Bobby la contemple un instant d'un œil pensif, fasciné – puis éclate de rire.

Son épouse lève les yeux vers lui et demande :

1. Terme considéré comme péjoratif dans certains milieux américains. *(N.d.T.)*

« Pourquoi est-ce qu'on vole vers le nord ? Tu crois que Fargo pourrait être touchée ? Tu crois vraiment qu'on pourrait être touchés ici ? Au beau milieu des États-Unis ? » Comme son mari ne répond pas, elle se tourne à nouveau vers A Ra.

Laquelle se demande au fond de son cœur si la vérité serait une grâce ou une cruauté supplémentaire. Son silence, toutefois, est une réponse assez éloquente.

La bouche de la femme se crispe. Elle se tourne vers son mari. « Si on doit mourir, dit-elle, je veux que tu saches que je serai contente d'être près de toi à ce moment-là. Tu as été bon pour moi, Robert Jeremy Slate. »

Slate se tourne vers elle, l'embrasse, puis se recule : « Tu rigoles ou quoi ? répond-il. Je n'en reviens pas qu'un gros tas comme moi ait épousé un canon comme toi. J'avais plus de chances de tirer un billet de loterie à un million de dollars. »

Fidelman les regarde fixement puis se détourne. « Oh, putain de merde, ne commencez pas à avoir l'air humains. » Il froisse une serviette en papier imprégnée de bière et la jette sur Bob Slate.

Le projectile rebondit sur la tempe de sa cible. L'obèse tourne la tête vers Fidelman… et éclate de rire. D'un rire chaleureux.

A Ra ferme les yeux, appuie la tête contre le dossier de son siège.

Son père la regarde approcher du pont à travers la nuit de printemps soyeuse.

Comme elle s'avance vers l'arche de pierre, il tend

la main pour prendre la sienne et l'escorter jusqu'à un verger dans lequel des gens sont en train de danser.

Kate Bronson dans le cockpit

Quand Kate achève de bander sa tête blessée, Vorstenbosch est encore étendu sur le sol du cockpit, gémissant. Elle lui range ses lunettes dans sa poche de chemise. Le verre gauche s'est fendu lors de sa chute.

« Je n'avais jamais perdu l'équilibre en vingt ans de métier, dit le chef de cabine. Je suis le Fred Astaire du ciel, merde. *Non*. La Grace Kelly. Je suis capable de faire le boulot de tous les autres stewards, mais en marchant à reculons et avec des talons hauts.

— Je n'ai jamais vu de film de Fred Astaire, avoue Kate. J'ai toujours été plus attirée par ceux de Sylvester Stallone.

— Espèce de plouc, dit Vorstenbosch.

— Jusqu'à l'os, acquiesce-t-elle avant de lui presser la main. N'essayez pas de vous lever. Pas encore. »

Elle bondit sur ses pieds, légère, et se glisse sur le siège voisin de celui de Waters. Au moment du lancer de missiles, le système d'imagerie s'est couvert de points lumineux, plus d'une centaine de têtes d'épingle, mais il ne reste rien à présent, sinon les autres avions alentour. La plupart sont derrière eux, toujours en train de décrire des cercles au-dessus de Fargo. Le commandant Waters a changé de cap pendant que Kate s'occupait de Vorsternbosch.

« Qu'est-ce qui se passe ? » demande-t-elle.

Son visage l'inquiète. Il a le teint cireux, quasi dépourvu de couleur.

« Tout s'enchaîne, dit-il. Le président a été transporté en lieu sûr. Les actualités sur le câble disent que la Russie a lancé ses missiles.

— Pourquoi ? » renvoie-t-elle, comme si ça avait de l'importance.

Waters hausse les épaules, impuissant, mais répond tout de même : « La Russie, ou la Chine, ou les deux ont fait décoller des défenseurs pour détourner nos bombardiers avant qu'ils ne puissent arriver en Corée. Un sous-marin dans le Pacifique Sud a répliqué en coulant un porte-avions russe. Etc. Etc.

— Donc, dit Kate.

— Pas de Fargo.

— Où ? » Elle semble incapable de prononcer plus d'un mot à la fois. Sous le sternum, elle se sent contractée, comme privée d'air.

« Il doit bien y avoir un endroit plus au nord où on pourra atterrir, loin de... de ce qui va tomber derrière nous. Il doit bien y avoir un endroit qui ne représente une menace pour personne. Le Nunavut, peut-être ? L'année dernière, un 777 y a atterri. C'est une toute petite piste au bout du monde, mais c'est techniquement jouable et on aura peut-être assez de carburant pour l'atteindre.

— Que je suis bête, dit Kate, je n'ai pas pensé à prendre un manteau d'hiver.

— Vous débarquez dans les vols long-courriers,

vous, hein ? réplique Waters. On se sait jamais où ils vont nous envoyer : il faut toujours avoir un maillot de bain et des moufles dans son sac. »

Elle débarque bel et bien dans les vols long-courriers – elle a atteint sa classification 777 il y a tout juste six mois – mais elle ne croit pas qu'il lui faille tenir compte du conseil. Kate ne pense pas piloter jamais un autre avion de ligne. Pas plus que son collègue. Il ne restera nulle part où aller.

Elle ne reverra jamais sa mère, qui habite le Pennsyltucky[1], mais ce n'est pas une grosse perte. Sa mère va rôtir, avec le beau-père qui a glissé la main dans son jean quand elle avait quatorze ans. Lorsque l'adolescente a voulu s'en plaindre, sa mère lui a répondu que c'était de sa faute parce qu'elle s'habillait comme une pute.

Kate ne reverra jamais non plus son demi-frère de douze ans, ce qui en revanche l'attriste. Liam est gentil, paisible et autiste. Elle lui a offert un drone pour Noël, et il n'aime rien au monde plus que de le faire voler pour prendre des photos aériennes. Elle comprend que cela lui plaise. C'est aussi ce qu'elle préfère quand elle vole : le moment où les maisons rapetissent à la taille de celles qui décorent une voie de train électrique. Des camions étincelants, clignotants, aussi gros que des coccinelles, glissent sans frottements le long des grandes routes. L'altitude réduit les lacs à la taille

1. Nom familier, formé à partir de Pennsylvanie et Kentucky, donné à la région la plus rurale du premier de ces deux États.

de miroirs à main luisants. À partir d'un kilomètre et demi d'altitude, les villes deviennent assez petites pour se glisser au creux de la main. Son demi-frère Liam assure qu'il aimerait être minuscule, comme les gens qu'il photographie avec son drone. Si tel était le cas, dit-il, Kate pourrait le mettre dans sa poche et l'emporter avec elle.

Ils filent au-dessus de la pointe nord du Dakota du Nord, glissant comme elle glissait naguère dans l'eau aussi chaude que celle d'une baignoire au large de Fai Fai Beach, dans les eaux vertes et transparentes du Pacifique. Que c'était bon d'être transportée, comme dépourvue de poids, au-dessus du monde océanique. Être libéré de la gravité, songe-t-elle, c'est ressentir ce que cela fait d'être un pur esprit, c'est échapper à la chair.

Minneapolis, soudain, les appelle. « Delta deux-trois-six, vous avez perdu votre cap. Vous vous apprêtez à quitter notre espace aérien, quelle est votre trajectoire ?

— Minneapolis, dit Waters, notre cap est zéro-six-zéro, demandons permission de gagner Yankee Foxtrot Bravo, aéroport d'Iqaluit.

— Delta deux-trois-six, pourquoi ne pas atterrir à Fargo ? »

Il reste penché un long moment au-dessus des commandes, une goutte de sa sueur tombe sur le tableau de bord, puis son regard se détourne brièvement, et Kate le voit regarder la photo de sa femme. « Minneapolis, Fargo est un site de première frappe. Nous aurons une meilleure chance au nord. Nous avons deux cent quarante-sept âmes à bord. »

La radio crépite. Minneapolis réfléchit.

Un éclair intensément lumineux, presque aveuglant, jaillit, comme si une ampoule électrique de la taille du soleil s'était allumée dans le ciel, derrière l'avion. Kate se détourne des vitres et ferme les yeux. Elle ressent plus qu'elle ne l'entend une détonation profonde mais étouffée, un frisson existentiel dans l'armature de l'avion. Quand elle rouvre les paupières, des taches vertes, images rémanentes, dérivent devant ses yeux. Comme si elle plongeait de nouveau à Fai Fai, elle se voit entourée par des algues au néon, des méduses fluorescentes qui se tortillent.

Kate se penche en avant, tord le cou. Quelque chose luit sous la couverture nuageuse, environ cent cinquante kilomètres derrière eux. Les nuages eux-mêmes commencent à se déformer, à gonfler vers le haut.

Alors qu'elle se laisse de nouveau aller au fond de son siège, un nouvel éclair aveuglant jaillit et une autre explosion étouffée les secoue. L'intérieur du cockpit se change brièvement en sa propre image en négatif. Cette fois, la jeune femme sent une vague de chaleur sur la droite du visage, comme si quelqu'un allumait puis éteignait une lampe solaire.

« Bien reçu, Delta deux-trois-six, reprend Minneapolis. Contactez le Centre de Winnipeg un deux sept virgule trois. » Le contrôleur aérien s'exprime avec une indifférence quasi badine.

« J'ai vu des éclairs, dit Vorstenbosch en s'asseyant.

— Nous aussi, répond Kate.

— Oh, mon Dieu », soupire Waters. Sa voix se brise. « J'aurais dû essayer d'appeler ma femme. Pourquoi n'ai-je pas essayé de l'appeler ? Elle est enceinte de cinq mois et elle est toute seule.

— Vous ne pouvez pas, lui dit Kate. Vous n'auriez pas pu.

— Pourquoi ne l'ai-je pas appelée pour le lui dire ? continue le pilote comme s'il n'avait pas entendu.

— Elle le sait, lui assure-t-elle. Elle le sait déjà. » Parlent-ils d'amour ou d'apocalypse ? Elle n'en a aucune idée.

Un nouvel éclair. Une nouvelle détonation profonde, sonore, pleine de sens.

« Contactez le FIR de Winnipeg, reprend Minneapolis. Contactez Nav Canada. Delta deux trois six, vous êtes libres[1].

— Bien reçu, Minneapolis », répond Kate, car Waters a pris son visage dans ses mains. Il émet de tout petits bruits angoissés et ne peut parler. « Merci. Prenez soin de vous, les gars. Ici Delta deux trois six. Nous sommes partis. »

Exeter, New Hampshire
3 décembre 2017

1. *You are released.* Un contrôleur aérien français dira plutôt, en de telles circonstances, « Vous pouvez quitter la fréquence », mais l'aspect symbolique de la phrase aurait été perdu.

Note de l'auteur : mes remerciements au pilote de ligne à la retraite Bruce Black pour m'avoir informé de la procédure correcte dans le cockpit. Toute erreur technique serait mienne et mienne uniquement.

Oiseaux de guerre

DAVID J. SCHOW

David Schow est probablement surtout connu pour son travail dans le sous-genre *splatterpunk* (on dit qu'il a inventé le terme), mais il a aussi écrit de la littérature générale, des nouvelles policières et des scénarios, parmi lesquels ceux de *The Crow* et du meilleur reboot de *Massacre à la tronçonneuse (Massacre à la tronçonneuse : le commencement,* pour ceux d'entre vous qui tiennent des comptes). « Oiseaux de guerre » est une reconstitution stupéfiante et étonnamment détaillée des bombardements de l'Allemagne durant la Seconde Guerre mondiale. C'est aussi un portrait frappant des forces libérées quand les hommes partent en guerre. « Je crois qu'on a réveillé quelque chose à l'époque, avec tous ces conflits, dit le vieux Jorgensen. Toute cette haine, toutes ces vies… » Voilà qui explique (peut-être) ce que les membres de l'équipage du *Shady Lady* ont vu alors que les balles sifflaient et que l'air explosait tout autour d'eux.

« Les oiseaux de guerre étaient réels, déclara le vieil homme assis à table en face de moi. Je les ai vus. Plus réels que des gremlins, disons ; moins que le poids d'un pistolet dans ta main. »

J'avais franchi des centaines de kilomètres pour entendre les souvenirs de cet homme à propos de mon père décédé, et il me racontait une histoire de monstres volants, tandis que ses blancs sourcils pareils à des toiles d'araignées jaugeaient la quantité de baratin que je pourrais encaisser. Nous ne nous étions encore jamais vus, si bien que la confiance implicite entre nous n'était que pure courtoisie, au repos jusqu'à ce qu'une émotion plus fondamentale puisse la remplacer.

J'aurais dû prêter plus d'attention à la phrase concernant le pistolet.

« Un brave type, ton père », reprit Jorgensen, le mitrailleur de la tourelle supérieure, donc une tourelle Martin sur le B-24D. J'aurais dû mieux faire mes recherches. Je connaissais chaque membre de l'équipage par sa position ; j'avais fondé une grande partie de mes attentes sur un cliché datant de 1943 – une des rares fois où tout le noyau dur de l'équipage était resté groupé assez longtemps pour qu'on le prenne en photo. Je disposais pour chaque homme d'un nom de famille, ma liste leur refusant prénom ou surnom. Or, à l'époque, *tout le monde* avait un surnom, en général un diminutif : Bobby, Willy, Frankie, comme les gamins des quartiers. Et ces gars étaient bel et bien des gamins. Au moment où je buvais le café servi par la sœur de Jorgensen, Katie, cette photo en noir et blanc passée datait de soixante-cinq ans, et les visages qui y figuraient semblaient pour la plupart tout juste sortis de l'adolescence. Au moins deux des membres de l'équipage avaient menti sur leur âge pour pouvoir s'engager. Jorgensen, aujourd'hui, n'allait pas sur ses quatre-vingts ans, il s'en écartait. Un fardeau de plus. Il souffrait d'une arthrite qui avait fait de ses mains des serres crispées, et refusait d'admettre qu'il était un peu sourd, quoique son appareil auditif fût bien visible (un vieux modèle volumineux qui s'enroulait derrière l'oreille et rejoignait par un fil tressé soi-disant « couleur chair » un boîtier glissé dans la poche de sa chemise). Il avait les yeux bleus, décolorés par une patine de sclérotique jaunie. Des lunettes vernies. Voûté mais non ramolli par les ans, il s'attendait à ce que je croie ce qu'il me disait parce qu'après tout il était mon aîné, et que les gamins ne connaissent rien à rien, hein ?

Brett Jorgensen, comme la plupart des hommes ayant servi sur des bombardiers pendant la Seconde Guerre mondiale, s'était retrouvé en Europe avec le grade de sergent à la fin de sa période d'entraînement. En riant, il me confia qu'avant le Débarquement les camps de prisonniers allemands étaient bourrés de milliers de sergents abattus en plein vol. Il lâchait de tels éléments pour savoir à qui il avait affaire ; étais-je sincère, savais-je de quoi je parlais, ou n'étais-je qu'un rampant de plus ayant jugé bon d'éjecter la dernière Grande Guerre de l'histoire et des mémoires ?

« Des sergents et des lieutenants », dis-je en versant des produits chimiques en poudre dans mon café tiède.

Jorgensen buvait le sien noir et sans sucre. Naturel. Si on répète ce que les gens disent, en général, ils s'illuminent.

Il s'écarta de notre table puis s'en rapprocha. Il avait un mal fou à se servir de ses mains, qui avaient dégénéré à l'état d'outils préhensiles de base. J'éprouvai une pointe de compassion pour lui, et ce n'était pas la première.

« Ton père était sergent aussi, il venait de Chicago. Il a essayé de s'entraîner sur des AT-6 mais ce n'était pas un très bon pilote. Il s'est retrouvé mitrailleur – des 50 jumelées. » Il gloussa, renifla et chercha un mouchoir. « Une fois, il s'est fait rôtir les fesses par un éclat de DCA qui a traversé le fuselage, déchiré sa combinaison de vol et fini de refroidir contre son cul.

— Oui, il m'a raconté ça. Aéroport de Bernberg, une des bases du cercle extérieur protégeant Berlin. Mission numéro trois. Mars 44.

— Tu l'as bien écouté, admit Jorgensen. Bon, eh bien, tu ne vas peut-être pas trouver cette histoire si bizarre que ça, alors. Tu as vu des films de guerre ? Connu le combat ?

— Non, monsieur. » J'étais au lycée quand la conscription par tirage au sort avait été instituée. J'avais tiré un nombre assez haut en première sélection.

« Eh bien, ça n'a rien à voir avec le cinéma, et le combat aérien est encore une autre paire de manches. Ça consiste surtout en énormément de bruit, de panique. Si on survit, on essaie de comprendre ensuite pourquoi on n'est pas mort, mais, sur le moment, il n'y a que l'adrénaline et la peur qui te fait chier dans ton froc. L'avion qui se démantèle, les bombes qu'on largue, dix grosses .50 qui crachent sans interruption, les chasseurs ennemis qui t'envoient des balles de vingt millimètres dans le pif, et, autour de toi, tout autour de toi, tu vois d'autres avions tomber – des types que tu connaissais qui s'abattent dans un sillage de fumée, qui explosent, et tu as envie de chercher les parachutes du regard, mais tu n'en as pas le temps. T'as déjà écouté du heavy metal ? »

Il avait peint un tableau tellement vivant que je m'y étais momentanément perdu. « Hein ? Oh, oui, un peu… comme ça, quoi.

— Je n'ai jamais aimé ça », dit Jorgensen. Il marqua une pause assez longue pour que je l'imagine assis bien au chaud en train d'écouter un best of de Black Sabbath. Un peu de thrash à la Mudhoney. Peut-être un soupçon de fusion atomique comme en distillaient les groupes de speed metal norvégiens.

« Tu sais pourquoi ? Parce que ça rappelle le bruit des combats, c'est tout. »

Le B-24 Liberator – *Turk*, d'après l'inscription peinte sur son nez – laboura la piste et vomit des pièces détachées brûlantes sur les bas-côtés tandis que ce qui restait de son équipage se dispersait. Deux hommes encore en combinaison thermique furent jetés au sol par l'explosion, et un seul se releva pour éteindre à coups de gifles les flammes qui le couvraient. Des équipes de pompiers se hâtèrent de passer d'une conflagration quasi éteinte à ce nouvel incendie, tandis que d'autres avions lourds tentaient d'éviter les débris et d'atterrir. Les Liberators – dix-neuf tonnes chacun à vide – étaient groupés en approche et tombaient littéralement du ciel. Dans la tour, un observateur s'employait à compter ceux qui revenaient et à mettre à jour le compte des disparus.

Le temps était typique de l'Angleterre : nuages épais et brouillard oppressant. Les avions étincelants perçaient des trous douloureusement lumineux au sein de la brume, des points chauds qui faisaient monter en spirale dans le ciel des traînées de fumée noire.

Wheatrow, un mitrailleur ventral tout juste arrivé d'Oklahoma City, aussi blond et nourri au blé que le suggérait son nom[1], courut vers le lieutenant Harry Mars, le copilote du *Shady Lady*. Mars avait plongé les mains au fond de ses poches postérieures, une attitude qu'il affectait quand il n'avait aucune idée de ce qu'il convenait de réparer en premier.

« Nom de dieu ! s'exclama Wheatrow. Qu'est-ce qui s'est passé ?

— Il est arrivé avec la roue avant de travers et il n'avait pas vu le film de l'accident, j'imagine. Bienvenue à Shipdham, mon gars. »

Shipdham était une paroisse du Norfolk, une extension des îles au nord-est de Londres, désormais base du 44e Groupe de Bombardiers et point de ralliement

1. Littéralement : rang de blé.

côtier des Alliés pour les missions européennes. Cette carte postale anglaise de pubs et de cottages avait été défigurée par huttes Nissen et pistes d'atterrissage, cerclée de batteries de DCA, puis envahie par des aviateurs américains mal embouchés exigeant de savoir ce qui se passait vraiment. En général tout haut et avec une absence de tact remarquable – le choc culturel avec un grand C.

Voir un B-24 éventré revenir à sa base tenait de l'opéra par son horreur extravagante. Les Liberator étaient des coucous ventrus ne cessant qu'en vol d'avoir l'air gauche. En cas d'amerrissage forcé, ils avaient tendance à s'écraser, ce qui rendait la survie dix fois moins probable que si on tombait dans l'eau avec une forteresse volante. Le pilote du *Turk* avait pris les mauvaises cartes qu'on lui avait distribuées et les avait jouées comme le recommandait le manuel, mettant ses deux moteurs encore opérationnels en drapeau, baissant ses volets et gardant aussi longtemps que possible le nez hors du tarmac. Sa roue tribord verrouillée en position basse s'était brisée sous l'impact, le projetant dans la boue et déchirant son aile droite entre les colossaux moteurs Pratt & Whitney. Ensuite quelque chose avait pris feu. Pas de bombes, peu de munitions et encore moins de carburant, mais quelque chose à bord s'était pourtant embrasé et avait démantelé la bête au niveau de la ceinture comme un pétard dans une bouteille de bière.

Pratiquement tout ce qui se trouvait à bord de ces avions était inflammable, de toute façon, et le feu ne serait pas éteint par le froid, la boue grise ni l'air humide omniprésents du Royaume-Uni.

Madsen communiqua à tout le monde d'autres mauvaises nouvelles au mess, qui faisait aussi office de salle de briefing, après que Wheatrow eut consulté le tableau des missions pour le *Shady Lady* : encore rien d'inscrit. Madsen était un Anglais très raide qui portait une ceinture Sam Browne et tenait une badine dont il se servait pour désigner des points sur la carte ou y assener des coups, tout en s'adressant aux officiers et sous-officiers réunis dans la trop petite cabane de tôle.

« ...un total de cent neuf virgule deux tonnes de bombes de cinq cents ou mille livres, équipées d'un détonateur de tête d'un dixième de seconde et de queue d'un quart de seconde, ont été lâchées avec succès depuis une altitude de dix-huit à vingt mille pieds. En dehors de l'usine Messerschmitt de Regensburg... »

La badine de Madsen frappa la carte, soulevant des acclamations générales.

« Oui, oui. » L'Anglais attendit que le calme revienne. « Deux autres cibles des environs ont été touchées, coupant les lignes électriques et les canalisations d'air et d'eau. Une fabrique de vis et une de capots. Bien sûr, ils pourront sauver une partie des pièces, mais pas sans tests ni réparations conséquentes. »

Presque neuf cents cigarettes allumées formaient un nuage de fumée sous le dôme de la cabane. Wheatrow reconnut quelques têtes vues lors de son entraînement à Casper, Wyoming, des gars au nom peu mémorable, avec qui il avait fait le voyage. Mais il était à présent casé avec son nouvel équipage, et ils avaient du pain sur la planche. Il alla s'asseoir près de Jorgensen qui se balançait sur sa chaise pliante.

« Il ne parle que de ça, ce rosbif, dit le sergent. Vice et capotes. »

Alvin Tewks, un cow-boy de Californie, se pencha de l'autre côté de Jorgensen et désigna du pouce le navigateur du *Shady Lady*. « Ce cher lieutenant Max, lui, il a épousé une rosbif dès qu'on a débarqué sur la plage, ou presque. Kaboum ! »

Tewks fit immédiatement la grimace sous le regard scrutateur du lieutenant Keith Stackpole, bombardier et mitrailleur de tête. Il parlait après tout d'un officier. « Merde, dit-il. Pardon, mon lieutenant. »

Stackpole, vingt-deux ans, un des adultes de l'équipage, tendit la main à plat. *Mets-la en veilleuse*. De même qu'ils harcelaient l'Axe, un contingent tout aussi militant d'Anglaises harcelait les Yankees ayant le mal du pays, dans une puissante atmosphère de privations matérielles et de mort imminente. Max Gentry, le navigateur aux yeux verts, racontait l'histoire autrement : il était tombé amoureux. Bien sûr. Il s'attirait ainsi une double charge de moqueries et de blagues à la con, qu'il supportait avec un calme suggérant que le flegme des indigènes déteignait sur lui et lui valant l'admiration de Stackpole. Tant qu'il ne commencerait pas à porter une écharpe pendant les vols ni à parler du nez, on n'aurait rien à reprocher au responsable des cartes du *Shady Lady*.

Stackpole passa une cigarette au sergent Jones, le radio, qui la coupa en deux et en donna la moitié au sergent Smith, son meilleur copain, mécanicien et mitrailleur de flanc droit. Smith et Jones. Parfois, on était obligé de rire pour éviter de pleurer.

« Et merde pour les résultats, grommela Jones. *Combien ?*

— Quarante, cinquante, quelque chose comme ça », répondit Smith. Tous deux allumèrent leur cigarette à la même allumette.

L'expression de Wheatrow se fit aigre. « Sur combien ?

— Deux cents, quelque chose comme ça. » Jimmy Beck venait d'apparaître derrière eux, debout, puisqu'il n'y avait plus de sièges. Le mitrailleur de queue portait des lunettes militaires. Il changea de main sa cigarette pour permettre au lieutenant Mars et au pilote, le lieutenant Coggins, de les rejoindre. Tout fait ou statistique, aussi précis soit-il, était accompagné de *quelque chose comme ça*.

Wheatrow en eut le souffle coupé. « *Deux cents*... ?

— Sur un total de cent soixante-dix-sept B-24, tonna Madsen du haut de sa petite estrade ridicule au fond de la salle, au moins cent vingt-sept, voire jusqu'à cent trente-trois ont atteint et bombardé la cible. Quarante-deux ont été abattus ou se sont écrasés *en route*[1]...

---

1. En français dans le texte, ce qui explique la réplique suivante.

— N-root, singea Tewks, qui conservait la fascination des nouveaux arrivants pour la propension des Anglais à ne pas parler anglais.

« …dont on estime que quinze ont été descendus au-dessus de la cible.

— On n'est pas sur le tableau des missions, encore une fois, apprit Coggins à Stackpole.

— En outre, continuait Madsen, huit ont atterri en Turquie neutre et y sont détenus. Cent quatre sont rentrés à la base, et vingt-trois ont atteint d'autres bases alliées, ce qui fait une perte totale de cinquante. Les pertes humaines se montent pour l'instant à quatre cent quarante hommes tués ou disparus au combat. Nous sommes informés que l'Axe a emprisonné vingt des équipages portés disparus.

Wheatrow sentit son estomac s'affaisser. Une mission, près de quatre cent cinquante morts. Les équipages de quarante-cinq avions perdus. *Quelque chose comme ça.*

« Saloperies de boches », marmonna Jorgensen.

Madsen en arriva à la maigre consolation que contenait son rapport : « Un total de cinquante et un chasseurs ennemis ont été abattus.

— Génial, lâcha Tewks. Presque un pour chaque bombardier empli de gars. »

Certains des hommes applaudirent néanmoins.

Le lieutenant Mars, déjà passé à autre chose, se mit à taquiner Beck. « Hé, Jimmy, tu connais l'espérance de vie d'un mitrailleur de queue au combat ? »

C'était déjà une vieille blague pour tous ces jeunes

gens. Au moins trois d'entre eux répondirent en chœur : « Neuf secondes !

— Merci, les gars, dit Beck en soufflant de la fumée. Je me sens beaucoup mieux. Ça me réchauffe le cœur. »

Coggins jaugeait en silence les réactions de son équipage. Bien. De grosses pertes leur feraient à tous haïr le führer un peu plus le lendemain, et cette haine l'aiderait peut-être à les ramener vivants, pas grillés dans une épave de bombardier comme ces pauvres diables du *Turk*, dont le pilote occupait à l'heure actuelle un lit d'hôpital avec le bras gauche cuit à point et une quadruple fracture à la jambe.

C'était la guerre. C'était important. En 1941, six mois avant Pearl Harbor, les US Army Air Corps avaient été rebaptisés US Army Air Forces sous le commandement du général Hap Arnold, et les Américains belliqueux qui emplissaient cette hutte avaient beaucoup de choses à défendre. Des tonnes de choses à prouver. À présent leur fierté se voyait piquée tous les jours. Les guerriers des nuages étaient *presque* aussi légitimes et autonomes que la Navy ou les conducteurs de chars. Après l'entrée en guerre des États-Unis, le ministère de la Guerre avait réorganisé les Forces terrestres et les Forces aériennes en commandements égaux, mais cette redistribution des cartes ne deviendrait l'United States Air Force qu'après le conflit. Bien des aviateurs vétérans portaient encore avec une fierté compréhensible leur insigne des Air Corps, alors qu'ils faisaient désormais tous partie des AAF.

La fierté ne comptait pas pour grand-chose quand on était tiré du lit à une heure du matin. La moitié des gars présents dans la hutte eurent conscience de l'intrus avant même qu'il n'allume sa torche. C'était forcément Carlisle, le commandant de la base, dont le faisceau se reflétait sur le crâne chauve comme une boule de billard de Coggins dans l'obscurité froide.

« Coggins, chuchota l'officier supérieur. On se réveille, J.J.

— Je suis réveillé », lâcha le pilote d'une voix rauque en se retournant.

Carlisle s'assit au bord du lit. « Écoutez, ça ne m'amuse pas de vous faire ça, mais…

— Quelle heure est-il ? » Tout le monde à part Tewks était réveillé à présent.

« Une heure et quart. Écoutez… la mission. Vous pouvez la remplir ?

— Bien sûr, dit Coggins, comme s'il était sûr de tout.

— On ouvre la route au Huitième ce matin, et on a besoin que tout le groupe fasse un effort maximum.

— Qu'est-ce qu'il dit ? s'enquit Wheatrow en se frottant les yeux pour se réveiller.

— Chut, répondit Beck. C'est une surprise.

— Ça ne sera pas du gâteau, reprit Carlisle plus fort, au bénéfice général. Des tirs de DCA serrés, puis des chasseurs. Une raffinerie de pétrole. Je sais que votre équipage n'est pas tout à fait prêt au combat, mais on ne peut pas vous donner un gars plus expérimenté comme copilote, parce que…

— Mon équipage est parfaitement prêt au combat, mon commandant », renvoya Coggins, et nul ne le contredit.

C'était donc parti. Ce qu'il décrirait ensuite comme « un massacre ».

Il avait fait peindre *« Shady Lady »*, *Dame d'Ombre*, sur son appareil au cours de son affectation en Afrique du Nord. Cet équipage de bleus dormait dans une hutte qui, quelques jours plus tôt, était occupée par un équipage différent, aujourd'hui disparu au combat. Qui pouvait dire ce qu'il en serait demain ? Ils étaient déjà partis pour quatre des 25 missions qu'ils devaient accomplir, mais avaient toujours été rappelés, ou bien avaient abandonné la mission pour une raison ou une autre. Jamais encore ils n'avaient traversé entièrement la Manche. Leur toute première mission s'était achevée par une véritable honte lorsqu'ils avaient perdu un compresseur à douze mille pieds et dû faire demi-tour pour lâcher leurs bombes dans l'Atlantique Nord. Leur mitrailleur de flanc droit, un Texan du nom de MacCardle avait été transféré à un équipage de combat actif qui en était à son douzième vol, celui du *Hometown Gal*, laissant vacant le poste qui venait d'être rempli par Wheatrow.

Le mitrailleur ventral d'un appareil baptisé *Double Diamond* avait raconté la mission à Coggins. « J'ai vu le *Ratpacker* prendre un obus de 88 en plein dans le cockpit. Il s'est abattu avec tout son chargement de bombes et il a carrément coupé le *Hometown Gal* en deux. Je n'ai pas vu de parachute s'ouvrir. » MacCardle était-il vivant ou mort ? Nul ne le savait et, au-delà d'un certain intérêt minimal, s'en soucier était une mauvaise idée.

Ils étaient donc là, à boire du café brûlant, à faire craquer leurs articulations dans cette maudite humidité anglaise, à enfiler péniblement leur tenue, la vue brouillée par le sable du sommeil, pour se changer en culbutos aériens. Combinaisons électriques, gilets pare-balles, parachutes dans le dos pour les pilotes, sur le ventre pour les autres, les gilets de sauvetage qu'on surnommait des « Mae West », casques, lunettes, masques à oxygène. Tout cela sentait la peau de mouton et le cuir mouillés.

« Putain de brouillard, lâcha Tewks dans le camion qui les menait à l'aérodrome. Trop fin pour qu'on le mange, trop épais pour qu'on le boive. »

La visibilité était nulle. « Il va falloir qu'on suive une Jeep pour seulement trouver la piste, remarqua Stackpole. Où sommes-nous placés dans la formation ?

— Le coin du cercueil, dit Coggins, sur un ton suggérant que c'était normal.

— Oh, génial, grommela Beck, le Gars à l'Arrière.

— Qu'est-ce que ça veut dire ? » interrogea Wheatrow, ses cheveux blonds humides plaqués sur son crâne à l'intérieur de son casque de vol.

Le lieutenant Mars récita le verdict. « Tout au bord et derrière.

— Donc la DCA peut nous descendre plus facilement », compléta Beck.

Jorgensen assena une bourrade sur le bras bien

rembourré de Wheatrow. « La position des nouveaux. Pour les puceaux.

— On est censés suivre le mouvement jusqu'à ce qu'il y ait un abandon, dit Coggins, pour qu'on puisse prendre la place. » À tout le moins, ils avaient progressé depuis l'époque où c'étaient eux qui abandonnaient. Coggins avait retiré le fil de fer de sa casquette à l'aide d'une pince, afin d'autoriser la « pression en mission » convenable quand il chausserait ses écouteurs.

Stackpole sifflotait « The Way you Look Tonight ».

Le *Shady Lady* se profila soudain devant eux, emplissant leur univers. D'un vert terne, la mère garce, l'amante céleste, leur matrice, leur destin.

Le 44e Groupe de Bombardiers, surnommé les Boules de Billard Volantes, était la première unité de Liberator de l'AAF, quoique pas la toute première d'Europe, distinction qui revenait aux Pyramiders de la Neuvième Air Force. Les Boules de Billard avaient effectué leur première sortie en soutien de forteresses volantes en novembre 1942 et, les autres groupes se consacrant aux missions nocturnes, elles détenaient la position peu enviable d'unique groupe de Liberator affecté aux bombardements diurnes. On avait beaucoup parlé d'un Lib, le *Boomerang*, qui avait participé au raid du 93e Groupe de Bombardiers sur Lille, le 9 octobre. Il était revenu criblé de balles, bon pour la casse, mais son pilote et son chef d'équipage s'étaient battus pour lui, bouchant les trous avec de l'aluminium, si bien qu'il était devenu le premier B-24 de la Huitième à terminer ses cinquante missions. Ses hommes avaient défendu son honneur, et il les avait récompensés en leur laissant la vie. Sans vouloir trop insister, et tout ricanement mis à part, la mission sur Lille avait aussi constitué le point de rupture pour le commandement, enfin contraint de reconnaître que le B-24 était sans conteste, et de loin, un meilleur bombardier que la star, le B-17, pourtant bien plus élégant. Le Liberator était plus rapide, avait une autonomie supérieure, pouvait porter une plus lourde charge de bombes et disposait d'un armement supérieur. En essence, l'histoire des Boules de Billard collait à la saga du Liberator en temps de guerre : le conflit aérien lui avait donné naissance, et il serait pratiquement obsolète le jour de la victoire contre le Japon. Une grande partie des 24 de Shipdham avaient été livrés avec le tout dernier blindage, des réservoirs auto-obturants, des compresseurs turbo et la tourelle boule Sperry rétractable.

Là où Wheatrow se rendait ce matin-là.

« Grosse salope ventrue, dit Mars, répétant les paroles d'un pilote du nom de Keith Schuyler.

— J'aime bien les grosses, remarqua Tewks. Y a plus à peloter.

— Pour une grosse, celle-là bouge vite », ajouta Coggins. Il aurait aussi bien pu parler de sa femme aux États-Unis que de son avion, songea Jorgensen. Comme si la différence avait de l'importance. Peut-être l'envergure de sa bonne femme était-elle plus longue que son fuselage.

L'équipe à terre avait fini de ranger des bombes de 200 kilos dans la soute du *Lady*, et les dix mitrailleuses de 50 du bord étaient chargées de onze mille balles alignées sur des bandes à désintégration automatique. Les hommes de Coggins montèrent les uns après les autres dans le ventre de l'avion. Ils passeraient là les douze heures à venir, dans un espace affreusement étriqué, pissant par des tubes, aspirant de l'air artificiel, s'efforçant de ne pas mourir. Bon courage si on était saisi par la courante au beau milieu de la mission.

Mars s'inséra sur le siège du copilote, à la droite de Coggins, remarquant que le commandant avait comme toujours avancé le plus possible son siège. Être de petite taille aurait dû prédisposer à piloter un bombardier, mais les plaisantins de San Diego ou de Fort Worth adoraient disposer les pédales à la limite de la portée d'un être humain moyen.

« Ça sera peut-être une partie de plaisir, commenta Mars en s'installant.

— Ça sera peut-être aussi un cauchemar, si des chasseurs décident d'attaquer notre groupe », dit Coggins sans le regarder. Il écrasa sa casquette (sans fil de fer) en chaussant ses écouteurs.

Tous les deux procédèrent aux contrôles préliminaires avec le mécanicien navigant. Mars rangea le verrou des commandes dans le compartiment supérieur (pour qu'il ne le gifle pas plus tard) et sortit la tête par l'écoutille pour vérifier le mouvement des ailerons, des volets et du gouvernail. Puisqu'ils allaient démarrer à l'aide d'une batterie mobile, il déconnecta les interrupteurs de démarrage. Le mécanicien remonta les hélices à la main, six tours ou « lames » chacun, à commencer par le n° 3, de l'intérieur vers l'extérieur. Le processus était fastidieux, administratif, et répétitif, mais une erreur à ce stade pouvait provoquer une explosion à cause d'un échangeur air/air bouché ou d'un interrupteur de compresseur oublié. Le mécanicien navigant plaça les cales des roues et demeura debout à proximité avec un extincteur en attendant le démarrage des moteurs, d'abord le n° 3, pour commander les systèmes hydrauliques. À 1 000 tours par minute, les cadrans annoncèrent comme il se devait : 45-50 livres pour la pression d'huile, 4,5 pouces pour les pompes à vide, et environ 975 livres de pression dans les accumulateurs pour la puissance de freinage. Coggins diminua la puissance à un tiers tandis que Mars amplifiait le mélange de carburant jusqu'au réglage automatique. Après avoir roulé jusqu'à la piste, le copilote ferait tourner les quatre moteurs afin d'« entraîner » les hélices.

Coggins brancha la radio. « Vérification de l'interphone.

— Bon Dieu, je vois à peine le nez de l'avion », renvoya Mars tandis que les membres de l'équipage commençaient à répondre présent depuis leur position. Comme d'habitude, le brouillard ne se lèverait que lorsqu'ils monteraient au-dessus.

La voix de Stackpole : « Bombardier, roger. » Il se trouvait sous leurs pieds, près de Jones au poste de radio, qui déclara : « Radio, présent. »

Derrière Jones venait toujours Smith. « Mitrailleur de flanc gauche, okay.

— Okey-dokey, mon vieux kiki. » L'intervention venait de Tewks, en face de Smith, à la mitrailleuse de flanc droit.

« Tourelle supérieure, ici Jorgensen. » Jorgensen dont Mars et Coggins n'auraient eu qu'à se tourner pour voir les bottes sur le marchepied de la tourelle.

« Wheatrow, tourelle boule, tout va bien. » Le pauvre garçon devait être harnaché et descendu jusqu'à son siège, sans parachute par manque de place. Pour en utiliser un, il devrait ressortir – avec de l'aide – et l'enfiler, normalement pendant que l'avion tomberait en chandelle au milieu d'une boule de feu. Du gâteau, Toto.

Le lieutenant Gentry sortit comme un diable de son poste pour lever les pouces. La procédure exigeait qu'il soit entendu, aussi le fut-il.

« On y va, Jimmy, lança Coggins.

— La queue est prête, pacha », dit Beck, depuis ce que Jorgensen appelait « le fond du bus ».

À cet instant, Coggins sembla se comprimer sous le poids qu'il imaginait appliqué sur son joug. Comme Mars haussait les sourcils, le pilote finit par s'autoriser un demi-sourire et déclara : « Ce putain de siège est trop court. »

En dépit de leur équipement et armement volumineux, sans compter leur manque de sommeil, quand le *Lady* monta vers le ciel, ils eurent l'impression de rouler dans une limousine. Un peu de soleil et de ciel bleu leur apparut enfin. Chaque petite récompense était d'une importance fondamentale.

À trois mille pieds, tous allumèrent une cigarette car, à dix mille, ils devraient brancher l'oxygène du bord. Ensuite, il leur faudrait tenir à la sueur des couilles jusqu'au moment de faire demi-tour, les soutes vides, et de montrer leur queue au continent.

« On s'est fait submerger par des Focke-Wulf, dit Jorgensen. Des 190 tout autour de nous. Les chasseurs arrivent toujours après la DCA. D'un seul coup, Mars s'est mis à hurler dans son interphone que le *Vargas Doll* était en feu, juste à côté de notre aile gauche. Depuis ma tourelle, j'étais obligé de le voir. Un tir de DCA a touché une bouteille d'oxygène près de la tête de notre vieux Jonesy et lui a bousillé sa radio. La combinaison électrique de Wheatrow a eu un court-circuit et l'a brûlé. Tout le monde hurlait, les mitrailleuses défouraillaient en continu. Les Focke-Wulf passaient assez près pour qu'on leur crache dessus. Tewks a pété la courroie de sa mitrailleuse, démoli par erreur notre stabilisateur droit en essayant de descendre un de ces fumiers, et on s'est mis à trembler comme une vieille pute bourrée. C'est à ce moment-là que je l'ai vu pour la première fois.

— L'oiseau de guerre », devinai-je. Katie nous avait dûment resservi du café. La sœur aînée du vieil homme avait elle aussi plus de quatre-vingts ans. La dernière Mme Jorgensen était morte dix ans plus tôt.

« Au début, j'ai cru que c'était un Stuka, reprit

Jorgensen. Ils lançaient le même genre de plainte bizarre quand ils plongeaient. Et puis je l'ai vu battre des ailes, et je me suis dit : *ça, c'est pas un avion*. Il était presque aussi grand qu'un chasseur. Des ailes de chauve-souris, un bec de colibri. Les yeux comme de l'onyx et de l'étain. » Il se racla la gorge. « Et là, tu es en train de te dire, merde, le vieux crabe a plus toutes ses billes, hein ? » Ses sourcils broussailleux se sont haussés, accusateurs.

« À dire vrai, non, monsieur. Je n'ai jamais pu pousser mon père à me parler de la guerre, mais une partie des autres gars du *Shady Lady* m'ont raconté quelques histoires, au fil des années qu'il m'a fallu pour les retrouver. J'ai entendu des trucs plus bizarres. »

Il sembla prendre une décision importante. « Bon, très bien, alors, tant que Katie est dans la cuisine, qu'elle regarde des feuilletons télé ou quoi que ce soit qu'elle fasse de son temps libre. » Aucune protestation ne monta du fond de la maison, si bien que Jorgensen eut confirmation que nous étions entre nous. « J'ai pensé exactement ce que tu viens sans doute de penser, continua-t-il. Que c'était une hallucination. Je ne crois pas. J'ai vraiment vu ce gros monstre impossible foncer droit sur moi, toutes serres dehors. L'instant d'après, tout mon plexi a disparu et je me suis retrouvé étendu sur le pont avec le cuir chevelu ouvert. J'ai encore la cicatrice. » Il renvoya ses cheveux en arrière pour révéler la ligne blanche qui partait de son sourcil gauche et remontait le long de son crâne. On aurait dit une blessure au couteau. « J'ai bien failli perdre un œil. Quand on s'est retrouvés à la base, j'étais en état de choc à cause de la perte de sang. Je me rappelle à peine le trajet retour. On m'a dit ensuite que la tourelle ventrale avait disparu quand on a atterri, de même que Wheatrow, le nouveau.

— Toute la tourelle a disparu de l'avion comme ça.

— Ouais – c'est assez difficile d'obtenir ça avec seulement la DCA et les mitrailleuses. Et on aurait tous ressenti un impact de DCA direct. Les boches tiraient avec des canons de 128 mm, donc, si c'était ça qui avait éjecté Wheatrow, on aurait été au courant parce que la moitié de l'avion aurait flambé. On avait plus de trois tonnes de bombes incendiaires à bord, et nos ailes étaient remplies de super.

— Vous croyez que… »

Il me coupa. « Je ne crois rien. Je soupçonne. Il y a des choses que je sais. Donc, je soupçonne ce qui est arrivé à ce pauvre vieux Wheatrow, mais je vais te dire ce que je pense : je pense qu'une guerre de ce calibre-là ne s'arrête pas juste parce qu'on se serre la main et qu'on signe un papier.

— Ou bien qu'on change une ou deux villes en vapeur japonaise parfumée à coups de bombes atomiques. » Je n'avais pas eu l'intention de m'exprimer aussi violemment, mais Jorgensen poursuivit son idée, m'ignorant ou restant poli.

« Réfléchis : le monde entier en guerre. Pendant des années. À tous les anniversaires, tous les Noëls, la guerre est là. Et puis, brusquement, voilà qu'on devient civilisés et qu'on se met d'accord pour faire comme si elle n'y était plus. Parfois, je me dis… parfois… » Il n'acheva pas. À quoi bon ? Il me connaissait à peine, et je n'étais qu'un blanc-bec, le rejeton d'un de ses anciens camarades, Jimmy Beck, mort cinq ans plus tôt sans jamais lui avoir seulement envoyé une carte postale. Jamais.

« Ce n'est pas une question d'héroïsme ou de gloire, reprit-il, adoptant un nouvel angle d'attaque. Quand on est là-haut, quand ça tiraille tout autour, qu'il y a des gars qui saignent, des gars qui braillent, des explosions, c'est juste une question de sauver sa peau. De la survie pure et simple. Si on croit en Dieu, on n'arrête pas de prier en silence : *Mon Dieu, s'il vous plaît, faites que je ne meure pas au cours de cette mission*. Si on croit aux porte-bonheurs, on n'arrête pas de les tripoter. Stackpole avait une petite poupée de chiffons Kilroy que lui avait confectionnée sa femme, et je vous prie de croire qu'on traitait tous Kilroy comme un membre de l'équipage, qu'on vérifiait bien qu'il était présent pour toutes les missions. Gentry avait une médaille de saint Christophe. Wheatrow était venu avec sa patte de lapin, mais ça ne lui a pas tellement plus porté chance qu'au lapin. Et ton père avait son rituel. Avant de vérifier ses mitrailleuses, il sortait la première balle de la bande, il gravait la date dessus et il la mettait dans sa poche, sur son cœur. »

Une balle de calibre 50 mesurait presque quinze centimètres de long et pesait plus lourd qu'un rouleau de pièces de vingt-cinq cents. Mon père avait effectué au moins huit missions réussies en territoire ennemi.

Je me demandai ce qu'était devenue sa collection de balles.

« Tout le monde fait des trucs comme ça, dis-je, quoique cette manie de mon père me fût jusque-là inconnue. Il n'y a pas besoin de combat pour croire aux petits rituels, aux schémas. Ça ne fait de mal à personne.

— Tu ne comprends pas ce que je veux dire. » Il agita la main comme pour chasser mon objection.

Pour lui, je semblais m'inscrire au sein d'un tableau plus large qui s'étendait juste derrière moi, d'une vision qu'il percevait alors qu'elle m'était refusée. Il la voyait à ce moment même.

« Cette sensation, cette sensation de bataille, elle est revenue, dit-il. Tous les jours. D'abord juste des petits bouts. Un peu plus chaque fois. Pas des souvenirs, pas des frayeurs. Je ne suis pas sénile, nom de Dieu. C'est aussi réel que la raie de tes cheveux. Maintenant, je vais te dire ce que je crois. Si tu le répètes à qui que ce soit, je démentirai, mais je te le dis par respect pour ton père. »

Il était en train de me transmettre un savoir, un poids plus massif que je ne m'y attendais, et j'eus toutes les peines du monde à ne pas laisser ma sagesse moderne l'interrompre.

« Je crois qu'on a réveillé quelque chose, à l'époque, avec ce conflit. Toute cette haine. Toutes ces vies qui ont nourri la guerre. Un truc aussi important ne s'arrête pas comme ça, ici un jour, disparu le suivant. Je me dis que ça s'est goinfré, que c'est devenu bien gras et que ça s'est assoupi un moment. Il y a eu d'autres guerres, ici et là, mais elles n'étaient pas pareilles. Celle-là a eu un enfant. Elle a accouché d'un truc franchement maléfique. Un truc qui s'est à présent éveillé de sa sieste pour se rendre compte que, ma foi, il a de nouveau faim, et qu'il ne nous a pas *tous* arrachés au ciel, là où il se nourrit.

— L'Oiseau de guerre. Mais pourquoi vous ? Pourquoi maintenant, après tout ce temps ?

— Tu veux de la logique ? Je n'en ai pas à t'offrir. Tout ce que j'ai, c'est l'idée que, peut-être, certains d'entre nous étaient censés mourir à l'époque et ne sont pas morts. Et, lui, il sait qui nous sommes, il a sa petite liste, comme un menu. Et on est des proies faciles, parce qu'il a attendu et qu'on ne pète plus la forme. On ne peut pas s'enfuir, on ne peut pas riposter. L'Oiseau de guerre a repris son vol pour bouffer les restes, mais rien de tout ça n'a d'importance, parce que qui diable va croire un vieux schnoque acariâtre comme moi ?

— Mon père a fait une crise cardiaque, monsieur Jorgensen. Une thrombose. Techniquement, il y est passé quatre fois avant de mourir vraiment et de rester mort. Il avait eu un quadruple pontage. Une angioplastie. Quand il a fini par succomber, il avait deux pacemakers dans la poitrine. Vous n'auriez pu trouver personne de plus têtu que lui quand il était question de mourir. Et il n'est pas mort dans la peur ni dans la douleur. Il a accepté son sort. Il ne se comportait pas comme s'il était… » Je détestais être obligé de chercher le mot approprié. « …hanté.

— Ouais », dit Jorgensen. Il avait dans les yeux une vague lueur disant *je t'ai eu*, derrière les larmes qu'il refoulait avec bravoure. Les hommes de sa génération n'étaient pas censés pleurer, jamais. « Mais tu viens de dire qu'il ne t'a jamais parlé de la guerre, hein ?

— Pourtant, vous, vous m'avez parlé de l'Oiseau de guerre. » Il ne me taquinait pas tel un grand-père farfelu. Il était tout à fait sérieux, et son aveu lui avait coûté l'extraction de viscères émotionnels désormais déroulés et étalés inélégamment pour l'inspection. Que je sois ou non digne de confiance, j'étais tombé dans cette case bizarre qui permet aux gens de confier à des inconnus des secrets qu'ils ne révéleraient jamais à leurs proches. J'avais obtenu une explication. Il semblait injuste d'imposer des conditions préalables rétroactives.

« Oui, j'ai fait ça, hein ? dit-il, reprenant ses esprits. C'était stupide de ma part. Je suis désolé, jeune homme. Je suis désolé pour ton père, et désolé de m'être déchargé de ça sur toi. Tu m'as l'air d'un type courageux. J'aurais été fier de servir avec toi. Mais, s'il te plaît, ne t'en fais pas pour ces bêtises. J'ai dépassé ça. Je suis au bout du rouleau, et, une fois de temps en temps, j'entends des trucs – et le plus rigolo c'est que je n'entends même pas si bien que ça. La sénescence est parfois libératrice. Tu ne pensais pas que je connaissais un mot comme sénescence, hein, je parie ? Je l'ai cherché dans le dictionnaire. »

Un peu plus tard, le même soir, Brett Jorgensen posa le canon d'un Luger d'époque sous son menton et se fit sauter la tête avec une balle à pointe creuse de neuf millimètres.

Je l'avais alors laissé seul – après avoir présenté mes excuses, fait mes adieux, et promis sincèrement de garder le contact. Je l'avais, je m'en rendis compte, abandonné.

D'après ce que je pus reconstituer ensuite, il possédait ce pistolet depuis plus d'un demi-siècle.

Brett Jorgensen, avec qui je venais de m'entretenir, était né d'immigrants venus d'Oslo, en Norvège. Son deuxième prénom était Éric. Après la guerre, il avait passé un diplôme de sciences politiques à l'université du Missouri, grâce à sa bourse de l'armée. Deux mariages, trois enfants. Sa nécrologie serait rapide. Il avait trimé pour une maison de courtage et pris sa retraite avec une pension correcte. La simplicité avec laquelle il s'exprimait était en grande partie affectée. Nul ne se souciait vraiment du fait qu'il eût naguère risqué sa vie pour larguer du feu sur la machine de guerre de l'Axe. Depuis 1939, il avait fumé deux paquets de Lucky Strike par jour et n'avait jamais eu le moindre début de cancer.

Apparemment, il avait entamé la rédaction de plusieurs lettres de suicide et les avait toutes brûlées dans un cendrier de la taille d'un saladier à punch comme autant de lamentations pitoyables sur son propre sort. Près du cendrier et des mégots écrasés se trouvait un cadre en étain avec une photo de Teresa, sa première femme, son grand amour pendant la guerre, la fille qui l'attendait à la maison. Il l'avait enterrée en 1981, après que les pathologistes eurent retiré de ses entrailles une tumeur de la taille d'un ballon de volley-ball dégonflé. Contrairement aux probabilités populaires, il était de nouveau tombé amoureux et avait fini par enterrer sa deuxième épouse, Millicent, dans le même cimetière du New Jersey.

Le Luger n'avait pas été pris à l'ennemi. Jorgensen avait combattu l'Allemagne de manière abstraite mais jamais vu un Nazi, sauf peut-être la fois où, perdu dans des nuages étrangers, il lui avait bien semblé apercevoir un visage grimaçant derrière des lunettes et un casque d'aviateur en cuir, en train de tirer des salves de vingt millimètres droit vers sa caboche, à dix mille pieds d'altitude. C'était au cours de sa mission numéro six, une gare de triage à Brême. Ou peut-être une usine de munitions à Hambourg. Ou un autre genre d'usine, quelque chose comme ça.

Il n'aurait jamais cru vivre assez pour devenir vieux. Pourtant, c'était tout ce dont ils parlaient jamais lorsqu'ils étaient coincés à Shipdham pour accomplir des missions aériennes. Épouser la fille qui les attendait. Fonder une famille. Se tailler une part de la grande tarte américaine. Survivre pour accomplir tout cela.

Il n'avait pas fait confiance à un politicien depuis Kennedy. Il se rappelait l'indignation du monde entier lors de cet assassinat-là, se rappelait où il était et ce qu'il faisait quand il avait appris la nouvelle. Aujourd'hui, Kennedy n'était plus pour les gens qu'une sorte de plaisanterie grivoise, un obsédé. Sordides exposés, fouilles dans la merde. John F. Kennedy était un héros de guerre, nom de Dieu. Si le révisionnisme disait vrai, alors pourquoi Jorgensen s'était-il battu à l'époque ? Qu'avait-il voulu préserver ? Après avoir vu le dessin humoristique avec la bulle disant *Nous avons rencontré l'ennemi, et c'est nous-mêmes*[1], il avait pensé : *J'aimerais bien savoir quand cette rencontre a eu lieu, parce que je l'ai ratée.* Le drapeau de son pays était toujours le même, mais il avait vu trop d'hommes et de femmes, trop d'hypocrites, mentir en se tenant devant lui. Même son diplôme de sciences politiques lui semblait cruel, puisqu'il lui permettait de percevoir trop de choses, et il avait cessé de croire qu'il fallait se battre pour un pays dans lequel il ne semblait plus avoir sa place légitime.

À trois heures et demie du matin, seul dans son bureau, à cinq mètres de l'endroit où nous avions bu ensemble un café, il avait chargé le pistolet. Il connaissait les sons des chasseurs en vol, les nôtres et les leurs. Ce qu'il entendait alors n'était pas un hélicoptère de la police ni un semi-remorque se traînant sur l'autoroute. Pour s'en assurer, il avait ôté son appareil auditif, et n'était plus resté qu'un son pareil à un cri strident que ne produisait aucun avion, pas même un bombardier Stuka.

C'est une supposition, j'en suis conscient, mais cela m'apparaît à présent aussi clair que des verres en cristal fin. Un vieillard arrache son appareil auditif et tout devient silencieux. L'horloge de la cheminée interrompt son tic-tac, le monde extérieur s'enfuit, les craquements de la charpente cessent de ponctuer la

---

1. Célèbre case de la bande-dessinée *Pogo* de Walt Kelly.

nuit, et l'homme reste seul avec le cri de l'Oiseau de guerre. Il termine son bourbon, écrase sa Lucky Strike, puis presse la détente avec les yeux fermés, secs, en espérant que sa sœur comprendra et lui pardonnera. Un bruit sonore retentit, et la guerre jaillit hors de sa tête.

Ce n'était qu'un vieux schnoque qui s'autodétruisait.

Sauf que, maintenant, le bruit, je l'entends aussi. Un bruit qu'on ne peut confondre avec aucun autre. Maintenant, je vois d'étrange formes noires dans le ciel nocturne. Affamées, nullement rassassiées, et revenant pour un autre repas.

La machine volante

RAY BRADBURY

Après des débuts précoces passés à rédiger des nouvelles fantastiques très efficaces (parfois horribles) telles que « Le Petit Assassin » et « L'Émissaire », Ray Bradbury est devenu un des géants des littératures de l'Imaginaire du XXe siècle. Il a écrit un roman remarquable, *La Foire des ténèbres,* et ses nouvelles situées à Greentown, Illinois, valent bien celles de Sherwood Anderson consacrées à Winesburg, Ohio. Dans le texte qui suit, toutefois, Bradbury nous transporte en Chine antique et dessine en quelques pages le côté sombre du vol. « Voici l'homme qui a construit une certaine machine, dit l'Empereur, et nous demande cependant ce qu'il a créé. Il ne le sait pas lui-même. » L'histoire de machine volante d'Ambrose Bierce est ironique ; celle de Bradbury, allégorique, pose une question à la simplicité trompeuse : comprenons-nous ce qu'impliquent nos créations ? Et une autre, sous-jacente : une fois créée, une chose peut-elle être *dé*-créée ?

En l'an 400 avant J.-C., l'empereur Yuan occupait son trône près de la Grande Muraille de Chine, la pluie faisait verdoyer un pays en paix qui se préparait aux moissons, et les habitants du domaine impérial n'étaient ni trop heureux ni trop tristes.

En début de matinée, le premier jour de la première semaine du deuxième mois de la nouvelle année, l'empereur Yuan buvait du thé et s'éventait pour combattre une brise chaude, quand un serviteur arriva en courant sur les dalles bleues et écarlates du jardin, et cria : « Oh, Empereur, Empereur, un miracle !

— Oui, dit l'empereur, l'air est bien doux ce matin.

— Non, non, un miracle ! répéta le serviteur en se hâtant de s'incliner.

— Et ce thé est fort bon dans ma bouche, ce qui constitue sûrement un miracle.

— Non, non, Votre Excellence.

— Laisse-moi deviner, alors : le soleil s'est levé et un nouveau jour commence. Ou encore la mer est bleue. Voilà bien le plus beau des miracles.

— Il y a un homme qui vole, Excellence !

— Quoi ? » L'empereur cessa d'agiter son éventail.

« Je l'ai vu dans les airs, un homme qui vole avec des ailes. J'ai entendu une voix au-dessus de ma tête et, quand j'ai levé les yeux, il était là : un dragon au milieu des cieux avec un homme dans sa gueule, un dragon de papier et de bambou, couleur de soleil et d'herbe.

— Il est tôt, dit l'empereur, et tu viens tout juste de t'éveiller d'un rêve.

— Il est tôt, mais j'ai vu ce que j'ai vu ! Venez et vous le verrez aussi.

— Assieds-toi ici avec moi, reprit l'empereur. Bois

du thé. Il doit être bien étrange, si c'est vrai, de voir un homme voler. Il te faut prendre le temps d'y réfléchir et, à moi, celui de me préparer à cette vision. »

Ils burent du thé.

« Je vous en prie, dit enfin le serviteur, ou il sera parti. »

L'empereur se leva, pensif. « Maintenant, tu peux me montrer ce que tu as vu. »

Ils traversèrent un jardin, un pré, franchirent un pont et un bouquet d'arbres, puis firent l'ascension d'une petite colline.

« Là-bas ! » dit le serviteur.

L'empereur leva les yeux.

Et là, dans le ciel, riant mais si haut qu'on l'entendait à peine, se trouvait un homme ; et l'homme était habillé de papiers et de bambous colorés qui lui faisaient des ailes et une superbe queue jaune, et il volait de-ci de-là tel le plus grand oiseau d'un univers d'oiseaux, tel un dragon nouveau dans un pays de vieux dragons.

Il s'adressa à eux depuis les hauteurs, porté par les vents frais du matin. « Je vole, je vole ! »

Le serviteur lui fit un signe de la main. « Oui, oui ! »

L'empereur Yuan ne bougea pas. Au lieu de cela, il considéra la Grande Muraille de Chine qui commençait à apparaître, sortie des brumes les plus lointaines au sein des collines verdoyantes, ce splendide serpent de pierre qui sinuait avec majesté à travers tout le pays. Cette muraille merveilleuse qui, depuis des temps immémoriaux, depuis des années sans nombre, les protégeait des hordes ennemies et préservait la paix. Il vit la ville nichée entre une rivière, une route et une colline commencer à s'éveiller.

« Dis-moi, demanda-t-il à son serviteur, quelqu'un d'autre a-t-il vu cet homme volant ?

— Il n'y a que moi, Excellence », dit le serviteur, souriant, en continuant d'agiter la main.

L'empereur observa les cieux encore une minute puis ordonna : « Dis-lui de descendre me voir.

— Ohé, descends, descends ! L'empereur désire te voir ! » lança le serviteur, les mains en porte-voix.

L'empereur scruta les alentours dans toutes les directions tandis que l'homme se laissait glisser sur la brise matinale. Apercevant un paysan venu travailler de bonne heure dans ses champs, les yeux levés vers le ciel, il prit note de l'endroit où il se tenait.

L'homme volant atterrit dans un froufroutement de papier et un craquement de tiges de bambou. Il s'avança fièrement, d'une démarche que son équipement rendait gauche, et finit par s'incliner devant le vieil homme.

« Qu'as-tu-fait ? demanda l'empereur.

— J'ai volé dans le ciel, Votre Excellence, répondit-il.

— Qu'as-tu fait ? répéta l'empereur.

— Je viens de vous le dire ! s'écria le volant.

— Tu ne m'as rien dit du tout. » Le maître de la Chine tendit une main fine pour toucher le joli papier et l'armature de ce dispositif qui imitait un oiseau. Qui sentait la fraîcheur, le vent.

« N'est-il pas beau, Excellence ?

— Si, trop beau.

— C'est le seul qui existe au monde ! déclara l'homme en souriant. Et j'en suis l'inventeur.

— Le seul au monde ?

— Je le jure !

— Qui d'autre connaît cet appareil ?

— Personne. Pas même ma femme, qui se dirait que le soleil m'a rendu fou. Elle croyait que je fabriquais un cerf-volant. Je me suis levé en pleine nuit et j'ai marché jusqu'aux lointaines falaises. Quand la brise du matin s'est mise à souffler, quand le soleil s'est levé, j'ai rassemblé mon courage, Excellence, et j'ai sauté de la falaise. J'ai volé ! Mais ma femme n'est pas au courant.

— Tant mieux pour elle, dit l'empereur. Viens avec moi. »

Ils retournèrent à la grande maison. Le soleil était désormais tout entier visible dans le ciel, et une odeur rafraîchissante montait de l'herbe. Les trois hommes marquèrent une pause au sein de l'immense jardin.

L'empereur tapa dans ses mains. « Holà, gardes ! »

Les gardes arrivèrent en courant.

« Emparez-vous de cet homme. » Ils se saisirent de l'homme volant. « Appelez le bourreau.

— Qu'est-ce que cela signifie ! s'écria l'infortuné, abasourdi. Qu'ai-je fait ? » Il se mit à pleurer, si bien que son magnifique appareillage recommença à froufrouter.

« Voici l'homme qui a construit une certaine

machine, dit l'empereur, et nous demande pourtant ce qu'il a créé. Il ne le sait pas lui-même. Il ne lui est nécessaire que de créer, sans savoir pourquoi il le fait ni ce que sa création accomplira. »

Le bourreau arriva en courant avec une hache en argent affûtée. Il demeura debout à l'écart, ses gros bras nus et musclés prêts à se mettre au travail, son visage couvert d'un masque blanc serein.

« Un instant », lui enjoignit l'empereur. Il se tourna vers une table proche sur laquelle reposait une machine que lui-même avait créée. Prenant une minuscule clef d'or qu'il portait autour du cou, il l'inséra dans le petit mécanisme délicat, qu'il remonta avant de le mettre en route.

C'était un jardin de métal et de joyaux. Une fois la machine en marche, des oiseaux se mirent à chanter dans de minuscules arbres métalliques, des loups à traverser des forêts miniatures, et de tout petits personnages à courir au soleil ou dans l'ombre, s'éventant à l'aide d'encore plus petits éventails, écoutant les oiseaux d'émeraude et observant des fontaines impossiblement réduites mais qui tintaient néanmoins.

« N'est-ce pas joli ? demanda l'empereur. Si tu me demandes ce que j'ai fait ici, je puis fort bien te répondre. J'ai fait chanter des oiseaux, j'ai fait murmurer des forêts, j'ai envoyé des gens marcher dans cette forêt, profiter des feuilles, des ombres et des chants. Voilà ce que j'ai fait.

— Mais, ô Empereur ! implora l'homme volant à genoux, les larmes dévalant ses joues. J'ai fait une chose similaire ! J'ai trouvé de la beauté. J'ai volé sur le vent du matin. J'ai regardé d'en haut toutes les maisons endormies et les jardins. J'ai senti l'odeur de la mer et l'ai même vue, au-delà des collines, depuis ma position élevée. Et j'ai pris mon essor comme un oiseau ; oh, je ne saurais dire à quel point tout était beau, là-haut dans le ciel, avec le vent autour de moi, le vent qui me ballottait ici comme une plume, là comme un éventail, et l'odeur du ciel le matin ! Comme on se sent libre, ainsi ! C'est magnifique, Empereur, c'est magnifique également !

— Oui, répondit tristement l'empereur. Je sais que cela doit être vrai. Car j'ai senti mon cœur te rejoindre dans les airs et je me suis demandé : Qu'est-ce que cela fait ? Que ressent-on ? De quoi ont l'air les étangs lointains vus d'aussi haut ? Et mes maisons, mes serviteurs ? De fourmis ? Et les villes lointaines pas encore éveillées ?

— Alors épargnez-moi !

— Mais il est des moments, continua l'empereur, plus triste encore, où l'on doit perdre un peu de beauté si l'on veut conserver le peu de beauté que l'on possède déjà. Je ne te crains pas, pas toi, mais je crains un autre homme.

— Quel homme ?

— Un homme qui, te voyant, construira une chose de papiers colorés et de bambous comme celle-ci. Et cet homme aura le visage mauvais, le cœur mauvais, et la beauté aura disparu. C'est celui-là que je crains.

— Pourquoi ? Pourquoi ?

— Qui dit qu'un jour, un tel homme, dans un tel appareil de papier et de bambou, ne pourra pas voler dans le ciel et lâcher d'énormes pierres sur la Grande Muraille de Chine ? »

Nul ne bougea ni n'articula une parole.

« Qu'on lui coupe la tête », dit l'empereur.

Le bourreau fit tournoyer sa hache d'argent.

« Brûlez le cerf-volant, le corps de l'inventeur, et enterrez leurs cendres ensemble. »

Les serviteurs se retirèrent pour obéir.

L'empereur se tourna vers son majordome, qui avait vu l'homme voler. « Tiens ta langue. Ce n'était qu'un rêve, un rêve très triste et très beau. Et ce paysan, dans le champ lointain, qui a vu également, dis-lui qu'il aurait intérêt à considérer cela comme une simple vision. Si jamais le mot se répand, le fermier et toi mourrez dans l'heure.

— Vous êtes miséricordieux, Empereur.

— Non, pas miséricordieux », dit le vieil homme. Il voyait au-delà du mur du jardin les gardes brûler la superbe machine de papier et de bambou qui portait l'odeur du vent du matin. Il voyait la fumée sombre monter dans le ciel. « Non. Seulement extrêmement dérouté et effrayé. » Les gardes creusèrent un petit trou dans lequel enterrer les cendres. « Qu'est-ce que la vie d'un homme comparée à celle de tous les autres ? Je dois trouver le réconfort dans cette pensée. »

Il reprit la clef pendue par une chaîne autour de son cou et, une nouvelle fois, remonta le joli jardin miniature. Tandis qu'il laissait son regard errer sur ses terres, en direction de la Grande Muraille, de la ville paisible, des champs verdoyants, des rivières, des ruisseaux, un soupir lui échappa. Le tout petit jardin fit jouer ses rouages délicats invisibles et se mit en mouvement : de petits personnages marchaient dans les forêts, de petits renards couraient à travers des clairières mouchetées de soleil, revêtus de leurs magnifiques pelages luisants ; au milieu des petits arbres, montaient des bribes de chants aigus, et de petits éclats colorés bleu et jaune vif volaient, volaient, volaient dans le petit ciel.

« Oh, dit l'empereur en fermant les yeux, regardez les oiseaux, regardez les oiseaux ! »

Des zombies dans l'avion

BEV VINCENT

Votre copilote Bev Vincent a publié plus de quatre-vingts nouvelles et quelques essais, mais voici son seul texte à ce jour qui mette en scène des avions. Le titre en a été inspiré par un certain film avec Samuel L. Jackson, mais vous ne trouverez pas une seule injure de treize lettres dans cette nouvelle. Yippee-ki Yay[1] !

Le type au tee-shirt Phish a assuré à Myles qu'il était capable de piloter n'importe quoi et, s'il ment, ils sont tous morts. C'est aussi simple que ça. Ce type – Barry, qui semble avoir moins de trente ans – dit avoir appris à piloter « là-bas », là où tout a commencé, mais il est

---

1. Tant la référence à Samuel Jackson, souvent mal embouché dans ses films, que celle à Bruce Willis (qui, dans tous les épisodes de la série *Die Hard* lance au méchant de service, juste avant de l'éliminer : « Yeeppie-ki Yay » suivi d'un qualificatif malsonnant) nous incitent à penser que l'injure évoquée ici par Stephen King est *motherfuckers*, ce qui se passe probablement de traduction.

avare de détails et son affirmation évoque une vantardise, le genre de réplique qu'on sort tard le soir dans un bar pour impressionner les femmes. S'il y a encore des femmes qui traînent dans les bars, bien sûr.

« Un tas de gens disaient que la guerre était mauvaise. Moi, au début, j'étais pour, dit Barry en haussant les épaules. Je n'aurais jamais cru que ça tournerait comme ça. » Le plus bel euphémisme que Myles ait jamais entendu.

Il a rencontré ce petit groupe de survivants – dix-neuf en tout, lui compris – dans l'auditorium de l'école d'un quartier défavorisé, dont portes épaisses et serrures solides fournissaient un sanctuaire temporaire. Quand Barry a annoncé qu'il pouvait les faire décoller, Myles a présenté son ébauche de plan. Et voilà comment il est devenu leur chef.

« On va aller dans un coin perdu, dit-il à ceux qui sont rassemblés autour de lui, apparemment attirés par son aura d'assurance cultivée au fil de trente années de travail comme vendeur puis manager intermédiaire. Un coin où on sera en sécurité jusqu'à ce que tout ça soit terminé. » Nul ne lui demande ce qu'ils feront si « tout ça » ne se termine *jamais*.

Gagner l'aéroport semble être le meilleur choix. La ville est envahie, en grande partie incendiée, et les gens se font tuer dans les rues. Ceux qui ne sont pas consommés par leurs meurtriers se relèvent quelques secondes plus tard pour se joindre à l'armée affamée des morts-vivants. Myles préférerait que son plan ne repose pas sur les talents hypothétiques d'un type qui a l'air de n'avoir pas travaillé un seul jour de sa vie.

Cela dit, si les autres veulent le prendre pour chef, il va les commander, bordel. Selon ses instructions, ils pillent la cafétéria pour trouver de quoi manger et la remise pour y prendre armes et outils. Barry se prétend aussi capable de démarrer le bus garé près de la baie de chargement s'ils n'en trouvent pas les clefs. Myles ne lui demande pas s'il a aussi appris ce truc-là « là-bas », mais il s'avère que le jeune gars n'a pas menti. Peut-être y a-t-il de l'espoir finalement.

La jauge d'essence du vieux bus scolaire indique moins d'un quart du plein. La dernière station-service du pays est tombée à sec il y a dix jours, et les pétroliers d'approvisionnement promis ne sont jamais arrivés. N'arriveront sans doute jamais. Les fugitifs auront assez d'essence pour atteindre l'aéroport – tout juste – mais, s'ils n'arrivent pas à faire voler un des avions, ils sont foutus. Dix-sept personnes suivent Barry et Myles dans le bus comme les rats suivaient le joueur de flûte de Hamelin.

C'est un tas de merde, ce bus, mais il roule, tant qu'on n'essaie pas d'aller trop vite. Chaque fois que le chauffeur tente de dépasser les quatre-vingts kilomètres-heure, le voyant du moteur s'allume, si bien qu'il relâche l'accélérateur. Ils ne peuvent pas se permettre de tomber en panne. Ils n'ont pas vu beaucoup d'abominations hors d'Halifax, mais on n'est en sécurité nulle part. Ces démons peuvent surgir n'importe où n'importe quand, et le groupe ne dispose pour toutes armes que de couteaux et de haches. Comme l'essence, les balles sont rares et précieuses.

Cependant, quatre-vingts kilomètres-heure suffisent. Si un avion dispose d'assez de kérosène pour les emporter là où ils décideront d'aller, il attendra bien qu'ils se traînent sur l'autoroute. Quand il était vendeur sur le terrain, avant qu'on ne le force à prendre un emploi de bureau, Myles détestait le long trajet jusqu'à l'aéroport international Stanfield. Aujourd'hui, il est ravi de mettre un peu de distance entre la ville et lui.

Il n'y a pas d'autre circulation aussi loin que porte le regard dans un sens ou dans l'autre. Ils dépassent des véhicules arrêtés au bord de la chaussée mais, lorsqu'ils ralentissent pour voir si leurs occupants éventuels ont besoin d'aide, le bus siffle, hoquette et menace de caler. Barry remonte donc doucement à quatre-vingts, seule vitesse à laquelle le véhicule semble satisfait. Myles croit voir une tête remonter derrière le volant d'une voiture après leur passage, mais il ne peut en être sûr – et l'automobiliste en question pourrait aussi facilement être un des monstres plutôt qu'une véritable personne.

Il chasse de ses pensées cette vision fugitive. C'était peut-être une illusion d'optique, après tout, et, même dans le cas contraire, ils ne peuvent pas sauver tout le monde – il n'est même pas sûr qu'ils puissent se sauver eux-mêmes. Ne jamais abandonner, toutefois, telle est sa devise. Ses ventes les plus gratifiantes ont été celles où l'acheteur comptait s'adresser à un concurrent et où Myles l'a fait changer d'avis à force de persistance et de passion.

Il se demande ce qui se passera quand les zombies auront tué presque tout le monde. Parcourront-ils la planète en une quête futile de nourriture jusqu'à tomber en pièces et se tortiller par terre comme un jouet d'enfant aux piles quasi déchargées ? Sept milliards de zombies cherchant les rares survivants de l'espèce humaine ?

Par ailleurs, il n'oublie pas que, même s'ils s'échappent, les membres de son groupe ne vivront pas éternellement. Tous finiront par mourir et, ce jour-là, le virus – ou quoi que ce soit – les ramènera sous la forme d'une de ces créatures. Tout ce qu'ils peuvent faire, c'est retarder l'inévitable et espérer que, quelque part, des gens travaillent à une solution. *L'humanité a survécu des milliers d'années. Ce fléau ne nous éliminera pas*, pense Myles. *Quelqu'un trouvera le moyen de soigner cette épidémie. On trouve toujours*. C'est cette conviction qui le pousse. Sinon, il pourrait aussi bien s'immoler par le feu pour en finir.

Quand ils atteignent l'aéroport, il ordonne à tout le monde de bien s'accrocher, et à Barry de défoncer la clôture entre le parking et les pistes. Le bus fait une embardée suivie d'une glissade quand le grillage s'enroule telle une cotte de mailles autour du pare-chocs et du pare-brise, mais il parvient à traverser et arrive sur le tarmac.

Plusieurs Airbus et Boeing sont garés au terminal. Barry choisit cependant une navette aérienne assez grande pour tous les accueillir mais assez petite pour qu'ils puissent atterrir où ils le voudront, même sur une piste écartée conçue pour des avions privés. C'est un Embraer ERJ145 avec, d'après le jeune homme, une autonomie d'au moins quatre mille kilomètres. Peut-être un peu plus, étant donné qu'ils ne seront pas très chargés. Assez pour les emmener loin d'ici.

Mais c'est bien le problème : où aller ? Barry ouvre la porte du jet qui s'écarte pour révéler une volée de marches. Il entre, courbé, et ressort quelques minutes plus tard avec une série de cartes de navigation que Myles étale sur une banquette du bus. Ensuite, en compagnie d'un ancien chauffeur de taxi du nom de Gilbert, il fait démarrer à la sauvage un camion de carburant et l'approche de l'aile de l'Embraer.

Alfie qui, dans une autre vie, était analyste financier, se penche par-dessus le dossier de la banquette. « Pourquoi pas l'Alaska ?

— On ne peut pas aller aussi loin. On pourrait arriver au Labrador ou au nord de l'Ontario.

— Trop froid », proteste Terri, l'ancienne prof de yoga, en s'entourant de ses bras. Myles n'en est pas surpris. Elle se plaint de tout depuis qu'elle s'est jointe à eux.

« La neige les ralentit », remarque Phil, un coiffeur.

Même si c'est vrai, il faut gagner un endroit où on pourra survivre, voire cultiver la terre. Et aussi rester en contact avec le reste du monde, afin de savoir quand la situation s'améliorera. Myles, toutefois, garde ses raisonnements pour lui. Il ne veut pas que les autres le devinent aussi incertain qu'eux.

« Regardez ! » s'écrie Emily. C'est la plus jeune du

groupe, une adolescente qui n'a presque pas dit un mot depuis qu'ils ont quitté la ville, se concentrant sur la tâche de contacter quelqu'un – n'importe qui – à l'aide de son iPhone, dont elle faisait cliqueter les touches à l'aide de ses pouces.

Myles suit du regard la direction qu'indique son bras tendu. Plusieurs zombies sortent du terminal de l'aéroport et marchent vers eux d'un pas traînant sur le tarmac, guidés par un instinct primordial.

Barry et Gilbert sont en train de ranger le tuyau du camion-citerne : ils doivent donc avoir terminé. Myles rafle la liasse de cartes et bondit sur la piste. « Il faut partir, s'écrie-t-il. Tout de suite. »

Les deux hommes, levant les yeux, découvrent les zombies qui arrivent. Gilbert monte au volant du camion et l'écarte de l'aile.

« Tout le monde à bord », ordonne Myles. Les autres, des sacs à dos emplis de provisions pendus à l'épaule, des armes serrées entre les mains, obéissent sans avoir besoin d'encouragements supplémentaires. Les zombies sont lents mais aussi inexorables, et ils se trouvent déjà à mi-chemin du terminal et du bus. Encore quelques minutes et ils les auront rejoints pour déchirer, lacérer, réduire en lambeaux le meilleur espoir de survie de l'humanité.

Myles monte à bord de l'avion le dernier, soufflant, haletant et tentant d'ignorer la douleur qui fulgure le long de son bras gauche. Deux hommes – Matt et Chet, lui semble-t-il – ferment la porte tandis que Barry se dirige vers le cockpit. Gilbert se porte volontaire pour l'assister, bien qu'il n'ait encore jamais piloté. On y est, c'est le moment de vérité. Si Barry est incapable de faire décoller l'appareil, ils sont fichus, emprisonnés comme des sardines dans une boîte en fer-blanc.

Myles se cale au fond de son siège et tente de reprendre son souffle. Quand il ferme les yeux et se concentre, la douleur dans sa poitrine s'apaise. Il ne lui reste que trois pilules dans la petite boîte en plastique glissée au fond de sa poche de pantalon, et ses chances d'en retrouver se situent entre minces et inexistantes, aussi ne va-t-il pas en gaspiller une maintenant. *Ça va passer. Ça va passer.* Un autre mantra.

Il regarde par le hublot. Les zombies ont atteint le bus et reniflent autour de la portière ouverte. L'instant d'après, ils se remettent en route vers le jet. *Ils savent qu'on est là,* songe Myles, qui s'écarte de la petite ouverture ovale, peu désireux de tomber sous leur regard pénétrant.

Les autres passagers, pressés contre les hublots, observent la progression lente mais régulière. La porte de la cabine étant fermée, ils sont provisoirement en sécurité. Mais que se passera-t-il si les monstres arrachent à coups de dents des morceaux de leurs pneus avant qu'ils ne commencent à rouler ? Ou s'ils sont assez intelligents pour trouver un moyen d'entrer dans l'avion – en passant par le compartiment à bagages, peut-être.

La pensée ne s'est pas plus tôt insinuée en lui qu'il entend un coup sourd sur le ventre de l'avion. Cela lui rappelle le bruit que font les bagagistes quand ils ouvrent ou ferment les portes de la soute.

« Il faut décoller », hurle Myles en espérant que leur pilote supposé l'entende – que Barry ne soit pas assis dans le cockpit, en train de contempler un assortiment étourdissant de cadrans, de voyants, d'interrupteurs, et de se demander où est le démarreur.

Un autre coup, celui-là assez fort pour que le fuselage oscille.

« Je ne les vois plus, dit Alfie. Ils sont sous l'avion.

— Combien ? demande Terri, en ce qui est à peine plus qu'un murmure.

— Huit, peut-être dix. Et il y en a d'autres qui arrivent. »

Myles regarde à nouveau par le hublot : un deuxième groupe de zombies traverse le tarmac, au moins quarante ou cinquante individus.

« Mais qu'est-ce qu'ils foutent ? » marmonne-t-il. Il prend une profonde inspiration, jauge la pression qui comprime sa poitrine et décide que bouger ne le tuera pas. De toute façon, s'ils ne décollent pas très vite, une crise cardiaque sera le cadet de ses soucis.

Se levant vivement, il se dirige vers le cockpit. Par la porte, il voit Barry manipuler des interrupteurs, tandis que Gilbert lui lit des instructions figurant sur la feuille que maintient une tablette porte-papier.

« Vous savez piloter cet engin ou pas ? demande Myles, craignant la réponse.

— Bien sûr », répond Barry. Gilbert lève les yeux de sa liste d'instructions et hausse les épaules.

D'autres coups résonnent sous leurs pieds. « Ce serait bien de partir maintenant. Il y a des renforts en route – et pas pour nous. »

Barry hoche la tête, fait signe à Gilbert d'arrêter les frais, et actionne quelques interrupteurs. « Au diable la liste, dit-il. J'ai compris. » Le petit jet se met à trembler quand un de ses moteurs démarre en rugissant, puis l'autre. Myles sent monter la puissance, l'énergie potentielle qui leur fera quitter le sol et les emportera… où ? Dans la panique et la désorientation, il n'a toujours pas choisi de destination. Les autres s'attendent à ce qu'il décide pour eux.

« Faites-nous juste sortir d'ici », dit-il à Barry.

Le pilote pousse un levier et le jet se met à rouler. « J'espère qu'aucune de ces saloperies ne va se faire aspirer dans un moteur », marmonne-t-il.

Les coups résonnent à présent sans interruption sous l'avion. Puisqu'ils n'y peuvent rien, Myles refuse de s'en faire pour ça. Si un des zombies parvient à s'introduire dans le compartiment à bagages, on s'en occupera une fois en l'air. Les passagers ont encore leurs haches, leurs couteaux, et la plupart d'entre eux font partie de ce groupe parce qu'ils savent repousser les monstres.

Le jet accélère. Les coups s'espacent puis cessent. Myles tente de regarder derrière l'appareil, mais le petit hublot ne lui offre qu'une vue limitée : il n'aperçoit que le second groupe de zombies debout sur le tarmac, qui les fixent à l'instar d'amis bien intentionnés leur souhaitant bon voyage.

Il prend une profonde inspiration. « Tout le monde a bouclé sa ceinture ? s'enquiert-il. On est sur le point de décoller. » Il espère que c'est le cas, qu'ils ne sont pas en fait sur le point de dépasser le bout de la piste pour s'écraser contre les arbres qui se dressent au-delà. Si cela arrivait, le mieux serait que l'avion prenne feu et les consume. Cela mettrait au moins un terme à leurs souffrances.

Les autres s'asseyent et bouclent leur ceinture. Myles se demande s'il devrait s'inquiéter de la répartition des poids, mais Barry n'a rien mentionné de tel et, jusqu'ici, il semble savoir ce qu'il fait. L'ancien vendeur s'empare des cartes de navigation. Bientôt, il lui faudra prendre une décision.

Le jet tourne brutalement à gauche puis marque une pause. Ils ont atteint le début de la piste. Les moteurs rugissent et l'avion se jette en avant, accélérant rapidement. Les arbres défilent derrière les hublots. Myles se laisse aller en arrière en attendant que le nez remonte et, quelques secondes plus tard, c'est bien ce qui se produit. L'accélération l'écrase sur son siège tandis que le petit jet décolle, soutenu par la pression invisible de l'air sous ses ailes. Tous les problèmes du monde disparaissent en contrebas. S'ils pouvaient rester dans le ciel éternellement, ils seraient en sécurité.

Quelques minutes plus tard, le jet adopte une trajectoire horizontale. Myles, par habitude, regarde le voyant des ceintures de sécurité, mais, Barry ne semblant pas se soucier des politesses de l'aviation commerciale, il déboucle sa ceinture et reporte son attention sur les cartes. Puisqu'il ne dispose d'aucune information pour l'aider à se décider, il pourrait aussi bien fermer les yeux et pointer le doigt au hasard. Y a-t-il des régions où l'épidémie ne s'est pas encore répandue ? Une île, peut-être, comme l'Islande qu'ils pourraient atteindre sans problème. Peut-être Barry pourra-t-il capter quelque chose à la radio.

Il n'a qu'une seule chance de prendre la bonne décision. Le besoin de choisir une destination avant qu'ils ne brûlent trop de carburant le paralyse. *Pourquoi comptent-ils sur moi pour décider de tout ? Tout ce que je veux, c'est dormir*, pense-t-il. *Je suis tellement fatigué.*

Un poids lui comprime à nouveau la poitrine, une sensation identique à celle qu'il a éprouvée pendant le décollage, alors qu'il ne devrait plus sentir la pression de l'accélération : ils ont atteint leur altitude de croisière, assez haute pour minimiser la friction de l'air autour d'eux et maximiser leur autonomie. Il tente d'inspirer mais son torse est comme pris dans un étau. Soudain, reprendre son souffle lui devient impossible – une telle masse repose sur ses poumons qu'ils refusent de se gonfler.

Les autres regardent par les hublots, pareils à des zombies. Il n'y a rien à voir, seulement les nuages et un aperçu occasionnel de la terre en contrebas. *Ils doivent se demander ce qui les attend*, songe-t-il. *Ce que nous trouverons après avoir atterri.*

Myles, désormais, s'en moque. Il sait ce qui l'attend, lui, et il n'y peut rien. Une douleur foudroyante l'immobilise. Il ne peut ni pêcher la boîte en plastique dans sa poche de pantalon ni émettre un son pour attirer l'attention de quiconque. Le souffle le quitte par courtes expirations saccadées. La pression dans sa poitrine augmente, telle une muraille d'eau devant un barrage prêt à céder.

Il espère que les autres seront prêts quand il les attaquera, et il se demande si les zombies ressentent la douleur. *Ça ne peut pas être pire que ça. Pas vrai ?*

Meurtre dans les airs

PETER TREMAYNE

Aucune anthologie de nouvelles mettant en scène des avions ne serait complète sans une énigme en chambre close (l'avion étant la chambre close par excellence), et celle-ci fait même intervenir *deux* chambres closes. Bienvenue à bord du jumbo jet Global Airways où le cadavre d'un infortuné voyageur est sur le point d'être découvert. Par bonheur pour l'équipage du vol 162, l'un des passagers est le criminologue Gerry Fane, qui se penche de très près sur l'affaire. Peter Tremayne est le pseudonyme de Peter Ellis qui – en plus d'être l'auteur de près de cent romans et de plus de cent nouvelles – détient une maîtrise d'études celtiques. Né en Irlande, il a été journaliste avant de devenir écrivain à plein temps au milieu des années 1970. Le texte qui suit est un petit bijou.

Jeff Ryder, le chef de cabine, remarqua l'expression inquiète de Sally Beech dès qu'elle pénétra dans la cuisine des premières classes du vol GA 162, un 747 de Global Airways. Il en resta un instant interloqué.

car il n'avait encore jamais vu cette hôtesse expérimentée aussi perturbée.

« Qu'est-ce qu'il y a, Sal ? lança-t-il dans l'espoir de lui voir retrouver son habituel sourire malicieux. Un dragueur qui t'embête en première classe ? »

Elle secoua la tête, l'air toujours préoccupé. « Je crois qu'un des passagers est enfermé dans les toilettes », dit-elle. Le sourire de Jeff Ryder s'élargit. Il s'apprêtait à faire une remarque grivoise quand elle l'interrompit, comme si elle devinait son intention. « Non, je ne plaisante pas. Il a dû lui arriver quelque chose. Étant donné qu'il y était depuis un bon moment, le monsieur qui voyage avec lui m'a demandé d'aller voir s'il allait bien. J'ai frappé à la porte mais il n'a pas répondu. »

Ryder réprima un soupir. Un passager enfermé ainsi était un événement rare mais pas sans précédent. Un jour, il avait dû extraire des toilettes d'un avion un Texan qui pesait plus de cent dix kilos. Une expérience qu'il aurait préféré oublier.

« Qui est ce malheureux passager ?

— Il figure sur la liste sous le nom d'Henry Kinloch Gray. »

Ryder poussa une plainte audible. « S'il y a une porte de toilettes coincée à bord de cet avion, il faut bien que ce soit Kinloch Gray qui se retrouve enfermé à l'intérieur. Tu sais qui c'est ? Le président de Kinloch Gray & Brodie, la multinationale de divertissements. Il a la réputation de bouffer tout cru les PDG, alors les gens comme toi et moi, pauvres ablettes dans la grande mer de la vie… » Il leva les yeux au ciel, éloquent. « Mon Dieu ! Je ferais mieux d'aller voir. »

Sally sur ses talons, il gagna les toilettes mises en cause. Nul n'attendant devant les portes, il vit aussitôt laquelle était en position « occupé », s'en approcha et appela sans élever la voix : « Monsieur Kinloch Gray ? Est-ce que tout va bien ? » Il attendit un peu puis frappa respectueusement à la porte.

Il n'y eut encore aucune réaction.

Ryder jeta un coup d'œil à l'hôtesse. « On sait depuis combien de temps il est là-dedans ?

— D'après son compagnon de voyage, il est parti aux toilettes il y a environ une demi-heure. »

Ryder haussa un sourcil et se retourna vers la porte. Sa voix monta d'une octave. « Monsieur ? Monsieur Kinloch Gray, nous supposons que vous avez un problème là-dedans. Je vais forcer l'ouverture. Si cela vous est possible, éloignez-vous de la porte, je vous prie. »

Il s'écarta, leva la jambe et donna un violent coup de pied au niveau de la serrure. La fragile targette s'arracha en entraînant ses vis et le battant pivota vers l'intérieur de quelques centimètres.

« Monsieur ?… » Ryder se pressa contre la porte sans pouvoir l'ouvrir davantage : quelque chose la bloquait. En forçant, il parvint à l'écarter assez pour insérer la tête dans le cabinet, et il ne l'y laissa qu'un instant. Quand il la retira, son visage avait pâli. Il fixa Sally sans parler durant une ou deux secondes. Enfin, il articula quelques mots. « Je crois qu'on lui a tiré dessus », chuchota-t-il.

Après avoir isolé les toilettes derrière un rideau, on envoya chercher le commandant de bord, Moss Evans, un des plus anciens pilotes de Global Airways, qu'on informa brièvement du problème. Cet homme aux cheveux gris et à la carrure solide dissimula son inquiétude tandis qu'il traversait la cabine de première classe en souriant et en adressant des signes de tête affables aux passagers. Son émotion principale était l'irritation car, depuis quelques instants à peine, l'avion avait dépassé son « point de non-retour », la moitié du vol. Ils avaient encore quatre heures à tirer, et le commandant n'appréciait guère la perspective d'être dérouté vers un autre aéroport, retardant le vol pour Dieu savait combien de temps. Un rendez-vous important l'attendait.

Ryder annonça aux passagers de première classe, qu'en raison d'une défaillance mécanique de leurs toilettes, une bien faible excuse, ils étaient priés pour leur sécurité et leur confort d'utiliser celles du milieu de l'appareil. Du jargon de compagnie aérienne typique. Ensuite, en compagnie de Sally Beech, il attendit le commandant. Ce dernier, qui le connaissait bien – ils volaient ensemble depuis deux ans –, remarqua aussitôt l'absence de sa bonne humeur coutumière. La jeune hôtesse, très pâle, paraissait elle aussi secouée.

Evans leur jeta un coup d'œil compatissant puis se tourna vers le cabinet à la serrure démolie. « Ce sont ces toilettes-là ?

— Oui. »

Le commandant dut peser de tout son poids sur la porte pour passer la tête dans le réduit.

Le corps était vautré sur la cuvette, tout habillé, dans un équilibre précaire. Les bras pendaient le long des flancs, et c'étaient les jambes écartées qui empêchaient le battant de pivoter. De la bouche au torse, on ne voyait qu'un carnage sanglant. Des lambeaux de chair arrachée pendaient des joues. Du sang avait jailli sur les parois latérales du cabinet. Evans sentit la nausée monter en lui mais il la réprima.

Comme Ryder l'en avait averti, l'homme semblait avoir reçu une balle dans la bouche. D'instinct, Evans baissa les yeux sans trop savoir pourquoi, avant de réaliser qu'il cherchait une arme. Il fut surpris de n'en voir aucune. Inspecta de nouveau le réduit. Les mains pendues le long du corps ne tenaient rien. Le pilote se recula, perplexe. Il avait la nette impression que le tableau aperçu présentait un détail anormal, mais il ne parvenait pas à l'identifier.

« Voilà une situation nouvelle pour le manuel d'urgence de la compagnie aérienne, marmonna Ryder, tentant d'injecter un peu d'humour dans la situation.

— Je constate que vous avez déplacé des passagers de la section, observa Evans.

— Oui, j'ai déplacé tous les passagers de première classe de cette section, et on a mis le rideau en place. Je présume que notre tâche suivante consiste à sortir le cadavre de là ?

— Son collègue a été prévenu ? La personne qui voyage avec lui ?

— On lui a dit qu'il y avait eu un accident. Pas de détails.

— Parfait. Si je comprends bien, notre homme était le directeur d'une grosse entreprise ?

— Kinloch Gray. C'était Henry Kinloch Gray. »

Evans plissa les lèvres en un sifflement muet. « Donc un type avec de l'influence soutenue par des mégadollars, hein ?

— Difficile de trouver plus riche.

— Vous avez parcouru la liste des passagers pour voir s'il y a un médecin dans le lot ? On dirait que ce type a choisi le pire moment et le pire lieu possibles pour se suicider, mais je crois quand même qu'il faut que quelqu'un l'examine avant qu'on déplace quoi que ce soit. Je vais appliquer les règles de la compagnie en cas d'urgence médicale. On va prévenir le siège. »

Ryder acquiesça. « J'ai déjà demandé à Sally de déterminer s'il y a un médecin à bord. La chance veut que nous en ayons deux en première classe. Ils sont assis côte à côte, en C1 et C2.

— Parfait. Demandez à Sally d'en faire venir un ici. Oh, et où se trouve le collègue de M. Gray ?

— En B3. Il s'appelle Frank Tilley et, si j'ai bien compris, c'est le secrétaire particulier du défunt.

— Je crains qu'il ne doive se préparer à une identification officielle. Il faut s'en tenir strictement aux règles de la compagnie », répéta Evans, comme pour se rassurer.

Sally Beech s'approcha des deux passagers assis aux places C1 et C2. Tous les deux avaient entre quarante et cinquante ans ; l'un, habillé de manière décontractée et arborant une tignasse de cheveux roux flamboyants, s'écartait notablement du stéréotype du médecin. L'autre, plus élégant, paraissait plus soigné. La jeune femme se pencha vers eux.

« Docteur Fane ? » Le premier des deux noms qu'elle avait mémorisés.

L'homme élégant leva les yeux avec un sourire interrogateur.

« Je suis Gerry Fane. Que puis-je pour vous, mademoiselle ?

— Je crains que nous n'ayons une urgence médicale avec un des passagers, docteur. Le commandant vous adresse ses compliments et il vous serait très reconnaissant si vous acceptiez de venir l'examiner. »

Cela évoquait une formule bien répétée – elle sortait du manuel de la compagnie – et Sally ne savait pas la réciter autrement que de la manière impassible à laquelle on l'avait formée.

L'homme eut une grimace malicieuse. « Je suis bien docteur, mais en criminologie, mademoiselle, ce qui ne vous servira pas à grand-chose. Je pense qu'il vous faut plutôt mon compagnon, Hector Ross. Lui est docteur en médecine. »

La jeune femme jeta un regard contrit au rouquin assis sur le siège voisin. Elle fut soulagée de constater qu'il se levait déjà, si bien qu'elle n'avait pas besoin de répéter la même formule.

« Ne vous en faites pas, ma jeune amie. Je vais jeter un coup d'œil, mais je n'ai pas apporté ma sacoche médicale. Je suis pathologiste et je reviens d'un congrès, vous comprenez ? Je ne suis pas généraliste.

— Nous disposons d'une trousse de premiers secours à bord, docteur, mais je ne pense pas que vous en ayez besoin. »

Ross la considéra avec un froncement de sourcils perplexe, mais elle s'était déjà détournée et le précédait le long de l'allée.

Hector Ross ressortit du cabinet de toilette pour se retrouver face au commandant Evans et à Jeff Ryder. Il consulta sa montre. « Je certifie le décès de cet homme à treize heures quinze, commandant. »

Le pilote se tortilla, mal à l'aise. « Et la cause ? »

Ross se mordilla la lèvre inférieure. « Je préférerais que le cadavre soit sorti de là et installé à un endroit où je pourrai procéder à un examen complet. » Il hésita à nouveau. « Avant cela, j'aimerais que mon collègue, le docteur Fane, puisse le regarder. Le docteur Fane est psychologue criminel, et j'ai beaucoup de respect pour son opinion. »

Evans le fixa, tentant de lire un sens caché derrière ses paroles. « Comment un psychologue criminel pourrait-il être utile dans cette affaire, à moins que… ?

— Je l'apprécierais néanmoins, commandant. S'il pouvait simplement jeter un coup d'œil ? » Ross avait élevé le ton, persuasif.

Quelques instants plus tard, Gerry Fane ressortait à son tour des toilettes et considérait son compagnon de voyage avec un air grave.

« Curieux », observa-t-il. Il avait prononcé le mot lentement, posément.

« C'est bon ? lâcha le commandant Evans, impatient. Qu'est-ce que vous voulez dire par "curieux" ? »

Fane eut un haussement d'épaules éloquent dans l'espace confiné. « Que ce n'est pas bon du tout, commandant, répondit-il avec un soupçon de sarcasme. Nous devrions sortir le cadavre afin que mon collègue puisse déterminer la cause de la mort. Ensuite, nous pourrons nous intéresser à la manière dont elle a frappé cet homme. »

Le pilote renifla, tentant de dissimuler son irritation. « Le président de ma compagnie attend mon message radio, docteur. J'aimerais pouvoir lui dire quelque chose de plus positif. Je pense que vous le comprendrez quand je vous aurai dit qu'il connaît monsieur Gray. Ils jouent au golf dans le même club, ou quelque chose comme ça.

— Il le *connaissait*, j'en ai peur, répliqua Fane, ironique. Au passé. Eh bien, vous pouvez dire à votre président que son partenaire au golf semble avoir été assassiné.

— C'est impossible, lâcha Evans, visiblement choqué. C'est forcément un suicide. »

Hector Ross s'éclaircit la voix et considéra son ami avec l'air incertain. « Est-ce que tu dois en arriver là, vieux ? marmonna-t-il. Après tout… »

Fane, imperturbable, l'interrompit sur un ton calme et décisif. « Quelle que soit la manière précise dont la blessure fatale a été infligée, tu admettras qu'elle a l'air instantanée. Tout l'avant de la tête, en dessous du nez, est quasiment pulvérisé. C'est moche. On dirait un coup de feu dans la bouche. »

Evans retrouva sa voix. À présent qu'il y réfléchissait, il mit le doigt sur le point qui le chiffonnait. Ce fut à son tour de se montrer sarcastique.

« Si on s'était servi d'un pistolet là-dedans, même de petit calibre, et même avec un corps pour amortir l'impact, la balle aurait percé la paroi de l'avion et provoqué une décompression. Vous savez ce que ça fait, une balle qui perce le fuselage d'un avion à trente-six mille pieds ?

— Je n'ai pas affirmé qu'il s'agissait d'un pistolet. » Fane conservait son sourire bon enfant. « J'ai dit que ça ressemblait à un coup de feu.

— Mais, même s'il a été tué comme ça, pourquoi est-ce que ça ne serait pas un suicide ? interrompit le chef de cabine. Il était enfermé dans un cabinet de toilette, nom d'une pipe ! Qui était verrouillé de l'intérieur. »

Le criminologue le considéra avec indulgence. « J'ai déjà mentionné la nature instantanée de la blessure. Je n'ai jamais rencontré de cadavre capable de se lever pour dissimuler une arme après un suicide réussi. Cet homme est effondré là-dedans, avec une blessure horrible qui l'a fait passer de vie à trépas quasi instantanément… et il n'y a aucune trace d'une arme. Curieux, non ? »

Evans le considéra avec incrédulité. « C'est ridicule… » Il n'y avait aucune conviction dans sa voix.

« Vous ne pouvez pas être sérieux ? L'arme est forcément cachée derrière la porte ou quelque part. »

Fane ne se donna pas la peine de répondre.

« Mais alors… continua le pilote, désespéré, sachant que son interlocuteur venait de formuler le problème qui l'avait lui-même frappé : l'arme manquante. Vous voulez dire que Gray a été tué puis placé dans les toilettes ? »

Fane secoua fermement la tête. « C'est plus compliqué que ça, j'en ai peur. À en juger par le sang qui a jailli de la blessure et qui tache les parois du cabinet, il se trouvait déjà là quand il a été tué, et avec la porte verrouillée de l'intérieur, à en croire votre chef de cabine ici présent. »

Jeff Ryder se para d'une expression mal à l'aise. « Elle l'était bel et bien, confirma-t-il, sur la défensive.

— Alors comment… ? commença Evans.

— C'est ce qu'il nous faut découvrir, commandant. Je n'ai aucun désir d'usurper l'autorité de quiconque, mais si je puis faire une suggestion ?… »

Le pilote ne répondit pas, méditant toujours l'impossibilité de la théorie du meurtre.

« Commandant ?…

— Oui ? Pardon, vous disiez ?

— Puis-je faire une suggestion ? Pendant qu'Hector procède à l'examen préliminaire afin de déterminer la cause de la mort, m'autorisez-vous à interroger le collègue de Gray ? Cela nous permettrait peut-être de découvrir le pourquoi en plus du comment ? »

Evans plissa les lèvres, pensif. « Je ne crois pas

disposer de l'autorité nécessaire. Il va falloir que je m'entretienne avec le président de la compagnie.

— Aussi vite que possible, commandant, nous attendrons ici, répondit calmement Fane. Et, pendant ce temps-là, le docteur Ross et moi allons sortir le cadavre des toilettes. »

Evans revint au terme d'une très courte absence. Ross et Fane avaient cependant déjà pu tirer le cadavre de Kinloch Gray du cabinet et le déposer dans l'espace entre la cloison et le dernier rang des sièges de première classe.

Le commandant s'éclaircit la voix, gêné. « Docteur Fane, mon président vous donne entière permission d'agir comme bon vous semble dans cette affaire… du moins jusqu'à l'atterrissage. Ensuite, vous devrez bien sûr la confier à la police locale. » Il haussa les épaules et ajouta, comme si une explication était nécessaire : « Il semble qu'il connaisse votre réputation de… de criminologue ? Il ne demande pas mieux que de remettre le problème entre vos mains et celles du docteur Ross. »

Fane inclina la tête gravement. « Allez-vous dérouter l'avion ? demanda-t-il.

— Le président ordonne que nous poursuivions jusqu'à notre destination première, docteur. L'homme étant mort, il est inutile de nous dérouter pour obtenir une aide médicale.

— Bien. En ce cas, nous disposons de plus de trois heures pour mettre de l'ordre dans tout cela. Votre chef de cabine pourrait-il me fournir un coin où m'entretenir avec le collègue de Gray ? L'hôtesse me dit qu'il s'agit de son secrétaire particulier. J'aimerais lui dire un mot sans alarmer les autres passagers.

— Occupez vous de ça, Jeff, ordonna le commandant Evans au chef de cabine, avant de se retourner vers Fane. Est-ce qu'on ne dit pas que les meurtres sont en général le fait de personnes connues de leur victime ? Cela ferait du secrétaire le principal suspect, non ? Ou bien faudra-t-il enquêter sur tous les passagers pour déterminer s'ils avaient un lien avec Gray ? »

Le criminologue eut un large sourire. « Je me suis souvent aperçu qu'il était impossible d'établir des règles générales dans ces questions-là. »

Evans haussa les épaules. « Si cela peut vous aider, je puis faire une annonce demandant à tous les passagers de regagner leur place et de boucler leur ceinture car nous craignons des turbulences. Cela éviterait aux curieux d'entrer dans cette zone.

— Ce serait extrêmement utile, commandant », lui assura Hector Ross, près du cadavre, en levant les yeux vers lui.

Le pilote hésita encore un instant. « Je retourne dans le cockpit. Tenez-moi informé s'il y a du nouveau. »

Quelques minutes après son départ, des voix fortes retentirent. Fane leva les yeux pour voir l'hôtesse, Sally Beech, s'efforcer d'empêcher un jeune homme de s'avancer vers eux.

Le nouveau venu était très déterminé. « Je vous

répète que je travaille pour lui, déclara-t-il d'une voix forte, indignée. J'ai le droit d'être ici.

— Votre place est en classe touriste, monsieur. Vous n'avez aucun droit d'être en première classe.

— Si quelque chose est arrivé à monsieur Gray, j'exige... »

Fane se hâta de s'approcher. Le jeune homme était grand, s'exprimait bien, et un bronzage dû à une lampe plutôt qu'au soleil faisait ressortir ses traits séduisants. Il était vêtu d'habits immaculés. Une chevalière en or ornait ses longs doigts effilés. Fane avait l'habitude de s'intéresser aux mains. Il estimait qu'on pouvait déduire beaucoup de choses en regardant les mains des gens et l'état de leurs ongles. Ce jeune homme, de toute évidence, prenait grand soin d'avoir des ongles impeccablement manucurés.

« Est-ce le secrétaire de monsieur Gray ? » demanda-t-il à Sally.

L'hôtesse secoua la tête. « Non, docteur. C'est un passager de classe touriste. Il prétend travailler pour M. Gray.

— Et vous vous appelez ? interrogea Fane en fixant de son regard acéré les traits réguliers du jeune homme.

— Oscar Elgee. J'étais le domestique de monsieur Gray. » L'intrus parlait d'une voix modulée qui trahissait ses études en lycée privé. « Demandez à Frank Tilley, en première classe. C'est le secrétaire particulier de monsieur Gray. Il vous dira qui je suis. »

Fane adressa un sourire encourageant à Sally Beech. « Vous voulez bien faire ça pour moi, mademoiselle Beech, et aussi dire à monsieur Tilley que j'aimerais le voir ici à sa convenance ? » Comme elle s'éloignait sans tarder, Fane se retourna vers le jeune homme. « Et maintenant, monsieur Elgee, comment avez-vous su qu'il y avait eu un… un accident ?

— J'ai entendu une hôtesse en parler à une autre en classe touriste. Si monsieur Gray est blessé…

— Monsieur Gray est mort. »

Oscar Elgee fixa un instant le criminologue en silence, puis : « Crise cardiaque ?

— Pas exactement. Puisque vous êtes ici, vous pourriez peut-être identifier officiellement feu votre employeur. Nous avons besoin d'une identification pour le dossier du docteur Ross. »

Fane s'écarta et laissa le jeune homme s'avancer jusqu'au cadavre allongé, prêt pour l'examen de Ross – qui se déplaça pour permettre à l'arrivant de voir le visage mutilé. Elgee s'arrêta et baissa les yeux un instant.

« *Terra es, terram ibis* », marmonna-t-il. Puis l'angoisse se peignit sur son visage. « Comment est-ce arrivé ? Pourquoi a-t-il le visage couvert de sang ? Quel genre d'accident a-t-il pu se produire ?

— C'est exactement ce que nous tentons de déterminer, lui répondit Ross. J'en déduis que vous identifiez formellement cet homme comme Henry Kinloch Gray ? »

Le jeune homme hocha brièvement la tête et tourna les talons. Fane l'arrêta à la sortie de la zone délimitée par un rideau.

« Combien de temps avez-vous travaillé pour lui, monsieur Elgee ?

— Deux ans.

— En quoi consistait exactement votre travail ?

— J'étais son domestique. Au sens large. Chauffeur, majordome, cuisinier, valet de chambre... Son *factotum*.

— Et il vous emmenait quand il voyageait à l'étranger.

— Bien sûr.

— Mais je constate qu'il était à cheval sur la hiérarchie sociale ? » continua Fane en souriant.

Le jeune homme rougit. « Je ne comprends pas.

— Vous voyagez en classe touriste.

— Il ne serait pas convenable qu'un domestique voyage en première classe.

— Tout à fait. Néanmoins, à en juger par votre réaction à sa mort, vous étiez très attaché à votre employeur ? »

Elgee leva le menton d'un air de défi et ses joues prirent des couleurs. « Monsieur Gray était un employeur exemplaire. Dur en affaires, oui, mais juste. Nous n'avons jamais eu le moindre différend. Travailler pour lui était un plaisir. C'était un grand homme.

— Je vois. Et vous preniez soin de lui ? Vous vous chargiez de ses besoins domestiques. Si je me rappelle bien les articles de journaux que j'ai lus, Harry Gray était toujours décrit comme célibataire. »

Fane remarqua un changement d'expression subtil

sur le visage du jeune homme. « S'il avait été marié, il n'aurait guère eu besoin de mes services, n'est-ce pas ? Je faisais tout pour lui. Y compris réparer sa chaîne stéréo ou son réfrigérateur. Non, il n'était pas marié.

— Tout à fait. » Le criminologue sourit tout en jetant un nouveau coup d'œil aux mains d'Elgee. « Réparer une chaîne stéréo demande de la délicatesse. Il est rare qu'un homme à tout faire soit capable de ce genre de travail.

— J'ai la passion du modélisme. Des maquettes qui fonctionnent. » Il y avait un accent de vantardise dans la voix du jeune homme.

« Je vois. Dites-moi, vous êtes le mieux placé pour savoir cela : votre employeur avait-il des ennemis ? »

Elgee fronça le nez. « Un businessman tel qu'Harry Gray est entouré d'ennemis. » Levant les yeux, il vit Sally Beech escorter dans le compartiment un homme qui portait des lunettes. « Certains de ces ennemis travaillent avec lui et se font passer pour ses confidents », ajouta-t-il avec sécheresse. Il s'interrompit et fronça le sourcil, comme si une pensée venait de le frapper. « Vous voulez dire que sa mort est… est louche ? »

Fane, approbateur, remarqua que Sally avait fait signe à l'homme qui l'accompagnait de s'asseoir sans s'avancer pour l'interrompre. Il se retourna vers son interlocuteur.

« C'est ce qu'il nous faut déterminer. À présent, monsieur Elgee, regagnez votre place, je vous prie. Nous vous tiendrons informé de la situation. »

Elgee tourna les talons et sortit, se souciant peu de

saluer le nouvel arrivant, lequel, de même, sembla baisser les yeux pour éviter tout contact avec l'aimable jeune homme. À l'évidence, le domestique et le secrétaire ne s'aimaient guère.

Laissant Hector Ross poursuivre son examen à l'aide de la trousse médicale de l'avion, Fane rejoignit l'homme aux lunettes.

Sally Beech, qui attendait près de lui, eut un sourire nerveux. « Voici monsieur Francis Tilley. Il voyageait en compagnie de monsieur Gray. »

Frank Tilley était un homme mince et assez laid, entre trente et quarante ans. Le teint pâle, les joues marquées d'une ombre bleue permanente qu'aucun rasage n'eût su effacer, il portait d'épaisses lunettes à monture de corne qui ne convenaient pas du tout à ses traits. Il avait les cheveux fins, le front dégarni, et un tic nerveux animait le coin de sa bouche.

Fane fit signe à l'hôtesse de rester près de la porte pour empêcher quiconque de pénétrer dans la cabine de première classe, puis il se tourna vers Tilley.

« Il est mort, hein ? » La voix du secrétaire était presque un falsetto. Il eut un petit rire nerveux. « Ma foi, ça finit toujours par arriver, j'imagine, même aux gens soi-disant importants. »

Fane fronça le sourcil en entendant le ton employé. « Vous voulez dire que M. Gray était malade ? » demanda-t-il.

Tilley leva la main puis la laissa retomber, comme s'il s'était apprêté à dire quelque chose avant de changer d'avis. Fane nota automatiquement les doigts trémulants, épais, tachés de nicotine, et les ongles mal taillés.

« Il avait parfois de l'asthme. Mais seulement en situation de stress.

— Alors pourquoi ? »

Le secrétaire parut légèrement gêné. « Je faisais de l'humour, c'est tout.

— La mort de votre collègue n'a pas l'air de trop vous bouleverser ? »

Tilley eut un reniflement de mépris. « Collègue ? C'était mon patron. Il ne laissait jamais quiconque travaillait pour lui oublier qu'il était le patron, l'arbitre du sort de chacun dans l'entreprise. Qu'on soit portier ou premier vice-président, Harry Kinloch Gray était un président autoritaire et sa parole avait valeur de loi. S'il vous avait dans le nez, vous preniez la porte sur-le-champ, aussi longtemps que vous ayez pu travailler pour la boîte. C'était l'archétype de l'homme d'affaires autodidacte victorien. Autocrate, méchant et méprisant. Il n'aurait pas dû avoir sa place dans le monde moderne. »

Fane, calé au fond de son siège, écoutait l'amertume qui imprégnait la voix du secrétaire. « Donc c'était le genre d'homme à avoir plusieurs ennemis ? »

Tilley sourit de ce trait d'humour. « C'était le genre d'homme à n'avoir aucun ami.

— Combien de temps avez-vous travaillé pour lui ?

— Je suis entré dans l'entreprise il y a dix ans. J'ai été son secrétaire particulier pendant les cinq dernières années.

— C'est sacrément long quand on côtoie quelqu'un qu'on n'aime pas, non ? Vous deviez lui rendre de signalés services pour qu'il ne vous prenne pas en grippe au point de vous virer, si, comme vous le dites, c'était sa méthode habituelle avec ses employés. »

Tilley se tortilla, mal à l'aise devant ces sarcasmes. « Qu'est-ce que tout ça a à voir avec la mort de M. Gray ? contra-t-il.

— Je cherche juste à me faire une idée de sa situation.

— Qu'est-ce qui s'est passé ? Je suppose qu'il a eu une crise cardiaque ?

— Il avait le cœur fragile ?

— Pas que je sache, mais il était trop gros et il se gavait comme un porc. Avec tout le stress qu'il trimballait, apprendre que son cœur a lâché ne me surprendrait pas.

— Ce voyage-ci était-il particulièrement stressant ?

— Pas plus que d'habitude. Nous partions pour une réunion des cadres des filiales américaines.

— Et, autant que vous ayez pu le remarquer, monsieur Gray se comportait comme à son habitude ? »

Tilley pouffa. Un bruit déplaisant. « Il était comme toujours agressif, brutal et arrogant. Il comptait virer une demi-douzaine de personnes et il voulait faire ça au cours d'un rituel public afin de les humilier le plus possible, de bien prendre son pied. À part ça… » Il hésita ; une expression pensive envahit son regard. « Il a examiné des documents contenus dans sa mallette, dont un qui a paru le fasciner. Au bout d'un petit moment, il a eu un début de crise…

— Une crise ? Vous ne disiez pas qu'il n'avait pas de problème de santé ?

— J'ai dit qu'il avait des tendances à l'asthme. Il lui arrivait d'avoir des crises quand il était stressé.

— C'est vrai. Donc il a eu un début de crise d'asthme ? Est-ce qu'il prenait quelque chose contre ça ?

— Il se trimballait toujours avec un inhalateur, mais il était vaniteux et il croyait que personne n'était au courant. Le grand président n'aimait pas avouer ses faiblesses physiques. Donc, en cas de crise, il disparaissait pour utiliser son inhalateur. C'était d'une évidence rare. Ironiquement, une de ses citations favorites provenait du livre de l'Ecclésiaste : « *Vanitas vanitatum, omnis vanitas* » !

— Donc, vous voulez dire qu'il est allé aux toilettes pour se servir de son inhalateur ?

— Exactement. Au bout d'un moment, j'ai commencé à m'inquiéter.

— À vous inquiéter ? » Fane eut un mince sourire. « D'après ce que vous disiez, le bien-être de votre patron n'était pas exactement votre souci principal. »

Les lèvres de Tilley s'étirèrent en un rictus. « Les sentiments personnels n'ont rien à voir là-dedans. Je n'étais pas comme Elgee, qui s'investit à fond dans son boulot. J'étais payé pour faire un travail que je faisais avec intégrité et professionnalisme. Je n'étais pas tenu d'apprécier Harry Gray. Ce qu'il faisait ou ne faisait pas en dehors des tâches pour lesquelles il me payait n'était pas de mon ressort. Avec qui il couchait ou qui étaient ses ennemis mortels ne me regardait pas.

— Soit. Donc il est allé aux toilettes et il n'est pas revenu ?

— Comme je disais, au bout d'un moment, j'ai appelé l'hôtesse, qui est allée aux nouvelles. Ce n'était ni plus ni moins que mon inquiétude pour mon poste de secrétaire.

— Attendez ici un instant, M. Tilley. »

Fane rejoignit Sally Beech, toujours pâle, un peu nerveuse, et lui dit à voix basse : « Pourriez-vous aller à la place de monsieur Gray et chercher son attaché-case ? J'aimerais que vous me le rapportiez. »

La jeune femme revint peu après, munie d'une petite mallette en cuir brun.

Fane la prit et la montra à Frank Tilley. « Identifiez-vous ceci comme l'attaché-case de Gray ? »

Le secrétaire hocha la tête sans enthousiasme. « Je crois que vous ne devriez pas l'ouvrir, protesta-t-il comme Fane en faisait jouer les fermoirs.

— Pourquoi ?

— Propriété confidentielle de l'entreprise.

— Je pense qu'une enquête sur un possible homicide rend cette objection nulle et non avenue. »

Frank Tilley parut surpris. « Un homicide ? Mais ça signifie… un meurtre. Personne n'a parlé de meurtre. »

Le criminologue était trop occupé à explorer les papiers pour répondre. Il sortit une feuille et la montra à son interlocuteur. « Est-ce cela qu'il lisait juste avant d'avoir des difficultés à respirer ?

— Je ne sais pas. Peut-être. C'était un papier comme celui-ci, c'est tout ce que je peux dire. »

La feuille avait été arrachée à un listing d'imprimante. Deux phrases s'y inscrivaient :

Tu mourras avant l'atterrissage de cet avion. *Memento, « homo », quia pulvis es et in pulverem revertis.*

Fane se rassit avec un sourire décontracté. Il tendit le papier au secrétaire. « Vous qui connaissez bien le latin, monsieur Tilley, comment traduiriez-vous la phrase écrite ici ? »

L'autre fronça le sourcil. « Qu'est-ce qui vous fait dire que je connais bien le latin ?

— Il y a quelques instants, vous avez prononcé une phrase en latin. J'ai supposé que vous en connaissiez le sens.

— Je suis quasiment ignare en la matière. Monsieur Gray, lui, était amateur de locutions et phrases latines. Pour ne pas être largué, j'ai essayé de mémoriser certaines de celles qu'il utilisait fréquemment, voilà tout.

— Je vois. Donc vous ignorez ce que signifie celle-ci ? »

Tilley considéra la note imprimée puis secoua la tête. « *Memento* signifie « se rappeler », non ?

— Avez-vous déjà entendu la phrase *memento mori* ? C'est une version plus populaire de ce qui est écrit ici. »

Le secrétaire secoua la tête. « Se rappeler quelque chose, je suppose ?

— Pourquoi le mot latin signifiant « homme » est-il entre guillemets, à votre avis ?

— Je n'en ai aucune idée. Je ne parle pas latin.

— Cela dit grossièrement : « Rappelle-toi, homme, que tu es poussière et que tu retourneras à la poussière. » Cela a de toute évidence été écrit sur un ordinateur à traitement de texte. Vous reconnaissez l'impression ? »

Tilley secoua la tête. « Ça peut sortir de n'importe laquelle des centaines d'imprimantes de l'entreprise. Vous n'insinuez pas que j'ai écrit des menaces de mort à M. Gray, j'espère.

— Comment cette feuille a-t-elle pu arriver dans son attaché-case ? interrogea Fane, ignorant le commentaire.

— Je présume que quelqu'un l'y a mise.

— Qui a pu y avoir accès ?

— Vous m'accusez encore, c'est ça ? Je le haïssais, mais pas au point de me trancher la gorge moi-même. Ce salopard était pour moi la poule aux œufs d'or. Me débarrasser de lui n'aurait eu aucun intérêt.

— C'est vrai », marmonna le criminologue, pensif. Avisant un bloc-notes dans la mallette, il le feuilleta tandis que Frank Tilley l'observait, mal à l'aise. Fane trouva une liste d'initiales sous le chapeau « renvoi immédiat » et la date du jour.

« Une demi-douzaine de personnes qu'il était sur le point de virer ? s'enquit-il.

— Je vous ai dit qu'il allait s'offrir une purge publique de ses cadres. Il avait mentionné quelques noms.

— La liste ne comporte que des initiales et commence par O.T.E. » Il haussa un sourcil à l'attention de Tilley. « Oscar Elgee ?

— Pas du tout, répondit le secrétaire avec un sourire paternaliste. Ça signifie Otis T. Elliott, le directeur général d'une de nos filiales américaines.

— Je vois. Voyons si nous pouvons identifier les autres. »

Il lut les initiales suivantes, auxquelles Tilley associa des noms – ceux de quatre autres cadres des entreprises de Gray. Les toutes dernières étaient notées Ft.

« F.T. est souligné trois fois et suivi des mots « pas d'indemnités ». Qui est F.T. ?

— Vous savez que F.T. sont mes initiales », observa calmement Tilley. Il avait blêmi, l'expression soudain très grave. « Je jure qu'il ne m'a jamais parlé de me virer quand nous avons discuté des noms figurant sur sa liste. Il n'en a jamais dit un mot.

— Y a-t-il quelqu'un d'autre dans l'entreprise dont les initiales seraient également F.T. ? »

Tilly fronça le sourcil, fouillant dans ses souvenirs, mais il finit par secouer la tête et hausser les épaules, résigné. « Non. Il ne peut s'agir que de moi. Ah, le fumier ! Il ne m'avait pas dit ce qu'il préparait. Une jolie petite humiliation publique, je suppose. »

Hector Ross quitta la section isolée par un rideau et fit signe à Fane de le rejoindre. « Je crois pouvoir te dire comment on a procédé », annonça-t-il avec satisfaction.

Le criminologue sourit à son ami. « Moi aussi.

Dis-moi si je me trompe. Gray est allé aux toilettes utiliser son inhalateur pour faire cesser une crise d'asthme. Il l'a placé dans sa bouche, il a appuyé dessus normalement, et... » Il acheva par un haussement d'épaules.

Ross paraissait choqué. « Comment as-tu... ? » Il jeta un coup d'œil par-dessus l'épaule de Fane et vit Frank Tilley, toujours assis, qui se tortillait nerveusement. « Est-ce qu'il a avoué avoir trafiqué l'appareil ?

— Non. C'est bien ça ?

— C'est une bonne hypothèse, mais il faudra qu'un laboratoire le confirme. J'ai trouvé des particules d'aluminium et de plastique dans la bouche. Il est certain qu'une explosion puissante a envoyé un petit projectile en acier dans le palais avec une telle force qu'il a pénétré dans le cerveau et que la mort a été instantanée, comme tu l'as supposé au départ. Le propulseur lui-même a été désintégré par l'explosion. Il n'en reste que des fragments enchâssés dans la bouche et les joues de la victime. En cherchant bien, j'en ai aussi trouvé dans les toilettes. Diabolique.

— Ç'a été planifié par quelqu'un qui savait que l'ami Gray avait une faiblesse et qui a parié dessus. Gray détestait utiliser son inhalateur en public et cherchait toujours un coin tranquille. Le plan a très bien fonctionné et failli nous présenter un crime impossible, dépourvu de solution. Initialement, il semblait qu'on avait tiré dans la bouche de la victime au sein d'un cabinet de toilette verrouillé. »

Hector Ross adressa à son collègue un sourire indulgent. « Tu veux dire que tu as déjà la solution ?

— Oh oui. Tu te rappelles ce qu'on chantait à l'école ?

La vie est vraie ! La vie est sincère !
Et le tombeau n'en clôt pas la trame ;
Tu es et redeviendras poussière,
Ne fut au grand jamais dit de l'âme. »

Le médecin hocha la tête. « Il y a bien longtemps que je n'ai pas chanté ça, mon ami. C'est de Longfellow, non ? »

Fane eut un large sourire. « Si, tout à fait. Fondé sur quelques lignes du livre de la Genèse – « *terra es, terram ibis* » – « tu es poussière et tu retourneras à la poussière ». Prie le commandant Evans de venir, s'il te plaît. » Le médecin présenta cette requête à Jeff Ryder, qui l'avait assisté. Quand le chef de cabine fut parti, Fane se retourna vers son ami. « On dira ce qu'on voudra : ça sert d'avoir appris le latin.

— Je ne te suis pas, mon vieux.

— Notre meurtrier aimait trop les blagues latines qu'il partageait avec son patron.

— Tu veux dire son secrétaire ? » Ross jeta un coup d'œil à Frank Tilley.

« Tilley se prétend même incapable de traduire *memento mori*.

— Souviens-toi de la mort ? »

Fane considéra son ami avec désapprobation. « En fait, ça veut dire « souviens-toi que tu vas mourir », et on appelle généralement *memento mori* un crâne humain ou quelque autre objet qui nous remet en mémoire notre mortalité. »

Le commandant Evans arriva et considéra tour à tour Fane et Ross. « Eh bien, quelles nouvelles ?

— Pour éviter toute scène déplaisante dans l'avion, je vous suggère d'appeler par radio la police, afin qu'elle arrête un de vos passagers pour meurtre, commandant. Il est inutile de faire quoi que ce soit avant l'atterrissage. Notre homme ne peut pas aller loin.

— Quel homme ? interrogea Evans, le visage grave.

— Il voyage en classe touriste sous le nom d'Oscar Elgee.

— Comment aurait-il pu ?

— Simple. Elgee n'était pas seulement le domestique de Gray mais je pense que vous découvrirez, d'après les indices peu subtils fournis par monsieur Tilley, qu'il en était aussi l'amant. Il semble l'avoir confirmé en écrivant un message qui comprend une phrase en latin dans laquelle il a souligné le mot *homo* – qui signifie « homme » mais dont nous savons aussi qu'il s'agissait d'un mot d'argot assez courant dans ma génération pour désigner un homosexuel.

— Comment sais-tu qu'Elgee est capable de comprendre des calembours en latin ? s'enquit Ross.

— Au moment où il a vu le corps de Gray, il a précisément marmonné ces mots : *terra es, terram ibis* – tu es poussière et tu retourneras à la poussière.

— Une querelle d'amoureux ? demanda encore le médecin. L'amour qui se change en haine, et tout ça, comme disait plus ou moins Bill Shakespeare ? »

Fane hocha la tête. « Gray allait virer Elgee, tant comme amant que comme employé, et le second a décidé de mettre un terme à la carrière du premier en plein vol, si j'ose dire. Il y a dans l'attaché-case de la victime une note indiquant qu'Elgee devait être viré sur-le-champ et sans indemnités. »

Tilley, demeuré jusque-là tranquillement assis, secoua la tête avec véhémence.

« Non, pas du tout, interrompit-il. Nous avons parcouru cette liste ensemble. Je vous ai dit que les initiales O.T.E. faisaient référence à Otis Elliott. J'avais faxé sa lettre de licenciement avant qu'on ne monte à bord de l'avion. »

Fane eut un petit sourire. « Vous oubliez F.T.

— Mais ce sont mes…

— Vous ne partagiez pas la passion de votre patron pour le latin, n'est-ce pas ? C'est ce F.T. qui m'a induit en erreur. J'aurais dû comprendre qu'une personne de la réputation de Gray n'aurait pas écrit F suivi d'un t minuscule s'il voulait indiquer les initiales F.T. J'ai manqué le coche. Ce n'étaient pas du tout vos initiales, monsieur Tilley. Ft était une abbréviation. Précisément *fac* de *facere*, « faire », et *totum*, « tout ». *Factotum*. Et qui était le factotum de Gray ? »

Il y eut un moment de silence.

« Nous découvrirons sans doute que l'assassinat a été préparé une ou deux semaines à l'avance. Une fois que j'ai réalisé quel mécanisme avait tué Gray, je n'avais plus qu'à chercher la personne capable de concevoir ledit mécanisme tout en ayant le mobile et l'occasion. Tendez les mains, monsieur Tilley. »

Le secrétaire s'exécuta sans enthousiasme.

« On ne voit pas bien ces mains-là en train de construire un mécanisme délicat, n'est-ce pas ? reprit Fane. Non, Elgee, le modéliste et homme à tout faire, a modifié un des inhalateurs de Gray pour qu'une simple pression le fasse exploser violemment dans la bouche et projeter une aiguille jusqu'au cerveau. Simple mais efficace. Il savait que Gray n'aimait pas faire usage de son inhalateur en public. Le reste était laissé au hasard, mais c'était un hasard prometteur. Il a bien failli s'agir du crime impossible par excellence. Ça aurait marché si la victime et son assassin n'avaient pas tant aimé leurs petites plaisanteries privées en latin. »

L'expert en turbulences

STEPHEN KING

Stephen King – c'est-à-dire moi – a écrit au moins deux histoires qui parlent de peur en avion. La première, « Les Langoliers », a été adaptée en minisérie télévisée. La seconde, « Le Rapace nocturne », met en scène un vampire qui pilote un avion privé au lieu de se changer en chauve-souris, et elle a été adaptée au cinéma. Celle qui suit est toute neuve.

1

Craig Dixon, installé dans le salon d'une petite suite dans un hôtel Four Seasons, mangeait les plats dispendieux du service de chambre et regardait un film commandé sur la télé à la carte quand le téléphone sonna. Son pouls jusque-là tranquille perdit toute maîtrise et accéléra. Dixon n'avait aucune attache, c'était la parfaite définition du nomade, et une seule personne le savait descendu dans cet hôtel de luxe en face du jardin public Boston Common. Il envisagea de laisser sonner, mais l'homme qu'il appelait le facilitateur se contenterait de rappeler, et continuerait jusqu'à ce qu'il réponde. S'il refusait de répondre, il y aurait des conséquences.

Ce n'est pas l'enfer, se dit-il, la chambre est trop confortable, mais c'est le purgatoire. Et pas de possibilité de retraite avant un long moment.

Il coupa le son de la télé et décrocha. Il ne dit pas « Allô ». Ce qu'il dit, ce fut : « Ce n'est pas juste. Je viens d'arriver de Seattle il y a deux jours. Je suis encore en pleine récupération.

— Bien compris et terriblement désolé, mais on a un souci, et il n'y a que vous de disponible. » *Souci* sonnait comme *souzi*.

Le facilitateur avait la voix apaisante, lénifiante, d'un disc-jockey de radio FM, seulement gâchée par un léger zozotement occasionnel. Son correspondant, quoique ne l'ayant jamais vu, l'imaginait grand et mince, les yeux bleus et le visage sans âge, sans rides. En réalité, il était probablement gras, chauve et basané, mais Dixon estimait que son image mentale ne changerait jamais, car il ne s'attendait pas à le rencontrer un jour. Il avait connu un certain nombre d'experts en turbulences durant ses années de labeur pour l'entreprise – si c'était bien une entreprise – et aucun n'avait jamais vu le facilitateur. Ce qui était sûr, c'était qu'aucun des experts qui travaillaient pour lui n'était dépourvu de rides ; même ceux qui avaient entre vingt et quarante ans paraissaient d'âge mûr. Ce n'était pas à cause du travail, qui exigeait parfois de se coucher tard mais n'impliquait pas d'effort physique exténuant. C'était à cause de ce qui les rendait *capables* d'effectuer ce travail.

« Allez-y, soupira Dixon.

— Allied Airlines, Vol 19, direct de Boston à Sarasota. Départ à 20 h 10. Vous avez tout juste le temps de l'attraper.

— Il n'y a vraiment personne d'autre ? » Il se rendit compte qu'il bêlait presque. « Je suis fatigué, mon vieux. Épuisé. Le trajet depuis Seattle a été carrément crevant.

— Votre place habituelle », dit le facilitateur, prononçant le second mot *plaze*. Puis il raccrocha.

Dixon considéra le filet d'espadon dont il n'avait plus envie, il jeta un coup d'œil au film avec Kate Winslet dont il ne verrait pas la fin, du moins pas à Boston, puis il envisagea – et ce n'était pas la première fois ! – de faire ses bagages, de louer une voiture et de partir vers le nord, de traverser le New Hampshire et le Maine avant de franchir la frontière du Canada. Mais on le rattraperait. Il le savait. Et la rumeur voulait que les experts en fuite soient électrocutés ou éviscérés, voire bouillis vivants. Dixon ne croyait pas cette rumeur… sauf qu'il la croyait un peu.

Il commença à emballer ses affaires. Il y en avait peu. Les experts en turbulences voyageaient léger.

2

Son billet l'attendait au guichet. Comme toujours, sa mission le plaçait en classe économique, juste derrière l'aile tribord, sur le siège du milieu. Comment il se trouvait que ce siège-là soit toujours disponible constituait un mystère, tout comme l'identité du facilitateur, l'endroit d'où il appelait, ou l'organisation pour laquelle il travaillait. À l'instar du billet, la place l'attendait toujours, voilà tout.

Dixon rangea son sac dans le compartiment à bagages et considéra ses compagnons de voyage de la soirée : un businessman aux yeux rouges et à l'haleine empestant le gin côté allée, une dame d'âge moyen aux allures de bibliothécaire côté fenêtre. Le premier marmonna quelques mots inintelligibles quand Dixon se glissa devant lui en murmurant des excuses. Il lisait un livre de poche intitulé avec un goût exquis *Ne vous laissez pas enc**er par le patron*. La seconde regardait par le hublot les divers véhicules qui allaient et venaient lentement, comme si elle n'avait jamais rien vu de plus fascinant. Un tricot reposait sur ses genoux. Dixon estima qu'il s'agissait d'un chandail.

Elle se retourna, sourit et lui tendit la main. « Bonjour, je m'appelle Mary Worth. Comme le personnage de BD. »

Dixon ne connaissait aucun personnage de ce nom, mais il lui serra tout de même la main. « Craig Dixon. Ravi de vous connaître. »

Le businessman grogna et tourna une page de son livre.

« Je me réjouis d'avance, dit Mary Worth. Je n'ai pas pris de vraies vacances depuis douze ans. Je loue une petite maison de Siesta Key avec deux copines.

— Copines », grogna le businessman. Le grognement semblait être son mode d'expression par défaut.

« Oui ! » Mary Worth avait le regard pétillant. « On l'a pour trois mois. On ne s'est encore jamais vraiment rencontrées, mais ce sont de vraies copines. On est toutes veuves. On s'est connues dans une *chat room* sur Internet. C'est vraiment super, Internet. Il n'y avait rien de tel quand j'étais jeune.

— Les pédophiles trouvent ça super aussi », fit le businessman avant de tourner une autre page.

Le sourire de madame Worth disparut un instant puis revint en force. « Ravie de vous connaître, monsieur Dixon. Vous voyagez pour le plaisir ou pour le travail ?

— Le travail », répondit Dixon.

Un ding-dong sortit des haut-parleurs. « Bonsoir, mesdames et messieurs, ici le commandant Stuart. Comme vous pouvez le constater, nous nous écartons de la porte d'embarquement et roulons vers la Piste n° 3, où nous sommes en troisième position pour le décollage. Nous prévoyons deux heures quarante de vol jusqu'à Sarasota, ce qui devrait vous déposer au pays des palmiers et des plages de sable fin juste avant vingt-trois heures. Le ciel est clair et nous nous attendons à un vol sans histoires. À présent, je vous demande d'attacher vos ceintures, de remonter vos tablettes si vous les avez baissées…

— Comme si on avait quelque chose à poser dessus, grogna le businessman.

— … et de ranger tous les objets personnels que

vous pourriez être en train d'utiliser. Merci d'avoir choisi Allied Airlines. Nous savons que le choix ne manque pas.

— Mon cul, grogna encore son voisin de gauche.

— Lisez donc votre bouquin », lança Dixon, ce qui lui valut un regard surpris.

Dixon avait déjà le cœur emballé, l'estomac contracté et la gorge sèche. Même s'il pouvait se dire que tout se passerait bien, puisque tout se passait *toujours* bien, cela ne l'aidait pas. Il redoutait les profondeurs qui ne tarderaient pas à s'ouvrir sous lui.

Le vol Allied 19 décolla à 20 h 13, trois minutes à peine après l'heure prévue.

3

Quelque part au-dessus du Maryland, une hôtesse poussa dans l'allée un chariot chargé de boissons et d'en-cas. Le businessman posa son livre et attendit impatiemment qu'elle arrive à sa hauteur. Il acheta alors une cannette de Schweppes, deux petites bouteilles de gin et un paquet de Fritos. Sa MasterCard ne semblant pas fonctionner, il donna sa carte American Express à la jeune femme en la regardant avec colère, comme si elle était responsable de l'échec du premier choix. Dixon se demanda si la MasterCard avait atteint son plafond et si monsieur Businessman réservait l'autre pour les situations du type « briser la glace en cas d'urgence ». C'était bien possible : il avait une coupe de cheveux approximative et semblait un peu élimé sur les bords. Dixon s'en fichait complètement, mais cela lui donnait un sujet de réflexion en dehors de sa terreur de fond constante. En dehors de l'attente. Ils volaient à trente-quatre mille pieds : une sacrée marche.

Mary Worth demanda du vin et le versa avec soin dans son petit gobelet en plastique.

« Vous ne prenez rien, monsieur Dixon ?

— Non, je ne bois ni ne mange jamais rien en avion. »

Monsieur Businessman grogna. Il avait terminé son premier gin-tonic et attaquait le second.

« Vous êtes du genre crispé en avion, c'est ça ? s'enquit Mary Worth, compatissante.

— Oui. » Il n'avait aucune raison de ne pas l'admettre. « Oui, j'en ai bien peur.

— Inutile », dit monsieur Businessman. Ragaillardi par son verre, il articulait pour de bon les mots au lieu de les grogner. C'est le moyen de transport le plus sûr jamais inventé. Il n'y a pas eu d'accident d'avion de ligne depuis des lustres. Du moins pas dans notre pays.

— Moi, ça ne me dérange pas », dit Mary Worth. Elle avait bu la moitié de sa bouteille et de petites roses ornaient à présent ses joues. Ses yeux étincelaient. « Je n'étais pas montée en avion depuis la mort de mon mari, il y a cinq ans, mais nous volions ensemble trois ou quatre fois par an. Je me sens plus proche de Dieu, ici. »

Comme en réponse à un signal, un bébé se mit à pleurer.

« Si le paradis est aussi bondé et bruyant que ça, je ne veux pas y aller, observa monsieur Businessman en balayant du regard la cabine de classe éco du 737.

— Il paraît que c'est cinquante fois plus sûr que de voyager en voiture, reprit Mary Worth. Peut-être encore plus. Peut-être cent fois.

— Dites plutôt cinq cents. » Monsieur Businessman se pencha devant Dixon et tendit la main à leur voisine. Le gin avait produit un miracle temporaire : de grognon, il était devenu affable. « Frank Freeman. »

Elle lui serra la main en souriant. Craig Dixon restait assis entre eux, très droit et très malheureux, mais, quand Freeman lui tendit la main à son tour, il la serra aussi.

« Dites donc, fit le businessman, qui alla jusqu'à rire, vous avez vraiment peur, hein ? Mais vous savez ce qu'on dit : mains froides, cœur chaud. » Il avala le reste de son verre.

Les cartes de crédit de Dixon, elles, fonctionnaient toujours. Il descendait dans des hôtels de première classe et s'offrait des restaurants de première classe. Parfois il passait la nuit avec une jolie femme en payant un supplément pour s'adonner à des pratiques bizarres qui, à en juger par certains sites internet que Mary Worth ne visitait probablement pas, ne l'étaient pas tant que ça. Il avait des amis parmi les autres experts en turbulences : tous étaient très liés, par leur métier autant que par leurs peurs. Le salaire était plus que bon, et il y avait énormément d'avantages en nature... toutefois, dans ces moments-là, rien de tout cela ne comptait. Dans ces moments-là, il n'y avait que la peur.

Tout se passerait bien. Tout se passait *toujours* bien.

Mais, dans ces moments-là, quand il attendait que le merdier se déchaîne, cette pensée n'avait aucun effet. Raison pour laquelle, bien sûr, il était si doué pour son travail.

Trente-quatre mille pieds. Une sacrée marche.

4

Les turbulences atmosphériques.

Dixon les connaissait bien mais n'y était pourtant jamais préparé. Cette fois, le vol 19 se trouvait quelque part au-dessus de la Caroline du Sud quand elles frappèrent. Une femme se dirigeait vers les toilettes à l'arrière de l'avion. Un jeune homme en jean, les joues couvertes d'un duvet de barbe à la mode, se penchait pour parler à une autre femme assise près de l'allée, côté bâbord, et tous les deux riaient. Mary Worth somnolait, la tête appuyée contre le hublot. Frank Freeman en était à la moitié de son troisième verre et de son deuxième paquet de Fritos.

Le 737 s'inclina soudain à bâbord et bondit en hauteur tout en émettant bruits sourds et grincements. La passagère qui se rendait aux cabinets fut projetée contre la dernière rangée de sièges bâbord. Le jeune homme mal rasé s'envola vers la cloison supérieure, levant la main juste à temps pour amortir le coup.

Plusieurs personnes qui avaient débouclé leur ceinture de sécurité furent soulevées au-dessus du dossier de leur siège, comme en lévitation. Des hurlements fusèrent.

L'avion se mit à tomber comme une pierre dans un puits, produisit un nouveau bruit sourd, puis remonta, à présent incliné de l'autre côté. Freeman avait été surpris alors qu'il levait son verre, dont le contenu s'était répandu sur lui.

« Putain de merde ! » s'écria-t-il.

Dixon ferma les yeux et attendit la mort. Il savait qu'il ne mourrait pas s'il faisait son travail, qu'il était là pour cela, mais c'était toujours pareil. Il attendait toujours la mort.

Le ding-dong résonna. « Ici le commandant. » La voix de Stuart était – pour employer une expression popularisée par un commentateur sportif – aussi fraîche que l'envers de l'oreiller. « Il semble que nous rencontrions des turbulences inattendues, mesdames et messieurs. J'ai… »

L'avion fut la proie d'un nouveau soubresaut horrifiant, soixante tonnes de métal soulevées tel un morceau de papier carbonisé dans une cheminée, puis il retomba avec un autre bruit sinistre. Il y eut encore des hurlements. La dame en route vers les toilettes, qui s'était relevée, tituba en arrière, agita les bras, et tomba sur les sièges côté tribord. Monsieur Mal Rasé, accroupi dans l'allée, s'aggripait aux accoudoirs des deux côtés. Deux ou trois compartiments à bagages s'ouvrirent et des sacs en tombèrent.

« Putain de merde ! répéta Freeman.

— Donc, j'ai allumé le signal des ceintures, continua le pilote. Toutes nos excuses, mesdames et messieurs, nous retrouverons un air tranquille… »

Le 737 commença à se soulever et à retomber en une suite de secousses saccadées, tel un caillou rebondissant à la surface d'un étang.

« …dans quelques instants, alors accrochez-vous bien. »

L'avion descendit à nouveau, remonta… Les bagages à main, dans l'allée, s'envolaient, se posaient brutalement, roulaient de-ci de-là. Dixon avait fermé les yeux avec force. Son cœur cognait désormais si vite qu'il ne distinguait plus de battements individuels. L'adrénaline lui emplissait la bouche d'un goût aigre. Il sentit une main enserrer la sienne. Mary Worth le fixait, aussi pâle qu'un parchemin, avec des yeux immenses.

« Est-ce que nous allons mourir, monsieur Dixon ? »

Oui, songea-t-il. Cette fois, nous allons mourir.

« Non, dit-il. Tout va se passer tr… »

L'avion sembla percuter un mur de briques, ce qui les projeta tous en avant contre leur ceinture de sécurité, puis il s'inclina à bâbord : trente degrés, quarante, cinquante. Juste au moment où Dixon se convainquait qu'il allait se retourner complètement, il se remit d'aplomb. Plusieurs personnes hurlaient. Le bébé vagissait. Un homme criait : « Tout va bien, Julie, c'est normal, tout va bien ! »

Dixon ferma à nouveau les yeux et laissa la terreur

s'emparer de lui tout à fait. C'était horrible ; c'était le seul moyen.

Il les vit rouler à nouveau, sans interruption cette fois, se retourner pour de bon. Il vit le grand avion perdre sa place dans le mystère thermodynamique qui le soutenait auparavant. Il vit le nez se soulever rapidement, puis plus lentement, puis basculer vers le bas à l'image d'un wagonnet de montagnes russes au bord de sa première descente. Il vit l'avion entamer une ultime plongée, les passagers qui n'étaient pas attachés plaqués contre le plafond, tandis que les masques à oxygène jaunes effectuaient une dernière tarentelle frénétique au bout de leurs câbles. Il vit le bébé s'envoler et disparaître en classe affaires, toujours hurlant. Il vit l'avion percuter le sol, le nez et la cabine de première classe se changer en un bouquet d'acier froissé qui se propagea en classe économique, crachant fils, morceaux de plastique et membres tranchés alors même qu'un incendie se déclenchait. Dixon prit une dernière inspiration qui enflamma ses poumons comme des sacs en papier.

Tout cela en quelques secondes – peut-être trente, pas plus de quarante –, et si réel que ç'aurait aussi bien pu être en train d'arriver. Enfin, après un soubresaut supplémentaire, le 737 se stabilisa et Dixon ouvrit les yeux. Mary Worth le fixait encore, les yeux emplis de larmes.

« Je croyais qu'on allait mourir, dit-elle. Je *savais* qu'on allait mourir. Je l'ai *vu*. »

Moi aussi, songea-t-il.

« Ridicule ! » Quoique s'exprimant avec conviction, Freeman avait le teint nettement verdâtre. « Ces avions, vu comment ils sont construits, ils pourraient traverser un ouragan. Ils… »

Une éructation liquide interrompit sa dissertation. Il tira un sac à vomi de la poche du siège de devant, l'ouvrit, et le posa devant sa bouche. S'ensuivit un bruit qui rappela à Dixon un moulin à café petit mais efficace. Cela s'arrêta puis recommença.

Le ding-dong résonna. « Toutes nos excuses, mesdames et messieurs, dit le commandant Stuart, toujours aussi frais que l'envers de l'oreiller. Cela arrive de temps en temps, un petit phénomène climatique que nous appelons turbulences atmosphériques. La bonne nouvelle, c'est que j'ai envoyé un message radio et que les avions qui nous suivent seront dirigés à l'écart de ce point agité. La nouvelle encore meilleure, c'est que nous atterrirons dans quarante minutes et que je vous garantis un vol sans histoires jusqu'au bout. »

Mary Worth eut un rire tremblant. « C'est ce qu'il disait aussi tout à l'heure. »

Frank Freeman était en train de plier le haut de son sac à vomi, effectuant l'opération en homme qui avait de l'expérience. « Ce n'est pas la peur, n'allez pas croire ça, c'est le mouvement qui m'a rendu malade. Je ne peux même pas voyager à l'arrière d'une voiture sans avoir la nausée.

— Je rentrerai à Boston en train, déclara Mary Worth. Plus question de vivre *ça*, merci beaucoup. »

Les hôtesses s'assurèrent qu'aucun des passagers

n'ayant pas porté leur ceinture n'était blessé, puis débarrassèrent l'allée des bagages tombés. La cabine résonnait de bavardages et de rires nerveux. Dixon regardait et écoutait tout cela, tandis que son pouls redevenait normal. Il était épuisé – comme toujours après avoir sauvé un avion empli de passagers.

Le reste du vol fut routinier, exactement comme l'avait promis le commandant.

5

Mary Worth se hâta d'aller récupérer ses bagages qui devaient arriver par le tapis roulant n° 2, au sous-sol. Dixon, n'ayant que son petit sac, s'arrêta boire un verre au Dewar's Clubhouse. Il invita monsieur Businessman à l'accompagner, mais Freeman secoua la tête : « J'ai vomi la gueule de bois de demain au-dessus de la ligne Caroline du Sud-Géorgie, et je crois que je vais laisser tomber pendant que je tiens le bon bout. Bonnes chances pour vos affaires à Sarasota, monsieur Dixon. »

Dixon, dont les affaires s'étaient en fait traitées au-dessus de cette même ligne Caroline du Sud-Géorgie, hocha la tête et le remercia. Un sms lui parvint alors qu'il terminait son whisky-soda. C'était du facilitateur, deux mots seulement : Bon boulot.

Il prit l'escalator jusqu'au rez-de-chaussée. Un homme en costume sombre et casquette de chauffeur se tenait en bas des marches, porteur d'une pancarte à son nom. « C'est moi, se présenta Dixon. Où m'a-t-on réservé une chambre ?

— Au Ritz-Carlton, dit le chauffeur. C'est très bien. »

Bien sûr que oui, et une belle suite l'y attendrait, sans doute avec vue sur la baie. Il y aurait aussi une voiture louée pour lui dans le garage de l'hôtel, au cas où il aimerait visiter une plage de la région ou une des attractions locales. Dans la chambre, il trouverait une enveloppe renfermant une liste de divers services féminins, une possibilité qui ne lui inspirait ce soir-là aucun intérêt. Tout ce qu'il voulait, c'était dormir.

Quand le chauffeur et lui sortirent, il vit Mary Worth debout sur le trottoir, seule, et l'air un peu abandonné. Une valise était posée à sa droite et à sa gauche (les deux assorties, bien sûr, et écossaises). Elle tenait son téléphone à la main.

« Madame Worth », dit Dixon.

Elle leva les yeux et sourit. « Rebonjour, monsieur Dixon. Nous avons survécu, hein ?

— En effet. Quelqu'un vient vous chercher ? Une de vos copines ?

— Madame Yeager – Claudette – devait passer, mais sa voiture refuse de démarrer. Je m'apprêtais à appeler un Uber. »

Il entendit à nouveau ce qu'elle avait dit quand les turbulences – quarante secondes qui avaient paru durer quatre heures – s'étaient enfin apaisées : Je *savais* qu'on allait mourir. Je l'ai *vu*.

« Pas la peine. Nous pouvons vous déposer à Siesta

Key. » Il désigna la longue limousine garée un peu plus loin le long du trottoir, puis se tourna vers le chauffeur. « N'est-ce pas ?

— Bien entendu, monsieur. »

Elle le considéra d'un air dubitatif. « Vous êtes sûr ? Il est affreusement tard.

— Ce sera un plaisir, assura-t-il. Allons-y. »

6

« Oh que c'est agréable, fit Mary Worth en s'installant sur la banquette en cuir, les jambes étendues. Quel que soit votre métier, vous devez y faire merveille, monsieur Dixon.

— Appelez-moi Craig. Je vous appellerai Mary, vous m'appellerez Craig. Il faut que nous nous appelions par nos prénoms, car je veux vous parler. » Il appuya sur un bouton qui fit remonter le verre garantissant leur intimité.

Mary Worth observa l'opération avec une certaine nervosité, puis se tourna vers lui. « Vous n'allez pas, comme on dit, me faire des propositions ? »

Il sourit. « Non. Vous n'avez rien à craindre de moi. Vous disiez vouloir rentrer en train. Vous étiez sérieuse ?

— Absolument. J'ai dit qu'en avion je me sentais plus proche de Dieu, vous vous rappelez ?

— Oui.

— Je ne me sentais pas proche de Dieu pendant que

nous étions secoués comme des salades à dix ou douze kilomètres d'altitude. Pas du tout. Je me sentais juste proche de la mort.

— Est-ce que vous remonteriez en avion un jour ? »

Elle médita la question avec attention, regardant défiler palmiers, concessionnaires automobiles et fast-foods tandis qu'ils roulaient vers le sud sur la Tamiami Trail. « Je suppose que oui. Si quelqu'un était sur son lit de mort, disons, et que je doive me rendre très vite à son chevet. Sauf que je ne vois pas de qui il pourrait s'agir, parce que je n'ai pas beaucoup de famille. Mon mari et moi n'avons jamais eu d'enfants, mes parents sont morts, et cela ne me laisse que quelques cousins à qui j'écris rarement, sans parler de les voir. »

De mieux en mieux, songea Dixon.

« Mais vous auriez peur ?

— Oui. » Elle lui rendit son regard, les yeux écarquillés. « J'ai vraiment cru que nous allions mourir. Là-haut si l'avion tombait en morceaux, par terre sinon. Qu'il ne resterait de nous que de petits fragments carbonisés.

— Laissez-moi vous exposer une situation hypothétique, dit Dixon. Ne riez pas, réfléchissez-y sérieusement.

— D'accord…

— Supposez qu'il existe une organisation dont le travail consiste à assurer la sécurité des avions.

— Il y en a une, fit Mary Worth en souriant. Je crois qu'elle s'appelle Federal Aviation Administration.

— Supposez que cette organisation puisse prédire quels avions rencontreront des turbulences graves inattendues au cours d'un vol donné. »

Mary Worth tapa des mains pour applaudir discrètement. Son sourire s'était élargi. Elle entrait dans le jeu. « Sans aucun doute composée de clairvoyants ! Ce sont des gens qui…

— Des gens qui voient l'avenir », compléta Dixon. N'était-ce pas possible, d'ailleurs ? Voire probable ? Comment le facilitateur, sinon, obtiendrait-il ses informations ? « Mais disons que leur talent pour voir l'avenir se limite à ce domaine particulier.

— Comment cela se ferait-il ? Pourquoi ne pourraient-ils pas prédire le résultat des élections… les scores des matchs de foot… le Derby du Kentucky ?

— Je ne sais pas », répondit Dixon, en songeant : peut-être en sont-ils capables. Peut-être peuvent-ils prédire un tas de choses, ces clairvoyants hypothétiques réunis dans une salle qui ne l'était pas moins. Peut-être. Il s'en moquait. « Maintenant, allons plus loin. Supposons que monsieur Freeman se trompe, que les turbulences comme celles que nous avons rencontrées ce soir soient bien plus dangereuses que quiconque – y compris les compagnies aériennes – ne le croit ou n'est prêt à l'admettre. Supposez qu'on ne puisse survivre à ces turbulences-là que s'il se trouve au moins un passager terrifié mais doué d'un certain talent à bord de chaque avion qui les rencontre. » Il marqua une pause. « Et supposez que, sur le vol de ce soir, j'aie été ce passager-là. »

Mary Worth éclata d'un rire joyeux et ne redevint sérieuse qu'en constatant qu'il ne l'imitait pas.

« Et les avions qui traversent des ouragans, Craig ? Je crois que monsieur Freeman a dit quelque chose à ce sujet juste avant d'utiliser son sac à vomi. Ceux-là survivent à des turbulences encore pires que celles que nous avons subies ce soir.

— Mais leurs pilotes savent dans quoi ils s'engagent. Ils sont préparés mentalement. C'est vrai pour de nombreux vols réguliers. Le commandant de bord prend la parole avant le décollage et déclare : « Mesdames, messieurs, j'en suis désolé mais nous allons être un peu secoués ce soir, alors gardez vos ceintures bouclées.

— Je comprends, dit-elle. Des passagers préparés psychologiquement pourraient… comment dire ? Unir leur force télépathique, ou quelque chose comme ça, pour garder l'avion en l'air. Ce sont uniquement les turbulences imprévues qui réclameraient la présence d'une personne déjà préparée. Un passager terrifié… hum… Je ne sais pas comment on appellerait quelqu'un comme ça.

— Un expert en turbulences, répondit doucement Dixon. C'est comme ça qu'on les appelle. Qu'on m'appelle, moi.

— Vous n'êtes pas sérieux.

— Mais si. Je suis sûr qu'en ce moment, vous vous dites que vous voyagez en compagnie d'un homme qui souffre de graves illusions et que vous avez hâte de descendre de voiture. Mais c'est bel et bien mon travail. Je suis payé grassement…

— Par qui ?

— Je ne sais pas. Un homme me téléphone. Les autres experts en turbulences – nous sommes quelques dizaines – et moi l'appelons le facilitateur. Parfois, il s'écoule plusieurs semaines entre deux missions. Une fois, il s'est écoulé deux mois. Cette fois-ci, ça n'a duré que deux jours. Je suis arrivé à Boston de Seattle, au-dessus des Montagnes Rocheuses… » Il se passa la main sur la bouche, peu soucieux de se rappeler mais se rappelant tout de même. « Disons juste que ç'a été violent. Il y a eu deux bras cassés. »

Ils prirent un tournant. Dixon, par la fenêtre, vit un panneau indiquant SIESTA KEY 3 km.

« Si c'était vrai, reprit Mary Worth, pourquoi diable feriez-vous ça ?

— Ça paie bien. Il y a des avantages en nature. J'aime voyager… j'aimais ça, en tout cas : au bout de cinq ou dix ans, tous les endroits commencent à se ressembler. Mais, surtout… » Il se pencha pour lui prendre une main entre les siennes. En dépit de ce qu'il craignait, elle ne la lui retira pas. Elle le contemplait avec fascination. « Cela sauve des vies. Il y avait plus de cent cinquante personnes dans notre avion, ce soir. Sauf que les compagnies aériennes ne parlent pas de personnes mais d'*âmes*, et c'est bien le terme qui convient. J'ai sauvé ce soir cent cinquante âmes. Et, depuis que je fais ce travail, j'en ai sauvé des milliers. » Il secoua la tête. « Non : des dizaines de milliers.

— Mais vous êtes terrifié à chaque fois. Je vous ai

vu, Craig. Vous étiez en proie à une terreur mortelle. Et moi aussi. Contrairement à monsieur Freeman qui a vomi seulement parce qu'il avait le mal de l'air.

— Monsieur Freeman ne pourrait jamais faire ce travail, dit Dixon. On ne peut pas le faire si on n'est pas convaincu, chaque fois que les turbulences commencent, qu'on va mourir. On en est convaincu alors même qu'on sait être la personne grâce à qui cela n'arrivera pas. »

La voix tranquille du chauffeur monta de l'interphone. « Cinq minutes, monsieur Dixon.

— J'admets que c'était une discussion fascinante, dit Mary Worth. Puis-je vous demander comment vous avez trouvé cet emploi extraordinaire ?

— J'ai été recruté, répondit Dixon. Tout comme je suis en train de vous recruter en ce moment. »

Elle sourit mais, cette fois, n'alla pas jusqu'à rire. « Très bien, je joue le jeu. Supposons que vous me recrutiez. Qu'est-ce que ça vous rapporte ? Un bonus ?

— Oui. » Deux ans de service annulés, tel était le bonus. Il serait plus près de deux ans de la retraite. Il avait dit la vérité sur ses mobiles altruistes – sauver des vies, sauver des âmes – mais aussi en affirmant que les voyages finissaient par lasser. C'était vrai également du sauvetage des âmes, quand le prix en était d'interminables moments de terreur à grande altitude.

Aurait-il dû prévenir qu'une fois engagé, on ne pouvait plus démissionner ? Qu'il s'agissait d'un pacte avec le Diable dans les règles ? Il l'aurait dû, oui. Mais il ne le ferait pas.

La limousine s'engagea sur l'allée circulaire d'un immeuble en bord de mer. Deux dames – sans aucun doute les copines de Mary Worth – attendaient là.

« Vous voulez bien me donner votre numéro de téléphone ? demanda Dixon.

— Pourquoi ? Pour que vous puissiez m'appeler ? Ou bien pour le transmettre à votre patron ? Votre facilitateur ?

— Deuxième solution. Aussi agréable que ç'ait été, Mary, nous ne nous reverrons sans doute jamais. »

Elle hésita, pensive. Les copines-en-attente dansaient presque d'enthousiasme. Enfin, elle ouvrit son sac et en tira une carte qu'elle tendit à Dixon. « Voici mon numéro de portable. On peut aussi me joindre à la bibliothèque municipale de Boston. »

Dixon éclata de rire. « Je *savais* que vous étiez bibliothécaire.

— Tout le monde s'en rend compte, dit-elle. C'est un peu ennuyeux, mais ça paie le loyer, comme on dit. » Elle ouvrit la portière. Ses copines, en la voyant, poussèrent des cris de groupies à un concert de rock.

« Il existe des occupations plus exaltantes », déclara Dixon.

Elle le considéra avec gravité. « Il y a une grande différence entre une exaltation temporaire et une peur mortelle, Craig. Je pense que nous le savons tous les deux. »

Ne pouvant la contredire sur ce point, il descendit de voiture et aida le chauffeur à décharger ses bagages, tandis qu'elle serrait dans ses bras les deux veuves rencontrées dans une *chat room* sur Internet.

7

Mary, de retour à Boston, avait presque oublié Craig Dixon quand son téléphone sonna un soir. Son correspondant était un homme affligé d'un très léger zozotement. Ils discutèrent un long moment.

Le lendemain, Mary Worth se trouvait à bord du vol Jetway 694, direct de Boston à Dallas, en classe économique, juste derrière l'aile tribord. Le siège du milieu. Elle ne commanda rien à boire ni à manger.

Les turbulences frappèrent au-dessus de l'Oklahoma.

La chute

JAMES DICKEY

Avant de secouer la tête et de grommeler : « Je ne lis pas de poésie », rappelez-vous que James Dickey n'était pas seulement poète ; il a aussi écrit *Délivrance*, le chef-d'œuvre du roman survivaliste, et un ouvrage moins connu, *Là-bas au nord,* qui raconte l'histoire d'un mitrailleur de B-29 forcé de sauter en parachute en territoire ennemi. Dickey écrivait d'expérience : il avait volé durant la Seconde Guerre mondiale et la guerre de Corée. « La chute » possède le même souffle et la même langue superbement maîtrisée que *Délivrance*. Une fois qu'on l'a lu, il est impossible de l'oublier. Un détail intéressant : Dickey avait admis dans une auto-interview que le point de départ du poème était improbable (une femme tombant d'une telle hauteur serait à moitié gelée, disait-il), mais cela s'est en fait produit : en 1972, l'hôtesse de l'air Vesna Vulovic est tombée de trente-trois mille pieds dans un DC-9 sans doute démantelé par une bombe… et elle a survécu. Le texte cité au début du poème provient d'un article du *New York Times* paru le 29 octobre 1962, rapportant un incident à bord d'un bimoteur Convair 440 d'Allegheny Airlines approchant de l'aéroport Bradley de Windsor Locks, au Connecticut. Deux autres hôtesses avaient été tuées dans des incidents similaires le mois précédent.

Une hôtesse de vingt-neuf ans a trouvé ce soir la mort en tombant (...) après avoir été aspirée par une porte de secours ouverte brusquement (...) Le cadavre (...) a été retrouvé (...) trois heures après l'accident.

New York Times

Les états quand ils s'éteignent et gisent là roulant   quand ils se tournent
Vers un point transcontinental   défilent en   tirant le clair de lune de la grande
Pierre uniface pendue au large du saumon d'aile tribord   un dormeur près
D'un moteur réclame du café   et quelque part entre sur un ton feutré
Le vaste sifflement bestial de l'espace. Dans la cuisine parmi les étagères
De plateaux   elle cherche une couverture   et dans son bel uniforme ajusté
Va l'accrocher devant la plainte en haut de la porte. Comme si elle expulsait

La porte d'une rafale silencieuse issue de ses poumons   figée   elle se noir
Vide retrouve   avec l'avion disparu et son corps pris à la gorge
Le cri éternel du néant   tombant   vivant   commençant à devenir ce
Que nul n'a jamais été ni n'a jamais vécu   hurlant sans avoir assez d'air
Encore bien apprêtée   rouge à lèvres   bas   gaine réglementaire   chapeau
Encore en place   bras et jambes hors du monde   pourtant étrangement disposés
Avec une absolue rectitude placide sur l'air raréfié   prenant son temps   elle le tient
En maints endroits   et   à présent, sa mort encore à des milliers de pieds elle paraît
Ralentir   son intérêt s'éveille   elle pivote en son corps manœuvrable

Pour l'observer. La voilà suspendue très haut dans l'écrasant milieu des choses dans son
Moi   intensément enveloppée dans le sifflement bas de son corps   dans tout son poids-danse obscur
Retombant d'un saut merveilleux   avec l'aisance retardante, ahurissante
D'un rêve où elle est entraînée   tel un infini clair de lune vers le sol des moissons
D'un état central de son pays   avec une grande chaleur progressive qui vient
la recouvrir   flottant   tirant un souffle de plus en plus profond de ce qu'elle emploie
Pour respirer   comme les niveaux deviennent plus humains   voyant des nuages honnêtement placés
En contrebas sur sa gauche et sa droite   cheminant lentement vers eux   elle étreint tout cela
Et peut y laisser pendre mains et pieds de curieuses manières   et

Les yeux grand ouverts par le vent, peut ouvrir aussi grand la bouche   plus grand encore et aspirer
Toute la chaleur des champs de maïs   peut se laisser aller sur le dos avec l'impression
De prodigieux coussins empilés sous elle   et peut se tourner   se tourner comme vers quelqu'un
Au lit   sourire, appréhendé dans l'obscurité   peut s'éloigner   pencher   glisser
Culbutant   tel l'emblème d'un oiseau aux ailes à demi déployées
Ou tournoyant follement sur elle-même   en une gymnastique éternelle dans la chaleur croissante
Des champs de blé qui montent vers la lune d'automne.   Il y a du temps pour vivre
En bonne santé surhumaine   voyant tout en bas des lumières mortelles hors de portée voyant
Une grand route suprême que sonde une voiture hors de prix en retard   avant d'arriver
Dans une ville carrée   et au large de son bras tribord le scintillement de l'eau accroche
La lune par sa face unique agitée   écaillée d'argent errant   Mon Dieu que c'est bon
Et mal   couchée tour à tour dans toutes les positions de l'amour
Dansant   dormant   et à présent les nuages la frôlent de leurs volutes sans
Imperméable   sans importance   tout n'est que petites villes plus vives par fragments de l'intérieur
Du nuage   elle marche au-dessus d'elles telle la pluie   jaillit à l'air libre pour voir un bus
Greyhound jeter de la lumière par les flancs   c'est le signal de descendre tout droit
comme un plongeur magnifique   puis les pieds les premiers   la jupe superbement
Retroussée   le visage couvert d'étoffes parfumées de peur   les jambes fiévreusement nues   puis
Les bras écartés   elle pivote lentement   se stabilise   attend qu'une force grandiose
La prenne sous son emprise   tremble près de plumes   et glisse la tête la première
Tête qui pivote selon les évolutions rapides d'un cou d'oiseau   les yeux d'or la vue-
Double-vue d'un hibou s'engouffrant dans les poulaillers   une envie de poulet la
Submerge   sa vue perçante de faucon agrandit toutes les lumières humaines de voitures
Trains de marchandises   ponts boucles   agrandit la lune et court lentement
Sur tous les méandres d'un fleuve   tous les points obscurs du Midwest flamboyant
D'en haut. Un lapin dans un buisson devient blanc   les poules se serrent à
Étouffer   car au-dessus d'elles il y a encore le temps que quelque chose vive
Avec la demi-idée fuyante d'une longue courbure   d'une course folle   d'une chute
Qui est maîtrisée   qui volette à son gré   métamorphose la gravité
En un nouvel état, montrant son autre face comme une lune   luisant
De Nouveaux Pouvoirs   il y a encore le temps de vivre sur un souffle fait de rien
Sinon de la nuit tout entière   le temps qu'elle se rappelle de rajuster sa jupe
Comme une silhouette de chauve-souris   qui la guide étroitement   elle a cette peau volante
Faite de vêtements   et il y a aussi ces parachutistes du petit écran   volant
En plein soleil   souriant sous leurs lunettes   se repassant des témoins
Et celui qui a sauté sans parachute et s'en est vu remettre un par l'un de ses
Camarades. Elle cherche son compagnon souriant   dents blanches   nulle part
Elle hurle   chante des cantiques   ses minces ailes humaines déployées
Depuis ses épaules soignées   l'air qui telle une bête fredonne pour elle   gazouille
Et elle ne peut plus contempler l'immense forme partielle du monde   à présent
Elle regarde son pays perdre ses contours suscités   le regarde perdre
Et gagner   retrouver ses maisons et ses habitants   le regarde allumer
Ses lumières locales   domiciles isolés   lampes sur le toit des granges   Si elle tombait
Dans l'eau elle pourrait vivre   tel un plongeur   fendant   plongeon   parfait

En un autre   argent lourd   élément   irrespirable   alentissant
Salvateur : il y a de l'eau   il y a du temps pour maîtriser toutes les finesses
Du plongeon   les pieds joints   les orteils pointés   les mains dans la position idéale
Pour se glisser dans l'eau telle une aiguille   pour ressortir dégoulinante mais indemne
Et se faire offrir un Coca-Cola   les voilà   voilà les eaux
De vie   un anneau de lune tapi au fond d'un lac   alors laissez-moi
Planer au sein de l'air nocturne du Kansas   ouvrant mes yeux à l'éclat
Surhumain   sur cette lune maudite   ouvrant les ailes naturelles de ma veste
Don Loper   me dirigeant tel un hibou en chasse vers une eau scintillante
On ne saurait seulement tomber   culbuter en hurlant tout ce temps   il faut
L'utiliser   elle a désormais tout traversé   tous les   nuages   cheveux   trempés
Aplatis   la dernière volute de brouillard   démantelée sur son visage tel un écheveau qui révèle
De nouvelles noirceurs   nouvelles progressions de phares sur des chemins de terre sortis du chaos

Et de la nuit   un réchauffement graduel   un monde nouveau, inévitable de son propre
Pays   une grande pierre de lumière dans ses eaux patientes   retient   retient toute
L'eau : qui sait quand quelle jeune femme convenable devra élever son corps
Et voler   et fondre vers l'eau du Midwest captive de l'œil intérieur fou de lune
L'eau   entreposée là pour elle depuis des années   avec les bras de sa veste qui glissent
L'air qui souffle dans les manches puis   tout au long d'elle ? Quels derniers mots dire
De celle qui   commence purement dans son corps dans le haut milieu de l'air
Nocturne   à traquer l'eau comme un lapin là où elle repose à l'image de la vie même
Sur la droite au Kansas ? Elle se dirige vers   le lac nu étincelant
Les jupes bien lissées   les mains et le visage de plus en plus réchauffés par l'air
Qui monte des champs de haricots   et sous elle   sous des couvertures en chenille
Les filles de ferme sentent la déesse en elles se débattre et escalader en broyant du noir
Les poteaux du lit luisants de griffures   rêvant de signaux femelles
De la lune   le sang mâle comme du fer   de ce que dit vraiment la plainte
Des avions de lignes qui passent au-dessus d'elles au cœur de la nuit du Midwest   passent
Au-dessus des feux de broussailles   brûlant en silence sur de petites collines   et elles s'éveilleront
En voyant la femme qu'elles devraient être   lutter sur les poutres du toit pour devenir des
Étoiles : à ses yeux le sol est plus près   l'eau plus proche   elle la dépasse
Puis vire   tourne   ses manches battant différemment alors qu'elle roule
Pour faire face à l'est, où le soleil se lèvera des champs de blé elle doit
Faire quelque chose de l'eau   voler jusqu'à elle   y tomber   la boire   s'en
Élever   mais il n'en reste plus sur terre   les nuages l'ont reprise
Les plantes l'ont aspirée   ne restent dressés vers elle que
Les prés communs de la mort   elle cesse de voler pour se remettre à tomber
Retrouve un hurlement puissant   le hurlement silencieux avec lequel elle a délogé
La porte couplée de l'avion   passant près   passant près de perdre le fil
De ce qu'elle a fait   se rappelle   se rappelle la silhouette au cœur
Du nuage   tourbillonnant au goût du jour   se rappelle qu'elle a encore le temps de mourir
Au-delà de toute explication. Qu'elle ôte à présent son chapeau dans l'air d'été le contour

Des champs de maïs   et qu'elle ait assez de temps pour chasser la chaussure qui
Lui reste avec les orteils   de l'autre pied   de décrocher ses bas
De ses doigts calmes, remarquant avec quelle fatale aisance on peut se dévêtir en plein air
Près de la mort   alors que le corps adopte sans effort toute position
Sinon celle qui le portera   lui permettra de s'élever   de vivre
Non de mourir   neuf fermes lévitent alentour   grossissent   huit se séparent, laissant
Celle du milieu   puis les champs de cette ferme-là les imitent   il n'y a aucun
Moyen de s'écarter   de son terrain choisi   mais elle abandonne la veste
Aux tristes ailes d'argent impuissantes   abandonne la queue de chauve-souris
De sa jupe qui la guidait   son chemisier collant chargé de foudre   l'intime
dessous volant de sa combinaison dans laquelle elle voyage tel le saint esprit
D'une vierge   abandonne les longues manches à air de ses bas   son absurde
Soutien-gorge   puis sent la gaine requise par le règlement la quitter en
Se tortillant : n'étant plus monofesse   elle sent la gaine voleter   s'agiter
Dans sa main   et flotter   vers le haut   ses vêtements s'élevant au loin remontant
Dans le nuage   et elle écarte de sa tête la dernière chaussure acérée dangereuse
Pareille à un oiseau stupide   et va maintenant tomber   BIENTÔT   va maintenant tomber

Comme ceci   l'événement le plus grandiose jamais survenu au Kansas   depuis toutes
Hauteurs   tous les niveaux de souffle américain   successifs dans les poumons depuis le fragile
Froid de l'espace jusqu'au terreau où l'extinction sommeille au fond des barbes de maïs
Et respire comme de riches fermiers qui comptent : viendra s'y joindre après
Son dernier acte surhumain   le dernier passage lent et méticuleux de ses mains
Sur tout son corps intact   désiré par chaque dormeur en rêve :
Des garçons découvrant pour la première fois leurs entrailles gonflées du sang de vie
Des fermiers veufs dont les mains flottent sous de légères couvertures pour se trouver
Dressés au point du jour   la position splendide du sang mystérieusement entraîné
Vers les nuages   tous sentent quelque chose   glisser sur eux tandis qu'elle passe
Ses paumes sur *ses* longues jambes   *ses* petits seins   et profondément entre
Ses cuisses   ses cheveux débarrassés de toutes leurs épingles   flottant au vent
De son corps   qu'elle vienne ouvertement   tentant à la dernière seconde d'atterrir
Sur le dos   C'est cela   C'EST

Tous ceux qui la trouvent imprimée

Dans le limon meuble   affaissé   bien façonné à l'image de son corps
avec les longs longs sillons qui courent vers le point où elle gît au plus profond
De sa silhouette mortelle   dans la terre comme dans les nuages   ne peuvent rien dire
Sinon qu'elle est là   inexplicable   indiscutable   et rappeler
Que quelque chose s'est brisé en eux aussi   s'est mis à vivre et mourir davantage
Quand ils ont marché sans raison dans leurs champs jusqu'à l'endroit où la terre entière
L'a rattrapée   a interrompu son vol inaugural   lui a dit comment reposer elle ne peut
Se tourner   s'en aller   ne peut bouger   ne peut s'écarter pour adopter une autre
Position   nul parachutiste paré de nul sourire ne pourrait la sauver   la serrer dans ses bras
Accompagner sa chute   déployer au-dessus d'elle ses soieries de mariage   elle ne peut plus
Marquer la pluie de femmes virevoltantes qui prennent la place d'une épouse décédée

Ni de la déesse au cœur des filles de ferme norvégiennes ni de toutes les putains surmenées
De Wichita. Tout l'air connu au-dessus d'elle ne lui accorde pas tout à fait un
Souffle il est entièrement disparu et pourtant pas mort ni nulle part ailleurs
Tout à fait allongée sur le dos immobile dans le champ sentant les odeurs
Des pousses incessantes tenter de la soulever un peu de vue laissé au coin
D'un œil qui se dissipe voit quelque chose onduler elle reste couchée en croyant
Qu'elle aurait pu y arriver au meilleur moment de son bref état divin
Atteindre l'eau y entrer la tête la première en ressortir souriante invulnérable
Modèle de publicité pour maillot de bain mais elle gît comme pour bronzer sous les derniers
Rayons de la lune à demi enfouie par son impact sur la terre non loin
D'un pont de chemin de fer en bois d'un réservoir d'eau qu'elle verrait si elle pouvait
Lever la tête de son modeste trou avec ses vêtements qui commencent
À redescendre dans tout le Kansas dans les buissons sur le sixième green semé de rosée
D'un parcours de golf une chaussure sa gaine qui atterrit fantastiquement
Sur un fil à linge là où est sa place son chemisier sur un paratonnerre :

Elle gît dans les champs dans *ce* champ sur son dos brisé comme sur
Un nuage qu'elle ne peut traverser tandis que les fermiers somnambules quittent sans
Leurs femmes leurs maisons une marche comme une chute vers les eaux lointaines
De la vie au clair de lune vers le sens éternel rêvé de leurs fermes
Vers l'éclosion de la moisson entre leurs mains ce coût tragique
Elle se sent aller aller vers aller vers l'extérieur enfin pleinement ne respire
Pas et tente moins une seule fois tente tente AH, DIEU–

Postface
Un message important du cockpit

BEV VINCENT

Quoiqu'on puisse avoir peur en avion, je ne me rappelle avoir connu aucune expérience effrayante, alors que j'ai survolé toute la planète. Pendant que je travaillais sur cette anthologie, j'ai passé plus de vingt-quatre heures dans les airs, et tous les vols ont été paisibles (en dehors du fait que, grâce aux nouvelles rassemblées ici, je n'arrêtais pas de penser à tout ce qui *aurait pu* mal tourner). Un atterrissage abandonné à cause du brouillard est ce que j'ai connu de pire durant tous mes voyages aériens.

Toutefois, je suis monté en avion pour la première fois en mars 1978, à l'occasion d'une excursion scolaire en Grèce au cours des vacances de printemps. Notre 747 Alitalia s'est posé à l'aéroport Leonard de Vinci de Rome le lendemain de l'enlèvement de l'ancien Premier ministre Aldo Moro par les Brigades Rouges. L'aéroport était en état d'alerte, empli de soldats armés d'Uzis. La tension était à son comble. Quand un de mes camarades a franchi un détecteur de métal avec son appareil photo autour du cou, il a failli provoquer un incident international.

Une autre fois, alors que je rentrais aux États-Unis d'un voyage d'affaires au Japon, mes collègues et moi avons appris que les policiers accusés d'avoir passé à tabac Rodney King avaient été acquittés, ce qui avait déclenché des émeutes à Los Angeles. Alors que nous étions censés y changer d'avion, nous avons décidé de nous dérouter vers San Francisco après avoir entendu des rapports non confirmés selon lesquels les manifestants tiraient sur les avions atterrissant à L.A.

En juillet 2017, juste avant la première de *La Tour sombre* à Bangor, Richard Chizmar et moi dînions dans un restaurant (en face de l'Aéroport International de Bangor, comme il se trouve) quand Stephen King s'est approché de nous. « Je viens d'avoir une idée, nous a-t-il dit. Une anthologie de nouvelles sur toutes les horreurs qui peuvent se produire quand on prend l'avion. Je présenterai les textes. » À Rich, il a déclaré : « Toi, tu publieras le livre. » Il a suggéré quelques titres possibles puis ajouté : « Il me faut quelqu'un pour m'aider à trouver d'autres histoires. » Il s'est tourné vers moi. « Ce sera ton boulot. »

Voilà donc comment est née cette anthologie. J'ai aussitôt songé à « Cauchemar à vingt mille pieds » puis suis parti en quête d'autres nouvelles effrayantes mettant en scène avions et trajets aériens.

Il existe énormément de romans et de films comportant des scènes terrifiantes à bord d'un avion. L'archétype en est probablement *Airport* d'Arthur

Hailey, en 1968. Hailey avait commencé sa carrière d'auteur par un scénario de téléfilm intitulé *Flight into Danger*, ce qui me semble être un bon titre pour une deuxième anthologie comme celle-ci. Quand j'étais adolescent, j'en ai lu la novellisation, *Runway Zero-Eight*, laquelle a été à son tour adaptée sous le titre *Terror in the Sky*, un téléfilm que je suis aussi à peu près sûr d'avoir vu. *Airport* a bien sûr donné lieu à un film de cinéma qui a connu plusieurs suites durant les années 1970, mais on se rappelle probablement mieux aujourd'hui son hilarante parodie *Y a-t-il un pilote dans l'avion ?* Et comment oublier *Air Force One*, *Red Eye* ou *Des serpents dans l'avion ?* Il n'y a aucune limite aux catastrophes qui peuvent se produire quand on est coincé dans un tube de métal à huit ou dix kilomètres d'altitude.

Le sous-genre des nouvelles d'épouvante en avion est bien plus limité, je m'en suis rendu compte. Trouver des candidates sérieuses a demandé un peu de travail. Les recherches Google rapportaient surtout des anecdotes effrayantes authentiques – très proches de celles que Steve raconte dans son introduction. Je suis donc aussi parti à la pêche dans la « conscience collective » en publiant une demande sur Facebook, et j'en ai été récompensé par des recommandations pour des histoires que j'aurais pu manquer sinon. Donc, conscience collective, merci beaucoup !

Tandis que je cherchais des textes pour cette anthologie, je travaillais aussi sur un essai pour la Poetry Foundation et je me suis rappelé qu'un des poèmes favoris de Steve – qu'il avait mentionné plusieurs fois durant des interviews – avait été inspiré par l'histoire authentique d'une hôtesse de l'air qui, en 1962, avait été éjectée d'un avion quand une porte de secours s'était ouverte en plein vol. Lorsque j'ai demandé à Steve si, selon lui, nous devions l'inclure dans l'anthologie, il s'est avéré qu'il en était arrivé à la même conclusion. Ce livre s'achève donc par une tragédie de la vie réelle rendue métaphorique par la grâce de la poésie.

Durant la même période, j'ai aussi lu le recueil de longues nouvelles de Joe Hill intitulé *Strange Weather*. « Aloft » (Dans les airs) met en scène un jeune homme angoissé qui veut sauter en parachute pour impressionner une femme. Rattrapé par ses nerfs, il tente de reculer à la dernière minute, mais finit par être obligé de sauter de l'avion quand le moteur tombe en panne. Quand Joe nous a parlé d'une autre idée – profondément troublante – pour une nouvelle qui s'inscrirait parfaitement dans le cadre de ce livre, nous avons été enchantés. Quant au texte de Tom Bissell, il a été porté à notre attention par Owen King.

Cette anthologie couvre-t-elle la totalité des problèmes pouvant survenir lors d'un vol ? En aucun cas. Pendant que je rédigeais ces notes, j'ai appris qu'une alerte avait été lancée à propos d'un passager ayant pris l'avion à Chicago alors qu'il avait la rougeole. Même si votre avion arrive sans problème à destination, vous ne savez donc pas quels autres passagers vous risquez de ramener à la maison avec vous.

Les possibilités sont infinies. Voilà qui vous fournira un bon sujet de réflexion pendant que vous ferez vos bagages avant votre prochain voyage.

Quoique cette anthologie soit principalement constituée de textes déjà publiés, je soupçonne que fort peu de gens en ont déjà lu plus d'une poignée. Moi, je n'en avais lu que quatre avant de m'attaquer au projet. Ce voyage nous a valu bien des découvertes et nous sommes très satisfaits de l'ensemble des nouvelles assemblées ici.

Une fois notre sommaire en grande partie fixé, j'ai relu « Les Langoliers » pour la première fois depuis des années et j'y ai trouvé des points communs inattendus avec les textes que nous avions sélectionnés. Le roman se passe bien entendu dans l'univers de Stephen King : dans « Les Langoliers », un personnage du nom de Jenkins se dit : « On ne peut pas apparaître au Texas Book Depository le 22 novembre 1963 et empêcher l'assassinat de Kennedy[1] », donc de telles coïncidences n'auraient pas dû me surprendre, mais elles m'ont pourtant surpris.

Par exemple, ce même Jenkins est un écrivain qui décrit à l'origine l'épreuve vécue par les passagers en termes de mystère « en chambre close ». Une des nouvelles que j'ai trouvées est un mystère en chambre close situé dans les toilettes d'un avion. Jenkins poursuit cependant en disant qu'un mystère

1. Ce qui sera bien plus tard le sujet d'un autre roman de Stephen King : *22/11/1963*.

n'est pas une métaphore appropriée pour ce qui leur arrive. « Dommage que Larry Niven ou John Varley ne soient pas à bord », conclut-il. Attendez… pardon ? N'avions-nous pas monsieur Varley en personne à notre sommaire ?

Ensuite, il y a la discussion concernant un retour par l'intermédiaire du trou de ver. Cette solution pourrait sans doute « ramener l'avion à Jonestown », dit Jenkins. Et d'où provient la cargaison dans la nouvelle qui ouvre notre anthologie ? Eh oui : de Jonestown.

C'est comme si tout cela coulait de source. J'adore découvrir ce genre de symétrie.

Et à présent, un message important de vos deux pilotes, dans le cockpit. Nous tenons à remercier tous les passagers de ce vol. Nous savons que les compagnies aériennes ne manquent pas et nous vous sommes très reconnaissants d'avoir choisi de nous rejoindre à bord. Nous espérons que le trajet n'a pas été *trop* agité, mais vous saviez à quoi vous attendre quand vous êtes montés dans l'avion. Il est possible qu'un des passagers ait aidé à alléger les moments difficiles. Ce sont des choses qui arrivent, vous savez.

Merci également aux agents de voyage qui ont organisé le vol et se sont assurés qu'il arrive à bon port. Une bonne partie des passagers mis en scène dans ces nouvelles n'ont pas eu la même chance.

Nous aimerions en outre remercier notre équipage, mené par Chuck Verrill, d'avoir assuré un trajet sans histoires à toutes les personnes concernées, et l'équipe au sol de Cemetery Dance Publications, qui a entretenu cet appareil et s'est assuré qu'il soit en bon état de fonctionnement – en particulier le chef d'équipe Rich Chizman et l'agent opérationnel Brian Freeman.

À présent, veuillez obéir aux instructions des panneaux lumineux, redresser vos sièges, replier vos tablettes, les verrouiller, ranger tous les objets que vous pouvez avoir sortis pendant le vol et éteindre tous vos appareils électriques, nous sommes sur le point d'atterrir. Il est possible que nous soyons un peu secoués, donc accrochez-vous – c'est le tout premier vol de votre copilote. Restez assis jusqu'à ce que l'avion soit garé près de la porte de débarquement et que le voyant des ceintures de sécurité s'éteigne. Soyez prudents en ouvrant les compartiments à bagages, car leur contenu a sûrement bougé pendant le vol, et un tas de sacs bien lourds n'attendent que l'occasion de vous tomber sur la tête.

Oh, et si jamais vous voyez quelqu'un en train de lire ce livre dans un aéroport ou – mieux encore – en avion, soyez gentils de prendre une photo et de nous l'envoyer. Ce serait absolument génial !

The Woodlands, Texas
8 mars 2018

À PROPOS DES AUTEURS

Ambrose Bierce (1842-1914) est sans doute surtout connu comme l'auteur du *Dictionnaire du Diable* et de la nouvelle fréquemment rééditée « Ce qui se passa sur le pont de Owl Creek ». Il travailla comme apprenti imprimeur et s'engagea pendant la guerre de Sécession, une expérience qui influença en grande partie son œuvre. Durant un quart de siècle, il écrivit et travailla pour des journaux sur les deux côtes des États-Unis. À la recherche d'expériences nouvelles en temps de guerre, il disparut alors qu'il se rendait au Mexique pour observer la révolution menée par Pancho Villa. On ignore ce qu'il advint de lui.

Tom Bissell (1974-) est né à Escanaba, Michigan. Il est l'auteur de neuf livres, dont *The Disaster Artist* (écrit avec Greg Sestero) qui s'est inscrit sur la liste des best-sellers du *New York Times*, et *Apôtres*. Son œuvre lui a valu le prix de Rome et une subvention de la Guggenheim Fellowship. Il réside à Los Angeles avec sa famille.

Ray Bradbury (1920-2012) est l'auteur de plus de trente livres, dont les classiques que sont *Fahrenheit 451*, *Chroniques martiennes*, *L'Homme illustré*, *Le Vin de l'été* et *La Foire des ténèbres*, ainsi que de plusieurs centaines de nouvelles. Il a écrit pour le théâtre, le cinéma et la télévision, notamment le scénario du *Moby Dick* de John

Huston et celui du téléfilm primé par un Emmy Award *L'Arbre d'Halloween*. Il a aussi adapté pour la télévision soixante-cinq de ses nouvelles dans le cadre de la série *The Ray Bradbury Theater*. Il a reçu en 2000 la Médaille de la contribution distinguée aux lettres américaines remise par la Fondation nationale du livre, en 2007 la citation spéciale du prix Pulitzer, et de nombreux autres honneurs.

James L. Dickey (1923-1997) est un poète et romancier américain, surtout connu comme l'auteur de *Délivrance* qui inspira un grand film en 1972. Dickey tenait un petit rôle dans le film, celui d'un shérif. Il avait servi en tant qu'opérateur radar dans une escadrille de nuit de l'US Air Force pendant la Seconde Guerre mondiale, et s'était de nouveau engagé dans l'US Air Force pendant la guerre de Corée. Après avoir reçu un *bachelor's degree* en lettres anglaises et philosophie à l'université Vanderbilt, il y retourna pour passer un *Master of Arts* en lettres anglaises. Ayant enseigné au Rice Institute et à l'université de Floride, il passa aussi plusieurs années à rédiger des slogans publicitaires. Il commença à publier des recueils de poésies en 1960, bénéficia d'une subvention de la Guggenheim Fellowship et reçut un Prix national du livre catégorie poésie. Il fut également nommé conseiller en poésie de la Bibliothèque du Congrès. Après avoir été conférencier durant une grande partie des années 1960, il devint professeur de lettres et écrivain résident à l'Université de Caroline du Sud en 1969. Il fut nommé dix-huitième poète lauréat des États-Unis en 1966 et invité à lire une de ses œuvres durant la cérémonie d'investiture du président Jimmy Carter en 1977. Sa lecture de son poème « The Moon Ground » fut diffusée à la télévision le jour de l'alunissage d'Apollo 11 en juillet 1969.

Arthur Conan Doyle (1859-1930) est un médecin qui créa Sherlock Holmes, détective privé apparaissant dans plusieurs dizaines de nouvelles et quatre romans. Doyle écrivit aussi des romans historiques et des récits d'aventures mettant en scène le professeur Challenger. Il est l'auteur de textes sur la guerre des Boers et autres sujets en rapport avec le continent africain, mais sa fascination pour le spiritualisme le fit entrer en conflit avec, entre autres, Harry Houdini et Joseph McCabe. Son autobiographie, *Mémoires et aventures*, fut publiée six ans avant sa mort.

Cody Goodfellow (1970-) a écrit sept romans en solo et trois en collaboration avec John Skipp (lequel a figuré dans la liste des best-sellers du *New York Times*). Deux de ses quatre recueils de nouvelles, *Silent Weapons for Quiet Wars* et *All-Monster Action* ont reçu le Wonderland Book Award. Il a écrit et coproduit le court-métrage d'hygiène lovecraftien *Stay-at-Home Dad*. En tant que hiérophante de l'Ordre ésotérique de Dagon, il préside chaque année plusieurs petits-déjeuners de prières à Cthulhu. Il a récemment joué un fermier amish dans une publicité pour Days Inn, et est apparu en tant que figurant dans de nombreux programmes télévisés, notamment *Aquarius*, *American Horror Story : Roanoke*, *GLOW*, *You're the Worst*, *Kirby Buckets*, *Kevin Hart's Guide to Black History*, ainsi que dans des vidéos d'Anthrax et de Beck. Il est aussi le cofondateur de Perilous Press, un micro-éditeur occasionnel d'horreur cosmique moderne. En dépit de tout ce qu'on a pu lire ici ou là, il habite pour de bon Portland, dans l'Oregon.

Joe Hill (1972-) est l'auteur des best-sellers *L'Homme-feu*, *Nosfera2* et, très récemment, *Strange Weather*. Puisqu'il vit à cheval entre le Royaume-Uni et les

États-Unis, il passe beaucoup de temps dans les airs, à méditer sur toutes les horreurs qui peuvent se produire à trente mille pieds.

Stephen King (1947-) vendit sa première nouvelle professionnelle en 1967 à *Startling Mystery Stories*. À l'automne 1971, il devint professeur de lettres à Hampden Academy, le lycée public de Hampden, Maine. Écrivant le soir et le week-end, il continuait à produire des nouvelles et à travailler sur des romans. Au printemps 1973, Doubleday & Co accepta de publier le roman *Carrie*, ce qui donna à l'auteur les moyens d'arrêter d'enseigner et d'écrire à plein temps. Il a depuis publié plus de cinquante livres et est devenu l'un des auteurs les plus vendus du monde. King a reçu en 2003 la Médaille de la contribution distinguée aux lettres américaines décernée par la Fondation nationale du livre, en 2014 la Médaille nationale des arts, et en 2018 le prix PEN du service littéraire américain.

E. Michael Lewis (1972-), amateur d'aviation et d'histoires de fantômes, a étudié l'écriture à l'Université de Puget Sound à Tacoma. Ses nouvelles ont été publiées dans *The Horror Anthology of Horror Anthologies* (Megazanthus Press), *Exotic Gothic 4* (PS Publishing) et *Savage Beasts* (Grey Matter Press). On le trouve également sur Facebook et Twitter. Natif du Nord-Ouest Pacifique, il est le père de deux garçons et le serviteur en chef de deux chats, eux aussi frères.

Richard Matheson (1926-2013) est l'auteur d'un grand nombre de romans et de nouvelles devenus des classiques. Il a touché à bien des genres dont la terreur, la fantasy, l'horreur, le surnaturel, le suspense, la science-fiction et le western. En plus de ses livres, il a écrit de manière prolifique pour la télévision (notamment pour *La Quatrième dimension*, *Night gallery*, *Star Trek*) et pour de nombreux films de cinéma. Beaucoup de ses romans et nouvelles ont été adaptés au cinéma, dont *L'Homme qui rétrécit*, *Je suis une légende*, *Quelque Part dans le temps* et *Au-delà de nos rêves*. Parmi les nombreux prix qu'il a gagnés figurent le World Fantasy Award et le prix Bram Stoker pour l'ensemble de son œuvre, le prix Hugo, le prix Edgar, le prix Spur du Meilleur roman occidental, et de nombreux prix de la Guilde des écrivains. En 2010, il a été intronisé au Temple de la renommée de la science-fiction.

David J. Schow (1955-) a eu des nouvelles sélectionnées pour plus de 30 volumes des anthologies « Year's Best » au fil de quatre décennies et a gagné le World Fantasy Award, l'ultra-rare Dimension Award du magazine *Twilight Zone*, plus un International Horror Guild Award pour *Wild Hairs* (son recueil des rubriques « Raving & Drooling » écrites pour *Fangoria*). Parmi ses romans, citons *The Kill Riff*, *The Shaft*, *Rock Breaks Cissors Cut*, *Bullets of Rain*, *Gun Work*, *Hunt Among the Killers of Men*, *Internecine*, *Upgunned* et *The Big Crush* (à venir). Ses nouvelles ont été réunies dans *Seeing Red*, *Lost Angels*, *Black Leather Required*, *Crypt Orchids*, *Eye*, *Zombie Jam*, *Havoc Swims Jaded*, *DJSturbia*, ainsi qu'un recueil de ses meilleurs textes, *DJStories*. Il a beaucoup écrit pour le cinéma (*The Crow*, *Leatherface : Massacre à la Tronçonneuse III*, *The Hills Run Red*) et la télévision (*Les Contes de la crypte*, *Expériences interdites*, *Les Prédateurs*, *Les Maîtres de l'horreur*). Parmi ses essais, on peut citer *The Art of Drew Struzan* et *The Outer Limits Companion*. La suite de ce dernier, *The Outer Limits at 50*, a remporté le Rondo Hatton Classic Horror Award du meilleur livre en 2015. On le voit parler et s'agiter dans des documentaires et bonus de DVD sur *La Créature du lac noir*, *Incubus*, *Shawshank Redemption*, *Lâchez les monstres*, *Beast Wishes* et *The Psycho Legacy*. Il est également le directeur littéraire de la série en trois volumes *Lost Bloch* pour Subterranean Press et d'*Elvisland* de John Farris. Il a coproduit des bonus pour les DVD de *Reservoir Dogs*, *From Hell*, *I Robot*, *Les Douze salopards* édition spéciale et *Chroniques de Narnia : Le Lion, la Sorcière & l'Armoire*. Il a reçu le tout premier prix J.F. Gonzalez pour l'ensemble d'une œuvre et, grâce à lui, le mot « Splatterpunk » figure dans le Dictionnaire Oxford de la langue anglaise depuis 2002. Il vit et travaille dans sa bien-aimée Los Angeles. N'hésitez pas à taper son nom sur Google.

Dan Simmons (1948-) est né à Peoria, Illinois, et a grandi dans diverses villes, grandes ou petites, du Midwest, notamment Brimfield, Illinois, qui servit de modèle à son « Elm Haven » fictif dans *Nuit d'été* (1991) et *Les Chiens de l'hiver* (2002). Dan a passé un B.A. de lettres anglaises au Wabash College en 1970, remportant le prix Phi Beta Kappa national durant sa dernière année pour excellence en fiction, journalisme et art. Il a obtenu son master d'éducation à l'Université Washington de St. Louis en 1971. Il a ensuite travaillé dans ce domaine pendant dix-huit ans – deux ans au Missouri, deux à Buffalo, New York – un en tant qu'éducateur spécialisé, un en tant que professeur de sixième – et quatorze ans au Colorado.

Peter Tremayne (1943-), qui vit désormais à Londres, s'est d'abord taillé une réputation en écrivant des thrillers surnaturels avant de se tourner vers le roman policier. Ancien spécialiste des Celtes, il est internationalement connu pour sa longue série de romans policiers historiques, *Les Mystères de sœur Fidelma*. Ces derniers, dont le 29e volume vient de paraître, se situent au VIIe siècle, principalement en Irlande. Puisqu'ils ont été publiés en de nombreux pays, une Société internationale de sœur Fidelma s'est créée en 2001 aux États-Unis, et, depuis 2006, une convention internationale de trois jours se tient à Cashel, Co. Tupperary, la ville où réside le personnage de Fidelma. Dans son discours inaugural de la convention de 2014, le ministre de l'Environnement du gouvernement irlandais, Alan Kelly, a décrit la série comme « un trésor national ». Peter n'a écrit que quelques histoires policières en dehors de celles de Fidelma, mais « Meurtre en plein air » montre que son talent ne se limite pas au VIIe siècle.

E.C. Tubb (1919-2010) est un écrivain né à Londres dont les œuvres ont été traduites en plus de douze langues. Au cours de ses soixante ans de carrière, il a publié plus de cent vingt romans et de deux cents nouvelles de science-fiction. Il a travaillé dans les domaines de l'aventure historique, du roman de détection et du western, mais il reste surtout connu pour ses nombreux ouvrages de science-fiction, parmi lesquels *Alien Dust* (1955) et *Fils de l'Espace* (1956) sont des classiques reconnus. Tubb est célèbre pour sa longue série « Dumarest », la saga galactique du comte Dumarest et de sa quête de la planète perdue légendaire où il est né : la Terre. Elle comprend trente-trois volumes, dont le dernier, *Enfant de la Terre*, est paru en 2009. Tout aussi connus sont ses novellisations de la série *Cosmos 1999* et ses romans de la série « Cap Kennedy » (sous le nom de Gregory Kern). Certaines de ses meilleures nouvelles de SF ont été réunies dans *The Best Science Fiction of* E. C. *Tubb*. Tubb a continué d'écrire jusqu'à sa mort en octobre 2010. Sa dernière œuvre, *Fires of Satan*, a été publiée en 2013.

John Varley (1947-) est né à Austin et a grandi sur la Côte du Golfe. Son permis de sortie de la puanteur pétrochimique et de l'humidité infernale a été une bourse du mérite national à l'Université du Michigan, alors qu'il comptait devenir scientifique. La science se révéla ennuyeuse. De même que les lettres anglaises et, peu après, les études en général. Il cessa d'aller en classe, sauf quand on y projetait des classiques du cinéma, puis il partit sur la route en compagnie d'un ami. Ils arrivèrent à San Francisco juste à temps pour le *Summer of Love*, alors que ni l'un ni l'autre ne savait qu'il devait avoir lieu. Le premier jour, Varley chanta et psalmodia en compagnie d'Allen Ginsberg dans un appartement squatté par des hippies : il décida donc qu'il était un hippy. Il habita Tucson, où il rencontra Linda Ronstadt avant qu'elle ne soit célèbre. Il se retrouva pris au milieu d'un bouchon routier, dans l'État de New York, qui se révéla mener au festival de Woodstock, d'où il fut incapable de ressortir pendant trois jours. Il esquiva la conscription. En 1973, il décida de devenir écrivain de science-fiction. Il fut l'un des premiers auteurs de SF à être appelé « Le Nouveau Heinlein », ce qui le flatta et le troubla tout à la fois, car l'Ancien Heinlein était un de ses principaux modèles – et pas encore mort. Ses œuvres ont été traduites en seize langues qu'il ne lit pas, y compris l'espéranto. Sa carrière connut un hiatus de dix ans quand il travailla à Hollywood. Il y gagna beaucoup d'argent et eut à une époque un bureau à l'entrée des studios Metro-Goldwyn-Mayer. Il rencontra Mel Gibson, Paul Newman, Sigourney Weaver, Charlton Heston et nombre d'autres vedettes. Toutes étaient plus petites qu'il ne l'imaginait, à l'exception de Weaver. (John Varley mesure 1,95 mètre sans ses bottes de cow-boy.) Il vécut un moment à Portland, Oregon, avec Lee Emmett, qui devint sa principale directrice littéraire – elle est douée pour cela et pleine de suggestions utiles. Ils partageaient un chien de dix-neuf ans du nom de Cirocco, qui était le meilleur berger des Shetlands de tout l'Oregon. Ils vécurent quelques années dans un mobile home garé à cinquante mètres de la plage sur la côte centrale de Californie. Ils passèrent également quatre ans à Hollywood, dans un quartier du nom de Thai Town. Ils habitent actuellement à Vancouver, Washington.

Bev Vincent (1961-) est l'auteur de plusieurs livres, le plus récent étant *The Dark Tower Companion*, et de plus de quatre-vingt nouvelles, notamment dans *Alfred Hitchcock's Mystery Magazine*, *Ellery Queen's Mystery Magazine* et deux anthologies des *Mystery Writers of America*. Ses œuvres, traduites en plusieurs langues, ont été nominées pour le prix Bram Stoker, le prix Edgar et le prix ITW Thriller. Il a gagné le prix Al Blanchard en 2010. Pour en savoir plus, voyez bevvincent.com ou suivez-le sur Twitter @BevVincent.

PAPIER À BASE DE FIBRES CERTIFIÉES

Le Livre de Poche s'engage pour l'environnement en réduisant l'empreinte carbone de ses livres. Celle de cet exemplaire est de :
1,2 kilos éq. CO_2
Rendez-vous sur www.livredepoche-durable.fr

Composition réalisée par Soft Office

Achevé d'imprimer en mai 2020 en Italie par
Grafica Veneta
Dépôt légal 1re publication : juin 2020
LIBRAIRIE GÉNÉRALE FRANÇAISE
21, rue du Montparnasse – 75298 Paris Cedex 06

10/7963/2